## *Sur l'auteur*

Richard Russo est né en 1949 aux États-Unis. Après avoir longtemps enseigné la littérature à l'université, il se consacre à l'écriture. Ont notamment paru à La Table ronde *Un homme presque parfait* (1995, adapté à l'écran avec Paul Newman), *Le Déclin de l'empire Whiting* (Prix Pulitzer, 2002), *Quatre saisons à Mohawk* (2005), *Les Sortilèges du cap Cod* (2010), *Ailleurs* (2013), *À malin, malin et demi* (2017, Grand Prix de littérature américaine), *Trajectoire* (2018), *Et m*** !* (nouvelle, 2020).

*Du même auteur*
*aux Éditions 10/18*

UN RÔLE QUI ME CONVIENT, n° 3055
UN HOMME PRESQUE PARFAIT, n° 3446
LE DÉCLIN DE L'EMPIRE WHITING, n° 3633
LE PHARE DE MONHEGAN, n° 3893
QUATRE SAISONS À MOHAWK, n° 3984
LE PONT DES SOUPIRS, n° 4299
LES SORTILÈGES DU CAP COD, n° 4561
MOHAWK, n° 4700
AILLEURS, n° 4955
À MALIN, MALIN ET DEMI, n° 5353
TRAJECTOIRE, n° 5483
RETOUR À MARTHA'S VINEYARD, n° 5689

# RICHARD RUSSO

# RETOUR À MARTHA'S VINEYARD

Traduit de l'anglais (États-Unis)
par Jean Esch

10
18

LA TABLE RONDE

Titre original :
*Chances Are...*
Alfred A. Knopf, New York, 2019.


ISBN 978-2-264-07907-7
Dépôt légal : août 2021

*Pour ceux dont les noms sont sur le mur.*

For a second there we won.
Yeah, we were innocent and young[1].

« Miss Atomic Bomb », The Killers.

1. Un court instant, on a cru avoir gagné./C'est vrai, on était jeunes et innocents. *(Toutes les notes sont du traducteur.)*

# PROLOGUE

Les trois vieux amis débarquent sur l'île en ordre inversé, du plus éloigné au plus proche. Lincoln, agent immobilier, a pratiquement traversé tout le pays depuis Las Vegas. Teddy, éditeur indépendant, a fait le voyage depuis Syracuse. Mickey, musicien et ingénieur du son, est venu de Cape Cod, tout à côté. Tous les trois sont âgés de soixante-six ans et ont fait leurs études dans la même petite université de lettres et sciences humaines du Connecticut, où ils ont travaillé comme serveurs dans une sororité du campus. Les autres serveurs, membres d'une fraternité pour la plupart, affirmaient être là par choix, parce que les Thêta étaient canon, mais Lincoln, Teddy et Mickey étaient boursiers et y travaillaient pour des raisons financières plus ou moins impérieuses. Lincoln, aussi séduisant que les serveurs des fraternités, avait été immédiatement estampillé « beau gosse », ce qui lui avait valu de revêtir une veste blanche qui grattait et de servir les filles dans la grande salle à manger de la sororité. Teddy, qui avait travaillé dans un restaurant durant ses deux dernières années de lycée, avait été nommé aide-cuisinier, chargé de préparer les salades, de remuer les sauces, de dresser les hors-d'œuvre et les desserts. Et Mickey ? Les filles l'avaient regardé et aussitôt escorté jusqu'à l'évier où s'empilait une montagne de vaisselle sale, à côté d'un grand carton rempli de tampons à récurer. Voilà pour leur première année de fac. En dernière année, Lincoln, passé serveur en chef, avait pu offrir à ses deux amis des postes dans la salle à manger. Teddy, qui en avait marre de la cuisine, s'était empressé d'accepter, mais Mickey doutait qu'il y ait une veste assez grande pour lui. Et puis, plutôt que de faire des simagrées aux pimbêches, il préférait rester esclave en cuisine, où il était maître à bord.

Quarante-quatre ans plus tard, alors qu'ils convergeaient vers cette île, tous les trois se félicitaient de l'enseignement qu'ils avaient reçu à Minerva, où les étudiants étaient peu nombreux par classe et les professeurs disponibles et attentifs. Rien en apparence ne la distinguait des autres universités de la fin des années soixante et du début des années soixante-dix. Les garçons portaient les cheveux longs, des jeans délavés et des T-shirts psychédéliques. Dans les chambres des résidences, les étudiants fumaient de l'herbe, dont ils masquaient l'odeur avec de l'encens ; ils écoutaient les Doors et Buffalo Springfield. Parce que c'était la mode. La guerre, pour la majorité d'entre eux, paraissait une chose lointaine, qui se déroulait en Asie du Sud-Est, à Berkeley et à la télé, mais pas sur la côte du Connecticut. Les éditoriaux du *Minerva Echo* déploraient l'absence de véritable activisme. « Nothing's happening here », affirmait l'un d'eux, détournant les fameuses paroles de la chanson. « Why that is ain't exactly clear. »

Sur le campus, aucun endroit n'était moins rebelle que la résidence des Thêta. Mis à part quelques filles qui fumaient des joints et ne portaient pas de soutien-gorge, la sororité était une bulle protectrice. Malgré tout, c'est là, bien plus que dans les cours, que le monde réel commença à se dévoiler, de manière assez visible pour que même des garçons de dix-neuf ans, comme Lincoln, Teddy et Mickey, ne puissent l'ignorer. Si les voitures garées à l'arrière de la résidence des Thêta faisaient de l'ombre à celles des étudiants garées ailleurs sur le campus, elles en faisaient aussi à celles des enseignants. Le plus étonnant, pour les jeunes gens issus de familles plus modestes, c'est que les propriétaires de ces voitures ne s'estimaient pas particulièrement chanceux de faire leurs études à Minerva, ni même d'avoir des parents capables de payer les frais d'inscription faramineux. Minerva était le prolongement naturel des dix-huit premières années de leur vie. En vérité, pour beaucoup, ce n'était qu'un pis-aller, et ils passaient leur première année à surmonter leur déception de ne pas avoir été admis à Wesleyan, à Williams ou dans l'une des universités de l'Ivy League. S'ils étaient conscients du niveau requis pour être admis dans ces institutions d'élite, ils étaient habitués à ce que d'autres facteurs entrent en ligne de compte, des choses que l'on ne pouvait ni évoquer ni quantifier, mais qui ouvraient les portes par magie. Minerva faisait l'affaire malgré tout. L'important, à leurs yeux, était d'avoir réussi à s'introduire dans la résidence des Thêta. Sans ça, autant aller à l'université du Connecticut.

Le 1er décembre 1969, le soir de la première conscription par tirage au sort dans tout le pays, Lincoln convainquit la responsable de la sororité d'avancer le dîner d'une demi-heure afin que les serveurs puissent se rassembler autour d'un minuscule téléviseur en noir et blanc, à l'office, là où ils prenaient leurs repas. L'ambiance, au début du moins, était étonnamment gaie, sachant que leur destin était en jeu. Sur les huit serveurs, c'est la date de naissance de Mickey qui sortit en premier, 9e sur 366 possibilités, ce qui incita ses camarades à se lancer dans une interprétation de « O, Canada », qui aurait produit plus d'effet s'ils avaient connu autre chose que les deux premiers mots de la chanson. Le suivant des trois amis à voir sa date de naissance tirée au sort fut Lincoln : 189e ; mieux, mais pas hors de danger, et impossible de bâtir des projets.

À mesure que le tirage au sort se poursuivait – implacable succession de dates, semblable à un roulement de tambour : 1er avril, 23 septembre, 21 septembre –, l'ambiance s'assombrissait dans la salle. Quelques instants plus tôt, alors qu'ils servaient le dîner des filles, ils étaient tous dans le même bateau ; désormais, leurs dates de naissance leur conféraient des destins différents, et l'un après l'autre, ils s'en allèrent retrouver leur chambre ou leur studio, d'où ils appelleraient leurs parents et leur petite amie, avec qui ils évoqueraient le tournant que venait de prendre leur vie, pour le meilleur ou pour le pire. Leur réussite aux examens et leur popularité étaient brusquement devenues insignifiantes. Quand la date de naissance de Teddy sortit enfin, il ne restait que Lincoln, Mickey et lui à l'office. Farouchement opposé à la guerre, Teddy avait annoncé à ses amis, plus tôt dans la journée, qu'il n'attachait aucune importance à cette loterie, puisque de toute façon il s'enfuirait au Canada ou irait en prison plutôt que d'être incorporé. Naturellement, ce n'était pas tout à fait vrai. Il n'avait aucune envie de s'exiler au Canada et, le moment venu, il n'était pas certain d'avoir le courage d'aller en prison en signe de protestation. Distrait par ces réflexions, alors qu'il ne restait qu'une vingtaine de dates de naissance à annoncer, il était convaincu que la sienne était déjà sortie sans qu'il s'en rende compte, peut-être pendant qu'il tripotait les antennes en forme d'oreilles de lapin du téléviseur. Mais non, le résultat tomba : 322e sur 366. Risque nul. En éteignant le téléviseur, il s'aperçut que sa main tremblait.

Ils estimaient avoir une douzaine d'amies parmi les Thêta, mais seule Jacy Calloway, dont ils étaient tous les trois amoureux, attendait devant l'entrée de service de la sororité lorsqu'ils émergèrent enfin dans l'obscurité glaciale. Quand Mickey lui annonça, avec son grand sourire idiot, qu'il était bon pour un séjour en Asie du Sud-Est, elle descendit du capot de la voiture sur lequel elle était assise, enfouit son visage contre son torse, l'étreignit et dit, dans sa chemise : « Les enfoirés. » Lincoln et Teddy, plus chanceux ce soir-là – un soir où rien d'autre que la chance, pas même l'argent ou l'intelligence, ne comptait –, éprouvèrent malgré tout un vif sentiment de jalousie en voyant la fille de leurs rêves communs dans les bras de Mickey. Qu'importe si, dérangeante vérité, elle était déjà fiancée à un autre garçon. Comme si la chance de Mickey, durant cet instant fugace, comptait davantage que la courte paille qu'il avait tirée à peine une heure avant. Quand sa date de naissance avait été annoncée, Lincoln et Teddy avaient eu le sentiment d'être témoins d'une injustice : deux ans plus tôt, il avait suffi d'un seul regard aux responsables de la sororité pour lui assigner la tâche la plus merdique, et lorsque Mickey se présenterait à ses supérieurs, il serait jaugé au premier coup d'œil et envoyé illico au front : une cible de choix pour un sniper.

Pourtant, à cet instant, en le voyant enlacer Jacy, ils n'en revenaient pas qu'il puisse être aussi verni. C'est ce qui s'appelle la jeunesse.

Lincoln était originaire de l'Arizona où son père était actionnaire minoritaire d'un petit gisement de cuivre presque épuisé. Sa mère venait de Wellesley ; elle était l'unique enfant d'une famille autrefois aisée même s'il lui faudrait attendre la mort de ses parents dans un accident de voiture, alors qu'elle était en dernière année à Minerva College, pour apprendre qu'il ne restait plus grand-chose de cette fortune. Toute autre fille qu'elle aurait sans doute éprouvé du ressentiment en voyant la fortune familiale aussi réduite une fois les dettes remboursées, mais Trudy ne pensait qu'à son chagrin. Fille solitaire et discrète qui se liait difficilement, elle se retrouva seule au monde, sans amour ni espoir à quoi se rattacher, terrifiée à l'idée qu'un drame puisse la frapper aussi soudainement qu'il avait frappé ses parents. Comment expliquer, sinon, sa décision d'épouser Wolfgang Amadeus (W. A.) Moser, un petit homme dominateur, dont le trait de caractère principal était la certitude absolue d'avoir toujours raison au sujet de tout et n'importe quoi.

Mais Trudy n'était pas la seule qu'il avait réussi à embobiner. Jusqu'à l'âge de seize ans, Lincoln croyait réellement que son père, dont la personnalité XXL offrait un contraste saisissant avec sa taille, avait fait une fleur à sa mère en l'épousant. Ni séduisante ni repoussante, elle semblait s'effacer en société, à telle enseigne que les gens étaient incapables ensuite de dire si elle était présente ou pas. Elle désapprouvait très rarement, même en douceur, ce que disait ou faisait son mari, y compris au retour de leur lune de miel lorsqu'il l'informa que, *bien entendu*, elle devait renoncer à la foi catholique pour rejoindre la secte de chrétiens fondamentalistes à laquelle il appartenait. Quand elle avait accepté sa demande en mariage, elle avait supposé qu'ils vivraient dans la petite ville de Dunbar, dans le désert, là où se trouvait la mine Moser ; mais elle avait également supposé qu'ils partiraient en vacances de temps à autre, sinon en Nouvelle-Angleterre – que son mari ne se cachait pas de détester –, au moins en Californie, seulement il s'avéra qu'il n'aimait pas la côte Ouest non plus. Son credo, lui expliqua-t-il, était qu'il fallait « apprendre à aimer ce qu'on avait », ce qui, dans sa bouche, semblait vouloir dire Dunbar et lui-même.

Pour Trudy, rien à Dunbar ni chez l'homme qu'elle avait épousé ne ressemblait à ce qu'elle avait connu. Dans cette ville chaude, plate et poussiéreuse, on pratiquait la ségrégation sans aucun scrupule : les Blancs d'un côté de la voie ferrée, au sens propre, et de l'autre les « Mexicains » comme on les appelait, y compris ceux qui résidaient légalement dans ce pays depuis plus d'un siècle. Dunbar, une ville sans intérêt aux yeux de Trudy, semblait pourtant offrir tout ce dont W. A. (Dub-Yay pour ses amis) avait besoin : la maison dans laquelle ils vivaient, l'église qu'ils fréquentaient et le country club miteux où il jouait au golf. Sous son toit, il régnait en maître, sa parole avait force de loi. Trudy, dont les parents avaient eu pour habitude de débattre, s'étonna de découvrir que son mariage allait obéir à d'autres règles. Mariés depuis plusieurs années quand Lincoln vint au monde, ils avaient peut-être discuté, à l'occasion, de la manière dont les choses devaient se dérouler – W. A. soumettant peu à peu Trudy à sa volonté –, mais Lincoln avait l'impression que même si sa mère avait été surprise par sa nouvelle vie, elle l'avait acceptée dès qu'elle avait posé un pied à Dunbar. La première fois qu'il l'avait vue camper sur ses positions, se souvenait-il, c'était au moment où il avait dû choisir une université. Dub-Yay voulait envoyer son fils à l'université d'Arizona, comme lui, mais Trudy, qui était partie vivre chez une tante célibataire à Tucson après la mort de ses parents, et qui avait passé son diplôme là-bas, était bien décidée à ce que son fils fasse ses études dans l'Est. Non pas dans une grande université, mais dans une petite fac de lettres et sciences humaines comme Minerva, qu'elle avait quittée un semestre avant l'obtention de son diplôme.

La dispute débuta à table, pendant le dîner, lorsque son père déclara de sa voix haut perchée : « Tu sais bien, n'est-ce pas, que pour qu'une telle chose se produise, il faudrait me passer sur le corps ? » Paroles destinées à mettre fin à la conversation ; Lincoln fut surpris de voir sur le visage de sa mère une expression qu'il ne connaissait pas et qui semblait suggérer qu'elle envisageait la mort de son mari avec sang-froid, sans se laisser démonter. « Il n'empêche », dit-elle, et c'est sur ces mots que la conversation prit temporairement fin. Celle-ci reprit un peu plus tard dans la chambre de ses parents. Même s'ils parlaient tout bas, Lincoln les entendit remettre ça à travers la fine cloison qui séparait sa chambre de la leur, et la discussion se poursuivit longtemps après l'heure à laquelle son père, qui partait tôt à la mine, s'endormait généralement. Elle n'était pas encore finie quand Lincoln sombra dans les bras de Morphée.

Le lendemain matin, une fois son père parti au travail, les yeux à moitié fermés à cause du manque de sommeil et d'une dispute conjugale inhabituelle, Lincoln resta au lit à gamberger. Quelle mouche avait piqué sa mère ? Pourquoi avait-elle choisi de livrer cette bataille ? Il était très heureux d'aller à l'université d'Arizona. Son père y avait étudié et plusieurs de ses camarades de classe y étudieraient aussi, si bien qu'il ne serait pas seul. Après la minuscule Dunbar, il avait hâte de découvrir la vie à Tucson, une grande ville. Et s'il avait le mal du pays, il pourrait facilement revenir à Dunbar pour le week-end. Deux ou trois garçons de sa classe avaient choisi des universités californiennes, mais aucun ne partait dans l'Est. Comment sa mère pouvait-elle croire qu'il aurait envie de se retrouver à l'autre bout du pays, où il ne connaissait personne ? Et aller en cours avec des élèves qui arrivaient tous de lycées privés huppés ? Peu importe. Sa mère était sûrement revenue à la raison après qu'il s'était endormi et avait compris qu'il était vain de s'opposer à son père sur ce sujet comme sur tout autre sujet d'importance. Nul doute que l'ordre avait été restauré.

Aussi fut-il à nouveau surpris de trouver sa mère en train de fredonner un air joyeux dans la cuisine, et nullement penaude de ce qui s'était passé la veille au soir. Elle était encore en peignoir et pantoufles, comme souvent le matin, mais chose étonnante, elle paraissait de bonne humeur comme si elle s'apprêtait à entreprendre un voyage tant attendu, vers une destination exotique. Tout cela était extrêmement déconcertant.

« Je pense que papa a raison », lui dit Lincoln en versant des céréales dans un bol.

Sa mère cessa de fredonner et le regarda droit dans les yeux.

« C'est pas nouveau. »

Cette réponse lui coupa la chique. À croire que sa mère et son père se disputaient en permanence et que Lincoln prenait toujours le parti de son père. En vérité, la dispute de la veille était la seule dont il se souvenait. Et voilà que sa mère se préparait à un autre combat, contre lui cette fois. « À quoi bon dépenser autant d'argent ? » reprit-il en essayant d'adopter un ton raisonnable et impartial, pendant qu'il versait du lait sur ses céréales et attrapait une cuillère dans le tiroir. Il avait l'intention de manger debout, appuyé contre le plan de travail, comme il en avait l'habitude.

« Assieds-toi, ordonna-t-elle. Il y a des choses que tu ne comprends pas et il est grand temps d'y remédier. »

Sa mère prit l'escabeau glissé entre le réfrigérateur et le plan de travail et grimpa sur la marche la plus haute. Ce qu'elle cherchait se trouvait sur la dernière étagère du placard, tout au fond. Lincoln la regardait d'un air étonné et, avouons-le, un peu effrayé. Avait-elle caché quelque chose là-haut, pour que son père ne le trouve pas ? Quoi donc ? Une sorte de classeur, ou peut-être un album de photos, un objet secret qui mettrait en lumière ce qu'il ne comprenait pas ? Mais non. Elle cherchait une bouteille de whisky. Comme il était toujours appuyé contre le plan de travail, elle la lui tendit.

« Maman ? » dit-il car il était sept heures du matin et, soyons sérieux, qui était cette femme bizarre ? Qu'avait-elle fait de sa mère ?

« Assieds-toi », répéta-t-elle, et cette fois, il obéit volontiers car il avait les jambes en coton. Il la regarda verser une dose de liquide ambré dans son café. Après avoir pris place en face de lui, elle posa la bouteille sur la table, comme pour indiquer qu'elle n'en avait pas encore fini avec elle. Lincoln s'attendait presque à ce qu'elle lui en propose. Au lieu de cela, elle le regarda fixement jusqu'à ce que, pour une raison quelconque, il éprouve un sentiment de culpabilité et plonge le nez dans son bol de céréales détrempées.

L'idée générale était la suivante : il y avait plusieurs choses que Lincoln ignorait à propos de leurs vies, à commencer par la mine. Certes, il savait qu'elle périclitait, et que le prix du cuivre avait chuté. Chaque année il y avait de plus en plus de licenciements et les mineurs avaient menacé, une fois de plus, de se syndiquer, comme si cela avait une chance de se produire dans l'Arizona. Tôt ou tard, la mine fermerait et les existences de tous ses hommes s'en trouveraient chamboulées. Rien de nouveau. Non, la nouveauté, c'était que *leurs* existences pouvaient être chamboulées elles aussi. D'ailleurs, elles l'étaient déjà. Tous ces « petits plus », ces choses qu'ils possédaient, contrairement à leurs voisins – la piscine enterrée, le jardinier, l'appartenance au country club, une nouvelle voiture chaque année – c'était grâce à *elle*, expliqua-t-elle, à l'argent qu'elle avait apporté en se mariant.

« Mais je pensais…

— Je sais, le coupa-t-elle. Tu vas devoir apprendre à penser différemment. À partir de maintenant. »

La veille au soir, son père avait tenté, comme toujours, d'imposer sa loi. Il refusait de financer les études de son fils dans une partie du pays dont il méprisait le snobisme et l'élitisme. Il en reviendrait transformé, ce serait une saleté de démocrate, ou pire : un de ces manifestants aux cheveux longs qui protestaient contre la guerre au Viêtnam et qu'on voyait à la télé tous les soirs. Une formation dans une université, privée, de lettres et sciences humaines, là-bas dans l'Est, leur coûterait cinq fois plus cher qu'une formation « tout à fait correcte » ici dans l'Arizona. À quoi sa mère avait répondu qu'il avait tort – il n'en revenait pas ! –, ça ne coûterait pas cinq mais *dix* fois plus cher. Elle avait téléphoné au bureau des admissions de Minerva College et parlait en connaissance de cause. Mais la question du coût ne le concernait pas, étant donné qu'elle avait l'intention de financer ces études. Sans compter, avait-elle renchéri – elle avait renchéri ! –, qu'elle espérait bien que son fils irait manifester contre cette guerre stupide et immorale et, *pour finir*, si Lincoln votait démocrate, il ne serait pas le seul dans leur famille réduite. Et voilà.

Lincoln, malgré toute l'affection qu'il vouait à sa mère, répugnait à accepter la réalité de cette révélation d'ordre économique, surtout parce qu'elle faisait apparaître son père sous un jour défavorable. Si elle était, elle et non pas lui, à l'origine de ces « petits plus » dont ils avaient profité pendant si longtemps, pourquoi son père lui avait-il laissé croire qu'ils ne devaient ce confort relatif qu'à lui seul, W. A. Moser ? D'autre part, ce nouveau récit maternel ne collait pas avec ce qu'on lui racontait depuis l'enfance : autrement dit que la famille de sa mère avait été riche à une époque mais que le décès de ses parents avait fait apparaître un château de cartes financier – de mauvais investissements, masqués par des emprunts imprévoyants et des actifs en baisse sans cesse hypothéqués. Et qu'une fois leur fortune dilapidée, ils avaient continué à mener grand train : vacances d'été à Cape Cod, coûteux séjours aux Caraïbes en hiver et virées en Europe chaque fois que l'envie leur en prenait. Fêtards et gros buveurs, sans doute étaient-ils ivres le soir de l'accident. En fait, ils ressemblaient… pourquoi le nier… aux Kennedy. Aux yeux de son père, il s'agissait d'un conte moral sur des individus décadents et stupides, venus d'un coin du pays peuplé de snobs arrogants, des individus qui ne connaissaient pas la signification du labeur et qui avaient eu ce qu'ils méritaient depuis des lustres. Son père n'avait pas été jusqu'à affirmer qu'il avait sauvé la mère de Lincoln d'une vie dissolue, mais l'allusion était là, à portée de main. Sa mère était-elle en train de lui dire que ce récit familial, incontesté pendant si longtemps, était un mensonge ?

Pas entièrement, concéda-t-elle, mais ce n'était pas toute la vérité. Oui, ses parents avaient été imprévoyants, et quand la poussière financière était retombée, il n'était plus rien resté de la fortune familiale, à l'exception d'une petite maison située à Chilmark, sur l'île de Martha's Vineyard, sauvée des créanciers et dont elle hérita le jour de ses vingt et un ans. Pourquoi Lincoln n'avait-il jamais entendu parler de cette maison ? Parce que son père, lorsqu'il avait appris son existence, peu de temps après le mariage, avait voulu la vendre, par pure méchanceté, affirmait sa mère, afin de la couper un peu plus de son passé et, ainsi, la rendre encore plus dépendante de lui. Pour la première fois, elle avait refusé de lui obéir et son intransigeance sur ce point avait si profondément surpris et perturbé W. A. Moser qu'il avait toujours refusé, par méchanceté là encore, de se rendre dans cette maison. Cette obstination était la raison pour laquelle la maison avait été louée, chaque année à un prix de plus en plus élevé à mesure que l'île gagnait en popularité, et cet argent avait été placé sur un compte rémunéré dans lequel ils piochaient de temps à autre pour financer tous ces « petits plus ». Aujourd'hui, sa mère avait l'intention d'utiliser ce qui restait pour assurer l'éducation de Lincoln.

Ah, la maison de Chilmark. Quand elle était petite, lui raconta-t-elle, les yeux embués à l'évocation de ce souvenir, c'était l'endroit qu'elle aimait le plus au monde. Ils débarquaient sur l'île pour le Memorial Day[1], et ne rentraient à Wellesley qu'au Labor Day[2]. Sa mère et elle n'en bougeaient plus et son père les rejoignait le week-end. Des fêtes étaient alors organisées – oui, Lincoln, c'étaient des gens qui buvaient, riaient et s'amusaient – au cours desquelles les invités s'entassaient sur la minuscule terrasse qui, du haut d'une colline, dominait l'Atlantique. Les amis de ses parents étaient aux petits soins pour elle et même si ça manquait d'enfants, elle s'en moquait puisque pendant trois longs mois elle avait sa mère pour elle seule. Tout l'été, elles marchaient pieds nus ; leurs vies étaient remplies d'air salé, de draps qui sentaient le propre et de mouettes qui tournoyaient dans le ciel. Le parquet était couvert de sable et tout le monde s'en fichait. Pas une seule fois durant tout le séjour ils n'allaient à l'église, et personne ne laissait entendre que c'était un péché car ce n'en était pas un. C'était… *l'été.*

C'est dans l'espoir que Lincoln éprouve un jour les mêmes sentiments à l'égard de la maison de Chilmark, qu'elle avait déjà pris toutes les dispositions afin que ce soit lui, et non son père, qui en hérite. Il devait seulement lui promettre qu'il ne la vendrait jamais, sauf en cas d'absolue nécessité, et que s'il était *obligé* de s'en séparer, il ne partagerait pas le fruit de la vente avec son père qui remettrait cet argent à son église.

1. Célébré le dernier lundi du mois de mai, le Memorial Day rend hommage aux soldats morts au combat, toutes guerres confondues.

2. Le Labor Day, la fête du Travail, est célébré le premier lundi de septembre.

Renoncer à sa foi était une chose, mais il n'était pas question de permettre à Dub-Yay de financer une bande de foutus manipulateurs de serpents, pas avec *son* argent.

Il fallut à sa mère presque la matinée entière et plusieurs cafés arrosés de whisky pour transmettre ces nouvelles informations à son fils qui l'écoutait bouche bée, le cœur brisé, tout son univers ayant été violemment chamboulé. Quand elle se tut enfin, elle se leva, tituba, s'exclama « Oh là ! » et dut se retenir à la table avant de déposer le bol de céréales de Lincoln et sa tasse de café dans l'évier, en annonçant qu'elle allait faire une petite sieste. Elle dormait encore quand Dub-Yay rentra de la mine ce soir-là, et quand il la réveilla pour savoir si le dîner était prêt, elle lui répondit de le préparer lui-même. Lincoln avait rangé la bouteille de whisky dans le placard, mais son père sembla deviner ce qui s'était passé. De retour dans la cuisine, il considéra son fils, poussa un long soupir et demanda : « Mexicain ? » Il n'y avait que quatre restaurants à Dunbar, dont trois mexicains. Ayant opté pour leur restaurant préféré, ils mangèrent des *chiles rellenos* dans un silence religieux, interrompu à une seule reprise, par son père qui déclara : « Ta mère est une femme bien », comme s'il voulait que cela soit consigné officiellement.

Peu à peu, la situation revint à la normale, ou du moins « normale » pour les Moser. La mère de Lincoln, après avoir momentanément retrouvé la parole, redevint muette et soumise, ce dont Lincoln se félicitait. Il avait des amis qui vivaient dans des foyers où régnait la discorde. En définitive, il pensait avoir toutes les raisons de s'estimer chanceux. D'abord, il venait d'hériter d'une propriété. Ensuite, malgré la charge financière que cela représentait pour ses parents, il était fort probable qu'il parte l'année prochaine étudier dans une université huppée de la côte Est, ce qui n'était jamais arrivé à un habitant de Dunbar. Il s'agissait d'envisager cela comme une aventure. N'empêche qu'il avait été profondément secoué en entendant sa mère lui révéler la réalité de leur existence. La terre s'était muée en sable sous ses pieds, et ses parents, les deux personnes les plus importantes dans sa vie, étaient devenus des inconnus. Avec le temps, il reprendrait confiance, mais il resterait méfiant.

Teddy Novak, fils unique lui aussi, avait grandi dans le Midwest, auprès de ses parents, deux professeurs d'anglais débordés. Il savait qu'ils l'aimaient car ils le lui disaient chaque fois qu'il leur posait la question, mais il avait parfois l'impression que leurs vies étaient déjà pleines d'enfants avant sa venue au monde, et qu'ils l'avaient vu comme le trouble-fête qui allait tout chambouler. Ils passaient leur temps à corriger des devoirs et à préparer des cours, et quand Teddy les interrompait dans ces activités, il lisait sur leurs visages l'expression de questions muettes, du genre : *Pourquoi c'est toujours moi que tu interroges et jamais ton père ?* ou *Ce n'est pas au tour de ta mère ? La dernière fois, c'était moi.*

Enfant, Teddy avait été petit, frêle et peu sportif. Il aimait l'idée de faire du sport, mais chaque fois qu'il s'essayait au base-ball, au football et même à la balle au prisonnier, il rentrait immanquablement chez lui en boitant, couvert de bleus et épuisé, les doigts formant des angles bizarres. Il n'y pouvait rien. Son père était grand, mais squelettique, un être humain fait de coudes, de genoux et de peau fine. Sa pomme d'Adam semblait avoir été empruntée à un homme beaucoup plus costaud, et ses vêtements ne lui allaient jamais. Quand ses manches de chemise avaient la bonne longueur, le col aurait pu accueillir un deuxième cou ; et quand le col était bien ajusté, les manches s'arrêtaient entre le coude et le poignet. En pantalon, il faisait un 28 de tour de taille et un 34 d'entrejambes, si bien qu'il fallait lui en fabriquer sur mesure. Au milieu de son front poussait une luxuriante touffe de cheveux rêches, entourée de larges douves de peau pâle et marbrée. Pas étonnant que ses élèves l'appellent Ichabod, sans que personne ne sache si ce surnom provenait de son physique ou de son penchant particulier pour *La légende de Sleepy Hollow*, le premier texte que rencontraient les étudiants du cours de littérature qui avait fait sa renommée : La Mentalité américaine. Ce que préférait le père de Teddy dans cette histoire, c'était qu'on pouvait toujours compter sur les étudiants pour passer à côté du sujet. Il pouvait alors tout leur expliquer. Ils aimaient l'élément fantastique du Cavalier sans tête, et lorsqu'ils comprenaient qu'il n'avait rien de surnaturel, ils étaient déçus. Néanmoins, ils trouvaient la fin – Brom Bones, personnage typiquement américain, triomphait et Ichabod Crane, cet instituteur prétentieux, devait quitter la ville, ridiculisé – extrêmement réjouissante. Il fallait déployer de gros efforts pour les convaincre que ce récit était en vérité une charge contre l'anti-intellectualisme, que Washington Irving jugeait indissociable de la mentalité américaine. En se méprenant sur le sens et le but de cette histoire, ses étudiants devenaient malgré eux les dindons de la farce, c'était du moins ce qu'affirmait le père de Teddy. Les plus difficiles à convaincre étaient les athlètes du lycée qui, naturellement, s'identifiaient à Brom Bones, costaud et beau garçon, sûr de lui, cossard et idiot, qui séduisait la plus jolie fille de la ville, comme eux séduisaient les cheerleaders. Où était la satire là-dedans ? Pour eux, cette histoire parlait de sélection naturelle. Et s'il s'agissait d'une satire, le père de Teddy – cet homme ridicule – n'était pas le bon messager. Les athlètes estimaient qu'il méritait un sort semblable à celui d'Ichabod Crane.

La mère de Teddy elle aussi était grande, dégingandée et osseuse, et quand son mari et elle se tenaient côte à côte, on les prenait souvent pour le frère et la sœur, parfois même pour des jumeaux. Sa particularité physique la plus prononcée était un sternum proéminent qu'elle tapotait en permanence, comme si les brûlures d'estomac étaient ses compagnes constantes et chroniques. Quand les gens la voyaient faire ce geste, ils s'écartaient souvent, de crainte que la chose qu'elle tentait de dompter ne jaillisse soudainement. Mais pire que tout pour Teddy, ses parents avaient fini par se voir exactement comme on les voyait, alors que l'existence même de Teddy suggérait que cela n'avait pas toujours été le cas. Conscients de ne pas être gâtés physiquement, ils semblaient puiser du réconfort dans leur sensibilité supérieure, leur capacité à formuler avec un formidable dédain leurs opinions tranchées, soit exactement, hélas, le don qui avait causé la perte de ce pauvre Ichabod Crane.

Dès son plus jeune âge, Teddy sentit qu'il était différent des autres enfants, et il accepta son lot de solitude sans se plaindre. « Ils ne t'aiment pas parce que tu es intelligent », lui expliquèrent ses parents, bien qu'il ne leur ait jamais dit qu'il ne se sentait pas aimé, mais plutôt à part, comme si un mode d'emploi de la vie des jeunes garçons avait été distribué à tous, sauf à lui.

Parce que, trop souvent, il finissait par se blesser quand il essayait de se comporter comme eux, il préférait rester chez lui, à lire des livres, ce qui réjouissait ses parents, peu enclins à lui courir après ou à se demander où il pouvait être. « Il adore lire », expliquaient-ils aux autres parents, impressionnés par les résultats de Teddy. Aimait-il réellement lire ? Teddy n'en était pas certain. Ses parents étaient fiers de ne pas posséder de téléviseur, et en l'absence de camarades, c'était le seul moyen de se distraire. Certes, il préférait lire plutôt que de se fouler la cheville ou de se casser un doigt, mais cela ne faisait pas de la lecture une passion. Sa mère et son père attendaient avec impatience le jour où ils pourraient prendre leur retraite, cesser de corriger des devoirs et se consacrer à la lecture, alors que Teddy espérait qu'une nouvelle activité se présenterait tôt ou tard, dont il pourrait profiter sans risquer de se blesser. En attendant, il lisait.

Au cours de son année de troisième, une chose étrange se produisit : une poussée de croissance inattendue le fit grandir d'une vingtaine de centimètres et grossir d'une dizaine de kilos. Voilà que du jour au lendemain, il mesurait une tête de plus que son père et était plus large d'épaules. Plus étonnant encore, il découvrit qu'il était un basketteur fluide et élégant. En première, il était capable de réaliser des *dunks* – contrairement à ses coéquipiers – et ses tirs en suspension étaient presque impossibles à contrer du fait de sa taille. Recruté dans l'équipe du lycée, il devint le meilleur marqueur, jusqu'à ce que la nouvelle se répande qu'il n'aimait pas la castagne. Si on le bousculait, il reculait, et un coup de coude bien placé le décourageait de pénétrer dans la raquette, où on lui demandait pourtant de se tenir. Tout cela faisait tellement enrager son coach qu'il qualifiait de lâcheté le tir en suspension de Teddy, dont l'équipe avait pourtant besoin pour marquer de douze à quinze points par match. « Rentre-leur dedans ! » hurlait-il à Teddy planté en tête de raquette, attendant patiemment l'occasion de tirer. « Sois un homme, espèce de mauviette ! » Voyant que Teddy était toujours peu enclin à « leur rentrer dedans », le coach chargea un de ses coéquipiers de le rudoyer à l'entraînement, avec l'espoir de l'endurcir. Nelson faisait une tête de moins que lui, mais il était bâti comme un char d'assaut et prenait un immense plaisir à envoyer valdinguer Teddy quand ils répétaient des combinaisons. Lorsque Teddy se plaignait que Nelson avait commis une faute sur lui, le coach aboyait : « Fais-en autant ! » Évidemment, Teddy refusait.

De fait, Nelson aimait tellement jouer les durs qu'il prit l'habitude d'enfoncer les côtes de Teddy à coups d'épaule, dans les couloirs du lycée, entre les cours. Le projetant contre les casiers, il éparpillait ses livres par terre. « Brom Bones ! » s'exclama son père, qui confondait la vie et la littérature, quand Teddy lui raconta ce qui se passait. Pour son père, la solution était évidente : quitter l'équipe et rejeter ainsi le stéréotype du mâle américain présenté sous les traits d'un sportif sans cervelle. Teddy ne voyait pas les choses de la même façon. Il aimait le basket et il voulait le pratiquer comme le sport sans contact qu'il devait être, selon lui. Il voulait recevoir le ballon en tête de raquette, tromper le défenseur grâce à une feinte d'épaule, pivoter et réaliser son tir en suspension. Dans sa jeune existence, il ne connaissait rien d'aussi parfait que le bruit que produisait le ballon en traversant le filet sans toucher le cercle.

Sa carrière de joueur prit fin de manière prévisible, mais si Teddy avait pu la prévoir, sans doute aurait-il suivi le conseil de son père et arrêté de jouer, du jour au lendemain. Un après-midi, à l'entraînement, alors qu'il sautait pour récupérer un ballon au rebond, Nelson le déséquilibra en l'air et Teddy tomba lourdement sur le coccyx. La conséquence, une légère fracture d'une vertèbre, aurait pu être beaucoup plus grave d'après les médecins. Quoi qu'il en soit, il resta sur le banc jusqu'à la fin de la saison. Parmi les dizaines de livres qu'il lut, péniblement, durant sa convalescence, ce printemps et cet été-là, figurait *La nuit privée d'étoiles* de Thomas Merton[1], un ouvrage qui, pour une raison inconnue, lui procura la même sensation qu'un tir en suspension réussi. Quand il l'eut terminé, il demanda à ses parents, qui n'étaient pas croyants ni l'un ni l'autre, s'il pouvait se rendre à l'église. Leur réponse, caractéristique, fut qu'ils n'y voyaient pas d'objection, du moment qu'il ne comptait pas sur eux pour l'accompagner. Le dimanche matin était consacré à la lecture du *New York Times*.

Merton étant un moine trappiste, Teddy se tourna d'abord vers l'Église catholique, mais il tomba sur un prêtre que son père aurait immédiatement identifié comme un anti-intellectuel, un abruti à vrai dire, aussi éloigné de l'idéal monastique qu'on pouvait l'imaginer, alors Teddy testa ensuite l'Église unitarienne, une rue plus loin. Là, le pasteur était une femme qui avait étudié à Princeton. Elle lui rappelait ses parents par de nombreux côtés, si ce n'est qu'elle semblait s'intéresser réellement à lui. Elle était mignonne, pas du tout anguleuse, et bien entendu, Teddy succomba. Toujours

1. *The Seven Storey Mountain*, qui retrace le chemin parcouru par un homme en quête de vérité.

sous l'influence de Merton, il s'efforça de conserver la pureté de cet amour, mais presque chaque soir il s'endormait en imaginant ce que cachaient cette robe et cette étole, ce que n'aurait certainement pas fait Merton. Aussi fut-il à la fois abattu et soulagé quand cette femme fut mutée dans une autre paroisse.

En terminale, Teddy reçut l'autorisation de reprendre le basket, mais il ne se présenta pas à l'entraînement, ce qui incita le coach à murmurer *tapette* chaque fois qu'ils se croisaient dans un couloir. À moins que ce soit *gonzesse*, Teddy n'en était pas sûr. À son grand étonnement, il s'aperçut qu'il se fichait de ce que le coach pensait de lui. Quoique, pas tant que ça, en vérité, car cet été-là, avant que Teddy parte pour Minerva, le coach était parvenu à se sectionner l'extrémité de ce qu'il appelait son « doigt à chatte » en tentant de déloger une branche coincée entre les lames et le cadre de sa tondeuse sans avoir au préalable coupé le moteur, et Teddy, en l'apprenant, ne put s'empêcher de sourire, non sans éprouver un sentiment de culpabilité. Il avait rédigé sa dissertation d'admission à la fac sur Merton et il pressentait que le moine ne se serait pas réjoui de la souffrance d'un autre être humain, pas plus qu'il n'aurait passé de longues nuits à imaginer ce qu'une jolie femme pasteur unitarienne cachait sous ses vêtements sacerdotaux. D'un autre côté, Merton n'avait jamais rencontré le pasteur en question, et il était réputé pour avoir mené une vie dissolue avant sa conversion. Rien par ailleurs ne permettait de supposer que Dieu n'avait pas le sens de l'humour. Il ne se mêlait a priori pas des affaires des hommes, et ne les obligeait pas à se comporter de telle ou telle manière, mais Teddy était certain qu'Il avait dû bien rigoler quand le coach avait perdu le bout de son « doigt à chatte ».

Mickey Girardi venait d'un quartier ouvrier, brutal, de West Haven, dans le Connecticut, célèbre pour ses bodybuilders, ses Harley et ses rassemblements ethniques festifs. Ses parents étaient irlandais et italien, son père ouvrier du bâtiment, sa mère secrétaire dans une compagnie d'assurances ; l'un et l'autre étaient de fervents partisans de l'assimilation. Ils aimaient sortir le drapeau et pas seulement le 4 juillet. Ancien combattant de la Seconde Guerre mondiale, son père aurait pu profiter des avantages du G.I. Bill, mais il connaissait un type susceptible de le faire entrer dans le syndicat des tuyauteurs, et cela lui avait semblé préférable. Mickey était le plus jeune de huit enfants, l'unique garçon, et à bien des égards, il était pourri gâté : on achetait des vêtements rien que pour lui et, dès le début, il eut droit à sa propre chambre. Certes, elle avait les dimensions d'un placard, et alors ? La maison familiale était vaste, par la force des choses, mais modeste et à trois rues seulement de la plage, un atout formidable en été quand la brise fraîche soufflait du large. En revanche, lorsque le vent changeait de direction, le vacarme de l'autoroute toute proche était tel qu'on avait l'impression de vivre juste en dessous. Le dimanche soir, obligation pour tous de rester à la maison. Spaghettis à la saucisse, aux boulettes et à l'échine de porc braisée dans la sauce tomate. Recette de la mère de Michael Sr., transmise à contrecœur à sa belle-fille irlandaise, en omettant toutefois un ou deux ingrédients pour le principe. La famille d'abord, l'Amérique ensuite (ou peut-être l'inverse ces temps-ci, avec tous ces beatniks crasseux qui agitaient leurs pancartes idiotes en faveur de la paix), tout le reste arrivait en troisième position, loin derrière.

Pour Mickey, la musique occupait la place numéro un. Son premier boulot avait été de balayer le magasin de musique du centre commercial où il était tombé amoureux d'une Fender Stratocaster en vitrine. Un ampli avait suivi. À treize ans, il jouait dans un groupe. À seize ans, il se faufilait en douce dans les bars louches de New Haven où il côtoyait des types plus âgés dont les petites amies ne portaient pas de soutien-gorge et semblaient prendre plaisir à le faire savoir en se penchant devant Mickey, lequel raconterait plus tard à Lincoln et Teddy, en plaisantant, qu'il n'avait pas débandé durant toute l'année 1965. « Si je te surprends en train de te droguer, l'avertit son père, tu seras le premier gamin d'Amérique tabassé à mort avec une Fenson.

— Fender, rectifia Mickey.

— Apporte-la-moi, petit malin. On va faire ça maintenant. On gagnera du temps. »

Aller à l'université était à peu près la dernière chose que Mickey désirait sur terre. Au lycée, il avait toujours oscillé entre médiocre et nul, mais toutes ses sœurs étaient allées, ou allaient, à l'université, et sa mère n'en attendait pas moins de lui. Étudier dans un *community college*[1] et vivre à la maison, tel était le plan de M. Décontract, comme le surnommait sa mère. Partisan du moindre effort, Mickey pensait qu'elle avait raison. Il n'était pas excessivement ambitieux, et il ne voyait pas quel mal il y avait à rester à West Haven. Ses sœurs ayant quitté la maison, il y avait de

1. Établissement public offrant une formation universitaire en deux ans.

la place à revendre, sauf les dimanches et pendant les vacances.

Hélas, même pour entrer dans un *community college*, il fallait passer un test, ce que fit Mickey un samedi matin. Ne voulant pas décevoir sa mère en étant le seul élève recalé à l'examen d'entrée d'un *community college*, il avait décliné une proposition de concert la veille au soir pour s'offrir une bonne nuit de sommeil. Il ne perdait rien à essayer, pour une fois. Les droits d'inscription n'étaient pas très élevés, et il se ferait bien voir de son père s'il parvenait à empocher quelques dollars pour participer à l'achat des livres et aux frais.

Le jour où les résultats de l'examen arrivèrent, sa mère sortit accueillir son père sur le seuil de la maison. « Regarde ça, dit-elle en montrant les notes de leur fils, parmi les meilleurs. Cet enfant est un génie. »

Mickey étant le seul enfant présent dans la pièce, son père regarda autour de lui pour vérifier qu'il n'y en avait pas un autre caché quelque part.

« Quel enfant ?

— Lui. Ton fils. »

Son père se gratta la tête.

« Celui-là ?

— Oui. Notre Michael. »

Son père examina les résultats. Il regarda sa femme, il regarda Mickey, puis sa femme de nouveau.

« OK, dit-il finalement. Qui est le père ? Je me suis toujours posé la question. »

Le lendemain, Michael Sr. essayait encore de comprendre.

« Viens faire un tour avec moi », dit-il en refermant sa paluche sur l'épaule de Mickey. Quand ils arrivèrent au bout de la rue, à l'abri des oreilles indiscrètes, il dit : « Bon, allez, crache le morceau. Je te promets de ne pas me mettre en colère. Qui tu as trouvé pour passer cet examen à ta place ? »

Mickey sentit son œil gauche tressauter.

« Tu sais quoi, papa ?

— Attention à ce que tu vas dire, l'avertit son père.

— Va te faire foutre », dit Mickey pour aller au bout de sa pensée.

Michael Sr. s'arrêta et leva les mains au ciel. « Je t'avais prévenu. » Et il asséna une taloche à son fils, sur l'arrière du crâne, suffisamment forte pour lui faire venir les larmes aux yeux. « Aide-moi, j'ai besoin de comprendre. Tu es en train de me dire que tu n'as pas triché à cet examen ? »

Mickey acquiesça.

« Tu es en train de me dire que tu es intelligent.

— Je ne te dis rien du tout.

— Tu es en train de me dire que pendant tout ce temps tu aurais pu réussir à l'école et rendre ta mère fière de toi ? »

Mickey sentit que cette façon de voir les choses ôtait un peu d'éclat à son examen presque parfait. Il haussa les épaules.

« Quelle idée on a eue ? demanda son père, semblant s'adresser à lui-même plus qu'à son fils. On réussissait si bien avec les filles.

— Désolé, dit Mickey.

— Maintenant, écoute-moi. Je vais t'expliquer ce qui va se passer. Tu vas aller à l'université. Et tu vas réussir. Inutile de discuter. Ou bien tu rends ta mère fière de toi, ou bien tu ne rentres plus à la maison. »

Mickey commença à protester, pour s'apercevoir qu'il n'en avait pas forcément envie. Lui-même essayait encore d'assimiler ce résultat remarquable et il commençait à voir plus loin que le *community college*. Lorsque la nouvelle se répandit au lycée de West Haven, plusieurs de ses anciens professeurs l'apostrophèrent dans les couloirs : « Alors, qu'est-ce qu'on te disait ? » Et au lieu de s'opposer aux ordres de son père, il lui dit : « Je peux faire des études de musique ? »

Son père regarda le ciel, puis son fils.

« Pourquoi faut-il *toujours* que tu tires sur la corde ?

— Autrement dit, je peux m'inscrire en musique ?

— Vas-y, soupira Michael Sr. Fais des études de Fenson si tu veux, je m'en fiche. »

Mickey faillit le reprendre, mais son père n'avait pas tort : il fallait toujours qu'il tire sur la corde.

Quelles étaient les chances pour que ces trois-là se retrouvent dans la même résidence pour étudiants de première année à Minerva College, sur la côte du Connecticut ? Alors qu'il suffit d'arracher un seul fil de la trame de la destinée humaine pour que tout s'effiloche. D'un autre côté, les choses ont tendance à s'effilocher quoi qu'il arrive.

# LINCOLN

Septembre est le meilleur mois sur l'île. La foule est repartie, les plages sont désertes et l'océan encore chaud. Pas la peine de réserver pour aller au restaurant. Après le Labor Day, les politiciens retournent à Washington, les gauchos d'Hollywood ou des médias à L.A. et à New York. Envolés également les *frat boys* privilégiés et contents d'eux qui se croient démocrates, mais qui, le temps passant, deviendront des républicains bon ton. La moitié des employés de l'agence immobilière de Lincoln à Las Vegas – ou ce qu'il en restait après la crise – étaient d'anciens de Sigma Chi qui avaient été des fumeurs de joints à cheveux longs et des manifestants pacifistes dans les années soixante et soixante-dix. Tous étaient devenus des conservateurs purs et durs, plus durs que Lincoln en tout cas. Républicain depuis toujours, il a du mal ces temps-ci à trouver sa place sur l'échiquier politique. Pas question de voter pour Hillary, mais pour qui, alors ? Une bonne douzaine de candidats du GOP[1] étaient toujours en lice – certains authentiquement idiots ; d'autres en ayant tout l'air – dans

1. The Grand Old Party, le parti républicain américain.

l'Iowa du moins. Alors, peut-être Kasich. Bland ne serait pas trop mal. Dans le style Eisenhower.

Quoi qu'il en soit, c'était un soulagement de mettre la politique de côté pendant quelques jours. Lincoln était à peu près certain que Teddy, qui devait arriver le lendemain, était toujours un progressiste acharné, mais dans quel camp ? Clinton ou Sanders ? Et Mickey ? Votait-il, d'abord ? Le sujet du Viêtnam serait à éviter lui aussi. La guerre était finie depuis des dizaines d'années, mais ne le serait jamais pour des hommes de leur âge. Cette guerre avait été la leur, qu'ils y aient participé ou pas. Sa mémoire a beau devenir de plus en plus poreuse, Lincoln se souvient encore de cette soirée de 1969 où tous les serveurs s'étaient réunis à l'office de la résidence des Thêta pour assister au tirage au sort de la conscription, sur un minuscule téléviseur en noir et blanc que quelqu'un avait apporté pour l'occasion. Avaient-ils demandé la permission d'utiliser le grand téléviseur du salon ? Probablement pas. Les barrières sociales des sororités avaient commencé à s'effriter, ainsi que le prouvaient les fiestas qu'ils organisaient tous les vendredis après-midi, mais elles pouvaient ressurgir de manière inattendue. Les serveurs empruntaient encore l'entrée de service. Quoi qu'il en soit, ce tirage au sort ne concernait pas les Thêta ; il concernait Lincoln, Teddy, Mickey et les autres. Huit jeunes hommes dont le destin se jouait ce soir-là. Quelques-uns d'entre eux sortaient avec des Thêta, comme le ferait Lincoln un an plus tard avec Anita, et avaient prévu de les rejoindre dans la soirée, mais ils allaient suivre le tirage au sort sur ce poste merdique à l'office, et non pas sur le grand téléviseur en couleur du salon, car leur place était là et celle de la guerre aussi.

Ils avaient transformé l'événement en fête, chacun contribuant à l'achat d'une caisse de bière, ce qui était strictement interdit, mais le cuistot ne les moucharderait pas, pas un soir comme celui-ci. La règle interdisait de commencer à boire avant que votre date de naissance soit sortie et que vous soyez fixé sur votre sort. Celle de Mickey sortit en premier, de manière scandaleusement prématurée. Numéro 9. Comment se fait-il que Lincoln se souvienne de ce détail, alors que le temps a relégué tant de choses dans la poubelle de sa mémoire ? Il se souvient également que son ami s'était levé, les bras tendus vers le ciel tel un boxeur victorieux, comme s'il n'avait rien souhaité d'autre. Il était allé chercher une bière dans la bassine en aluminium remplie de glaçons, l'avait décapsulée et vidée à moitié d'un trait. Après s'être essuyé la bouche avec sa manche, il avait souri et lancé : « Vous devez avoir le gosier sec, les gars. » L'autre chose dont se souvient Lincoln, c'est d'avoir regardé Teddy et découvert son visage exsangue.

Le grand absent de ces souvenirs précis, c'est son propre comportement. S'était-il joint aux autres pour donner la sérénade à Mickey en interprétant l'hymne national canadien ? Avait-il ri des plaisanteries atroces (« Ravi de t'avoir connu, Mick ») ? Il se souvient vaguement, et peut-être à tort, d'avoir pris Mickey à part pour lui dire : « C'est encore loin, mec. » Car même ceux qui avaient été tirés au sort dans les premiers ne recevraient pas leur avis d'incorporation avant plusieurs mois, et les étudiants avaient le droit de terminer leur année universitaire. La plupart des étudiants de troisième année bien notés – comme Lincoln, Teddy et Mickey – bénéficieraient d'un report d'un an pour obtenir leur diplôme avant d'être appelés sous les drapeaux. La guerre serait peut-être terminée d'ici là, ou en passe de l'être.

Plus tard dans la soirée, Lincoln avait appelé chez lui, en espérant que sa mère décroche, et naturellement, ce fut son père qui répondit. « On a regardé, dit-il de sa voix nasillarde et haut perchée, qu'accentuait la communication longue distance, métallique. Comme je l'ai expliqué à ta mère, ils s'arrêteront à cent cinquante. » À l'instar de toutes les opinions de son père, celle-ci était présentée comme un fait établi.

« Sauf si tu te trompes et qu'ils continuent », répondit Lincoln, enhardi peut-être par les quatre mille kilomètres qui les séparaient.

« Je ne me trompe pas et ils s'arrêteront », rétorqua Dub-Yay, sans doute pour apaiser les craintes de son fils, mais celui-ci se demandait parfois si les déclarations de son père ne répondaient pas à une motivation obscure. Depuis que sa mère lui avait dévoilé la vérité au sujet des finances familiales, les affirmations de son père avaient tendance à lui taper sur les nerfs. « Comment s'en sont sortis les autres branquignols ? » voulut savoir Dub-Yay. (Lincoln avait confié à ses parents que Teddy, Mickey et lui, si différents des étudiants BCBG de Minerva, en étaient venus à se considérer comme les Trois Mousquetaires, ce à quoi son père avait immédiatement répondu : « Les Trois Branquignols, tu veux dire. »)

Lincoln déglutit.

« Mickey y a eu droit. Numéro neuf.

— C'est une guerre stupide, concéda son père, mais on ne choisit pas de rester sur la touche. »

Lincoln ne pouvait pas lui donner tort, et pourtant ça l'énervait que son père se montre si cavalier alors qu'il s'agissait de ses amis.

« Qu'est-ce que tu dirais si je partais au Canada ? risqua Lincoln.

— Je ne dirais absolument rien. »

Une réponse formulée sans la moindre hésitation comme si son père avait anticipé cette question, pris le temps d'y réfléchir et était impatient, comme toujours, d'exposer ses conclusions.

« Si tu faisais ça, tu cesserais d'être mon fils à l'instant même et on ne s'adresserait plus la parole. Je ne t'ai pas donné le nom d'Abraham Lincoln pour que tu deviennes un insoumis. Comment va Frère Edward ? »

C'était le surnom de Teddy, qui leur avait rendu visite à Dunbar durant l'été. La mère de Lincoln l'avait aimé immédiatement, mais Dub-Yay n'avait pas été impressionné. W. A. Moser partait du principe qu'une seule partie de golf suffisait à dévoiler tout ce qu'on avait besoin de savoir sur la personnalité d'un individu, et il avait jugé Teddy dès le premier trou lorsque celui-ci avait omis de retirer sa montre. Rien ne réjouissait davantage Wolfgang Amadeus que d'extrapoler le monde à partir d'un grain de sable. Rétrospectivement, cependant, Lincoln doutait que l'incident de la montre ait eu le moindre rapport avec les réserves de son père concernant Teddy. Il était plus probable que celui-ci ait fait un commentaire provocateur au sujet de la guerre ou souligné que tous les membres du Dunbar Country Club étaient blancs et tout le personnel hispanique.

« Teddy est tranquille, répondit Lincoln. Il est dans les trois cents et quelques.

— C'est préférable. Je vois mal à quoi pourrait servir ce garçon au combat. » Ou n'importe où ailleurs, semblait-il dire.

Lincoln avait-il parlé à sa mère ce soir-là ? Là

encore, sa mémoire, tel un objecteur de conscience, refuse d'obéir.

En revanche, l'instant où les Trois Mousquetaires, émergeant de la résidence des Thêta, avaient trouvé leur beau d'Artagnan en train de grelotter dans le froid de décembre est, lui, profondément gravé dans son cerveau. Tout comme il se remémore la pensée honteuse qui s'était invitée dans son esprit – espèce de veinard ! – quand Jacy avait pris dans ses bras un Mickey surpris, pour le serrer contre elle. Il avait suffi de regarder Teddy à cet instant pour savoir qu'il pensait la même chose.

Jacy. Disparue sur cette île. Le week-end du Memorial Day 1971.

Il est encore tôt quand le ferry accoste à Vineyard Haven le vendredi. Lincoln aurait dû arriver la veille, mais les orages au-dessus de l'aéroport O'Hare avaient retardé son arrivée à Boston. Le temps de récupérer sa voiture de location et de rouler jusqu'à Woods Hole, il avait manqué le dernier ferry. Il avait envisagé d'appeler Mickey, qui habitait dans le coin, mais il lui avait dit que son groupe donnait un concert ce soir-là et Lincoln n'avait pas eu d'autre choix que de prendre une chambre dans un motel près de l'embarcadère. Après avoir envoyé un mail à Anita pour lui dire qu'il était bien arrivé, il avait pensé marcher jusqu'en ville pour chercher un endroit ouvert où dîner, mais il était crevé, en avait plein le dos d'avoir voyagé, et il avait décidé de se coucher le ventre vide. Plus las que fatigué, il était resté éveillé dans la chambre poussiéreuse, se demandant quels nouveaux ravages le temps impitoyable avait infligés à ses amis et aussi, bien sûr, quelle image il allait leur offrir. Cela faisait… *dix ans* qu'il ne les avait pas revus ? Non, pas tout à fait, car il n'avait été question, lors de la dernière réunion des anciens de Minerva, que de la stupéfiante élection d'un président noir à la tête des États-Unis. *Dieu bénisse les badges nominatifs*, avait-il pensé alors. Anita, elle, n'avait jamais aucun mal à reconnaître des personnes qu'elle n'avait pas vues depuis une éternité, mais peut-être les suivait-elle sur Facebook ou les avait-elle googlées avant. Chaque fois qu'elle lui présentait une de ses « sœurs » de Thêta, Lincoln devait se retenir pour ne pas s'exclamer : *Tu plaisantes ! Sérieusement ?* Les hommes semblaient s'en être mieux sortis, même si les années les avaient punis eux aussi. Les sportifs surtout, qui s'étaient décatis. Teddy, la dernière fois qu'il l'avait vu, avait encore la ligne, et un visage lisse, à l'exception de pattes-d'oie au coin des yeux, mais il avait moins de cheveux et semblait amaigri par une maladie qu'il préférait taire. Rien d'étonnant. Il avait toujours été très secret. Mickey, lui, avait conservé une épaisse tignasse de cheveux bruns bouclés, à peine saupoudrés de sel, et relativement longs ; il arborait, en revanche, une bedaine qui aurait constitué son signe distinctif principal s'il n'avait pas mesuré presque deux mètres. Il avait toujours possédé une beauté brute, mais Lincoln n'aurait pas été étonné d'apprendre qu'il s'était battu dans des bars. C'était peut-être le cas. Car s'il se comportait habituellement comme le plus doux des géants, il lui arrivait de s'emporter, et dans ces moments-là, il valait mieux se mettre aux abris.

Comme ce jour où ils s'étaient rendus à la résidence

des Sigma Alpha Epsilon. En année de licence ? En guise de rite initiatique, trois nouveaux membres de la fraternité s'étaient incrustés dans leur fiesta du vendredi après-midi avec les Thêta, et pour les remercier de ne pas les avoir flanqués dehors, ils avaient invité toute la bande à une fête le soir même. Mickey ne voulait pas y aller. « Ça va mal finir », affirmait-il. Personne ne comprenait pourquoi. Les SAE n'avaient pas fait de vagues dans l'après-midi, et leur invitation paraissait sincère. Mais Mickey, qui avait déjà ingurgité une telle quantité de bière qu'il ne cessait de laisser tomber des casseroles savonneuses sur le sol de la cuisine, ne démordait pas de sa prophétie : je vous aurai prévenus. Finalement, en dépit de ses sombres appréhensions, les autres l'avaient convaincu d'y aller, justement au cas où il y aurait des problèmes, comme il le craignait. Si les choses dégénéraient, il serait bon d'avoir Mickey à portée de main.

Afin de se donner du courage, Lincoln, Teddy, Mickey et les autres serveurs avaient regagné leur logement et vidé la fin du fût de bière avant de se rendre en bande à la fraternité. Seul Teddy ne les accompagna pas finalement, sous prétexte que le bœuf Stroganoff répugnant du cuistot lui avait détraqué l'estomac, mais Lincoln le soupçonnait d'avoir surtout peur que ça ne dégénère. Deux lions de pierre flanquaient la porte d'entrée de la résidence et Mickey, titubant, posa une cannette de bière vide sur la tête du plus proche. Une musique assourdissante leur parvenait de l'intérieur et ils se demandèrent qui pourrait bien entendre la sonnette. Mais quelqu'un l'entendit et, coup de chance, c'était un des gars qui s'étaient incrustés dans leur fête de l'après-midi. Un jeune baraqué, presque aussi grand que Mickey, qui semblait ne pas s'être arrêté de boire depuis. Il lui fallut un certain temps pour les remettre, puis il ouvrit la porte d'un large geste en s'exclamant : « Entrez, messieurs ! » À ce moment-là, Mickey s'avança pour lui écraser son poing sur la figure. Si Lincoln avait bonne mémoire, ils restèrent tous plantés dans le hall, à regarder le jeune gars K-O, jusqu'à ce qu'un des serveurs pose la main sur l'épaule de Mickey en disant : « Tu nous avais prévenus. »

Le lendemain matin, tout le monde à la résidence des Thêta avait eu vent de l'incident, et on parlait de tous les renvoyer. Jacy, furieuse elle aussi, vint tambouriner à la porte de l'appartement en milieu de matinée. Lincoln et Teddy, groggy, venaient de se lever, avec la gueule de bois, mais la vision de Jacy acheva de les réveiller. « Où est-il ? » demanda-t-elle en les bousculant, puis, la réponse n'arrivant pas assez vite, elle ajouta : « Peu importe. Je le trouverai bien. »

La caverne d'ours sombre et malodorante qui servait de chambre à Mickey n'était pas le genre d'endroit où une Thêta avait envie de pénétrer de son plein gré, mais Jacy n'était pas une Thêta comme les autres. Si elle était délicate, elle n'en laissa rien paraître, même en découvrant Mickey allongé à plat ventre sur les draps, vêtu uniquement de son caleçon. Sans dire un mot, elle donna un grand coup de pied dans le lit, provoquant un grognement de la part de son occupant sans toutefois le réveiller. Le deuxième coup de pied, plus violent encore, atteignit le but souhaité. « Nom de Dieu ! » Mickey la regarda en clignant des yeux dans le noir. « Qui t'a laissée entrer ? »

« Laissez-nous une minute », ordonna-t-elle à Lincoln et à Teddy, et quand ils battirent en retraite dans le couloir, penauds, elle referma la porte avec son pied.

Trop heureux de s'esquiver, Teddy et Lincoln sortirent dans le patio où le fût de bière de la veille, vide, flottait sur le flanc dans une bassine en fer. « On devrait le rapporter, dit Teddy, comme si cette tâche, dans le contexte présent, revêtait la plus grande importance. Pour récupérer notre consigne.

— Exact », approuva Lincoln, mais aucun des deux ne bougea.

Quelques minutes plus tard, Jacy ressortit, suivie d'un Mickey très pâle, à la mine contrite.

« Allons-y, dit-elle.

— Où ça ? se sentit obligé de demander Lincoln.

— À la résidence des SAE, pour vous excuser. »

Teddy et Lincoln se tournèrent alors vers Mickey, qui haussa les épaules comme s'ils n'avaient pas voix au chapitre. Comme s'ils n'avaient aucune chance à eux trois de battre cette fille à la loyale.

« J'étais même pas là, fit remarquer Teddy.

— Tous pour un. Un pour tous », rétorqua Jacy.

Quand ils arrivèrent à la résidence des SAE, la cannette de bière que Mickey avait déposée sur la tête du lion y était toujours. Lincoln se souvient d'avoir gravi les marches du perron pour sonner à la porte, mais à partir de là, sa mémoire bogue. Sans doute avaient-ils marmonné des excuses, mais à qui ? Au jeune gars que Mickey avait frappé ? Au président de la fraternité ? Mickey avait-il seulement ouvert la bouche, ou bien Lincoln, en tant que chef-serveur, avait-il endossé cette responsabilité ? Les excuses avaient-elles été acceptées ?

Sans doute car sur le trajet du retour, la colère de Jacy était retombée, comme l'air qui s'échappe d'un ballon de baudruche.

« En fait, c'est plutôt marrant, reconnut-elle en

donnant un grand coup de coude à Mickey. C'est vrai que tu n'as même pas dit bonjour ? Tu l'as frappé directement ? »

Haussement d'épaules de Mickey.

« Il paraît.

— Et ensuite, vous avez tous filé en douce ? Vous avez laissé ce pauvre garçon allongé dans le vestibule ?

— Ça semblait être la meilleure chose à faire, expliqua Lincoln. La fête avait lieu au sous-sol et la musique était vraiment très forte. »

Mickey ricana, la mémoire lui revenait.

« Cat Stevens. Qui peut écouter Cat Stevens, à part cette bande de tapettes des SAE ?

— Tu voulais descendre pour tous te les faire, ajouta Lincoln, mais on t'en a dissuadé. »

Jacy secoua la tête.

« Ce que je ne comprends pas, c'est ce qui t'a énervé à ce point ?

— Je ne sais pas, avoua Mickey. Mais je me souviens que j'aimais pas du tout ces putain de lions. » Tous les trois s'arrêtèrent et le dévisagèrent jusqu'à ce que Mickey hausse les épaules de nouveau, honteux. « Ou alors, c'est à cause de Cat Stevens. Difficile à dire. »

Jacy avait éclaté de rire, ce qui les autorisait à en faire autant. Ils hurlèrent de rire jusqu'à l'appartement et l'hilarité générale permit de tirer un trait sur cet épisode. Dans le patio, Mickey redressa le fût de bière, attrapa un gobelet usagé qui flottait dans l'eau, jeta ce qui restait au fond, et le plaça sous le robinet, provoquant une grimace chez les autres. Rien ne sortant du fût, à part de l'air, il soupira et lança le gobelet dans l'eau.

« On ferait bien de s'attaquer au ménage », déclara-t-il. Manifestement, il incluait Jacy dans cette mission. « Chacun prend une pièce. »

Comme après chaque fiesta des serveurs, toutes les pièces de la maison étaient jonchées de gobelets en plastique et de miettes de chips, toutes les surfaces planes décolorées par des cercles de bière.

« Pourquoi est-ce que je vous aiderais à nettoyer cette porcherie répugnante ? demanda Jacy.

— Un pour tous », répondit Mickey.

Apparemment, il avait choisi le patio comme « pièce à nettoyer » et il ramassait les gobelets.

« Tous pour un, conclurent Teddy et Lincoln, en chœur.

— À une condition, dit Jacy.

— Non, aucune condition, répondit Mickey.

— Une seule.

— OK. Une seule. »

Face à Jacy, Mickey cédait toujours.

« Fini de frapper les gens.

— Juste moi ou nous trois ?

— Juste toi. »

Mickey ruminait l'injustice de cet arrangement, mais finalement, il dit :

« D'accord.

— Promets-le-moi.

— Promis.

— OK, dit-elle en se penchant pour ramasser un gobelet.

— *Peace train soundin' louder*, chanta Teddy, qui lui n'avait rien contre Cat Stevens.

— *Gliiide on the peace train* », enchaînèrent les autres, redevenus Mousquetaires.

Ce qu'ils étaient jeunes. Et idiots. Que penserait Jacy

si elle les voyait maintenant ? se demande Lincoln. Trois vieux bonshommes.

Malgré l'heure matinale, il décide de se rendre à Edgartown avant de prendre la direction de l'île. Martin faisait peut-être partie de ces agents immobiliers qui arrivaient tôt au bureau. S'il n'était pas encore là, Lincoln prendrait son petit déjeuner en ville (ayant sauté le dîner la veille, il meurt de faim), puis ferait quelques provisions chez un caviste : du vin pour Teddy, de la bière pour Mickey et un bon scotch single malt pour lui, même s'il ne boit presque plus.

La ville est étonnamment animée, et le parking du port complet, mais il a de la chance : quelqu'un libère une place au moment où il arrive. Les bureaux de l'agence Island Realty sont plongés dans l'obscurité et une pancarte FERMÉ est accrochée à la poignée de la porte, ce qui n'empêche pas Lincoln de coller son nez au carreau pour regarder à l'intérieur. *Ne fais pas ça*, lui conseille Anita de l'autre bout du pays. *Si c'est fermé, c'est fermé*. À en croire sa femme, Lincoln refuse qu'on lui dise non. *Tu reviendras plus tard, quand ce sera ouvert. Ne fais pas comme ton père qui espère toujours un traitement de faveur. Si quelqu'un est assis dans le noir à l'intérieur, c'est qu'il ne veut pas être dérangé.*

Il y a bien quelqu'un au fond de l'agence : un homme d'environ son âge. Assis devant un journal déplié sur le bureau, une tasse de café fumant dans la main gauche. Probablement l'homme qu'il vient voir. *Laisse-le lire son journal*, insiste Anita. *Tu as bien vu la pancarte* FERMÉ ? *L'agence n'ouvre que dans quarante-cinq minutes. Non ! Pour l'amour du ciel, ne tape pas au carreau.*

Lincoln tape au carreau. Évidemment. D'accord, c'est peut-être la preuve qu'il est bien le fils de son père. Si Anita avait été là, il se serait senti obligé de réfuter cette affirmation, mais il est seul, et par conséquent, il peut être qui il veut, y compris l'unique progéniture de Wolfgang Amadeus Moser, habitant à Dunbar dans l'Arizona.

Surpris par ces petits coups frappés au carreau (*Tu vois ? Tu lui as fait peur. Explique-moi encore une fois pourquoi tu agis comme ça*), l'homme assis à l'intérieur redresse la tête, voit Lincoln et se lève, parvenant même à esquisser un sourire en zigzaguant entre les bureaux. Après avoir déverrouillé et ouvert la porte, il dit :

« Vous ressemblez à un homme qui pourrait s'appeler Lincoln Moser.

— Ce qui voudrait dire, répond Lincoln en lui serrant la main, que vous êtes Martin.

— Lui-même, dit l'homme. Pour être franc, confie-t-il en allumant les néons au plafond, je vous ai googlé.

— Il n'y a qu'un seul Lincoln Moser ?

— Deux à Las Vegas et dans les environs. Mais l'autre est un directeur d'école noir.

— Oui, pas mal de Noirs s'appellent Lincoln. Mais je pense que mon père n'en a jamais vu un seul dans son bled de l'Arizona.

— Ça l'aurait fait changer d'avis ?

— Ce n'est pas le genre.

— Café ?

— J'en ai bu un sur le ferry.

— Ce n'est pas une raison.

— Si, justement. »

Il se pouvait que ses problèmes gastriques quasi permanents soient le symptôme d'un ulcère pas encore détecté, conséquence de la crise de 2008. D'un autre côté, ce n'étaient peut-être que des remontées acides qui accompagnaient le vieillissement. Son épouse, en femme qu'elle est, tenait à être fixée, alors que Lincoln, en homme qui se respecte, préférait demeurer dans l'incertitude, encore un peu.

« Je croyais que vous deviez arriver hier, dit Martin.

— Oui, mais un de mes vols a été retardé et j'ai loupé le dernier ferry.

— Ah, je déteste ça. L'essentiel, c'est que vous soyez là. J'espère que vous n'êtes pas venu m'annoncer que vous ne vendez plus votre maison ?

— Non. J'ai eu envie de venir me présenter, c'est tout. Je suis surpris que la ville soit encore si animée. »

Martin acquiesce.

« La saison se prolonge d'année en année. Des cars de personnes âgées arrivent de partout. Des familles dont les enfants ne sont pas encore scolarisés. Des gens qui viennent pour le week-end quand il fait beau comme en ce moment. Avant, toute l'île fermait le week-end du Labor Day. Maintenant il faut attendre Columbus Day[1].

— C'est bon pour le commerce local.

— Oui, possible, répond Martin comme s'il nourrissait des doutes à ce sujet. Bref, j'étais à Chilmark avant-hier et j'en ai profité pour faire un saut jusque chez vous. Une belle petite propriété que vous avez là. Vendue au juste prix, elle devrait partir en moins de deux.

— Vous pouvez l'affirmer sans l'avoir visitée ?

— Franchement ? Située à cet endroit ? Presque à

1. Célébré le deuxième lundi d'octobre, le Colombus Day commémore l'arrivée de Christophe Colomb en Amérique.

Aquinnah, sur un terrain de cette superficie ? La plupart des acheteurs voudront la démolir pour construire autre chose. »

Lincoln se sent grimacer.

« Vous venez de fendre le cœur de ma mère, et pourtant elle est morte depuis longtemps.

— Désolé. »

Lincoln a un geste vague.

« Inutile de vous excuser. Je suis dans la partie.

— L'immobilier commercial, c'est bien ça ? C'est toujours la crise dans l'Ouest ?

— À Vegas, on commence à en sortir. Mais c'est long.

— Ça ne me regarde pas, mais vous vendez parce que vous avez besoin de vendre ?

— Non. Parce que je pourrais en avoir besoin. Et dans ce cas, il faudrait que ça se fasse… très vite.

— Je vous pose la question parce que cette maison doit constituer une bonne source de revenus. J'ai cru comprendre que vous la louiez pendant la saison. »

Lincoln confirme et donne le nom de la société de gestion qui s'occupe de tout.

« Votre famille et vous n'y allez jamais ? »

Lincoln secoue la tête.

« Nous avons six enfants. Trois chambres et une seule salle de bains, c'est peu pour une famille catholique.

— Ils vivent encore sous votre toit ?

— Le plus jeune a obtenu son diplôme l'année dernière.

— Donc, vous êtes comme libres. Votre femme et vous pourriez prendre votre retraite ici.

— Non, nous sommes d'indécrottables habitants de l'Ouest. »

*L'un de nous, du moins*, dit la voix d'Anita dans sa tête, parfaitement audible. Encore la preuve, aux yeux de sa femme, que Lincoln était bien le fils de Dub-Yay. Une critique tout à fait injuste, assurément. Anita était peut-être un greffon de l'Est, mais leurs enfants – les plus âgés étant maintenant mariés et parents eux aussi – avaient essaimé sur toute la côte Ouest, de San Diego à Seattle. Et si Anita a toujours aimé venir sur l'île, il est hors de question qu'elle s'y installe, à quatre mille kilomètres de ses enfants et petits-enfants. Avant la crise, ils avaient prévu de garder la maison pour y passer deux ou trois semaines de vacances par an. Anita avait encore de la famille dans le Massachusetts et elle était restée proche de deux de ses « sœurs » de Thêta installées en Nouvelle-Angleterre. Or, les plans sur la comète…

« Quand je suis revenu à l'agence, dit Martin, j'avais un message d'un de vos voisins qui voulait savoir si votre maison était en vente. Il a dû voir le logo sur ma voiture. Un certain…

— Mason Troyer. Ça fait des années qu'il me tarabuste pour que je vende. Je ne sais pas pourquoi. Sa maison est déjà deux fois plus grande qu'à l'époque où elle appartenait à ses parents.

— Au hasard, je dirais qu'il veut en faire une maison d'hôtes, puis vendre les deux. Elles ont plus de valeur ensemble que séparées. Ce qui pourrait être intéressant pour vous. »

Lincoln n'avait pas pensé à ça. Il est resté trop longtemps dans l'immobilier commercial.

« Puis-je vous demander si c'est un ami à vous ?

— Je ne l'ai jamais rencontré. Mais j'en ai entendu parler.

— C'est un connard. »

Martin pouffe.

« C'est l'avis général. Il est probable qu'il vous fasse une offre avant qu'on mette la maison sur le marché. Pour éviter de payer la commission. »

Lincoln devine qu'il s'agit certainement d'un ballon d'essai : Martin veut savoir s'il est le genre d'homme à accepter une telle offre.

« Je vous le répète, dit Lincoln, c'est un connard. »

Au lieu de paraître soulagé, l'agent immobilier plisse le front.

« Qu'y a-t-il ?

— Si je devais vous donner un conseil : ne vous le mettez pas à dos. Il a une réputation.

— Vous l'avez googlé, lui aussi ?

— Pas la peine. Cette île n'est pas très grande. Les habitants de Chilmark l'évitent.

— J'ai bien l'intention d'en faire autant.

— Quand arrivent vos amis ?

— L'un en fin de journée. L'autre demain matin.

— Et quand repartent-ils ?

— Dimanche ou lundi.

— Mais on se voit toujours lundi matin ? »

Lincoln répond par l'affirmative. Quand ils se lèvent pour échanger une poignée de main, Anita intervient de nouveau : *Excuse-toi au moins.*

« Désolé de vous avoir dérangé durant votre café du matin, dit Lincoln, alors qu'ils se dirigent vers la porte.

— Aucune importance. Il était temps que je commence ma journée.

— Ma femme me reproche parfois de manquer d'égards. Entre autres choses.

— Profitez bien d'elle pendant que vous le pouvez. La mienne est morte l'année dernière. »

Lincoln soupire.

« Encore un reproche qu'elle me fait souvent. Mettre les pieds dans le plat. »

Martin sourit.

« On peut pas tous être prêtres. »

La maison de Chilmark se dresse sur un hectare de terrain bosselé et pittoresque qui descend vers State Road et l'Atlantique au-delà, d'un bleu parfait aujourd'hui sous un ciel sans nuage. Posté sur la terrasse de derrière, Lincoln songe tout d'abord : *Il faut être complètement idiot pour vendre cette maison.* Après avoir déposé ses deux sacs de courses sur la table de pique-nique gauchie, il s'assoit sur la dernière marche et contemple longuement la vue, puis il appelle Anita.

« On ne peut pas vendre, dit-il quand elle répond.

— OK.

— Comment ça OK ? On n'a pas le choix. »

Le but n'est pas seulement de leur permettre de retomber sur leurs pieds après la crise. Leurs enfants avaient eu besoin d'aide eux aussi pour surnager. Anita et lui avaient été heureux de pouvoir leur donner un coup de main, mais ce faisant, ils avaient fragilisé leurs finances. Ils s'en sortiraient certainement si aucun nouveau problème ne surgissait, mais on n'était à l'abri de rien.

« On était d'accord, dit-il.

— Et je suis toujours d'accord. »

Cette réponse le met de mauvaise humeur.

« Où es-tu ? » demande-t-il.

Il entend des cris en fond sonore.

« Au tribunal. Je poireaute. Il se peut que je sois obligée de raccrocher brutalement.

— Tu crois qu'on devrait prendre le risque de ne pas vendre ? En priant pour que le pire n'arrive pas ?

— N'était-ce pas précisément ce qu'on faisait quand le pire est arrivé ?

— Exact, admet-il.

— Il fait quel temps, là-bas ?

— Ensoleillé. Vingt-deux degrés. Il paraît que ça va durer toute la semaine. Tu devrais venir me rejoindre quelques jours.

— J'aimerais bien.

— On n'était pas censés prendre notre retraite, toi et moi, il y a deux ans déjà ?

— Des jours comme aujourd'hui, je me sens prête.

— Martin dit que c'est ce qu'on devrait faire. Prendre notre retraite ici, dans cette maison. Si les enfants veulent nous voir, ils sauteront dans un avion. Il est temps qu'on commence à penser à nous, dixit Martin.

— Qui est ce Martin ?

— Notre agent immobilier. Un homme plein de sagesse.

— Aurais-je tort de penser que ce Martin n'a rien dit de tout ça ?

— Pas exactement. C'était quoi, ce bruit ? Un coup de feu ?

— Quelqu'un a renversé une barrière. Il faut que je te laisse, Lincoln. »

Son prénom sur les lèvres de sa femme est, comme toujours, un délice. À l'instar de la plupart des couples mariés, ils emploient généralement des diminutifs. Anita garde son prénom complet pour les moments intimes. Cette utilisation parcimonieuse laisse entendre que, pour elle du moins, il reste l'homme à qui elle a dit : « Moi, Anita, j'accepte de prendre Lincoln… »

Exception faite des cheveux blancs, des reflux gastriques et des douleurs dans le dos.

« OK. À plus tard, dit-il.

— On n'est pas obligés de vendre, mais ce serait peut-être préférable.

— Je sais. »

Pourtant, après cet appel, Lincoln ne peut s'empêcher de repenser à sa mère, combien elle avait aimé les étés passés ici dans son enfance. *On buvait, on riait et on s'amusait... On marchait pieds nus tout l'été... Le parquet était couvert de sable et tout le monde s'en fichait... Pas une seule fois durant tout le séjour on n'allait à l'église...*

Vendre cette maison, serait-ce une trahison ? Sa mère n'aurait certainement pas voulu qu'il perde son entreprise et fasse courir un risque à ses proches, cette vaste couvée qui continuait à s'étendre. Mais se pouvait-il qu'elle ait considéré cet héritage comme un test ? Sans doute avait-elle remarqué, comme Anita, qu'il ressemblait de plus en plus à son père, d'année en année, nom d'un chien. Non tant sur le plan des idées, mais en termes de tempérament et d'instinct. Et si cette maison servait à lui rappeler qu'il était son fils *à elle* aussi et pas uniquement un clone de Wolfgang Amadeus Moser ? Qu'il n'était pas sans aucun lien avec cette femme qui avait traversé le monde comme une brise que l'on devine plus qu'on ne la sent, à peine assez forte pour faire tinter les carillons ? Cette pensée, devine-t-il, assis sur les marches de la terrasse de la maison dont elle avait refusé de se séparer, a sans doute été provoquée par le carillon accroché sous l'avant-toit, qui danse dans une légère brise. Lincoln, qui n'a pas un esprit fantasque, ne peut s'empêcher de s'interroger : sa mère vient-elle de s'adresser à lui ?

Il entend au loin grincer les gonds d'une porte à moustiquaire. Plus bas, sur la droite, se dresse l'énorme « cottage » aux bardeaux gris de Mason Troyer, avec sa terrasse au moins deux fois plus grande qu'elle ne l'était en 1971. Ses parents étaient des gens bien, modestes et respectables qui auraient désapprouvé les aménagements tape-à-l'œil entrepris par leur fils. Mais les Troyer étaient morts et enterrés, si charmants qu'ils aient pu être. Ils avaient légué leur maison à Mason, sans doute pour qu'il en fasse ce qu'il voulait.

Une femme nue – trop loin pour qu'on devine son âge, mais la quarantaine sans doute – vient d'apparaître sur la terrasse en tenant un grand verre rempli d'une boisson quelconque et s'est étendue dans une chaise longue. Bientôt un homme, costaud, plus âgé – Troyer en personne, Lincoln le parierait – sort à son tour de la maison, nu lui aussi. La porte claque derrière lui et le bruit se fait entendre une fraction de seconde plus tard. Quelque chose dans sa posture, l'inclinaison de son corps, suggère qu'il se sait observé, ou peut-être qu'il l'espère seulement. Il demeure immobile pendant un court instant, puis se retourne et regarde vers le haut de la colline. Craignant que Mason ne lui adresse un signe de la main, Lincoln se lève, ramasse ses deux sacs de courses, et l'écho d'un rire lointain le suit à l'intérieur de la maison de sa mère.

# TEDDY

Teddy envisage de monter sur le pont supérieur du ferry pour absorber un peu de la chaleur du soleil de septembre, mais il opte finalement pour un box à l'intérieur de la cafétéria climatisée où le signal Wi-Fi sera meilleur et où il pourra travailler. Ces temps-ci, la plupart de ses décisions sont d'ordre utilitaire, bien éloignées des principes de plaisir. Il sait, grâce à une longue expérience, qu'il vaut mieux garder le cap. Éviter le *Sturm und Drang*. Pas d'excès d'optimisme ni de pessimisme. C'est comme ça qu'il arrive à repousser ses crises – quel autre nom leur donner ? – avant qu'elles ne prennent racine. Certaines se manifestent sous forme d'authentiques accès de panique, des ouragans qui s'abattent sur lui pendant un jour ou deux avant de repartir vers le large, tandis que d'autres se traduisent par un état de fugue dissociative et peuvent, à l'instar d'une zone de basse pression, durer une semaine ou deux. Et puis il y a les crises précédées d'une sorte d'euphorie, la conviction profonde qu'une chose merveilleuse va se produire, une promesse de sensibilité accrue, voire de sagesse. Ce sont celles qu'il redoute le plus car ensuite, quand la réalité retrouve ses droits et que la clairvoyance promise ne parvient pas à se concrétiser, il a vraiment l'impression d'être détraqué.

Craignant que l'une de ces crises ne se profile à l'horizon, il a sérieusement envisagé de décliner l'invitation de Lincoln, pour se rendre au monastère à la place. Frère John est toujours heureux de le voir, et il possède la collection complète des films des Marx Brothers, dont Teddy devine qu'ils recèlent des pouvoirs thérapeutiques supérieurs à la prière et au jeûne réunis. Ce qui est certain, c'est que le monastère lui a permis, au fil des ans, de surmonter les périodes difficiles, et peut-être même d'éviter de se faire interner. Ces derniers temps, toutefois, il en est venu à douter de l'efficacité de ces retraites occasionnelles. Quand il était plus jeune, elles offraient un contraste avec sa vie dans le monde extérieur. Mais un monachisme séculier s'étant peu à peu insinué dans son existence quotidienne, les deux univers n'étaient plus très différents.

Aucun doute, ce voyage sur l'île – en compagnie de vieux amis et de souvenirs de jeunesse – constitue un risque, une menace potentielle pour son équilibre durement acquis. Soixante-six ans, nom de Dieu. Il avait espéré qu'à cet âge il n'aurait plus besoin d'être aussi vigilant, et qu'après tout ce temps, la folie – car ses crises s'y apparentaient – refluerait. Comme tout le reste, la diminution semblait à l'ordre du jour. C'est étrange quand même que l'esprit, enfin libéré des impératifs juvéniles du corps, soutenu par la sagesse de l'expérience, ne finisse pas par prendre le dessus. La mémoire, cette brute, cette brute tyrannique, n'est-elle pas censée devenir molle et spongieuse ?

Ce n'est que le temps d'un week-end, cependant, et il devrait pouvoir y survivre. Les réjouissances resteront modestes. Le matin, promenades dans les collines de Chilmark. L'après-midi, balades à vélo. Bière et vin blanc au frais, même s'il fera bien d'y aller mollo sur l'alcool. Lincoln tentera peut-être de leur coller un neuf trous, à un moment ou à un autre. Le samedi soir, Mickey projette de les traîner dans un club à Oak Bluffs pour écouter un groupe de blues local, mais rien d'autre, a priori, n'a été prévu. Le temps passera vite. Et comme l'affirme le dicton : il ne faut avoir peur de rien, sauf de la peur elle-même.

N'empêche, mieux vaut rester vigilant, et au lieu de sortir sur le pont pour regarder l'île grossir jusqu'à occuper tout le cadre de la réalité, il fera bon usage de ces quarante-cinq minutes. Le manuscrit qu'il doit éditer regorge de défauts. Au moment même où il a accepté de le publier, il a su qu'il regretterait cette décision ; et que même s'il parvenait à en corriger les imperfections, ce livre ne ferait pas avancer Seven Storey Books, sa petite maison d'édition en difficulté qui, comme son nom l'indique, est spécialisée dans les ouvrages religieux et « spirituels ». Une demi-douzaine par an en moyenne. Cette entreprise hasardeuse avait vu le jour dix ans plus tôt, le jour où un collègue prénommé Everett lui avait demandé de jeter un coup d'œil à une monographie pour laquelle il ne parvenait pas à trouver d'éditeur. Le livre en question était mal fichu, le chapitre le plus original et le plus percutant étant enfoui au milieu, et à l'instar de la plupart des universitaires, Everett n'était pas un styliste. Néanmoins, c'était un ouvrage intelligent, dans un genre bizarre, et Teddy estimait que les défauts pouvaient être corrigés.

« Explique-moi comment », avait supplié Everett. Il espérait être titularisé cette année-là à St. Joseph, leur petite université catholique, mais son dossier n'était pas très solide. Il était de son propre aveu un professeur médiocre, qualificatif que ses élèves trouvaient encore en deçà de la vérité. Pendant quatre ans, il avait évité de siéger dans divers comités en prétextant qu'il écrivait un livre. S'il ne publiait rien…

Le problème était le suivant : si le livre pouvait être amélioré, Teddy doutait qu'Everett soit l'homme de la situation. Les défauts techniques, nombreux, étaient remédiables. Ce qui n'allait *vraiment* pas prenait ses racines profondes dans la formation et l'expérience de son collègue, les cours qu'il avait suivis et évités, ses aptitudes naturelles, ses lacunes. Bref, sa personne même. Teddy avait le sentiment que c'était souvent le cas, bien plus que ne le croyaient les auteurs. Certes, il pourrait souligner les erreurs de jugement les plus flagrantes et peut-être donner quelques tuyaux à Everett, et si celui-ci suivait ses conseils, s'il travaillait d'arrache-pied pendant un an, il l'améliorerait, mais sûrement pas assez. Alors, à quoi bon ? Le pauvre gars n'avait pas un an devant lui. Dans neuf mois, il se retrouverait sur le carreau.

« Confie-le-moi pendant un mois », avait proposé Teddy. C'était la fin juillet et il n'avait aucun projet pour le mois d'août. Pire, il avait remarqué dernièrement une chute de son baromètre personnel. Il avait besoin d'une tâche à accomplir, quelque chose qui réclamerait toute son attention pendant trente jours, mais pas plus.

« Tu veux que je te passe mon bouquin ?

— Oui. Copie-le sur un disque. »

Everett l'avait regardé d'un œil méfiant.

« Je n'ai pas les moyens de te…

— Je ne veux pas de ton argent.

— Qu'est-ce que tu veux, alors ? »

Curieusement, c'est la question que s'est posée

Teddy durant presque toute sa vie d'adulte, et à laquelle il n'a jamais trouvé de réponse convaincante. La première personne qui la lui a posée était son professeur référent à Minerva College, désireux de savoir quelle matière principale il allait choisir. Incapable de se décider, il avait opté pour les études générales, un cursus destiné à repousser la question plutôt qu'à y répondre. D'après les registres de l'administration, Teddy avait suivi plus de cours dans plus de matières que n'importe quel autre étudiant depuis la création de Minerva College. Tom Ford, son professeur préféré, lui avait dit de ne pas s'inquiéter pour ça, mais évidemment, Tom Ford était fait de la même étoffe. Se qualifiant de « dernier des généralistes », il occupait la chaire des humanités et dispensait un cours sur Les Grands Livres, mais il donnait également des cours « sur des sujets spéciaux » en anglais, philosophie, histoire, art et même en sciences. En fait, il inventait des cours qu'il aurait aimé se voir proposer quand il était jeune étudiant. Teddy en avait suivi tellement que Mickey disait pour plaisanter qu'il était le seul étudiant de Minerva diplômé en Fordisme. Teddy avait découvert seulement en dernière année que son mentor était tenu en piètre estime par ses collègues. Il n'avait jamais dépassé le statut de maître de conférences car non seulement il ne publiait jamais rien, mais il voyait d'un mauvais œil ceux qui le faisaient. Leurs ouvrages, affirmait-il, apportaient la preuve de leur manque de savoir et de l'étroitesse de la sphère de leurs connaissances. Plus que n'importe qui, c'était Tom Ford qui avait donné à Teddy la permission de satisfaire sa curiosité sans attendre en retour des bénéfices en termes de réussite professionnelle. *Un jour,* avait-il écrit en bas d'une des dissertations de Teddy, *vous écrirez peut-être quelque chose qui mérite d'être lu. Je vous conseille de retarder le plus possible ce jour.*

L'idée qu'il puisse écrire un livre digne d'être lu l'avait séduit, et il imaginait que, s'il suivait le conseil et l'exemple de Tom, le bon sujet lui apparaîtrait tôt ou tard. Mais cela ne s'était jamais produit. Le problème étant qu'aucun sujet ne lui semblait plus urgent que le suivant, et les deux se défendaient. Peut-être que pour lui le bon sujet n'existait pas ou, à l'inverse, ils étaient tous bons, ce qui, ironiquement, revenait au même. Au fil du temps, il avait fini par soupçonner un manque d'obsession de sa part, et apparemment, il n'existait aucun remède. S'il avait été un cheval, son entraîneur lui aurait mis des œillères pour restreindre son champ de vision. En outre, la curiosité intellectuelle ne devait pas être confondue avec le talent, et peu à peu, il avait compris que s'il possédait une aptitude particulière, c'était celle de savoir réparer les choses. Dès son plus jeune âge, un sixième sens lui avait permis de comprendre pourquoi les choses déraillaient et comment les remettre sur la bonne voie. Il aimait démonter, puis remonter des objets. Alors que la plupart des gens détestaient les tâches imposées, surtout quand elles étaient complexes, Teddy en raffolait. Voilà pourquoi l'idée de réparer le boulot salopé par Everett lui semblait si attrayante.

Cela lui avait pris tout le mois d'août. Une fois le travail terminé, il avait déposé le manuscrit dans la boîte aux lettres d'Everett à la fac un vendredi après-midi. Le lundi matin, en arrivant sur le campus, il trouva Everett assis par terre, devant la porte de son bureau, le regard vague, le manuscrit sur les genoux. Quand il leva la tête, Teddy vit un homme abattu. À cause des changements radicaux qu'il avait effectués ? Parce qu'il restait si peu de lui-même dans le texte ? Les deux sans doute.

« Ouah, dit Everett. Je suis vraiment nul, hein ? »

Teddy, debout devant lui, ressentait bizarrement peu d'empathie. Il avait accepté d'arranger le livre et il l'avait fait. Était-il censé protéger l'auteur de la connaissance de soi par-dessus le marché ?

« Entrons. Tu fais peur aux gamins. »

Everett se laissa tomber dans le fauteuil réservé aux visiteurs en affichant ce même mélange de perplexité, de peur et de colère que Teddy associait aux étudiants de premier cycle quand ils attendaient de lui qu'il justifie leur note. Pour parachever le tableau, Everett prononça la phrase type : « C'est vraiment si mauvais que ça ?

— Euh…

— Non, non, je veux dire… tu as fait un super boulot, dit-il en feuilletant le manuscrit. Ton titre est bien meilleur que le mien. L'ensemble est bien meilleur. C'est juste que… comment dire… ce n'est plus mon bouquin.

— Bien sûr que si. »

Everett leva vers Teddy un regard chargé d'espoir.

« C'est vrai ?

— Envoie-le.

— À des éditeurs ? Je ne sais pas si je peux.

— Tu l'as déjà fait.

— Oui, mais ils vont penser…

— Ils penseront que tu l'as retravaillé. C'est ce dont il avait besoin. D'une révision. C'est toujours ce qu'on dit à nos étudiants, non ? Revoyez vos textes, revoyez-les, revoyez-les.

— Oui, sans doute. »

Teddy ignorait si Everett voulait dire par là qu'il

donnait le même conseil à ses étudiants ou bien s'il comprenait enfin le bien-fondé de ce conseil.

« En tout cas, ajouta-t-il, je te dois… »

Teddy attendit qu'il achève sa phrase. Une bouteille de vin ? Un dîner dans un bon restaurant ? Une raclée ? Mais Everett en semblait incapable. Finalement, il se leva et resta planté là, tenant son manuscrit au-dessus de la corbeille à papier, et pendant un instant, Teddy crut qu'il allait le jeter.

« Tu sais, c'est amusant, dit finalement Everett qu'il suffisait de regarder pour deviner que ce qui allait suivre n'aurait rien d'amusant. Quand j'ai obtenu mon doctorat, je croyais que plus jamais je n'aurais cette impression.

— Laquelle ?

— D'être incompétent.

— Tu te sentiras mieux une fois que ton livre aura été publié.

— Tu crois ?

— Oui. Ton nom sera sur la couverture. Et tu seras titularisé. C'est ce qui compte, non ? »

Bon, d'accord, ce n'était pas l'avis de Tom Ford, mais Ford était une exception, même dans les années soixante-dix. Aussi anachronique que Teddy l'était aujourd'hui.

À la fin de la semaine, Everett semblait avoir surmonté son abattement, suffisamment en tout cas pour suivre le conseil de Teddy et proposer son manuscrit à un éditeur. Hélas, il lui revint par retour du courrier, accompagné d'une lettre disant que, ayant déjà refusé ce livre, ils n'étaient pas disposés à changer d'avis. Au cours des semaines qui suivirent, une demi-douzaine d'autres refus lui parvinrent, et Everett replongea dans le découragement.

« Je le vis mal, confia-t-il à Teddy. Après tout le boulot que tu as fait. »

Teddy le vivait mal également, bien que pour lui il y ait un aspect positif. Même si *Le Projet de Dieu* (le titre était de lui) ne voyait jamais le jour, le mois qu'il avait passé à lui redonner forme n'avait pas été une perte de temps. Il avait découvert quelque chose sur lui-même. Il avait aimé réparer ce qui n'allait pas dans ce livre, au niveau macroscopique, mais aussi microscopique, ce travail de relecture, mot à mot, virgule après virgule, d'ajustements, qui rebute la plupart des gens. Tom Ford, qui l'avait encouragé à envisager une carrière dans le journalisme, lui avait appris qu'en plus d'être un bon écrivain, il possédait un excellent diagnostic et des talents d'éditeur. Jusqu'à présent, il n'avait jamais eu l'occasion de les appliquer.

Plus tard, cet automne-là, Teddy se rendit à un gala de bienfaisance organisé par l'université dans un grand hôtel du centre, le genre de soirée où l'on encourageait les professeurs à se mêler aux anciens étudiants influents et aux riches donateurs. Le principal orateur de la soirée était la nouvelle présidente de St. Joseph, Theresa Whittier, une séduisante femme d'un certain âge, visiblement métisse, que Teddy n'avait jamais rencontrée. Première personne laïque à diriger l'université, elle avait été recrutée pour redresser les finances qui, depuis des décennies, connaissaient une baisse lente, mais régulière. Au cours de sa brève allocution, elle avoua avoir passé le début du semestre à recueillir les avis des professeurs, du personnel et des anciens étudiants à propos des mesures audacieuses que pourrait prendre l'université sans pour autant – sa remarque provoqua quelques rires – briser la tirelire. Les institutions, déclara-t-elle, étaient comme les gens. Elles s'enlisaient dans la routine.

Message reçu, songea Teddy. Il était venu à cette soirée dans l'espoir de s'arracher à sa propre routine. Son train-train quotidien – donner des cours, assurer des heures de permanence, faire de longues promenades en fin d'après-midi, ouvrir une bouteille de vin en début de soirée et la terminer en accompagnement d'un repas solitaire, avant de s'installer pour lire un roman ou regarder un film à la télé – était confortable, et même agréable, à défaut d'être excitant. C'était la stabilité qu'il avait toujours recherchée. Toutefois, dernièrement, plusieurs amis ayant remarqué qu'il déclinait souvent leurs invitations avaient commencé à se demander s'il n'était pas dépressif. Était-ce un effet de son imagination ou bien ces interrogations masquaient-elles une critique implicite ? Ces amis laissaient-ils entendre *qu'à sa place*, ils seraient certainement dépressifs ? Ou bien étaient-ils sincèrement inquiets ? Était-il déprimé ?

Peut-être, mais avait-on jamais vu une seule personne dans toute l'histoire de l'humanité qui ait retrouvé le moral en assistant à un gala de bienfaisance ? Alors qu'il faisait la queue au vestiaire à la fin de la soirée, en cherchant un exemple, Teddy sentit une main lui taper sur l'épaule, et en se retournant il se trouva face à Theresa Whittier.

« Alors ? lui demanda-t-elle, c'est quoi *votre* grande idée ? »

Ayant bu trois verres de vin, il répondit, sans hésitation :

« Seven Storey Books, une petite maison d'édition spécialisée dans les ouvrages religieux.

— Et vous êtes ? »

Teddy sortit le badge qu'il avait glissé dans sa poche de veste dès qu'on l'avait laissé entrer dans le salon de réception.

« Je croyais avoir rencontré tous les professeurs titulaires, Teddy.

— Je suis un professeur occasionnel.

— Ah bon ? Comme un vêtement d'occasion ? demanda-t-elle, sourcil dressé.

— En quelque sorte. Attaché temporaire d'enseignement et de recherche.

— Je vois. Le petit secret honteux de l'université. Une succession de contrats d'un an ?

— En fonction des besoins. »

Le sourcil se dressa de nouveau.

« Vous ne semblez pas aigri.

— Je suis dispensé des réunions de département. Que demander de plus ?

— Bien vu. Parlez-moi un peu des livres que vous allez publier.

— La théologie pour les profanes. Rien de trop ardu. Au croisement de la foi et des bonnes actions. Des mémoires.

— Dans le genre de Merton ? »

Teddy acquiesça.

« Peut-être un roman de temps à autre. Voire un recueil de poèmes, s'il est adapté.

— Et qui jugera s'il est adapté ou pas ?

— Moi. En fait, j'ai déjà le premier titre. Un livre qui s'appelle *Le Projet de Dieu*.

— Je pourrais le lire ?

— Je vous le déposerai à votre bureau.

— Préparez un budget pendant que vous y êtes. »

Quand elle récupéra son manteau, il l'aida à l'enfiler.

« Ça fait bien longtemps que personne n'a fait ça, remarqua-t-elle en glissant ses bras dans les manches.

— Vous ne m'en voulez pas, j'espère ? De nos jours, tout le monde s'offusque pour n'importe quoi.

— Non, répondit-elle en souriant. En revanche, me tenir la porte serait exagéré.

— Très bien. C'est noté. Pas la porte. »

La semaine suivante, Theresa Whittier le convoqua.

« OK, dit-elle en lui rendant le manuscrit du *Projet de Dieu*.

— OK ?

— St. Joe financera Seven Storey Books, et vous serez responsable d'édition.

— Ouah.

— J'ai parlé à votre auteur, poursuivit Theresa, tout sourires maintenant. Un professeur titulaire. J'ai cru comprendre que vous l'aviez un peu secoué avec vos critiques.

— Il y avait un bon livre dans ce que j'ai lu. Je l'ai simplement aidé à le trouver. »

Theresa parut accepter cette explication, sans forcément y croire. Après avoir évoqué quelques détails pratiques, elle lui annonça qu'il pouvait se mettre au travail et créer sa maison. Lorsqu'ils échangèrent une poignée de main, elle posa sur lui un regard interrogatif en disant : « Vous êtes un homme étrange, Teddy. »

Il faillit lui répondre que c'était étrange de dire ça à quelqu'un que l'on venait de rencontrer.

« Dans quel sens ?

— Vous avez l'habitude de traverser la vie avec votre badge dans votre poche ? Pour que les gens ne sachent pas qui vous êtes ?

— Oui, généralement.

— Je m'en doutais. Quand je me suis renseignée,

personne ne semblait vous connaître réellement. La réponse, je crois, était : “Il reste dans son coin.”

— Et vous pensez que je pourrais être un serial killer ?

— Non. Je me demande simplement si Seven Storey Books finira par me mordre le popotin.

— J’espère que non, répondit Teddy en s’efforçant d’imiter son sourire triste et de ne pas regarder le popotin en question.

— Moi aussi, dit Theresa malicieusement. Si ça devait arriver, mon popotin ne serait pas le seul à souffrir. »

Ce soir-là, ayant déjà bu la moitié d’une bouteille de chardonnay, il repensa à cette remarque de Theresa. Était-il étrange ? Si oui, l’avait-il toujours été, ou s’agissait-il d’un phénomène récent, à force de vivre seul ? Cette étrangeté était-elle évidente aux yeux de tous ? Dans ce cas, pourquoi la lui faisait-on remarquer seulement maintenant ?

Il se souvenait aussi que Theresa, lorsqu’ils s’étaient serré la main sur le seuil de son bureau, avait les mains chaudes. Et quand elle s’était retournée pour regagner sa place, il avait remarqué que son popotin n’avait rien à se reprocher. Qu’est-ce qui était le plus étrange ? songea-t-il. Le fait de remarquer ces choses ? Ou de savoir, à l’instant même, qu’il n’agirait pas en conséquence ?

Il se demanda si elle dînait seule elle aussi.

Pour un ouvrage universitaire, *Le Projet de Dieu* s’était bien vendu ; il avait obtenu un prix, modeste mais significatif, et apporté à St. Joseph une attention bienvenue. Ainsi qu’une avalanche de manuscrits. Teddy avait l’impression que les auteurs d’ouvrages sur la foi étaient aussi nombreux que leurs lecteurs.

La plupart des manuscrits reçus ne valaient pas un clou, néanmoins quelques pépites se cachaient dans le lot. Pas de nouveau Thomas Merton, évidemment, mais Teddy ne s'attendait pas à en trouver un. Ce qui faiblit au cours de ces premières années, alors que la réputation de la maison d'édition grandissait, ce fut l'enthousiasme de Teddy. Peu à peu, il comprit qu'il ne pourrait jamais reproduire l'expérience du *Projet de Dieu*. La plupart des auteurs n'étaient pas désespérés au point de lui confier leur livre pour qu'il le révise, à l'abri de leurs lamentations et de leurs interventions. Ayant écrit ce satané bouquin, ils avaient tendance à croire qu'il leur appartenait. En outre, la possibilité qu'eux-mêmes soient nuls, hypothèse aussi argumentée soit-elle, semblait ne jamais les effleurer, contrairement à ce pauvre Everett. À dire vrai, la plupart étaient des connards arrogants qui refusaient les critiques, même formulées avec précaution et compassion. Ils méprisaient ouvertement les suggestions les plus raisonnables de Teddy, et quelques-uns allaient jusqu'à l'insulter. Mais surtout, à l'instar de cet auteur dont il révisait le livre sur le ferry, ils étaient irrémédiablement prisonniers, sans s'en apercevoir, d'un idiome contemporain inadapté à leur sujet intemporel. Qu'il en ait conscience ou pas, ce type écrivait sur le *péché* et la *rédemption*, mais ces deux mots n'étaient plus à la mode, alors il refusait de les employer. Les livres que Teddy avait publiés au cours de la décennie écoulée n'étaient pas mauvais, mais jamais ils n'auraient reçu l'approbation de Tom Ford. Ils ne répondaient à aucune urgence, aucune nécessité. Ils se laissaient porter par le courant, sans jamais aller contre, car les hommes et les femmes qui les écrivaient ne se consumaient pas de l'intérieur.

De toute façon, ce serait sans doute la dernière année d'existence de Seven Storey. Après dix années à la tête de St. Joseph, Theresa, principal soutien de la maison d'édition, s'était vu proposer le poste de doyenne d'une grande université catholique de l'Ouest et elle avait démissionné. Quand Teddy lui avait suggéré, sans trop y croire, la possibilité de rattacher la maison d'édition à son nouvel établissement, elle avait réagi tièdement, peut-être parce que cela impliquait que lui aussi la suive là-bas. Pourtant, on ne pouvait pas dire qu'ils ne s'aimaient pas, et les années passant, des rumeurs avaient même circulé à leur sujet. Plusieurs fois ils avaient dîné ou assisté à un concert ensemble, et chacun appréciait la compagnie de l'autre, sans que ça aille plus loin. Teddy devinait que Theresa regrettait que leur relation n'ait pas évolué vers quelque chose de plus intime, mais il n'en était pas absolument certain, et il ne savait pas comment aborder la question. Avant qu'elle arrive sur le campus, l'opinion la plus répandue voulait qu'il soit gay. Peut-être l'avait-elle entendu dire elle aussi et y avait cru en voyant qu'il ne tentait pas de l'attirer dans son lit. Il se pouvait également que leur amitié lui ait nui politiquement. Après tout, elle était la présidente de l'université et lui un simple attaché temporaire à qui on avait offert une « planque » qu'enviaient de nombreux professeurs titulaires. S'ils ne couchaient pas ensemble et s'il ne lui fournissait pas gratuitement de la drogue, qu'attendait-elle de lui, nom d'un chien ? Quel que soit le raisonnement de Theresa, elle semblait désireuse de couper les ponts.

Sans doute était-ce préférable pour lui aussi, même s'il devait bien reconnaître qu'il était triste de la voir partir. Outre une attirance mutuelle (un effet de son imagination ?), ils avaient de nombreuses choses en commun. Plus jeune, Theresa avait cru avoir la vocation, et elle avait flirté avec le couvent comme Teddy avec l'école de théologie. Et il sentait qu'il y avait dans le passé de cette femme, quelque part, une tristesse ou une déception profonde dont elle ne parlait jamais, qu'elle avait vaincue ou combattue jusqu'à obtenir un match nul honorable. Y avait-il un lien avec son métissage ? S'était-on moqué d'elle dans son enfance ? Il avait envisagé de lui poser la question, mais si elle se montrait généreuse et confiante au point de s'épancher devant lui, il devrait se décider sur-le-champ : en faire autant ou pas. Or, il était quasiment certain d'en être incapable.

Évidemment, le ver était dans le fruit bien avant que Theresa entre en scène. Peut-être même depuis toujours. Réparer le livre d'Everett, l'aider à obtenir sa titularisation, tout cela ressemblait tellement à des actes charitables que Teddy avait failli s'en convaincre. Mais, pour être franc, il n'aimait pas ce type. La véritable bonté aurait consisté à s'asseoir avec Everett pour l'aider à comprendre ce qui n'allait pas et l'aider à corriger ce qui devait l'être. Il s'était dit que le temps pressait, mais en vérité, il était impatient, voilà tout ; et si on analysait les choses honnêtement, ça ressemblait beaucoup à du mépris, voire à de la misanthropie. Pire encore, il ne savait que trop bien comment il en était arrivé là. Combien de fois, enfant, il avait réclamé de l'aide à ses parents, lesquels finissaient toujours par lui arracher la feuille ou le stylo des mains et *faire* le travail à sa place, comme si sa présence dans leurs vies, ses demandes d'attention permanentes les épuisaient à un point qu'ils ne pouvaient pas décrire. À l'évidence, il n'était pas digne de leurs efforts. Sans quoi, ils auraient volontiers passé du temps avec lui.

Voilà, apparemment, le genre d'individu qu'il était devenu. Il n'était pas seulement bizarre – dixit Theresa – il faisait partie de ces gens qui arrachaient les choses aux autres. Et certainement pas de ceux avec qui on s'embarquait pour une nouvelle aventure.

Que faire maintenant ? Prendre sa retraite ? N'ayant personne à charge, il pouvait se le permettre. Partir vivre dans un endroit plus chaud et plus agréable que Syracuse ? Il n'avait aucune envie de recommencer à enseigner une fois que sa maison d'édition aurait coulé, ce qui était sans doute une bonne chose. Le directeur de son département jalousait depuis toujours le poste d'éditeur, pépère, de Teddy, et Theresa partie, plus rien ne l'empêcherait de mettre fin à son contrat. Dans ce cas, Teddy devrait trouver une autre occupation. Pourquoi pas comme correcteur free-lance ? De nombreux livres qu'il lisait aujourd'hui en avaient besoin, et les correcteurs n'étaient pas censés travailler *avec* les auteurs ; on leur demandait juste de corriger leurs fautes et d'ôter les feuilles de salade coincées entre leurs dents. Un travail nécessaire. Mais était-ce nécessaire à ses yeux ? Repartir de zéro paraîtrait plus sensé, mais dans quelle direction ? Comment décider ? Cela reviendrait à choisir une matière principale à soixante-six ans. Peut-être que la vie ne permettait pas de demeurer éternellement généraliste.

Quand le haut-parleur annonce que le ferry va bientôt accoster et que les automobilistes doivent regagner leurs voitures, Teddy s'aperçoit qu'il a relu moins d'une page depuis qu'il a quitté Woods Hole. Il aurait mieux fait de monter sur le pont pour réchauffer son âme au soleil. Pourquoi ne l'a-t-il pas fait, nom de Dieu ?

Dehors, la lumière est si intense qu'il doit fermer les yeux en émergeant de la pénombre de la cafétéria.

Se peut-il que le soleil soit si éclatant, ou bien faut-il y voir le signe avant-coureur d'événements désagréables ? Parfois, ses crises sont précédées d'une exacerbation des sens. Posté derrière le bastingage, une main en visière, il scrute le quai bondé, espérant apercevoir Lincoln, qui a promis de venir le chercher au bateau. Il est parvenu à la conclusion que son vieil ami a été retardé quand il le repère au milieu de la foule. Au cours de ces dix années, ou presque, pendant lesquelles ils ne se sont pas revus, les cheveux de Lincoln sont devenus tout blancs et il marche légèrement voûté. Mais le véritable choc vient de sa compagne, la jeune femme aux cheveux bruns qu'il tient par les épaules. Jacy ! Est-ce le fait de la revoir après tout ce temps ou le contact brutal entre le quai et le ferry qui lui fait perdre l'équilibre un instant et l'oblige à se retenir au bastingage ?

*Non, ce n'est pas elle*, se dit-il, obligé de fermer les yeux de nouveau à cause du soleil aveuglant. Ce n'est pas elle. Car ça ne *peut pas* être elle. Cette fille sur le quai a une vingtaine d'années or Jacy aurait dans les soixante-cinq ans maintenant, l'aube de la vieillesse. Face à une logique aussi imparable, son cerveau n'a d'autre choix que de se soumettre, se dit-il. Et pourtant, il a peur d'ouvrir les yeux. Quand il y parvient enfin, le monde brille toujours d'un éclat intense, mais moins douloureux, et Teddy découvre que la fille en question n'est pas vraiment *avec* Lincoln, elle est debout à côté de lui, voilà tout. Et, bien sûr, il ne la tient pas par les épaules. La lumière et les ombres lui ont joué des tours. D'ailleurs, à y regarder de plus près, elle ne ressemble pas du tout à Jacy. Non, c'est l'île qui a provoqué sa réapparition. Ça, plus le fait que la fille se trouve à côté de son vieil ami, et bingo ! Son esprit trop impressionnable a été amené à croire l'impossible.

Demain, à ce cocktail explosif, il faudra ajouter Mickey. Réussiraient-ils, tous les trois, réunis de nouveau sur l'île après toutes ces années, à créer une potion magique assez puissante pour la ressusciter ? Dans ce cas, se dit-il en sentant la panique monter dans sa gorge, il ferait mieux de rester à bord. Et de rentrer à Woods Hole. Il pourrait être de retour à Syracuse la grise avant la nuit.

Trop tard. Lincoln l'a vu, et lui fait signe. Teddy n'a d'autre choix que de l'imiter.

La fille qui n'est pas Jacy agite elle aussi la main, et l'espace d'un instant, Teddy croit que c'est à lui, mais non, c'est au garçon qui se trouve à côté de lui, dont il sent la présence avant de se retourner, et avant que le garçon s'écrie « Salut, baby ! » et descende la passerelle en se pavanant pour rejoindre celle qui est manifestement l'amour de sa jeune vie. Il la perdra, évidemment, car c'est toujours comme ça. Les choses qu'on ne peut pas se permettre de perdre sont celles que le monde vous vole. Comment le monde sait-il ce dont vous avez le plus besoin, afin de vous en priver, voilà une question pour les philosophes. La réponse aurait fourni la matière d'un livre que Tom Ford aurait jugé digne d'être écrit : répondant à une urgence, original et absolument nécessaire. Mais pour l'écrire, il fallait se consumer de l'intérieur.

« La vache », commente Teddy en examinant la photo de la famille de Lincoln.

Le soleil est moins intense sur la terrasse de la taverne qui surplombe Oak Bluffs Harbour et leurs bières fraîches transpirent sur la large balustrade.

Teddy ne saurait dire depuis combien de temps il n'a pas bu de bière. Leur serveur leur a conseillé une IPA de fabrication locale, qu'il a failli renvoyer après la première gorgée tant elle était amère. Après en avoir bu la moitié, il est revenu sur son jugement. Cette amertume en est presque devenue agréable. C'est souvent le cas, à en juger par sa propre expérience.

La photo en question étant enregistrée sur l'iPad de Lincoln, Teddy peut agrandir chacun des visages avec son pouce et son index. Trois filles et trois garçons, tous de taille moyenne, minces ; les filles sont d'une beauté saisissante et les garçons des Robert Redford souriants aux cheveux blonds. Leurs propres enfants respirent la santé.

« On dirait qu'Anita et toi, vous avez entrepris une croisade personnelle pour éradiquer la laideur au sein de l'espèce humaine.

— C'est elle la fautive », répond Lincoln, visiblement fier de sa progéniture, néanmoins. Et c'est la vérité. Les filles, surtout, ressemblent à leur mère, une beauté elle aussi du temps de la fac. Toutefois, les gènes de Lincoln apparaissent chez les garçons, dans leurs postures décontractées qui empestent la pratique du sport, le tennis sans doute. Ils ne sont pas assez grands pour le basket, ni assez bourrins pour le football. Le base-ball peut-être. Et, connaissant Lincoln, le golf.

« Où est Wolfgang Amadeus ? » demande Teddy en rendant l'iPad à son ami. Il avait rencontré le père de Lincoln deux ou trois fois seulement, mais celui-ci lui avait fait forte impression, et pas uniquement à cause de son nom. « Je m'étonne qu'il tolère des photos sur lesquelles il n'apparaît pas.

— En règle générale, on ne les lui montre pas, de

peur qu'il s'incruste dessus avec Photoshop. Il a perdu un peu d'autorité depuis la mort de maman, mais il reste Dub-Yay. Il y a deux ans, on l'a emmené à Vegas en avion pour le mariage de Clara, et pendant la répétition du dîner, il s'est levé pour faire un discours. Personne ne lui avait rien demandé. Il était persuadé que les gens avaient envie d'entendre ce qu'il avait à dire, même si la plupart ne le connaissaient pas. C'est tout juste si Cody n'a pas dû lui faire un plaquage pour l'obliger à se taire et à s'asseoir. »

Teddy ricane. Il imagine la scène. Ce vieil imbécile.

« Parmi toutes les personnes que je connais, Anita est la seule qui ait un peu d'influence sur lui. Peut-être parce qu'elle est avocate. La plupart du temps, il l'écoute. »

Ils continuent à contempler l'océan, alors qu'un petit cargo accoste en marche arrière à la place du ferry de Teddy, déjà reparti vers le continent dans un nuage de vapeur.

« Et tes parents ? demande Lincoln. Toujours à Ann Arbor ?

— Madison », rectifie Teddy.

Curieusement, bien qu'ils soient l'un et l'autre professeurs de lycée, ses parents avaient réussi à s'introduire dans une communauté de retraités baptisée Burnt Hills qui accueillait des universitaires du Wisconsin et dont les principaux attraits étaient des conférences hebdomadaires, sur divers sujets, dispensées par des professeurs encore en activité, des transports en car gratuits pour assister à des concerts et autres événements organisés sur les campus et ouverts au public, ainsi qu'à des cours d'informatique ou de poésie, qui pouvaient être validés comme des UV, même si Teddy ne comprenait pas bien ce que des gens de leur âge pouvaient en faire. Après avoir vécu dans un appartement indépendant, ils avaient emménagé dans un immeuble communautaire, plus grand, qui proposait divers niveaux d'assistance, et il y a deux ans, ils avaient « évolué » (c'était le terme qu'ils employaient) vers une structure qui ressemblait à une maison de retraite. Teddy avait toujours supposé qu'un jour viendrait où ils regretteraient de ne pas lui avoir accordé plus de place, mais leur qualité de vie à Burnt Hills avait balayé ces éventuels regrets. La vieillesse n'enlevait rien à leur indépendance féroce, leur boucle émotionnelle en circuit fermé, chacun se satisfaisant de la présence de l'autre, du *New York Times* quotidien et de tous ces livres qu'ils n'avaient jamais eu le temps de lire à cause des devoirs à corriger. D'anciens élèves leur rendaient visite, et Teddy les croisait parfois. Ses parents l'accueillaient toujours chaleureusement, mais pas plus, a priori, que leurs autres invités. Même prévenus de sa venue, ils paraissaient surpris quand il sonnait à la porte, comme s'il leur fallait un certain temps pour le reconnaître. En quelle année avait-il été leur élève ? Quel était le sujet de sa dissertation de fin d'année ?

« À vrai dire, il m'a un peu déçu, avoue Lincoln, songeur, en revenant à son père.

— Pourquoi ça ? » demande Teddy, sincèrement étonné.

Comment pouvait-on être déçu par un homme qui avait toujours affiché si peu de qualités ? Le *Bateau de la déception* n'avait-il pas levé l'ancre depuis longtemps ? Comme le sien ?

« Je ne sais pas. Je m'attendais sans doute à le voir déboussolé après la mort de maman. Comme souvent dans les vieux couples mariés. Quand l'un des deux meurt, l'autre ne tarde pas à décliner. Le monde qui l'entoure ne l'intéresse plus. Je pensais que Dub-Yay serait peut-être comme ça. Même si ce n'était pas le couple le plus affectueux qui soit, ils avaient partagé une chambre pendant quarante-cinq ans. Et je me disais que leur mariage avait des aspects cachés. Mais non. À peine rentré à la maison, après l'enterrement, il a engagé une femme de ménage. Comme si maman n'était rien d'autre pour lui. Quelqu'un qui lui faisait à manger et s'occupait de la maison.

— Tous les mariages ont une part de mystère », répond Teddy, qui pense plus à celui de Lincoln avec Anita qu'à celui de Dub-Yay avec la mère de Lincoln. On ne pouvait pas dire qu'ils étaient mal assortis, néanmoins Anita lui avait toujours paru plus intéressante. Elle était à n'en pas douter plus intelligente que Lincoln, mais c'est surtout qu'elle paraissait plus ouverte aux possibilités de l'existence. Elle avait en elle plus de place pour grandir, pour devenir. Lincoln était plus figé. À Minerva déjà, les contours de l'homme qu'il serait plus tard apparaissaient, son enveloppe commençait à durcir. À l'instar de… son père, oui. Mais Teddy songe qu'il est certainement mal placé pour juger de ça.

« Bref, reprend Lincoln, Anita est persuadée qu'il fréquente une femme.

— Sans rire ? Il a quel âge ? »

Lincoln se gratte le menton.

« Quatre-vingt-dix ? Quatre-vingt-onze ? Peut-être qu'il en a tout simplement marre de payer une femme de ménage ? Qui sait ?

— Tu penses que ça pourrait être une histoire de cul ?

— Non. Si c'était ça, il s'en vanterait.

— Tu n'es pas censé hériter d'une propriété quand

il mourra ? » demande Teddy, alors que ça ne le regarde pas.

Lincoln ricane.

« S'il meurt un jour, tu veux dire. Oui, un ranch à Dunbar, qui n'a pas été retapé depuis qu'il l'a acheté en 1950. J'ignore ce que ça peut valoir.

— Et la maison de Chilmark ?

— Elle m'appartient déjà. » Teddy croit percevoir une certaine réticence dans cet aveu. Ou peut-être qu'il se fait des idées ? « Elle appartenait à ma mère.

— Ah bon ? »

Mais cette histoire lui dit quelque chose maintenant qu'il y repense.

« Et toi ? interroge Lincoln. Un héritage en vue ? »

Teddy fait non de la tête.

« Je ne connais pas tous les détails, mais quand mes parents ont vendu leur maison, je suis certain qu'ils ont versé l'argent, plus celui de leur plan d'épargne-retraite, à Burnt Hills, le cauchemar dans lequel ils vivent maintenant. »

Lincoln opine.

« C'est ce qui s'est passé avec les parents d'Anita.

— La bonne nouvelle, c'est que je n'ai besoin de rien. Au fil des ans, j'ai réussi à mettre un peu d'argent de côté, et je suis seul.

— Mick, avec ses sept sœurs, n'héritera pas d'une fortune lui non plus. Surtout qu'il est le plus jeune.

— J'ai lu quelque part que le transfert de richesses entre la génération de nos parents et la nôtre est le plus important de tous les temps. Comment on a pu passer à côté de ça ?

— Bonne question. C'est pourtant la vérité. Il y a énormément d'argent en circulation, même après la récession. Si tu sais lire entre les lignes du *Minervan*, la plupart des personnes qu'on a connues là-bas font partie des 1 % maintenant.

— Je ne lis même pas les lignes, alors encore moins entre. »

Demi-mensonge. C'est dans le magazine des anciens élèves qu'il avait appris que Tom Ford était mort du sida au milieu des années quatre-vingt. Et le plus souvent, il jetait un coup d'œil aux infos concernant leur promo, en songeant que Jacy allait peut-être refaire surface. Il apprendrait où elle était partie, qui elle avait épousé et ce qu'elle avait fait de sa vie. Mickey et Lincoln en faisaient-ils autant ?

Ils ont fini leurs bières et, quand le serveur vient leur demander s'ils en veulent une autre, Lincoln se tourne vers Teddy.

« Qu'est-ce que tu en penses ?

— Je ne suis attendu nulle part. »

Ni ce week-end ni aucun autre, en fait.

Quand on leur apporte leurs pintes, ils trinquent.

« Aux vieux amis », dit Teddy qui savoure cet instant.

Cela fait bien longtemps qu'il ne s'est pas senti aussi détendu et en paix avec lui-même. Cette crise de panique à bord du ferry était peut-être une fausse alerte car les couleurs primaires soudain trop éclatantes, vibrantes, avaient maintenant viré au pastel. Qui sait ? Ce week-end correspondrait peut-être à ce que lui avait recommandé son médecin. Peut-être.

Une brise au parfum de septembre arrive du large. Teddy l'inhale profondément. L'automne a toujours été sa saison préférée, même enfant. Quand on est gamin avec des parents enseignants, c'est le mois de septembre et non pas le mois de janvier qui marque le début d'une nouvelle année. Il était toujours le premier à retourner à Minerva, et il aimait avoir le campus pour lui seul pendant un jour ou deux, avant que les autres étudiants et les professeurs arrivent au compte-gouttes. Lincoln était toujours le deuxième, précédant Mickey dont le groupe donnait généralement un concert quelque part en ville le dernier week-end avant le début des cours. Jacy était toujours la dernière : elle n'arrivait pas avant le milieu de la première semaine de cours. Les choses pouvaient alors commencer pour de bon.

« Tu sais à qui je pensais à bord du ferry ? se risque à demander Teddy.

— Oui, dit Lincoln, je sais. »

Ils n'ont pas besoin d'en dire plus.

# LINCOLN

Le samedi, Lincoln se réveille en ayant la nette impression que Mason Troyer est apparu dans ses rêves. Ce qui peut s'expliquer. La veille, quand Teddy et lui étaient rentrés à Chilmark, le répondeur clignotait. Troyer avait entendu dire qu'il projetait de vendre la maison et souhaitait lui parler.

« Vous vendez la maison ? s'était étonné Teddy.

— On n'a pas encore décidé », avait répondu Lincoln, et cette affirmation avait quelque chose d'étonnamment juste, comme si, d'une certaine façon, Anita et lui étaient d'accord pour vendre, sans l'avoir véritablement décidé. Lincoln n'avait pas prévu d'en parler à Teddy et à Mickey car ils auraient voulu en savoir plus et il n'avait pas envie d'aborder ce sujet. Agent immobilier prospère, il avait toujours mieux gagné sa vie que ses deux amis, bien qu'il ne s'en soit jamais vanté. Et pourquoi l'aurait-il fait ? Teddy avait de toute évidence une autre conception de la réussite, et il ne viendrait jamais à l'idée de Mickey de la définir. Était-ce parce qu'il avait honte d'être passé si près de la ruine ? Il espérait que non, mais qu'est-ce que ça pouvait être d'autre ? Dans les cartes de vœux et les mails échangés avec Teddy et Mickey depuis la crise de 2008, il n'avait jamais indiqué que quelque chose clochait. Ses amis, pour peu qu'ils aient un peu suivi ce qui se passait, devaient savoir que Las Vegas avait été l'épicentre de l'ouragan financier des subprimes, mais comme il n'avait jamais laissé entendre que lui-même était menacé, ils avaient dû le croire à l'abri. Aujourd'hui encore, alors que l'agence avait enfin la tête hors de l'eau, il voulait leur cacher qu'il avait failli sombrer. Il ne craignait pas qu'ils s'en réjouissent. Au contraire, ils compatiraient. Néanmoins, la membrane qui sépare la compassion de la pitié est parfois fine comme du papier à cigarette et Lincoln – digne fils de son père, là aussi – ne voulait pas prendre ce risque.

Plus tard dans la soirée, en repensant aux inquiétantes allusions de Martin concernant Troyer, Lincoln l'avait googlé. Et ce connard possédait en effet des antécédents pas piqués des vers : son nom apparaissait plusieurs fois dans la *Vineyard Gazette* et le *Martha's Vineyard Times* pour conduite en état d'ivresse, défaut de comparution devant le juge, plaintes répétées des voisins pour tapage nocturne. Mais il y avait des histoires plus graves. À la fin des années quatre-vingt-dix, une femme dont le nom n'était pas cité avait porté plainte pour harcèlement sexuel, mais l'affaire s'était réglée en dehors du tribunal, avant le procès. Une autre femme avait obtenu une mesure d'éloignement à son encontre. Que Troyer s'était empressé d'enfreindre. On l'avait envoyé en prison et, quand il en était sorti, son accusatrice avait quitté l'île. Pendant que Lincoln effectuait ces recherches, d'autres sites avaient surgi sur son écran pour lui proposer des informations supplémentaires, moyennant finance. Il avait décidé d'en rester là pour le moment.

Couché dans son lit à présent, avec la lumière du

petit jour qui entre par la fenêtre, il repense à autre chose.

La voix d'Anita est encore enrouée par le sommeil quand elle décroche.

« Tout va bien ?

— Ah, merde, dit-il en comprenant pourquoi elle est comateuse. J'ai oublié le décalage horaire.

— Pas grave. Mon réveil allait bientôt sonner de toute façon. Que se passe-t-il ?

— Mason Troyer. Tu te souviens du jour où…

— Oui.

— Comment ça "oui" ? Je ne t'ai pas encore dit quel…

— L'après-midi où il est venu sonner à la porte pendant ton absence ?

— Exact. Rappelle-moi ce qui s'est passé exactement.

— On avait besoin d'un truc et tu étais parti le chercher à Vineyard Haven sauf qu'en route tu t'es dit qu'ils l'avaient peut-être à la petite boutique de Chilmark, et c'était le cas. Alors, au lieu de t'absenter une heure, tu es revenu au bout de quinze minutes.

— Et en rentrant, je vous ai trouvés dans la cuisine tous les deux. »

Il revoit la scène maintenant. Ils se tenaient de part et d'autre de la table. Quelque chose dans leur posture, raide et embarrassée, lui avait rappelé ce jeu d'enfants où tout le monde court dans tous les sens jusqu'à ce que quelqu'un crie « Soleil ! ». Chacun doit alors s'arrêter net. Voilà l'impression que donnaient sa femme et Troyer, séparés par la table de la cuisine : ils semblaient pétrifiés par son retour.

« Il prétendait être venu faire une offre pour la maison, dit Anita, mais il y avait quelque chose de bizarre.

Tu étais à peine parti qu'il avait sonné à la porte. Comme s'il surveillait la maison et guettait ton départ.

— Il n'a pas…

— Non, il ne m'a pas touchée. Et la conversation était inoffensive. Mais il me flanquait la frousse. J'avais l'impression qu'il faisait le point dans sa tête. Qu'il "évaluait ses risques". Mes forces et les ennuis que je pouvais lui causer. Aujourd'hui, je me souviens surtout du soulagement que j'ai ressenti en entendant ta voiture dans l'allée. Lui semblait surpris, c'est certain. Aussi étonné que moi de te voir rentrer si tôt. Ce qui n'aurait pas été le cas s'il ne t'avait pas regardé partir.

— Comment se fait-il que tu ne m'aies pas raconté tout ça à l'époque ?

— J'ai failli t'en parler, et puis j'ai pensé que je m'étais fait des idées.

— Tu as fait exactement ce qu'on déconseille à nos filles.

— Bon sang, tu as raison. On leur a toujours dit de se fier à leur instinct. » Il y a un long silence. « Qu'est-ce qui se passe, Lincoln ?

— Je ne sais pas. Je t'assure.

— Tu crois qu'il va faire des histoires ?

— Il ne risque pas de se pointer, s'il voit Mickey. »

Un jour, ce connard de Troyer avait coincé Jacy dans la cuisine. Mickey lui avait donné une bonne leçon. Un uppercut au menton, en plein dans le mille. Ils avaient entendu la chute fracassante de dehors, sur la terrasse.

« Promets-moi de ne pas lui chercher des poux dans la tête.

— Je n'ai même pas l'intention de le rappeler. »

Et si Troyer vient sonner, il se débrouillera. Martin a probablement raison. Troyer doit vouloir lui faire une offre de vive voix pour éviter de payer la commission de l'agent immobilier.

« Les garçons sont bien arrivés ?

— Teddy a débarqué hier après-midi. Mickey doit arriver d'une minute à l'autre.

— Embrasse-les pour moi.

— Pourquoi tu ne sautes pas dans un avion ? Tu serais à Woods Hole à temps pour prendre le dernier ferry. Les gars seraient contents de te voir.

— Moi aussi, ça me ferait très plaisir, mais je dois être au tribunal à la première heure lundi. Et je te rappelle que je dois ensuite aller dans l'Arizona rendre visite à Wolfgang Amadeus.

— Mon père passe avant moi, c'est ça ?

— N'essaie pas de me culpabiliser, escroc. C'est ton boulot que je fais. »

En effet. Et c'était trop souvent elle qui devait gérer Dub-Yay. Mais ce qu'il a dit à Teddy hier était vrai. Si on voulait obtenir de bons résultats, il fallait miser sur Anita.

Après avoir raccroché, il masse ses tempes avec ses pouces. Est-ce possible qu'il ait rêvé de Troyer cette nuit ? Quelque part entre ses doigts, une sombre pensée prend forme.

Sous la douche, il dresse la liste des choses dont il devra s'occuper lorsque Teddy et Mickey seront repartis lundi. La maison commence à avoir un aspect miteux, à l'intérieur comme à l'extérieur. Trop de bardeaux sont passés du stade patiné à gondolé, et les murs ont besoin d'un coup de peinture. Les balustrades de la terrasse en bois sont rongées par la pourriture. Anita lui a demandé de filmer chaque pièce avec son téléphone pour ne pas avoir à se fier au seul avis de son mari. Elle l'estime incapable, comme tous les hommes, de voir ce qui crève les yeux. Et elle a sans doute raison, mais il a aussi l'impression, ces derniers temps, de payer pour tous les représentants de son sexe. Chaque fois qu'il commet l'erreur d'émettre des généralités sur les femmes, il peut compter sur un chœur d'indignations entonné par sa femme et ses filles. Comment se fait-il que les hommes demeurent la proie idéale ? Mais surtout, si la maison mérite d'être démolie, comme le pense Martin, cette vidéo réclamée par Anita sera une perte de temps. Tout comme de passer une couche de peinture et changer les bardeaux.

Il est en train de se sécher quand il entend un grondement sourd, guttural, à l'extérieur, et sent le sol vibrer sous ses pieds nus. Sachant ce que cela annonce, il s'empresse d'enfiler un short et un T-shirt et braille pour alerter Teddy, occupé à relire un manuscrit sur la terrasse.

La grosse Harley se tait en tremblotant au moment où Lincoln sort de la maison. Mickey – jean, bottes de cow-boy et blouson de cuir – ôte son casque et reste assis sur la selle, le regard perdu dans le vague, affichant une expression inhabituelle, indéchiffrable. De la mélancolie, spécule Lincoln, ou des regrets ? Quoi qu'il en soit, l'expression s'évanouit dès l'instant où Mickey s'aperçoit de sa présence et il se demande s'il ne l'a pas imaginée.

« Beau Gosse ! s'exclame Mickey en retrouvant son sourire familier.

— Big Mick on Pots[1] ! »

1. Big Mick aux Fourneaux.

Pieds nus, Lincoln avance à pas prudents sur les graviers. Cet échange d'anciens surnoms – avatars de leur jeunesse – est une tradition bien établie.

« Qu'est-ce qui t'arrive ? demande Mickey en fronçant les sourcils. Tu marches plié en deux comme un vieillard.

— Problème de dos. Je me redresse petit à petit au fil de la journée. »

Ils se serrent la main. Mickey chevauche toujours sa Harley, comme s'il hésitait entre rester et repartir. La porte à moustiquaire s'ouvre en grinçant sur ses gonds rouillés, et Teddy apparaît, en maillot de bain, tongs et sweat-shirt Minerva usé.

« Tedioski », dit Mickey, qui possède un ou plusieurs surnoms pour toutes les personnes qu'il connaît. Il en a au moins deux autres pour Teddy : Teduski et Tedmarek. « Approche un peu que je te regarde. Au moins, tu ne portes pas de chaussettes avec tes tongs.

— Tu m'en croyais capable ?

— Je me disais que tu aurais peut-être franchi le cap.

— Tu es toujours le même. Version soixante-six ans. Tu peux descendre de ton engin, ou bien tu comptes rester assis dessus tel Brando ? »

Se débarrassant de son sac à dos d'un mouvement d'épaules, Mickey le tend à Lincoln, surpris par le poids.

« Y a quoi là-dedans ? Des pierres ?

— De la vodka, du jus de tomate, du Tabasco, de la vodka, du céleri, de la vodka, déclare Mickey en balançant une jambe épaisse par-dessus la Harley pour venir mettre la béquille. On a joué hier soir. Je suis rentré à trois heures. »

Alors qu'il accroche son casque au siège de la moto, Teddy tapote dessus comme on frappe à une porte.

« Tu t'es enfin décidé à en porter un.

— C'est la loi, répond Mickey. Et puis, il y a ça aussi… »

Il écarte ses cheveux mi-longs de rocker pour dévoiler une longue cicatrice enflammée.

Teddy devient livide.

« La vache. »

Mickey ricane. Il sait que Teddy a toujours eu horreur des blessures.

« Bon, dit-il en reprenant son sac à dos pour le hisser sur son épaule, c'est l'heure du Bloody Mary. » Il regarde Lincoln d'un air méfiant. « Tu crois que tu vas pouvoir retourner à l'intérieur, vieux, ou il faut te porter ?

— Content de te voir aussi, Mick, dit Lincoln. Ne me demande pas pourquoi, mais je suis content. »

Mickey lui donne une grande tape sur l'épaule.

« Tu aimes que je te maltraite, ça t'a manqué.

— Oui, ça doit être ça. »

Arrivés à la porte, ils entendent un grognement métallique derrière eux et se retournent juste à temps pour voir la Harley de Mickey perdre l'équilibre dans les graviers et basculer sur le côté. Son casque dévale la pente et s'arrête à leurs pieds.

« Si ça t'amuse », dit Mickey en s'adressant à la moto indisciplinée, avant d'entrer dans la maison.

Teddy ramasse le casque, regarde Lincoln en haussant un sourcil, et l'accroche au lampadaire.

Lincoln lui tient la porte.

« Que la fête commence. »

« Nom de Dieu ! » s'exclame Mickey en regardant la maison située en contrebas. Il a ôté son blouson et s'est assis en posant les pieds sur la balustrade de la terrasse. « C'est une nana à poil que je vois là-bas ? »

Tous trois boivent des Bloody Mary. Mickey a inspecté les placards de la cuisine jusqu'à ce qu'il trouve un pichet pour les préparer. D'où vient cet ustensile ? se demande Lincoln. C'était une constante avec les gens qui avaient les moyens de louer la maison de Chilmark en juillet et en août. Quand ils découvraient qu'il manquait quelque chose, ils allaient l'acheter en ville ; et neuf fois sur dix, ils le laissaient en repartant. La cuisine était remplie de gadgets dont il ne soupçonnait même pas la fonction. Il y avait quelques années de cela, à l'époque où les cafetières Keurig venaient de sortir, des locataires du mois d'août en avaient acheté une et l'avaient laissée sur le comptoir, avec une liste de suggestions d'achats, parmi lesquels : une radio Bose, une station de charge pour téléphone portable, un routeur Wi-Fi et une console de jeux. Lincoln avait suggéré de ne pas en tenir compte, mais Anita avait tout commandé en ligne et fait livrer à l'agence qui gérait leur location.

Lincoln rassure Mickey : non, ses yeux ne lui jouent pas des tours. Impossible, cependant, de savoir si c'est la femme nue qu'il a vue la veille. Elles ont à peu près la même silhouette – forte poitrine et taille fine –, mais il croit se souvenir que l'autre était blonde. Celle-ci est plus brune – en haut du moins –, mais peut-être est-ce un effet dû à l'heure, à la position du soleil.

« Je comprends que tu te sois installé ici pour corriger des copies, dit Mickey à Teddy, qui a tourné le dos à la scène du bas et glissé le manuscrit sous son fauteuil, en lieu sûr.

— Je prépare un manuscrit, je ne corrige pas des copies.

— Il faudra que tu m'expliques la différence un de ces jours, quand il ne se passera rien de plus intéressant. Ce qu'il nous faudrait, là maintenant, c'est des jumelles. »

En bas de la pente, une porte claque et Troyer, nu lui aussi, sort sur la terrasse. Il dit quelque chose à la femme – ils sont trop loin pour qu'on les entende –, et elle émet un éclat de rire qui flotte jusqu'à eux, emporté par le vent.

« Laisse tomber les jumelles, dit Mickey en orientant son fauteuil de façon à ne plus être obligé de regarder ce spectacle. Dis-moi que c'est pas le connard de l'autre fois. Putain, c'était quoi son nom, déjà ? Le type qui a peloté Jacy.

— Mason Troyer.

— Oui, c'est ça. Troyer.

— La maison lui appartient maintenant. Ses parents sont morts il y a quelque temps.

— Pour des richards, ils étaient sympas, se souvient Teddy.

— Comment ça, "pour des richards ?" grogne Mickey. Y a une loi qui interdit aux richards d'être sympas ? »

Teddy mâchonne sa branche de céleri d'un air songeur.

« En fait, je crois que oui. Et ceux-là étaient en infraction.

— C'est reparti, soupire Mickey. Tu vas nous ressortir un de tes cours de 1969, monsieur Marx ? À moins que tu aies renouvelé ton stock ?

— Le livre est le meilleur ami de l'homme – Teddy fit jouer ses sourcils en tirant sur un cigare imaginaire, à la Groucho, un Marx très différent de celui auquel pensait Mickey –, en dehors du chien. *En dedans*, il fait trop noir pour lire. »

Lincoln se souvient que les Troyer étaient des gens sympathiques, en effet. Ils semblaient aussi surpris que tout le monde d'avoir engendré une mauvaise graine comme Mason.

« OK, impressionne-moi, dit Mickey à Teddy. Qu'est-ce que tu écoutes ?

— Du rock principalement.

— Genre ?

— The Decemberists. Belle and Sebastian. Mumford and Sons.

— De la musique de pédés.

— On emploie encore ce mot ? s'étonne Teddy. Des types comme nous, qui ont fait des études ? »

Mickey ignore cette intervention.

« C'est de la merde de hipster. Les gens qui écoutent cette daube boivent des *latte* au potiron et aux épices. Quoi d'autre ? Tu n'écoutes jamais de la *vraie* musique ? »

Teddy hausse les épaules.

« Si, des songwriters. Tom Waits. Leonard Cohen. Josh Ritter. Le Boss, évidemment.

— OK, concède Mickey. Ça, je respecte.

— C'est qui, Le Boss ? » demande Lincoln.

Les deux hommes le regardent d'un air hébété.

« Le problème, dit Mickey en se retournant vers Teddy, c'est que je ne sais pas quand il plaisante. Et toi ?

— Jamais quand il est question de musique, avoue Teddy.

— OK, à ton tour. » Mickey pointe sa branche de céleri sur Lincoln. « Je parie que tu es toujours fan de Mantovani.

— Ne commence pas.

— Teduski. Qu'est-ce que tu paries qu'il a une playlist Mantovani sur Pandora ?

— C'est quoi, Pandora ? demande Lincoln.
— Tu te fous de moi, hein ?
— Oui.
— Montre-moi ton téléphone.
— Non.
— Donne. Je ne plaisante pas. Ne m'oblige pas à le prendre de force. »

Lincoln soupire et lui tend son téléphone.

Mickey fait défiler les icônes.

« Ah. Pandora… La vache, ça fout la trouille. Herb Alpert and the Tijuana Brass. Nat King Cole. »

Lincoln est rouge comme une tomate, ses épaules tremblent.

« Gagné ! Je le savais. Johnny Mathis de mes deux. *Chances are…* roucoule-t-il, *cause I wear that silly grin…* »

Lincoln lui arrache le téléphone des mains et le fourre dans sa poche.

« Je t'en supplie, dis-moi qu'Anita et toi, vous n'avez jamais fait l'amour après avoir écouté Johnny Mathis. Je m'étais fait l'image d'une femme qui avait de la classe. »

Des cris d'hilarité féminine remontent la pente. Tous les trois se retournent à contrecœur. Troyer semble chatouiller le ventre de la femme nue avec son nez. Enfin, ils espèrent que c'est juste le ventre.

Mickey se lève et récupère son blouson.

« Je préfère rentrer, ça me donne envie de gerber.
— Pourquoi je tourne le dos, à ton avis ? » demande Teddy.

Arrivé devant la porte vitrée, Mickey lance :

« Vous n'avez rien prévu ce soir, j'espère ? Tout le monde me dit le plus grand bien d'un groupe qui joue sur Circuit Avenue.

— Si on n'a pas le choix », soupire Lincoln.

Quand la porte coulissante s'est refermée sur Mickey, Lincoln jette un coup d'œil en bas, malgré lui. Troyer s'est assis et la fille s'est retournée sur le ventre.

« J'ai une question, dit-il, alors que Teddy reprend son manuscrit sous son siège pour se remettre au travail. Tu te souviens du cours d'histoire qu'on suivait tous les deux à Minerva ?

— Guerre de Sécession et reconstruction, répond Teddy sans la moindre hésitation, comme si, pour une raison inexplicable, il pensait à ce cours lui aussi. Avec le professeur Ford.

— Le premier jour de cours, il nous a donné le sujet de l'examen final.

— Les causes de la guerre. »

Outre les habituels tableaux noirs, il y avait un grand tableau mobile sur lequel, à mesure que le semestre avançait, ils notaient des causes probables, certaines directes, d'autres plus éloignées. Tout en sachant que Ford ne partageait pas ce point de vue, Lincoln avait affirmé qu'il s'agissait d'une guerre économique : le Nord industrialisé contre le Sud agraire. Pour Teddy, elle avait été provoquée par l'esclavage ; c'était un problème moral. Ces deux thèses, maintenant que Lincoln y repensait, étaient hautement prévisibles de la part de l'un et de l'autre. Ce qui soulevait une question : leurs personnalités étaient-elles déjà formées à l'époque ? L'université leur apparaissait alors comme un vaste buffet de possibilités et ils avaient l'impression d'être *en devenir*. Était-ce une illusion ? Étaient-ils déjà *devenus* ?

Teddy affiche un grand sourire.

« Tu te souviens comme on était furax à la fin ? Après l'examen, on est allés trouver Ford pour exiger de connaître la bonne réponse. Qu'est-ce qui avait provoqué cette guerre, *selon lui* ? »

Lincoln avait oublié cet épisode, mais les détails affluent maintenant.

« Il s'est contenté de nous demander ce qui, à notre avis, avait provoqué la guerre du *Viêtnam*. Tout l'objectif du cours avait été de nous inciter à analyser une guerre à la lumière de l'autre, et aucun de nous n'avait établi le rapprochement. Il aurait dû nous recaler. »

Teddy l'observe d'un air dubitatif.

« Drôle de raisonnement.

— Ça m'arrive de plus en plus ces temps-ci », avoue Lincoln, qui rechigne à expliquer ce qui l'a entraîné sur ce chemin plutôt qu'un autre. Il attrape le pichet de Bloody Mary.

« Je te ressers ?

— Oh là, non. Je suis déjà à moitié bourré et il n'est même pas midi. »

À l'intérieur, Mickey s'est allongé sur le canapé. Il regarde un match de football universitaire à la télé, presque sans le son. Une longue et bonne sieste se profile à l'horizon.

Lincoln brandit le pichet.

« Tu veux finir ?

— Pourquoi pas ? »

Lincoln vide le reste de Bloody Mary dans le verre de Mickey.

« Je peux te poser une question ?

— Vas-y.

— Quand tu es arrivé tout à l'heure… Tu es resté assis sur ta moto un bon moment, à regarder dans le vide. Je me suis demandé à quoi tu pensais. »

Mickey demeure muet si longtemps, les yeux fixés

sur l'écran de la télé, que Lincoln se demande s'il va répondre, mais il finit par dire :

« Je ne sais pas pourquoi, mais elle est plus réelle ici.

— Je comprends ce que tu veux dire. Et je suis sûr que Teddy aussi. Qu'est-ce que tu crois qu'il lui est arrivé, Mick ? »

Mickey secoue la tête, sans quitter l'écran des yeux.

« Je sais juste qu'elle est partie.

— Partie dans quel sens ? »

Il se tourne alors vers Lincoln.

« Partie dans le sens *pour de bon*. »

# TEDDY

Teddy travaille encore un peu, jusqu'à ce que le soleil, directement au-dessus de sa tête, devienne difficile à supporter. Il fourre le manuscrit dans son sac à bandoulière lorsque Lincoln, qui a enfilé un pantalon de toile, un polo Ralph Lauren et des mocassins, sort sur la terrasse. Teddy remarque qu'il jette un regard à la maison de Troyer en contrebas et voit son visage s'assombrir, bien que son voisin et la femme soient rentrés.

« Où tu vas ? lui demande Teddy.

— À Edgartown. Tu peux venir, si tu veux. »

Il agite ses clés dans sa main, impatient de partir. S'il avait voulu de la compagnie, il l'aurait proposé avant.

« Non. Je te remercie. Où est Mick ?

— Il pionce sur le canapé, ricane Lincoln. Un bras derrière la tête, sous le coussin. »

Teddy sourit.

« Il a toujours dormi comme ça. De nous tous, c'est lui qui a le moins changé, tu ne trouves pas ?

— C'est une bonne ou une mauvaise chose ?

— Aucune idée », avoue Teddy, même s'il ne pensait pas à mal en le disant.

En voyant Mickey à califourchon sur sa Harley tout à l'heure, il avait ressenti une bouffée de… de quoi ? D'affection ? Oui, mais pas seulement. Quelque chose de plus égoïste aussi. Du genre : il ne pouvait rien arriver de grave tant que Mickey pétait la forme, qu'il était toujours aussi sûr de lui, indifférent à la politique et aux événements, tant qu'il se moquait de leurs goûts musicaux. Était-ce cela qu'il attendait de ses vieux amis ? La confirmation que le monde dont on se souvenait avec tendresse existait encore ? Qu'il n'avait pas été remplacé par une réalité dans laquelle on était moins impliqué ?

« En fait, je crois qu'aucun de nous n'a beaucoup changé.

— On a tous vieilli, souligne Lincoln. Sois honnête. Tu t'imagines jouer du rock jusqu'à deux heures du mat'… à notre âge ?

— Oh, pourquoi pas, dit Teddy. Je suis souvent réveillé à deux heures. Et à quatre heures aussi. »

Cette remarque fait rigoler Lincoln, mais Teddy voit bien qu'il a la tête ailleurs. Il observe la maison de Troyer de nouveau, comme si elle représentait une sorte d'énigme. Et puis il finit par trouver.

« Si tu as faim, dit-il, il y a de la charcuterie et du fromage dans le frigo, pour faire des sandwiches.

— OK. Tu n'aurais pas un vélo ?

— Si, dans le cabanon. Je vais te l'ouvrir.

— Merci. J'irai peut-être faire un tour. »

Alors que son ami s'éloigne, Teddy lance :

« Lincoln ?

— Ouais ?

— Il se peut que je sois obligé de quitter l'île plus tôt que prévu. »

Lincoln penche la tête sur le côté.

« Un problème ?
— Tu te souviens de… ces crises que j'avais dans le temps ?
— Ça t'arrive encore ?
— Rarement. Pas depuis longtemps à vrai dire. J'arrive assez bien à les repérer maintenant, parfois même à les tuer dans l'œuf. Mais pas toujours. »
Lincoln hoche la tête.
« Qu'est-ce que tu ressens ? Quand elles arrivent ?
— Ça dépend. Ça peut être progressif, comme l'arrivée d'une migraine. Les couleurs deviennent plus intenses. Tout paraît un peu lointain. À d'autres moments… bam ! ça me tombe dessus. »
La veille, lorsqu'il avait pris la jeune fille sur la jetée à Oak Bluffs pour Jacy, il avait cru reconnaître une de ces crises, et puis non. Ce devait être une légère secousse sismique, un ajustement de ses plaques tectoniques émotionnelles provoqué par un changement dans la routine sur laquelle il comptait pour conserver son équilibre.
« Ça peut être super bizarre. J'ai même des… prémonitions. Je sais ce qui va se passer.
— Tu devrais jouer aux courses », suggère Lincoln.
La boutade ravive un souvenir agréable. Tous les quatre. Un samedi soir. En dernière année de fac. Le concert du groupe de Mickey avait été annulé à la dernière minute. Désœuvrés, ils s'étaient entassés dans la vieille bagnole de Teddy pour se rendre au cynodrome de Bridgeport, l'endroit le plus sordide, le plus déprimant, qu'ils avaient jamais connu, Mickey compris, lui qui avait pourtant écumé des lieux peu recommandables en tant que musicien de rock. Toute la soirée ils avaient perdu, course après course, jusqu'à la dernière, dans laquelle Jacy, attirée par les

cotes ridiculement élevées, avait misé sur deux chiens qui n'avaient aucune chance de gagner. Le favori avait jailli comme une fusée. La course a priori était jouée. Mais dans le premier virage, le chien s'était écroulé sur la piste, en hurlant. Les jappements stridents de la pauvre bête, dont une des pattes s'était brisée comme une brindille, montaient jusqu'aux tribunes. Teddy se souvient qu'il avait failli tourner de l'œil. Chaque soir, les journaux télévisés montraient des choses bien plus horribles, des garçons de son âge se faisaient écharper dans la jungle, mais il n'était qu'à cinquante mètres de la souffrance terrible, sonore, de cet animal, et cette proximité lui répugnait. Il avait reporté son attention sur la course lorsque Jacy avait grimpé sur la table pour mieux voir. Dans la dernière ligne droite, ses deux chiens étaient en tête, même si pas dans le bon ordre. « Cours ! hurlait-elle à pleins poumons. Cours, salopaaaaaard ! »

Lincoln sourit.

« Je revois encore tous ces types qui la regardaient faire des bonds, la bave aux lèvres, ou presque.

— Elle ne portait pas de soutif, ajoute Teddy. Et ces vieux bonshommes… Ils avaient l'âge qu'on a aujourd'hui.

— Exact, soupire Lincoln.

— Combien elle a gagné ? Tu t'en souviens ?

— Non. Plusieurs centaines de dollars, probablement. Une grosse somme pour l'époque, en tout cas. »

Après un silence, Lincoln demande :

« Tu prends des trucs ?

— Des anxiolityques. Mais je n'aime pas ça. Ils me rendent débile.

— Je suis désolé, Teddy. Je croyais que c'était du passé. Fais ce que tu dois faire. Mickey comprendra.

— J'espère ne pas en arriver là. Un peu d'exercice suffit parfois. »

*Il va encore regarder la maison de Troyer*, songe Teddy, et en effet… Est-ce qu'on pouvait parler de prémonition quand on connaissait quelqu'un depuis quarante-cinq ans ?

C'est étrange de penser à Tom Ford après tout ce temps, se dit Teddy une fois seul. Les causes proches et lointaines. N'accordez pas trop d'importance aux premières, leur avait dit Tom. Plus une chose reste enfouie, longtemps et profondément, plus elle remonte avec force le moment venu. Ford était bien placé pour en témoigner, après être resté enfermé dans un placard durant des décennies. Un secret qui, enfin dévoilé, représentait un danger mortel pour celui qui le détenait.

Teddy chausse ses lunettes de soleil. Au loin, l'océan est d'un bleu insoutenable.

*Vance*, pense Teddy en quittant l'allée de graviers pour pédaler sur la route. C'était le prénom du fiancé de Jacy. À moins que ce soit Lance. Ou bien Chance. Il avait deux ans de plus qu'eux. Si sa mémoire était bonne, ses parents et ceux de Jacy avaient été amis intimes et appartenaient au même country club. Tout cela faisait très Greenwich, Connecticut. Jacy n'avait commencé à sortir avec lui qu'entre la deuxième et la troisième année, essentiellement pour rassurer ses parents, au début en tout cas. Elle fumait beaucoup d'herbe et défilait contre la guerre, et ses parents craignaient qu'elle ne devienne incontrôlable. Vance, fraîchement diplômé de Dartmouth, s'était inscrit en droit à Duke à l'automne. C'était un garçon aux cheveux courts et à la raie sur le côté, bien sous tous rapports. À l'évidence, il avait échappé au mot d'ordre leur enjoignant de ne jamais faire confiance à une personne de plus de trente ans[1]. Il appelait « monsieur » et « madame » toutes les personnes qui avaient l'âge de ses parents. Jacy et lui formaient un couple étrange, et tout le monde avait été surpris d'apprendre qu'ils s'étaient fiancés à la fin de l'été.

Ce que Lincoln, Mickey et lui trouvaient encore plus bizarre, c'était que Vance ne semblait pas manquer à Jacy quand il était à Durham ; elle n'allait jamais le voir, contrairement à d'autres Thêta qui rendaient visite à leurs fiancés. Il l'appelait plusieurs fois par semaine, mais en faisait-elle autant ? Son nom n'apparaissait jamais dans les conversations, sauf quand une des « sœurs » de Jacy parlait de lui, ce qui arrivait souvent : une façon peu subtile de lui rappeler qu'elle allait se marier, et devrait se comporter en conséquence. En l'absence de son fiancé, les Thêta prenaient très au sérieux leur devoir, à savoir défendre la vertu d'une « sœur ». Chose étrange, alors qu'on lui interdisait de sortir avec d'autres garçons, Jacy pouvait traîner avec les Mousquetaires le week-end, quand le groupe de Mickey se produisait, et même chanter sur scène quand un morceau exigeait une voix de femme. Elle faisait une sacrée imitation de Grace Slick.

Pourquoi les Thêta leur faisaient-elles confiance ? se demande Teddy en pédalant sur ce vélo d'emprunt, devant la maison de Troyer. Avaient-ils à ce point l'air inoffensif ? Était-ce l'image que Jacy avait donnée d'eux pour détourner l'attention de ses « sœurs » ? Le fait qu'ils soient trois les rendait-il moins dangereux

1. Citation célèbre de Jack Weinberg : « *We have a saying in the movement, that we don't trust anyone over 30.* »

qu'un loup solitaire ? Ou bien tout cela se résumait-il à une question de classe sociale ? Jacy avait beau faire les quatre cents coups, elle ne renoncerait pas à une belle prise comme Vance – Lance ? Chance ? – pour un vulgaire serveur. L'explication était-elle là ?

Seule la camarade de chambre de Jacy, une fille prénommée Christine, présidente de la sororité, semblait se méfier, et le soir où ils étaient rentrés du cynodrome, elle les attendait dans le salon, en bas. Sur le trajet du retour, les gains de Jacy leur avaient permis de s'arrêter dans des bars de Milford, New Haven et Madison, si bien qu'en arrivant à Minerva, ils étaient tous éméchés.

« Qu'est-ce que ça signifie ? » demanda Christine en les voyant franchir la porte en titubant, bras dessus bras dessous, comme s'ils revenaient d'une visite au magicien d'Oz.

En tant que serveurs, Teddy, Lincoln et Mickey devaient utiliser la porte de service et, devant la question de la présidente, Teddy crut tout d'abord qu'elle ne s'adressait qu'à eux, pour les remettre à leur place. Mais non : elle s'adressait à Jacy. « Ça veut dire quoi, que tu te tapes ces trois clowns à la fois ? »

Mickey se raidit en entendant cela, mais Jacy s'interposa et lança au visage de Christine : « Non. En revanche, c'est une super idée ! »

Christine recula en agitant la main avec ostentation pour chasser les émanations d'alcool.

« Ton fiancé serait effondré, s'il te voyait à cet instant.

— Et je suis sûre que tu aimerais le réconforter ! rétorqua Jacy en pointant l'index sur la poitrine de la fille.

— Hé ! protesta Christine en repoussant sa main. C'est pas moi la salope !

— Ça ne risque pas ! Alors, regarde bien et prends-en de la graine, connasse. » Se retournant vers ses compagnons terrifiés, elle s'écria : « Où croyez-vous que vous allez, vous ? »

Si elle n'avait pas réussi à faire honte à Jacy, Christine avait plus de succès avec Teddy, Lincoln et Mickey qui battaient en retraite vers la porte restée ouverte.

« Venez ici ! » leur ordonna Jacy, et bien entendu, ils obéirent, s'alignant face à elle comme pour une revue d'inspection.

Elle les embrassa l'un après l'autre. Lincoln tout d'abord, sur la bouche, Teddy ensuite – elle avait une haleine sucrée, agréable, malgré toute la bière qu'elle avait bue – et enfin Mickey, dont les genoux flageolaient. À cause de l'alcool, bien sûr, mais pas uniquement. « Ressaisis-toi, mon grand », lui dit-elle. Teddy revoyait encore le sourire idiot qui avait éclos sur le visage de Mickey.

« Dégoûtant, commenta Christine. Pardonnez-moi si je ne reste pas pour les pipes. »

Plus tard, de retour dans la voiture de Teddy, les trois amis étaient demeurés silencieux un long moment, dégrisés par les baisers de Jacy. Mickey fut le premier à prendre la parole : « On va tirer à la courte paille. Je ne vois pas d'autre solution. Il faut que l'un de nous bute ce connard.

— Admettons, répondit Lincoln, de façon hypothétique. Et après ? On est trois et il n'y a qu'une seule Jacy.

— Bien vu, concéda Mickey. Et vous savez quoi ? Si elles étaient trois, je les voudrais toutes les trois. »

Est-ce que ça s'était réellement passé de cette manière ? se demande Teddy. La précision de ce souvenir le rend dubitatif. Un événement survenu il y avait si longtemps pouvait-il être encore aussi vivace ?

Ou bien, Mickey, Lincoln et lui avaient-ils embelli les détails de ce souvenir à force de l'évoquer avec affection année après année ?

Arrivé à l'intersection de State Road, Teddy se trouve confronté à un choix. S'il tourne à gauche, il se dirigera vers Menemsha, un village de pêcheurs pittoresque où il pourra manger des clams frits et gras servis dans un petit bateau en papier. Prendre à droite, ça veut dire les falaises de Gay Head, le seul endroit de l'île qu'il devrait éviter à tout prix. Pourquoi courir ce risque ? songe-t-il en tournant à droite.

# LINCOLN

Les locaux du journal, situés dans une rue paisible, bordée d'arbres, sont fermés à double tour. Rien d'étonnant. Le Labor Day est passé par là et la *Vineyard Gazette* est un hebdomadaire somnolent, pas le *New York Times*. Bien fait pour moi, se dit Lincoln en regagnant sa voiture de location garée le long du trottoir. Au lieu de chasser des fantômes à Edgartown, il aurait mieux fait de rester à Chilmark et d'y accomplir la mission qu'il s'était fixée, même si ce voyage, plus il y repense, lui semble une erreur.

Les arguments qu'il avait donnés à Anita pour justifier la nécessité de se rendre sur l'île étaient si convaincants qu'il avait fini par se convaincre lui-même. Cela faisait presque dix ans qu'ils n'avaient pas mis les pieds dans la maison et Dieu sait dans quel état l'avait laissée une décennie de locataires saisonniers. Avait-elle besoin d'un simple rafraîchissement ? D'une couche de peinture ? Ou de travaux plus importants, comme un nouveau toit ? Comment fixer un prix de vente sans avoir une idée des travaux à entreprendre ?

En vérité, ce qui motivait ce voyage – une partie de lui-même le savait depuis le début –, c'était le besoin de faire ses adieux à la maison de Chilmark. Il devait bien cela à sa mère. Mais ce n'était pas tout. Il sentait qu'il avait autre chose à régler ici, une chose dont la nature exacte lui échappait, mais qui avait l'air de concerner ses amis. Car à peine avait-il envisagé de venir sur l'île qu'il avait invité Teddy et Mickey à le rejoindre. Et s'ils étaient réunis ici tous les trois, comment Jacy ne serait-elle pas là, elle aussi, au moins par la pensée ? C'était sa présence fantomatique qui rendait inévitable le parallèle entre ce week-end et celui du Memorial Day en 1971.

Qui avait eu l'idée du premier week-end ? Lincoln s'étonne de ne pas se le rappeler. Était-ce une suggestion de sa mère ? Trudy se réjouissait toujours d'accueillir son fils avec ses amis, alors oui, peut-être. Ou bien s'agissait-il d'une décision collective ? À l'approche de la fin de leurs études, ils avaient compris que tout était sur le point de changer. Jacy épouserait son fiancé BCBG en juin. Mickey avait contacté son bureau d'incorporation et passé les tests physiques ; il commencerait ses classes dans quelques semaines. Teddy, toujours dans sa phase Thomas Merton, et protégé par le tirage au sort, envisageait de faire des études de théologie. Minerva avait été leur refuge, et voilà qu'ils allaient bientôt le quitter et se quitter. Est-ce en constatant qu'ils n'avaient rien prévu pour le week-end, qu'ils s'étaient dit : *Hé, si on le passait ensemble ?* Possible aussi.

Ce qui clochait avec tous ces scénarios, c'était qu'à l'époque Anita et lui en étaient à parler mariage, bien qu'ils soient fauchés et que leur avenir – lui n'était pas libéré des obligations militaires, elle partait étudier le droit – paraisse très incertain. N'empêche, ils ne cessaient de l'évoquer. L'un et l'autre avaient apprécié leurs vies relativement insouciantes d'étudiants de premier et deuxième cycles, mais ils avaient hâte de se lancer dans une existence plus sérieuse d'étudiants de troisième cycle. Les derniers mois à Minerva, Lincoln avait passé de moins en moins de temps avec Teddy et Mickey, préférant étudier avec Anita en bibliothèque (même s'ils terminaient souvent ces séances de travail en éteignant la lumière de leur box de lecture pour se peloter dans le noir). Le week-end, quand Mickey partait jouer avec son groupe, ils restaient dans le salon de la résidence Thêta et regardaient de vieux épisodes de *Perry Mason* à la télé. « Si vous êtes déjà aussi chiants à votre âge, avait fait remarquer Mickey, qu'est-ce que ça sera à cinquante ans ? »

Chiants, peut-être, mais s'ils voulaient se marier un jour, ils devaient faire des économies. À commencer par Lincoln. Dans cette optique, il avait même – quoique brièvement – envisagé de retourner à Dunbar après la remise des diplômes et d'y attendre l'appel sous les drapeaux, susceptible de survenir avant la fin de l'année. Il réintégrerait son ancienne chambre, travaillerait comme serveur au country club et déposerait sur un compte en banque l'argent qu'il aurait autrement dépensé pour se loger. Sa mère serait ravie de l'avoir près d'elle, et Wolfgang Amadeus aimait bien avoir sous la main quelqu'un à qui confier ses nombreuses opinions. Mais la perspective de passer douze mois complets à Dunbar était trop déprimante pour être envisagée sérieusement, tout comme l'idée d'être séparé d'Anita aussi longtemps.

Pour finir, ils avaient trouvé un compromis à la fois pratique et insensé. Lincoln se ferait engager dans un *resort* haut de gamme où les pourboires généreux lui permettraient de payer un loyer s'il trouvait un ou deux colocataires. Le matin, il suivrait des cours d'immobilier et, s'il n'était pas incorporé, peut-être qu'il commencerait un MBA à l'université d'Arizona, non loin de là. Anita, qui avait été reçue à Stanford, optait en fin de compte pour Tucson. Deux heures de trajet, ça leur semblait correct en termes de distance. Moins aurait été invivable. Car Anita venait d'une famille nombreuse très croyante, ce qui voulait dire qu'à l'ère de l'amour libre, Lincoln avait réussi à tomber amoureux d'une des rares filles d'Amérique qui croyaient à l'abstinence avant le mariage. (Bien qu'il ne partage pas cette conviction, Lincoln découvrirait que son enfance à l'ombre de l'Église de Dieu l'avait admirablement préparé à supporter la privation sexuelle.)

Il aimait toutefois l'idée d'être assez proche de Dunbar pour pouvoir s'y rendre à l'occasion. Sa mère avait peu d'amis, et il savait combien elle tenait à ses visites. Il savait aussi qu'Anita et elle sympathiseraient tout de suite. Avec son père, c'était une autre histoire. Dub-Yay avait encore du mal à se faire à l'idée que son fils épouse une non-chrétienne. (Selon ses critères stricts, les catholiques n'entraient pas dans cette catégorie.) Quand Lincoln lui avait annoncé qu'il était amoureux et souhaitait épouser une catholique, Wolfgang Amadeus avait répété ce mot, comme si sa signification était obscure. « Catholique, disait-il, songeur, de sa voix haut perchée. Catholique de *Rome* ? »

Quoi qu'il en soit, voilà à quoi ressemblait la nouvelle vie adulte à laquelle se préparaient Anita et Lincoln durant les derniers mois à Minerva. Pourquoi, alors, avait-il accepté de passer un week-end prolongé sur l'île, avec ses amis, au risque de retarder, psychologiquement du moins, cet avenir qu'Anita et lui étaient si impatients d'investir ?

« Encore toi ? » dit sa femme. Sa voix est là,

avant même que son portable ait émis une sonnerie. « Qu'est-ce qui se passe ?

— Mai 1971.

— Tu m'inquiètes, Lincoln.

— Fais-moi plaisir. Qui a eu l'idée d'aller passer le week-end du Memorial Day sur l'île ?

— Toi.

— Moi ?

— Oui.

— Tu es sûre ? Ça ne tient pas debout. On essayait de faire des économies. Prendre l'avion pour la côte Est, même en charter, ça devait coûter un max.

— Oui, sauf que ce n'était pas nécessaire. Teddy et toi étiez restés dans le Connecticut après la remise des diplômes. Ton loyer était payé jusqu'à la fin mai, et lui commençait son stage au *Globe* en juin. Tu aurais voulu qu'on reparte tout de suite dans l'Ouest, mais toute ma famille se réunissait pour le Memorial Day et on ne pouvait partir qu'après.

— Exact. »

Les détails lui reviennent maintenant, comme souvent, portés par les certitudes ailées d'Anita.

« Mais qu'est-ce qui nous empêchait, Teddy et moi, d'aller sur l'île tout de suite après la remise des diplômes ?

— Tes parents avaient prévu d'y être. Ta mère avait convaincu Dub-Yay de passer quinze jours dans la maison de Chilmark avant de retourner dans l'Arizona. Il s'est rétracté et ils sont rentrés chez eux après la cérémonie. »

*Enfoiré de Dub-Yay*, songe Lincoln. Toujours fâché que Lincoln se soit rangé du côté de sa mère en s'inscrivant à Minerva au lieu d'entrer à l'université d'Arizona, il avait assisté de mauvaise grâce à la remise des diplômes, se plaignant que cette virée dans l'Est coûterait une petite fortune, et qu'une fois arrivés là-bas, ils seraient obligés de faire demi-tour pour rentrer à la maison. À quoi sa mère avait rétorqué que s'il voulait en avoir pour son argent, ils n'avaient qu'à passer une semaine ou deux à Chilmark. Ils n'avaient aucun locataire jusqu'au début juillet, alors pourquoi pas ? Incapable de trouver une excuse au débotté, il avait cédé. Mais le moment venu, il avait changé d'avis, Anita avait raison, et évoqué un prétexte farfelu – des problèmes à la mine, les ouvriers qui menaçaient de se syndiquer une fois de plus – pour rentrer directement à Dunbar. Lincoln sent sa gorge se serrer. Sa mère n'avait jamais revu l'île.

« Bref, dit Anita au téléphone, c'est quand tu as appris que la maison était vide que tu as eu cette idée. On s'est disputés, rappelle-toi.

— Pourquoi ?

— Parce que tu devais passer ce week-end-là avec moi. À la réunion de famille. Tu ne voulais pas venir sous prétexte que tu ne connaissais personne.

— Ta famille me terrorisait. Leur façon de parler tous en même temps, de plus en plus fort. Moi qui suis enfant unique.

— Je voulais leur présenter l'homme que j'allais épouser. »

Lincoln sent la douleur cinglante de son égoïsme, si semblable à celui de son père, traverser les décennies.

« Ce n'est pas tout. Le lundi, une fois ma famille repartie, on devait louer une camionnette, toi et moi, pour tout charger. Mais toi, tu étais encore sur l'île, et j'ai dû me taper le boulot avec mon frère.

— Quel connard. Qui voudrait épouser un type pareil ? »

Anita ignore sa remarque ironique.

« Quand tu as débarqué le mardi, en fin de matinée, tu n'avais qu'une idée en tête : prendre la route. Ma mère nous avait préparé un bon déjeuner, mais tu ne voulais rien entendre, il fallait partir immédiatement pour arriver à Buffalo avant la nuit. Dieu sait pourquoi tu avais choisi Buffalo, mais à t'entendre, le ciel allait nous tomber sur la tête si on ne dépassait pas Albany. Alors, on a dit au revoir à mes parents et on est partis, moins d'une demi-heure après ton arrivée.

— Heureusement que tu ne m'en tiens pas rigueur.

— Hé, ne rejette pas la faute sur moi, mon gars. C'est toi qui me rappelles que tu étais un sale môme gâté. » Sa voix s'adoucit. « Je me souviens surtout du trajet. »

Lincoln laisse échapper un petit rire.

« Oui. Tous ces Motel Six miteux. Sans clim. Et interdiction de baiser.

— On avait menti à nos parents. On leur avait dit qu'on avait de quoi se payer des chambres séparées. Alors qu'on n'avait même pas un quarter pour s'offrir l'option Magic Fingers[1].

— J'ai l'impression que c'était dans une vie antérieure.

— Il y a autre chose que tu oublies parce que ça t'arrange. Tu m'avais présenté ce week-end comme une virée à Vineyard avec Teddy et Mickey. Mais après avoir donné mon autorisation, à contrecœur, j'ai appris que Jacy y allait, elle aussi.

1. Magic Fingers Vibrating Bed, système installé dans de nombreux motels des États-Unis dans les années soixante pour détendre les voyageurs. En y insérant un « quarter », le matelas vibrait pendant un quart d'heure.

— C'est Teddy qui l'avait invitée », dit Lincoln.

Le souvenir est là soudain, à portée de main.

« Ah, fait Anita. *Ça*, tu t'en souviens. »

Elle a raison. Sa mémoire, quand elle ne lui faisait pas défaut, se montrait étrangement sélective.

« Alors, qu'est-ce qui se passe ?

— J'aimerais le savoir, avoue-t-il. La culpabilité, sans doute. D'après Martin, la maison de Chilmark mérite probablement d'être détruite.

— Et tu as l'impression de trahir ta mère.

— C'est idiot ?

— Non. Elle te manque. C'est encore récent. » Comme Lincoln ne dit rien, elle demande : « Mickey est bien arrivé ?

— Oui, juste après que je t'ai parlé. Il a débarqué avec tout le nécessaire pour faire des Bloody Mary. Y compris le céleri.

— Je vois le genre. Mickey ne changera jamais.

— À vrai dire, c'est Teddy qui m'inquiète. Ses crises ont recommencé.

— Ah bon ?

— Moins graves que dans le temps, mais quand même.

— Tu te souviens de la fois où on lui a rendu visite en HP ?

— De quoi tu parles ?

— En troisième année. Peu de temps après la loterie de la conscription. La semaine des examens, je crois. Il a craqué et il est allé à l'infirmerie du campus, qui l'a envoyé aussitôt à Yale/New Haven. Tu ne te souviens pas qu'il avait une tête à faire peur, et qu'il n'arrêtait pas de répéter qu'il était triste ? »

Si. Il se souvient qu'un des médecins l'avait entraîné dans le couloir pour lui demander si Teddy avait déjà évoqué l'envie de se suicider. S'il possédait ou pouvait se procurer une arme. Comment avait-il pu oublier tout ça ?

« J'aimerais savoir un truc, dit-il en changeant de sujet. Tu regrettes parfois de ne pas être allée à Stanford ?

— Ça voudrait dire que je regrette notre mariage. Nos enfants. Nos petits-enfants.

— J'aurais dû t'obliger à y aller. Ce n'était pas normal que tu renonces à ça.

— Lincoln… »

Toujours cette même sensation quand elle prononce son prénom. Pour exprimer le pardon cette fois.

« Oui ?

— Il faut que je prenne la route. Ton père n'est pas réputé pour sa patience.

— Oui, oui, bien sûr. Vas-y. »

C'est au tour d'Anita de marquer un temps d'arrêt.

« Je suis certaine que tu avais une autre raison de vouloir passer ce dernier week-end sur l'île, dit-elle et Lincoln a un sombre pressentiment. Tu essayais de faire un choix.

— Un choix ?

— Entre Jacy et moi. »

Wolfgang Amadeus Moser. Nom ridicule, homme ridicule.

Le premier été où Lincoln était retourné à Dunbar après son entrée à Minerva College, il avait commencé à voir son père d'un œil nouveau. Ses parents l'attendaient au portail pour l'accueillir, et sa première pensée fut : Qui est ce petit freluquet à côté de ma mère ? Son père avait rapetissé. Était-il malade ? Non, après plus ample vérification, il semblait avoir bon pied bon œil, il pétait la forme comme toujours, il était juste… plus petit. Même s'il n'avait jamais été un géant. Déjà en troisième, au lycée, Lincoln le dépassait, pourtant il n'avait jamais pris conscience qu'il le dominait littéralement d'une tête. Pourquoi cela ne l'avait-il pas frappé quand il était venu à Noël ?

Cette perception soudaine devait être liée à d'autres choses dans l'esprit de Lincoln. Plus jeune, il ne lui serait pas venu à l'esprit de remettre en cause l'importance de son père. En plus d'être l'actionnaire minoritaire d'une mine qui employait la moitié des hommes de la ville, il était diacre de l'église, ce qui faisait de lui un des piliers de la communauté. Les pasteurs, les maires et les présidents du country club se succédaient à Dunbar, alors que lui, W. A. Moser, était indéfectible, et avant d'aller à la fac, Lincoln n'aurait jamais imaginé que son père n'était pas universellement vénéré, que certaines personnes pouvaient le trouver moralisateur et intransigeant, un personnage issu de l'Ancien Testament, davantage craint qu'admiré, davantage toléré qu'aimé. Un jour, au cours de ce premier été, en sortant d'une boutique de Main Street, Lincoln se retrouva derrière deux hommes en pleine conversation : « S'il est aussi raide, disait l'un d'eux, c'est parce qu'il a un manche à balai dans le cul. » Un an plus tôt, Lincoln n'aurait jamais pensé qu'ils parlaient de son père, alors que désormais, sans qu'aucun indice ne permette de l'identifier, il en était certain. Et à mesure que l'été s'écoulait, il commença à remarquer d'autres choses. Même les amis de Dub-Yay concédaient volontiers que c'était un drôle de type ; sa voix geignarde, haut perchée, donnait souvent lieu à des imitations d'une drôlerie dévastatrice. Au country club, où Lincoln travaillait comme serveur, certains cadres de la mine, la langue déliée par l'alcool, lui exprimaient ouvertement leur compassion, surpris qu'il ait pu vivre pendant dix-huit ans avec Wolfgang Amadeus Moser sans l'assassiner.

Toutefois, même s'il avait commencé à le voir d'un autre œil, Lincoln continuait à bien s'entendre avec son père, en évitant de parler de politique. La guerre pesait sur Dub-Yay. Les infos du soir en particulier, avec leurs reportages incessants sur les émeutes étudiantes, et surtout ces manifestations organisées dans des parties du pays qu'il ne portait pas dans son cœur comme la côte Est ou la Californie du Nord. Ce n'est pas qu'il était favorable à cette guerre ; il ne l'était pas. Mais il n'estimait pas non plus nécessaire d'approuver une chose pour la soutenir. La question était plutôt de savoir quel camp on choisissait : d'un côté, un menteur et un escroc avéré comme Nixon ; de l'autre, un ramassis de manifestants aux cheveux longs, sales, qui fumaient de l'herbe et n'avaient aucune ambition, si ce n'est d'apprendre à jouer du sitar. « Donner une chance à la paix ? *Pour faire quoi ?* » demandait-il chaque fois qu'il voyait quelqu'un brandir ce slogan à la télé. Il espérait que le jour où un de ses fils éprouverait le besoin d'agiter une pancarte de ce genre en public (comme s'il avait engendré une multitude de rejetons en plus du fils qui était assis avec lui dans le salon), celui-ci aurait la bonté de lui tirer une balle dans la tête pour qu'il ne le voie pas parader à la télé. « Et de tuer ta mère par la même occasion, disait-il. Pour lui épargner ça, à elle aussi. »

Lincoln en vint à considérer le mariage de ses parents sous un jour nouveau. Pourquoi n'avait-il pas remarqué, jusqu'alors, qu'ils n'invitaient jamais personne à dîner, ni même à une petite sauterie dans le patio ? Pourquoi, en dehors de l'église, semblaient-ils n'avoir aucun ami proche, d'autant que sa mère paraissait souffrir de sa solitude ? Pourquoi, chaque fois que Trudy était sur le point de sympathiser avec une femme du quartier, son père lui trouvait-il des défauts ? Et pourquoi, lorsqu'ils étaient assis côte à côte sur le canapé, ses parents ne se touchaient-ils presque jamais ? Pour la première fois, Lincoln se demanda si sa mère était malheureuse. Chaque nouvelle révélation, indésirable, desserrait un peu plus l'étau.

De fait, chaque fois qu'il rentrait chez lui pour les vacances, il trouvait de nouvelles raisons de réexaminer les dix-huit premières années de sa vie : la maison dans laquelle il avait grandi, le quartier qu'il avait exploré à bicyclette quand il était enfant, la ville de Dunbar elle-même. Des choses qui lui avaient toujours paru solides, familières et rassurantes, outre qu'elles prenaient un aspect étrange, lui paraissaient maintenant insignifiantes. Le soir, quand il ne travaillait pas au country club, son père et lui se faisaient un neuf trous après dîner, lorsque le désert fraîchissait au crépuscule. Lincoln avait toujours aimé leur petit terrain de golf, mais après avoir joué sur des parcours luxuriants dans l'Est, où les balles égarées se perdaient dans l'eau ou les bois, il découvrait que celui-ci n'offrait pas de véritable défi. Il était plat comme une crêpe et une balle bien frappée roulait éternellement sur les fairways brûlés par le soleil. Qu'est-ce qui plaisait tant à son père ? Le fait que les greens des pars cinq soient si faciles à atteindre en deux coups, ce qui vous donnait l'impression de taper fort ?

Tout cela était déconcertant. Le temps lui-même semblait opérer sur une autre échelle : au lieu de s'étirer avec volupté, il avançait à une vitesse vertigineuse désormais. Le libre arbitre, dont plusieurs de ses professeurs à Minerva avaient laissé entendre qu'il pourrait s'agir d'une illusion, semblait se coucher devant le sombre destin. Deux de ses camarades de classe étaient morts au Viêtnam, et plusieurs autres d'overdoses. Deux filles au moins, dont une avec qui Lincoln était sorti, avaient subi un avortement, disait-on. Des garçons à qui il avait juré une amitié éternelle lui apparaissaient maintenant comme des étrangers et, de toute évidence, c'était réciproque. « Je ne me souvenais pas que tu étais aussi coincé », lui avait dit l'un d'eux. D'autres avaient trouvé un boulot à la mine, ce qui s'accompagnait de nombreuses journées de chômage technique, à toucher des indemnités et à boire de la mauvaise bière dans les bars du coin, en attendant d'être rembauché. D'autres encore, ayant abandonné la fac, étaient revenus vivre chez leurs parents et exerçaient de petits boulots payés au salaire minimum. Leurs rêves – à supposer qu'ils en aient eu – s'étaient vite envolés.

Un matin du début du mois d'août, l'année de sa licence, sa mère le rejoignit dans le patio où, installé à l'ombre, il lisait un livre pour un cours qui débuterait à la rentrée. « Je parie que tu es impatient de retourner à la fac », dit-elle en prenant une chaise et en déposant un grand verre de thé glacé devant lui. Le *sun tea* de sa mère était une des rares choses de la vie à Dunbar qui demeurait fidèle à ses souvenirs.

« Oui », avoua-t-il, même si cela ressemblait à une trahison. Après tout, il ne souffrait pas tant que ça. Il gagnait bien sa vie au country club et ce n'était pas très différent de son boulot de serveur à la résidence Thêta. Il acceptait toutes les vacations que lui proposait la direction afin que l'été passe plus vite.

« Tu n'as aucune raison de culpabiliser, dit sa mère, qui lisait dans ses pensées. Tu as tes amis. Tu apprends des choses. Ici, il n'y a rien pour toi.

— Si, il y a papa et toi.

— Tu m'as comprise. »

S'ensuivit un moment de silence, mais manifestement, quelque chose la tracassait.

« Tu crois que tu vas épouser cette fille ? demanda-t-elle. Celle dont tu as parlé ?

— Jacy ? On n'est même pas sortis ensemble. Et de nous trois, c'est Mickey qu'elle préfère, on dirait. De toute façon, ajouta-t-il, elle est insaisissable. Je ne pense pas qu'elle soit vraiment amoureuse de l'un de nous.

— Elle attend peut-être de voir lequel a le courage de se déclarer. »

Ils retombèrent dans le silence, jusqu'à ce que Lincoln laisse échapper un petit rire.

« Qu'est-ce qui te fait rire ?

— Je m'imaginais la présentant à papa. »

Sa mère posa sur lui un regard triste.

« S'agissant des affaires de cœur, tu ne devrais pas te soucier de l'opinion de ton père. »

Elle semblait pourtant comprendre que c'était dans sa nature et que ce n'était pas près de changer. Un jour, il en viendrait peut-être à rejeter la doctrine de son père, mais l'homme lui-même serait plus difficile à exorciser.

« Ce que tu dois garder à l'esprit à propos de ton père, lui avait expliqué un jour sa mère, quand il était encore au lycée, c'est que tu as toujours le choix. De faire les choses comme il le souhaite, ou bien de regretter de ne pas l'avoir fait. »

Sur le coup, cette remarque lui avait paru défaitiste, mais peu à peu, Lincoln avait compris que sa mère ne prônait pas la capitulation ; elle voulait surtout s'assurer qu'il comprenait bien les conséquences d'une confrontation. La persévérance de son père, elle le savait mieux que quiconque, n'était pas seulement une marque d'obstination, elle était fluctuante. S'opposer à son père, c'était comme essayer de mettre un chat dans un sac : il y avait toujours une patte qui sortait, et au bout de cette patte, il y avait des griffes. N'étant pas du genre à se laisser intimider, surtout devant Anita, Lincoln mettait fréquemment en cause, et parfois même rejetait, l'Évangile selon W. A. Moser, mais jamais il n'avait remporté un semblant de victoire car cet homme refusait de reconnaître la défaite, et jamais, au grand jamais, il n'abandonnait le champ de bataille. « Du temps où tu étais chrétien », lui disait Dub-Yay à propos de n'importe quoi, avant de lui rappeler que sa conversion au catholicisme, des dizaines d'années plus tôt, n'avait pas été digérée. Lorsque Lincoln lui avait expliqué qu'Anita et lui jugeaient important de présenter un front uni à leurs enfants sur le thème de la religion, son père, qui aurait fait un excellent avocat de province, avait répondu qu'il était on ne peut plus d'accord. N'empêche, avait-il signalé, si Anita s'était convertie à l'Église de Dieu, le front qu'ils auraient présenté à leurs enfants aurait été à la fois uni et correct, au lieu d'être simplement uni. Chaque fois que son père et lui n'étaient pas d'accord, Lincoln avait tort, voilà tout.

Qu'il continue à chercher une troisième voie – une stratégie à mi-chemin entre la confrontation hargneuse et le consentement docile – était une source de perplexité pour Lincoln lui-même. Sa mère lui avait expliqué qu'il n'avait que deux options. Pourquoi s'obstiner alors qu'elle affirmait – et elle savait de quoi elle parlait – que cette troisième voie n'existait pas. À soixante-six ans, il essayait encore de résoudre la quadrature du cercle Dub-Yay, de réconcilier ce qui ne pourrait jamais l'être, car ses deux parents, très différents, attendaient de leur fils des choses très différentes. Quand il faisait plaisir à l'un, il déplaisait forcément à l'autre. Il avait cru que le décès de sa mère mettrait fin au combat, mais non. Bien que morte et enterrée, elle continuait, en de rares occasions, à plaider sa cause posthume, surtout ici sur l'île, l'endroit qu'elle avait le plus aimé. N'était-ce pas, depuis toujours, le but de son insurrection façon cinquième colonne ? Ce besoin de lui faire comprendre que même si son père était une force de la nature, il était son fils à elle aussi ? En refusant de vendre la maison de Chilmark, elle déclarait, en des termes que son mari était obligé d'accepter, qu'il y avait une partie de son épouse sur laquelle il n'exercerait jamais aucune emprise. De toute évidence, cette maison n'était pas aux yeux de sa mère que du bois, du verre et des bardeaux. Elle représentait une époque où ses parents étaient encore en vie, où elle se sentait heureuse et protégée dans un monde qu'ils avaient créé, bien avant que surgisse W. A. Moser. Son père avait-il compris tout ça ? se demande Lincoln.

Comment la vente de cette maison pourrait-elle ne pas être une trahison ? Ne serait-ce pas infliger une défaite posthume à sa mère et suggérer un nouveau triomphe des gènes Moser, d'autant plus satisfaisant qu'il serait le fait de leur fils, et non de lui ? Ce qui attristait le plus Lincoln, c'était la possibilité, réelle, que sa mère ait su dès le départ comment cela se terminerait. Ne le lui avait-elle pas dit ? Tu peux faire les choses comme il le souhaite, ou bien tu peux regretter de ne pas l'avoir fait.

Ironie du sort, c'était finalement Anita qui avait incarné cette troisième voie insaisissable. Dub-Yay ne le reconnaîtrait jamais, mais il avait trouvé en elle son double. Et le plus étonnant, c'était que cela ne semblait pas le déranger outre mesure. À croire que toute sa vie, il avait attendu une femme capable de le faire tomber de son piédestal. « Je m'inquiète pour toi, fiston, avait-il dit un jour, après qu'Anita avait tapé du poing sur la table pour un motif quelconque. Surclassé comme tu l'es, ça va mal finir.

— Ça s'est bien fini pour toi, papa ? avait demandé Lincoln.

— Ta mère était une femme bien, si c'est là où tu veux en venir. »

Réponse qui avait donné à Lincoln le sentiment d'être tout petit, car oui, c'était exactement là où il voulait en venir. Son père avait forcé sa mère à devenir cette femme docile et obéissante que semblait exiger sa propre satisfaction. La contraindre à renoncer à la foi catholique ne lui avait inspiré aucun remords : au contraire, il était fier d'avoir converti une idolâtre.

Sur ce plan, au moins, en se convertissant au catholicisme, et en désavouant ainsi l'arrogance et les certitudes morales de son père, Lincoln pouvait se féliciter d'avoir eu un comportement honorable. Vraiment ? Avait-il rejeté pour de bon l'Évangile selon W. A. Moser ou simplement apporté une légère modification aux techniques de manipulation de son père en les utilisant de manière plus subtile ? Anita disait peut-être la vérité en affirmant qu'elle ne regrettait pas d'être allée à Stanford, et alors ? Il n'en demeurait pas moins qu'il ne l'avait pas encouragée à faire ce qui, de toute évidence, était dans son intérêt. Pourquoi n'y avait-il pas mis un peu plus de bonne volonté ? L'amour, pour commencer.

Aucun des deux ne voulait quitter l'autre pendant une année entière. Mais ne craignait-il pas aussi qu'elle ne lui revienne jamais si elle partait à Palo Alto ? Qu'elle trouve à Stanford quelqu'un plus digne d'elle ? Ce qui l'amenait à se demander si c'était par peur que Dub-Yay avait renié sa parole et refusé d'aller à Chilmark avec Trudy après la remise des diplômes. Avait-il senti que sa femme, si elle retournait à l'endroit où elle avait été heureuse enfant, risquait d'y rester ? Elle pourrait se souvenir de la personne qu'elle avait été avant de le rencontrer, avant qu'il la façonne à sa manière ?

La plus grande énigme était le rôle joué par Jacy dans cette histoire. L'hypothèse d'Anita, selon laquelle il avait invité ses amis dans la maison de Chilmark afin de décider s'il était amoureux d'elle ou de Jacy résonnait dans son esprit. Il ne voulait pas qu'elle soit vraie, et il n'y croyait pas, pas totalement. À moins qu'il se soit fourvoyé, et que le but de cette ultime réunion ait été de le rassurer quant au choix qu'il avait fait quelques mois plus tôt, peut-être le soir où ils étaient rentrés du cynodrome et où Jacy les avait embrassés effrontément tous les trois, dans le hall de la résidence Thêta. Il avait conservé le souvenir palpable de ce baiser, un mélange de liberté, de terreur et d'exaltation. Et ensuite, quand Mickey avait proposé, en plaisantant, d'assassiner son fiancé, il avait senti s'agiter en lui quelque chose de sombre et de reptilien, qu'il s'était efforcé d'ignorer. Évidemment qu'ils ne *tueraient* pas son fiancé. C'était juste une façon de dire que s'il existait au monde une fille qui méritait que l'on tue pour elle, c'était Jacy. Et pourtant…

Au cours des semaines et des mois qui suivirent, alors que l'excitation provoquée par le baiser de Jacy commençait à retomber, l'impression d'avoir été libéré par ce même baiser grandissait comme sa crainte, si par extraordinaire Jacy le choisissait, d'être réellement perdu, de ne pas se reconnaître, ou du moins, de ne pas reconnaître la personne qu'il croyait être. Anita et lui avaient commencé à sortir ensemble peu de temps après, et si leur relation était devenue si sérieuse, si vite, c'était en partie parce que Lincoln savait qu'il ne se sentirait pas perdu avec elle, et que cette chose reptilienne que Jacy avait éveillée en lui pourrait se rendormir. En choisissant Anita, il avait eu le sentiment de lui déclarer son amour, mais aussi de prêter allégeance à l'homme qu'il avait l'intention de devenir un jour, et au genre de vie qu'il voulait mener. Comment expliquer que sa mère, qui connaissait Jacy uniquement par de brèves descriptions, lui ait conseillé de ne pas l'écarter ? Et si Anita avait raison, une partie de lui-même ne l'avait pas souhaité non plus.

Il voit une femme d'un certain âge, un *tote bag* sur l'épaule, marcher vers lui d'un pas décidé. En arrivant devant les locaux de la *Vineyard Gazette*, elle va gravir le perron et déverrouiller la porte, il en mettrait sa main au feu. S'il se trompait, il y verrait la preuve qu'il se trompait également au sujet de ce nouveau frémissement reptilien dans son cerveau, qui l'avait incité à googler Troyer.

Mais déjà la femme cherche ses clés dans son sac.

# TEDDY

Teddy avait oublié combien la côte de State Road devenait raide en approchant des falaises de Gay Head. Lorsqu'il voit apparaître le phare à l'extrémité du promontoire, il est épuisé et à bout de souffle. En bordure du parking, on a installé un râtelier à vélos, vide. Il n'a pas d'antivol, mais sa bicyclette est vieille et les garde-boue sont rouillés. Difficile d'imaginer que quelqu'un puisse la voler. Non loin de là est garé un énorme car portant la mention VOYAGES CHRÉTIENS. Le chauffeur mange un sandwich à côté de la portière ouverte en laissant tourner le moteur au ralenti.

Au sommet de la pente, les mêmes cabanes aux bardeaux gris que Teddy se souvient d'avoir vues en 1971 continuent à vendre des souvenirs de pacotille, de la crème solaire, des T-shirts, des sandales et des pashminas hors de prix. Et, bien entendu, des cartes postales représentant les célèbres falaises de terre rouge. Jacy en avait acheté une un jour, alors il fait de même aujourd'hui. Peut-être l'enverra-t-il à Frère John avec ce mot : *J'arrive bientôt. Préparez les Marx Brothers.* Au petit restaurant situé au sommet des falaises, il commande des clams frits, un Coca light, à emporter, et sort dans le patio où une demi-douzaine de tables de pique-nique sont accaparées par une horde de seniors. Plusieurs hommes portent des bermudas aux couleurs criardes et des chaussettes foncées dans leurs sandales. Il se promet de le signaler à Mickey.

Apercevant Teddy, obligé de rester debout avec ses clams frits, une jeune septuagénaire lui fait signe.

« Venez vous joindre à nous ! » lance-t-elle avec un accent du Sud profond.

Ses compagnons se serrent sur le banc pour lui faire de la place.

« Où est-ce que vous vous cachiez ? » demande-t-elle. Bizarrement, elle porte une visière verte, comme si elle s'attendait à ce qu'une partie de poker débute d'un instant à l'autre. « On ne se connaît pas encore, il me semble.

— Non, je ne crois pas, répond Teddy en se glissant sur le banc en face d'elle.

— Oh. » Elle remarque son accent et en tire la conclusion appropriée. « Vous ne faites pas partie du groupe. Je vous ai pris pour l'un de nous.

— Allons, Ruthie, dit l'homme assis à côté de son coude potelé, son mari très certainement. N'insulte pas monsieur. Tu ne connais même pas son nom.

— Je m'appelle Teddy. »

Il tend la main.

« Comment se fait-il que vous transpiriez autant ? » demande la femme assise à sa droite en s'écartant légèrement.

Il n'a pas jugé bon de se doucher avant d'entreprendre cette longue virée à vélo.

« Je ne suis pas venu jusqu'ici dans un car climatisé.

— Comment êtes-vous venu, alors ?

— À vélo.

— D'où ?

— Chilmark.

— Vous avez gravi cette côte en pédalant ? s'étonne un homme corpulent coiffé d'une casquette John Deere. J'appelle ça de la frime.

— Au retour, c'est tout en descente, souligne Teddy.

— On parlait des élections, dit la femme prénommée Ruthie. On a un Bush, deux Rubio, trois Cruze, un Carson et un Trump. Vous êtes pour qui, Teddy ?

— Aucun de ceux-là, je le crains.

— "Enfermez-la", singe le mari de Ruthie, avec un grand sourire, comme s'il venait de faire une bonne plaisanterie.

— Un Trump ? dit Teddy. Je croyais que c'était une excursion de chrétiens ?

— Il affirme l'être, rétorque le mari. Peut-être qu'il ne l'affiche pas au revers de sa veste, comme d'autres.

— Où est-ce qu'il l'affiche, alors ? demande John Deere.

— Là où ça ne se voit pas à l'œil nu, répond la femme assise à côté de Teddy en s'éloignant encore un peu plus.

— En parlant de "nu", intervient une autre vieille bique, c'est vrai ce que nous a dit le chauffeur ? Que la plage en bas est réservée aux nudistes ?

— Elle l'était.

— Quand ça ?

— Dans les années soixante-dix.

— À cette époque, tout le monde se baladait à moitié nu.

— Là, c'étaient les deux moitiés, dit Teddy en mastiquant un clam frit.

— Mince alors, dit une femme restée muette jusqu'à présent. Comment on fait pour y accéder ?

— Tu ne penses qu'au sexe, Wilma.

— À défaut d'autre chose. »

Lorsqu'un coup de klaxon retentit sur le parking, les personnes assises aux autres tables commencent à rassembler leurs déchets. Les bancs étant fixés au sol, tous ces représentants du troisième âge mettent un certain temps à s'en extraire.

« Notre chauffeur ne nous laisse pas le temps de souffler, se plaint Ruthie. À chaque fois, il menace de nous abandonner sur place et de repartir sans nous.

— Bah, fait Teddy, il y a pire comme endroit.

— En tout cas, ravie de vous avoir rencontré. Je n'étais pas sûre d'apprécier les gens du Nord, mais jusqu'à présent ils ont tous été charmants. Pas autant que chez nous, mais quand même.

— Prochaine étape, Nantucket, annonce l'homme qui avait suggéré d'enfermer Hillary. En gros, c'est comme ici, à ce qu'il paraît. »

Teddy affiche un sourire innocent.

« Oui. Comme la Géorgie ressemble à l'Alabama.

— Ah, ça n'a rien à voir, s'offusque John Deere, laissant deviner qu'il vient d'un de ces deux États.

— C'est justement ce que veut dire Teddy, je pense, suggère Ruthie, mais le voile de sociabilité tombe aussitôt. Je crois qu'il se moque de nous, Roger. Alors que nous avons eu la gentillesse de lui faire de la place. »

Il faut lui reconnaître un certain courage : elle soutient le regard de Teddy sans baisser les yeux.

« N'essayez pas de faire croire le contraire, dit-elle. Je le sais bien.

— Et en plus, vous sentez mauvais », ajoute la femme assise à côté de lui.

Le long d'un des murs en bois du restaurant s'alignent plusieurs fûts en plastique destinés à recevoir les déchets, les boîtes en aluminium et le papier, mais les vieux fourrent toutes leurs ordures dans la poubelle la plus proche, et lorsqu'elle est pleine, ils remplissent les deux autres. Après leur départ, une serveuse sort du restaurant pour contempler le spectacle. Elle regarde Teddy comme si elle estimait qu'il aurait pu éviter ça.

« Je ne les connais pas », dit-il, encore un peu troublé par la rapidité avec laquelle toute la tablée s'est liguée contre lui.

« Bande de connards, lâche la serveuse.

— Ce sont des chrétiens », précise Teddy.

La femme hausse les épaules, disposée à couper la poire en deux.

Ruthie a vu juste, il doit bien l'admettre : il s'est moqué d'eux. Gentiment, mais quand même. Ils devaient craindre de tomber sur des snobs en venant en Nouvelle-Angleterre et il leur a donné raison. À St. Joe, Theresa l'avait souvent taxé d'élitisme. « Tu penses que les gens ne comprennent pas, mais si.

— Qu'est-ce qu'ils comprennent, au juste ? avait-il demandé, sincèrement curieux.

— Que tu méprises les gens en général, et eux en particulier. Et toi encore plus.

— Je devrais avoir une meilleure image de moi-même ? Est-ce que je ne deviendrais pas encore plus snob ?

— Non, tu dois te montrer plus indulgent envers les autres. »

Theresa n'avait pas tort. Bien que courtois en apparence, il était parfois prompt à critiquer les autres, et ça devait se voir. Quand leur car métaphorique klaxonnait, les personnes qu'il méprisait s'empressaient de rassembler leurs affaires, comme ces chrétiens quelques instants plus tôt, et elles s'en allaient, soulagées d'être débarrassées de lui.

Mais ça présentait un avantage. Il a maintenant le patio pour lui seul, et de là une vue époustouflante sur l'île, l'eau bleue scintillante et le ciel sans nuage qui s'étend jusqu'à Cuttyhunk. Il ne transpire plus et le vent qui, au sommet des falaises, semble venir de toutes les directions à la fois, ébouriffe agréablement ses cheveux, comme la caresse d'une amante. Ne manque que l'amante.

Ayant fini ses clams frits, il dépose le bateau et les serviettes en papier dans la poubelle des déchets et marche jusqu'au grillage qui dissuade les crétins de descendre le long des falaises. En regardant par-dessus, il est pris de vertiges. Les vagues blanches tout en bas lui semblent incroyablement lointaines. Mais ce qui fait flageoler ses genoux, c'est moins la hauteur ou la distance que la vitesse à laquelle s'écoule le temps.

Le lundi matin qui suivit le week-end du Memorial Day, ils s'étaient tous réveillés avec la gueule de bois, de mauvaise humeur. En vérité, Jacy n'avait pas l'air dans son assiette depuis qu'elle avait débarqué du ferry, bien qu'elle ait affirmé que tout allait bien. Ils avaient mis ça sur le compte du mariage qui devait avoir lieu dans quelques semaines. Peut-être s'était-elle disputée avec son connard de fiancé. Son moral s'était un peu amélioré au cours du week-end, même si, de l'avis de Teddy, elle avait toujours l'esprit ailleurs.

Quant à Mickey, sa mauvaise humeur ce matin-là n'avait rien de surprenant. Comme toujours, il avait bu plus que les autres la veille, il avait donc la plus grosse gueule de bois, et ce n'était pas tout : un incident s'était produit dans l'après-midi. Un certain Mason Troyer, dont les parents possédaient la maison située au pied de la colline, avait débarqué sans y être invité avec sa petite amie, une fille de la ville. Il était déjà venu plusieurs fois, et ils ne l'appréciaient pas beaucoup. Il se montrait grossier et désagréable, mais Mickey avait une certaine tolérance pour les personnes susceptibles de lui procurer de l'herbe de qualité. À un moment donné, Troyer était entré dans la maison pour « aller aux chiottes », avait-il dit. Ne le voyant pas revenir, Mickey, méfiant, l'avait suivi. Grand bien lui en avait pris car Troyer avait coincé Jacy dans la cuisine. Il avait plaqué une main sur son cul et l'autre sur ses seins, libres de tout soutien-gorge.

« Viens par ici une minute, lui avait dit Mickey, comme s'il voulait lui murmurer un secret à l'oreille.

— Pourquoi ? » avait répondu Troyer, agacé.

Il aurait été obligé de lâcher la fille qu'il avait eu tant de mal à acculer.

« Parce que je te le demande. »

Jacy s'était éloignée dès que Troyer l'avait libérée.

« Tout va bien, Mick, avait-elle dit, alors qu'elle était clairement soulagée que quelqu'un soit venu à son secours. Laisse tomber.

— Elle est avec toi ? avait demandé Troyer en levant les mains en signe de reddition, comme si Mickey braquait une arme sur lui. Désolé, mec. Comment je pouvais savoir, hein ? »

Pour Teddy et Lincoln, restés sur la terrasse avec la petite amie de Troyer, le premier indice qu'il y avait un problème à l'intérieur fut le terrible fracas qui ébranla la vitre de la porte-fenêtre. Lorsque Troyer avait contourné l'îlot central de la cuisine, en gardant les mains en l'air, il avait été accueilli par un uppercut de Mickey qui, d'après Jacy, l'avait fait décoller du sol. La main droite de Mickey doubla de volume dans la nuit qui suivit.

Lincoln lui aussi était de mauvaise humeur ce matin-là, mais cela lui arrivait de temps en temps. Parfois, pendant leurs fiestas tapageuses du vendredi après-midi, alors que certaines des plus jolies filles de Minerva s'entassaient dans leur appartement, et que la musique faisait trembler les murs, Lincoln disparaissait et Teddy le trouvait allongé sur son lit, en train de lire, la porte fermée, comme s'il s'était souvenu subitement d'une vocation religieuse qui le contraignait à éviter les tentations charnelles. Teddy n'avait jamais su quoi penser de ce comportement, jusqu'à ce qu'il rencontre le père de Lincoln, un homme très étrange qui, pour des raisons à la fois philosophiques et religieuses, se méfiait de la notion de plaisir. Sa seule source de distraction semblait être le golf, même si, là encore, il affirmait n'en retirer aucun plaisir. D'après Wolfgang Amadeus Moser, toute personne dotée d'un demi-cerveau était capable de voir que le golf n'avait rien d'amusant. Il s'agissait de valoriser la répétition et la discipline qui, une fois acquises, pouvaient servir à dompter d'autres impulsions tumultueuses inhérentes à l'Homme déchu. Lincoln semblait avoir conscience de l'étrangeté de son père, tout en paraissant ignorer que ces bizarreries avaient pu déteindre sur lui.

Quoi qu'il en soit, après s'être réveillés ce matin-là, ils allèrent manger des pancakes en ville, et dès leur retour à Chilmark, Mickey s'écroula sur le canapé pour dormir. Lincoln se réfugia dans sa chambre pour appeler Anita qui, d'après ce qu'ils avaient compris, n'était pas folle de joie qu'il passe le week-end avec eux plutôt qu'avec elle. En dépit de son intelligence et de sa beauté, Teddy la soupçonnait d'être très conformiste.

Il avait l'impression qu'elle aidait Lincoln à maîtriser toutes les impulsions tumultueuses que le golf et W. A. Moser n'avaient pas réussi à dompter.

En sortant sur la terrasse où Teddy lisait, Jacy, que leur comportement à tous les trois agaçait, déclara : « Voilà ce que je te propose. On peut rester ici à écouter Mickey ronfler, ou bien on prend la bagnole pour aller à Gay Head tous les deux et tu me montres ces falaises dont je n'arrête pas d'entendre parler. On sera de retour avant même qu'ils s'aperçoivent qu'on est partis. »

Après qu'elle avait acheté sa carte postale, ils s'étaient offert des cornets de glace à un stand tout proche et les avaient dégustés à l'endroit même où il se trouvait à présent, face au même panorama. Le long du grillage, plusieurs longues-vues à pièces permettaient de mieux voir les falaises les plus éloignées. À la fin du temps qui vous était accordé, l'obturateur se fermait brutalement. Ils s'amusèrent à introduire des pièces dans la fente jusqu'à ce qu'ils soient à court de monnaie.

« J'ai une question, dit-elle, et Teddy fut surpris de découvrir qu'elle avait les larmes aux yeux.

— Quoi donc ? »

Face à la mer, elle demanda :

« Pourquoi faut-il que tout soit aussi pourri ?

— Tu parles de la guerre ?

— Ouais. Et le reste. Après ce week-end, qui sait si on se reverra.

— Bien sûr que oui », répondit Teddy, mais la même pensée lui avait traversé l'esprit.

Jacy était sur le point d'ajouter quelque chose, et se ravisa.

« Ne fais pas attention à moi », dit-elle avec un

sourire forcé. En se retournant vers lui, elle remarqua un peu de glace fondue sur la chemise de Teddy, et elle l'essuya avec sa serviette en papier. Un geste si intime qu'il sentit son cœur s'emballer. « Comment on descend sur la plage ? »

Teddy lui expliqua qu'il y avait un chemin.

« Mais attention, en bas, c'est vêtements facultatifs. »

Son visage s'illumina.

« Ah bon ? Cool ! »

Le chemin de terre qui descendait entre la route et le bord des falaises était flanqué de hautes herbes et de buissons de prune de mer. Teddy s'abandonna à la chaleur du soleil qui se trouvait presque au zénith maintenant, au martèlement des vagues proches et à un entêtant mélange d'excitation et de terreur pure qui s'amplifiait à mesure qu'ils approchaient de la plage. Se pouvait-il que la question qui hantait sa jeune existence – jamais bien loin de ses pensées, même quand il s'efforçait désespérément de la chasser – soit sur le point de trouver une réponse ?

La plage, à l'endroit où débouchait le chemin, était envahie de familles en maillots de bain. Jacy ôta ses sandales, déçue.

« Tu disais que… »

Teddy tendit l'index.

« Par là. »

Ils marchèrent sur la plage, flanquée de falaises d'argile. Si le fond de l'air était presque chaud, l'eau était encore glaciale en cette fin du mois de mai, et seuls quelques courageux s'y aventuraient, jamais au-dessus des genoux. Plus ils avançaient, plus les gens avaient délaissé les maillots de bain. Teddy pensait que la plupart auraient mieux fait de s'abstenir, mais au fond c'était leur problème s'ils n'avaient pas honte d'être obèses et flasques. D'autres, en dépit des pancartes qui l'interdisaient, s'étaient badigeonné le corps d'argile mouillée, obtenant un effet macabre. Une fois passé la pointe, là où les falaises bifurquaient vers Menemsha, Jacy et lui se retrouvèrent seuls, et il ne fallut à Jacy que deux secondes, à couper le souffle, pour se débarrasser de ses vêtements et courir dans l'eau glacée en poussant des cris et en lançant « Viens, Teddy ! » par-dessus son épaule.

Désobéir aux ordres d'une jolie fille nue étant une chose dont il n'avait pas l'habitude, il se déshabilla maladroitement et laissa tomber ses vêtements en tas, à côté de ceux de Jacy. En s'arrêtant au bord de l'eau pour en évaluer la température, il entendit Jacy, déjà à trente mètres du bord, s'écrier : « Froussard ! Il faut y aller d'un coup ! »

Là encore, il obéit et s'élança dans les flots, manquant de s'affaler car il croyait, à tort, que le sol allait s'incliner. Lorsque la première série de vagues s'abattit sur lui, il faillit se dégonfler et faire demi-tour sur la pointe des pieds, mais à la dernière seconde, il plongea dans l'eau tête la première comme il avait vu Jacy le faire. Jamais il n'avait ressenti une telle sensation de froid. Un millier d'aiguilles le transpercèrent. En se redressant après la vague, il découvrit qu'il avait de l'eau à mi-cuisse seulement, et le contre-courant était si fort qu'il se trouva aussitôt déséquilibré. Avant qu'il puisse se rétablir, une vague le ramena vers le rivage. Il s'attendait à ce que Jacy éclate de rire face à son incompétence comique, mais il la vit partir vers le large, comme si elle avait l'intention de nager jusqu'en Espagne. « Attends ! » lui cria-t-il en plongeant sous la vague suivante, puis la suivante. Quand il l'aperçut de nouveau, elle avait franchi les brisants. Au-delà, la houle était plus calme et il regarda Jacy s'élever, puis redescendre gracieusement au gré des vagues. Sentant naître une érection, il craignait de se mettre à pleurer de joie.

Ayant franchi à son tour les brisants, il se demanda si Jacy se laisserait enlacer ; et dans ce cas, qui trahirait-il ? Son fiancé ? Ou les deux amis qu'ils avaient laissés dans la maison de Chilmark ? Ou bien Dieu, pour quelqu'un qui envisageait de faire des études théologiques ? Mais il s'aperçut qu'il était trop heureux pour se poser toutes ces questions, et avant qu'il puisse répondre à la première, Jacy l'attira contre elle. Il sentit son corps étonnamment chaud contre sa peau glacée. Comment était-ce possible ? Deux personnes presque congelées qui se réchauffaient mutuellement ?

« Tu as déjà eu aussi froid ? cria-t-elle, aux anges, comme si grelotter était une chose grandiose dont aucune personne sensée ne saurait se lasser.

— Non ! » dit-il en claquant des dents. Il avait toujours cru que c'était une image. « Pu… pu… tain, non ! »

Elle aussi claquait des dents.

« Jacy ? »

Sa joie, absolue une seconde plus tôt, était maintenant assaillie d'un terrible doute.

« Qu'est-ce qui ne va pas ? » demanda-t-elle.

Rien. Tout.

« C'est juste que… Je ne sais pas ce que ça signifie, dit-il en claquant si fort des dents qu'il s'étonnait qu'elle comprenne ce qu'il disait.

— Quoi donc ?

— Ça ! »

Qu'elle ait voulu venir ici avec lui, pour commencer, rien que tous les deux. Qu'elle soit nue, joyeuse et lovée dans ses bras. Qu'elle s'apprête à l'embrasser… Qu'elle l'embrasse même ! Ses baisers encore plus follement excitants que celui qu'elle lui avait donné le soir où ils étaient rentrés du cynodrome. *Ce soir-là*, elle avait aussi embrassé Lincoln et Mickey. Depuis, chacun se demandait la même chose : lequel choisirait-elle dans l'hypothèse peu probable où elle en choisirait un ? Était-ce la signification de cet instant, de cette étreinte, de ces baisers délicieusement salés ? Se pouvait-il qu'elle l'ait choisi, *lui* ?

« Ça ? demanda-t-elle en le serrant plus fort contre elle, alors qu'ils montaient et descendaient à chaque nouvelle vague. Je crois que ça signifie que je ne vais pas me marier. »

## LINCOLN

Elle est là. Plus que belle, même sur ce microfilm en noir et blanc au grain épais. Lincoln avait oublié la légère asymétrie de son visage : l'œil droit un peu plus bas que le gauche, le sourire vaguement de travers. Si différent des critères de beauté actuels. À l'image de cette Britney Spears au visage parfaitement identique des deux côtés, comme si la beauté était une question de perfection et de symétrie. Et par-dessus le marché, cet autre choc : son nom. Justine Calloway. Pour lui, elle avait toujours été « Jacy ». Pas plus que Madonna ou Cher, elle n'avait besoin d'un nom de famille. Avec deux noms on restait un simple mortel.

L'article de la *Gazette* était paru à la mi-juin, soit deux semaines après la disparition de Jacy, accompagné de ce même appel que ses parents avaient fait publier dans les journaux de Cape Cod et du littoral du Connecticut : AVEZ-VOUS VU CETTE FILLE ? *Non*, songe Lincoln, *pas depuis quarante-quatre ans*.

Sachant que ni ses parents ni son fiancé n'apprécieraient qu'elle se rende à Martha's Vineyard avec Lincoln, Teddy et Mickey, elle leur avait raconté qu'elle passait le week-end à New York en compagnie de sa demoiselle d'honneur et d'autres Thêta. Les enterrements de vie de jeune fille n'existaient pas à l'époque, mais elle avait dû faire valoir quelque chose de semblable : une dernière soirée en célibataire. Elle serait de retour dans le Connecticut à temps pour accueillir son fiancé lorsqu'il reviendrait de Caroline du Nord pour les vacances d'été. Sans nouvelles d'elle à la date prévue, ses parents avaient appelé la demoiselle d'honneur, qui avait répondu que, non, Jacy n'était pas venue à New York, et non, elle n'avait aucune idée de l'endroit où elle se trouvait. Ils essayèrent Minerva ensuite, au cas, peu probable, où Jacy y serait retournée, mais naturellement la résidence Thêta était fermée et le campus presque désert. Inquiets désormais, ils rappelèrent la demoiselle d'honneur pour savoir si Jacy l'avait contactée, et cette fois, la fille à qui Jacy avait fait jurer de garder le secret craqua et avoua que son amie avait passé le week-end du Memorial Day à Martha's Vineyard. Elle se posait des questions sur son mariage et avait besoin de prendre du recul pour réfléchir. Elle logeait dans une maison de Chilmark avec des garçons qui travaillaient comme serveurs à la résidence Thêta. Le beau temps les avait peut-être décidés à rester un jour ou deux de plus. La demoiselle d'honneur connaissait-elle l'adresse exacte de cette maison ? Non. Jacy lui avait-elle laissé un numéro de téléphone ? Non. Elle donna toutefois, à contrecœur, les noms des garçons chez qui Jacy avait habité, même si Lincoln, Teddy et Mickey étaient déjà tous retournés sur le continent entre-temps.

Toujours sans nouvelles à la fin de la semaine, les Calloway alertèrent la police qui commença par prendre leur requête à la légère. D'une part, ça faisait peu de temps que leur fille avait disparu, et d'autre part, si, comme l'affirmait la demoiselle d'honneur, elle n'était plus sûre de vouloir se marier, une fiancée en fugue, ce n'était pas leur affaire. Elle réapparaîtrait le jour où elle se sentirait prête. Néanmoins, ils rappelèrent Minerva, où on leur donna l'adresse de l'appartement que les trois garçons avaient loué en dehors du campus. Le propriétaire autorisa les agents à fouiller le logement, mais rien n'indiquait que quiconque y avait mis les pieds depuis que les trois amis avaient rendu leurs clés. Quel genre de locataires étaient-ils ? Bah, des étudiants. Ils buvaient de la bière et ils écoutaient la musique un peu trop fort, mais à part ça, rien à redire. Ils payaient leur loyer en temps et en heure et ils avaient laissé l'appartement dans un meilleur état qu'on pouvait l'imaginer, pour des jeunes de leur âge.

Lincoln n'apprendrait la nouvelle de la disparition de Jacy qu'en arrivant dans l'Arizona avec Anita, mais les policiers de Greenwich avaient téléphoné à sa mère (l'université leur avait fourni les coordonnées des trois garçons) qui les avait informés que son fils était en route avec sa future épouse (non, elle ne s'appelait pas Jacy) et qu'il était injoignable pour l'instant. Oui, elle savait que son fils et ses copains avaient passé le week-end dans la maison de Chilmark. Oui, ils en avaient l'autorisation. Non, elle ignorait qu'il y avait une fille avec eux, mais cela ne l'étonnait pas. Ils étaient très amis à la fac. D'après ce qu'elle savait, Jacy allait épouser un tout autre garçon. Oui, elle demanderait à son fils de les appeler dès son arrivée à Dunbar.

Les parents de Teddy furent moins utiles. Leur fils effectuait un stage d'été dans un quotidien de Boston, s'ils se souvenaient bien, et rejoindrait ensuite une école religieuse, chose qui les dépassait, étant donné qu'ils ne l'avaient pas élevé dans la superstition. Non, hélas, ils ne retrouvaient pas le nouveau numéro de téléphone qu'il leur avait récemment donné. Et non, ils ne pouvaient pas abandonner ce qu'ils étaient en train de faire pour le chercher. Car si les cours étaient terminés *à la fac*, eux enseignaient *au lycée* et il leur restait encore deux semaines de cours à dispenser et d'examens à corriger.

Le numéro de téléphone de Mickey que Minerva avait donné à la police était un vieux numéro, au nom de son père décédé ; le numéro actuel, que l'université ne connaissait pas, était celui de sa mère. Le temps qu'ils élucident ce quiproquo, Mickey avait fichu le camp au Canada. (Des années plus tard, quand il rentrerait enfin aux États-Unis, après l'amnistie, Mickey raconterait que, lorsque les flics avaient appelé sa mère, celle-ci avait cru qu'ils voulaient savoir pourquoi il ne s'était pas présenté au bureau d'incorporation, et quand ils lui avaient expliqué qu'ils enquêtaient sur la disparition d'une jeune femme, elle ne les avait pas crus.)

Entre-temps, la police du Massachusetts avait interrogé plusieurs employés de la Steamship Authority, à Woods Hole sur le continent, à Vineyard Haven et à Oak Bluffs sur l'île, pour savoir s'ils se souvenaient d'avoir vu Jacy à bord du ferry le mardi matin. Une femme qui travaillait à la cafétéria crut la reconnaître sur la photo, mais elle n'en était pas certaine car elle avait eu beaucoup de travail. Selon toute vraisemblance, Jacy avait acheté un billet aller-retour à Woods Hole, en liquide, et il était impossible de déterminer si, oui ou non, elle avait utilisé le retour. Woods Hole, et Falmouth non loin, étaient desservis par plusieurs lignes de car, mais aucun registre n'indiquait que Jacy avait acheté un billet pour rentrer dans le Connecticut, et personne à la gare routière ne la reconnut sur la photo.

Lincoln, rétrospectivement, se demande pourquoi la police ne les avait pas interrogés avec plus de ténacité, ses amis et lui. Après tout, ils étaient les derniers à avoir vu Jacy, et s'il y avait lieu de craindre un acte criminel, ils auraient dû être questionnés en premier. Au lieu de cela, quand Lincoln appela la police de Greenwich, dès son retour à Dunbar, la conversation fut on ne peut plus banale. En gros, leur dit-il, Jacy était pressée de repartir ce mardi matin, et elle leur avait laissé un mot indiquant qu'elle visait le premier ferry. Non, il ne s'était rien passé de particulier. (Il ne voyait aucune raison de mentionner l'incident avec Troyer.) La seule chose qui semblait la tracasser, c'était le fait que Mickey parte au Viêtnam. Il les informa qu'ils pourraient sûrement joindre Teddy au *Globe*, mais ils n'avaient jamais donné suite.

Si la police ne s'intéressait pas particulièrement à eux, c'était qu'elle semblait se focaliser sur le fiancé de Jacy, interrogé peu de temps après son retour de Durham. Avait-il parlé à Jacy au cours de ce week-end ? Non. Était-ce inhabituel ? Pas vraiment. Avait-elle exprimé des doutes au sujet de leur mariage ? Bien sûr que non. Pourtant, la demoiselle d'honneur laissait entendre que c'était peut-être le cas. Ce n'est qu'au pied du mur qu'il leur montra la carte de Gay Head, arrivée le lendemain de son retour chez lui. Postée à Vineyard Haven, Massachusetts, elle disait simplement : *Je suis désolée. Je pensais que je pourrais peut-être, mais je ne peux pas. Essaie d'être heureux.* Qu'avait-il ressenti ? Rien, car il n'y croyait pas. Parfois, les futures épouses prenaient peur. Mais Jacy et lui s'aimaient, il en était sûr. Elle finirait par revenir à la raison. Pourquoi avait-il attendu pour leur parler de cette carte ? Pour la même raison : elle n'avait pas d'importance. Pouvait-il prouver qu'il avait passé tout le week-end en Caroline du Nord ? Oui, il le pouvait, sans aucun problème.

Lincoln, les yeux humides, touche le visage de Jacy sur l'écran de la machine à microfilms. *Salut, Jace. Tu sais quoi ? On est tous là. Teddy. Mick. Moi. Sur l'île. Tu te souviens de la maison de Chilmark ? Notre dernière soirée sur la terrasse ? Quand on a tous chanté, bras dessus bras dessous. Tu rigolerais si tu nous voyais aujourd'hui. Trois vieux bonshommes. Obsédés par toi.*

Se sentant idiot, il essuie ses larmes avec sa manche, éteint la machine et Jacy s'évanouit. Encore une fois.

« Vous avez trouvé ce que vous cherchiez ? » lui demande la femme lorsqu'il ressort de la salle des microfilms. Beverly. Lincoln se souvient – non sans fierté – du prénom qu'elle lui a indiqué un peu plus tôt. Il a toujours eu du mal à retenir les noms, et ça s'est aggravé, ce qui rend périlleux les déplacements sans Anita. Sachant qu'il oublie parfois les noms des personnes qui viennent de lui être présentées, elle s'arrange pour les glisser habilement dans la conversation, si bien qu'après la troisième ou quatrième fois, il s'en souvient. Anita affirme qu'il retient mieux les noms des hommes que ceux des femmes, mais qu'il se souvient plus facilement des noms des femmes séduisantes que de ceux des femmes quelconques. Lincoln aurait protesté contre cette remarque désobligeante si elle n'avait pas été fondée.

« Non, hélas, Beverly », avoue-t-il. (D'accord, c'est

vrai, elle est charmante.) Et il s'étonne de percevoir dans sa voix quelque chose qui ressemble à du soulagement. Après avoir éteint le lecteur de microfilms et être resté assis un instant dans le noir pour se ressaisir, il a rallumé l'appareil et parcouru deux mois supplémentaires de la *Gazette*, dans le cas où le premier article aurait eu des suites, mais il n'a rien trouvé. Manifestement, la police avait conclu que Jacy avait quitté l'île ce matin-là, comme prévu. Et pourquoi pas ? L'employée de la cafétéria n'avait-elle pas vu une fille qui lui ressemblait à bord du ferry ? Et si on ne trouvait pas de trace d'un billet de car acheté à Woods Hole, cela signifiait seulement qu'elle avait payé en liquide. En ce temps-là, vous n'étiez pas obligé de fournir une pièce d'identité lors de chaque déplacement. Ou alors, elle avait rencontré sur le ferry quelqu'un qui se rendait à New York et avait accepté de la déposer à Greenwich. Peut-être même qu'elle avait décidé de faire du stop.

Le plus important, si elle avait effectivement quitté l'île, c'était que Mason Troyer n'était pas impliqué dans sa disparition. Hypothèse vers laquelle – avouons-le – son esprit avait dérivé… bondi, plutôt : Lincoln avait déjà écrit le scénario. Furieux et humilié après avoir été mis K-O par Mickey la veille, Troyer avait surveillé la maison ce matin-là, comme il le ferait des années plus tard, le jour où il était « passé voir » Anita, à qui il avait flanqué une peur bleue. Constatant que Jacy partait seule, il l'avait suivie et lui avait proposé de la déposer au ferry. Et dès qu'elle s'était retrouvée à sa merci…

OK, son histoire ne tient pas complètement debout, et Lincoln doit reconnaître que c'est à partir de là que le bât blesse. Troyer est un rustre qui, d'après Google, a déjà été dénoncé pour harcèlement, mais cela ne fait pas de lui un meurtrier, rôle exigé par l'hypothèse bancale de Lincoln. Il a beau forcer de tous les côtés, elle refuse de rentrer dans le moule. Tout d'abord, Jacy n'aurait jamais accepté de monter seule en voiture avec ce type qui l'avait pelotée dans la cuisine. Et même en supposant qu'elle ait commis cette imprudence, en supposant que Troyer ait eu l'intention de lui faire du mal, comment les choses auraient-elles pu se dérouler ? Certes, une jeune femme qui fait du stop seule est toujours vulnérable, mais Troyer n'avait aucun moyen de savoir qu'elle serait seule ou qu'elle ferait du stop. Lincoln, Teddy, Mickey et elle auraient dû quitter l'île en même temps. Autrement dit, s'il l'avait kidnappée, il avait agi sur un coup de tête. Mais là encore, ça ne tenait pas debout. State Road, la route sur laquelle Jacy aurait fait du stop, même si elle n'était pas encombrée en cette saison, était fréquentée malgré tout, et un automobiliste ou un jogger aurait pu surgir au mauvais moment. En supposant toujours que Troyer, mû par la colère, ait été prêt à courir le risque, dans quel but l'aurait-il fait ? C'était un type costaud, et s'il avait réussi à attirer Jacy dans sa voiture, il l'aurait maîtrisée sans peine. Et après ? Admettons qu'il ait eu l'intention de la violer, il aurait fallu l'emmener dans un endroit isolé. Et après, une fois de plus ? Comment l'empêcher d'aller porter plainte à la police par la suite ? Il pouvait la menacer, c'est sûr. Ça marchait souvent avec des jeunes femmes terrorisées qui, outre la peur, éprouvaient de la honte. Mais *souvent*, ça ne voulait pas dire *toujours*, alors comment Troyer pouvait-il être sûr de son coup ? Et si, au lieu d'aller trouver la police, Jacy retournait à Chilmark pour le dénoncer à ses amis ? Mickey l'avait déjà envoyé au tapis pour un péché relativement mineur, comparé à un viol s'entend.

Quel châtiment lui infligerait-il pour cet outrage ? Non, pour faire taire sa victime, il serait obligé de la tuer, mais de quelle manière ? Et comment se débarrasser du corps ? Une fois la disparition de Jacy signalée, la police interrogerait ses trois amis, qui s'empresseraient de leur parler de l'incident survenu dans la cuisine, et il deviendrait le suspect numéro un.

Alors, non, c'est du délire. Il hait Troyer et il a transformé un butor en monstre afin d'expliquer l'inexplicable.

« En fait, je cherchais un fantôme, reconnaît-il à contrecœur.

— Oooh, racontez-moi ! s'exclame Beverly en lui indiquant un siège. J'adore les histoires de fantômes. »

*Non*, pense-t-il. *Va-t'en.*

« Hélas, celle-ci n'a pas de fin, dit-il en s'asseyant.

— Pas grave, je suis très douée pour inventer les fins. »

Et donc, en omettant d'évoquer Troyer, Lincoln offre à Beverly une version abrégée de ce week-end lointain et de la disparition de Jacy. Elle prend des notes sur son sous-main, comme si elle avait un examen à passer. Quand il a achevé son récit, Beverly déclare, sans la moindre hésitation :

« Elle est ici, sur l'île. »

Lincoln déglutit difficilement et sent son visage devenir livide. Pendant un instant, il reste sans voix.

« Dans une fiction, précise Beverly. Avec vos amis, vous la cherchez dans le monde entier, pour finalement découvrir qu'elle est restée sur l'île, depuis le début. C'est comme ça que j'écrirais la suite. » Remarquant l'expression de Lincoln, elle grimace. « Zut. J'avais oublié qu'on parlait d'une personne réelle. Quelqu'un que vous…

— Ce n'est rien. »

Pourtant cette phrase a secoué Lincoln, comme si Beverly avait reconnu Jacy grâce à la description qu'il en avait faite, en 1971, et savait où elle habitait sur l'île. Comme si les coordonnées de Jacy étaient fichées dans son Rolodex. Comme s'ils allaient tous se retrouver pour déjeuner.

« C'était il y a longtemps, ajoute-t-il. Qui a dit qu'il fallait laisser les morts enterrer les morts ?

— Jésus, je crois.

— Exact. »

Lincoln se réjouit que Dub-Yay n'ait pas été témoin de ce trou de mémoire. Même si, évidemment, il ne lui a pas échappé. Car, à l'instar de nombreux pères, celui de Lincoln a désormais deux résidences permanentes : une à Dunbar, Arizona, et l'autre à l'intérieur de la tête de son fils unique. Voilà ce qui arrive quand on fréquente une université de Nouvelle-Angleterre et qu'on épouse une catholique, l'entendait-il se lamenter. Encore heureux que ta pauvre mère ne soit plus de ce monde pour voir ça.

« Mais je ne sais pas trop ce qu'il voulait dire par là. Et vous, Beverly ?

— Peut-être que nous devrions nous concentrer sur les choses que nous pouvons changer et non sur ce qui est en dehors de notre sphère d'influence ?

— Ce n'est pas idiot », dit Lincoln en se levant avec raideur.

Il est resté assis trop longtemps devant ce foutu lecteur de microfilms.

La poignée de main de Beverly est chaude et ferme.

« Laissez-moi votre numéro de portable, suggère-t-elle. J'ai quelques amis journalistes au Cap. Un des quotidiens du coin a peut-être publié un article. »

Arrivé à la porte, Lincoln s'arrête.

« Pendant que je suis là, dit-il en essayant de prendre un ton désinvolte. Est-ce que par hasard vous connaîtriez un de mes voisins à Chilmark, Mason Troyer ? »

Immédiatement, le soupçon assombrit le visage de Beverly. Lincoln croit même y déceler de la peur.

« C'est un ami à vous ?

— Je le connais à peine. Il veut acheter ma maison.

— C'est une source d'ennuis en tout genre. Mais si vous lui répétez ce que je viens de dire, je nierai.

— Loin de moi cette idée. »

Alors qu'il est presque sorti, il entend Beverly étouffer un petit cri. Quand il se retourne, elle a plaqué sa main sur sa bouche.

« Oh, mon Dieu ! s'exclame-t-elle. Vous croyez que…

— Non, Beverly, s'empresse-t-il de répondre. Je ne le crois pas. »

# TEDDY

Euphorie si lointaine, et si brève. Et, à l'instar de la vie elle-même, terminée avant même que l'on puisse la comprendre totalement. Une arnaque, en fait.

De retour à la table de pique-nique autour de laquelle il a bavardé avec les chrétiens, Teddy sort la carte postale achetée un peu plus tôt et examine les falaises peintes, une arnaque elles aussi, avec leurs couleurs plus éclatantes que la réalité. Quand Jacy avait acheté la même carte en 1971, il ignorait ce qu'elle voulait en faire, mais il se souvient d'avoir trouvé ça étrange qu'elle en ait acheté une seule car elles n'étaient vraiment pas chères. C'est plus tard seulement qu'il découvrirait à qui elle l'avait envoyée.

Au cours de ce même été, son fiancé – Vance ? Lance ? Chance ? – avait réussi à savoir que Tom Ford avait aidé Teddy à obtenir un stage au *Globe*, et il l'appela au journal pour savoir s'il avait des nouvelles de Jacy. Quand Teddy répondit par la négative, il parut satisfait, mais il ajouta qu'il serait à Boston la semaine suivante et proposa qu'ils aillent boire un café. Pris au dépourvu, Teddy ne put se défiler, et ils se donnèrent rendez-vous dans une cafétéria grecque non loin des locaux du *Globe*, où Lance/ Chance/Vance n'aurait pas pu paraître plus déplacé avec ses cheveux courts et sa tenue de *preppy*. Teddy se souvient de s'être demandé : À qui me fait penser ce type ?

Ils choisirent un box au fond, « loin des oreilles indiscrètes », commenta Vance avec un humour désopilant, comme si leur conversation allait intéresser les autres, peut-être même tous les lecteurs du *Globe*. Teddy ayant commandé seulement un café, Lance dit : « Tu es sûr que tu ne veux pas de tarte ? C'est moi qui régale. » Non, juste un café, répondit Teddy. « Comme tu veux », dit le futur avocat et il commanda une part de Boston cream. Pour quelqu'un qui s'était fait plaquer à quelques pas de l'autel, Chance paraissait d'excellente humeur. Quand on lui apporta sa part de tarte, il fixa Teddy de ses yeux bleu délavé et dit :

« Y a du nouveau. »

Teddy sentit son cœur faire un bond. On était alors en août et Jacy avait disparu depuis plus de deux mois.

« Jacy ? »

Vance secoua la tête. La nouvelle concernait les parents de Jacy, il n'allait pas en revenir : *ils divorçaient*. Personne n'avait rien vu venir, précisa Lance, pas même ses propres parents. Pourtant, les deux couples étaient les meilleurs amis du monde, depuis toujours. Teddy voulut demander en quoi cela le concernait, mais Chance l'interrompit car *ce n'était pas tout*. Le père de Jacy serait impliqué dans ce nouveau délit d'initiés qui faisait scandale à Wall Street. Teddy n'était pas au courant ? Tous les journaux en parlaient. On racontait qu'il pourrait s'estimer heureux s'il échappait à la prison. La mère de Jacy, originaire de Californie, projetait de vendre la maison de Greenwich dès qu'elle lui appartiendrait légalement afin de rentrer chez elle. Par conséquent, si Jacy ne se dépêchait pas de réapparaître, elle n'aurait plus ni maison ni parents mariés à son retour.

Pour Teddy, tout cela était moins surprenant que de constater que Vance semblait s'être fait à l'idée que si Jacy revenait un jour, ça ne serait pas pour le retrouver. « Il est écrit que certaines choses ne doivent pas se faire », dit-il, ce qui incita Teddy à se demander si Lance avait senti le vent tourner avant la disparition de sa fiancée. Avaient-ils commencé à se disputer à mesure que le mariage approchait ? Teddy savait qu'ils n'étaient pas d'accord au sujet de la guerre, et il croyait savoir qu'ils avaient d'autres graves points de divergence, notamment celui de la ville où ils iraient vivre une fois mariés. Jacy voulait quitter Greenwich, alors que Chance souhaitait habiter près de leurs parents. Pourquoi pas ? Pas de frais de babysitting une fois qu'ils commenceraient à avoir des enfants, ce qui se produirait très vite, semblait penser Vance, alors que Jacy affirmait ne pas en vouloir. En disant que certaines choses ne devaient pas se faire, Vance admettait-il qu'ils étaient fondamentalement mal assortis ? Ou bien l'absence prolongée de Jacy lui avait-elle fait prendre conscience d'un tas de petits désagréments qui ne manquaient pas de surgir entre deux personnes, ces choses triviales qui, sur le moment, ne se hissaient pas au niveau d'une véritable discorde ?

« Pendant quelque temps, dit Chance, j'ai cru que c'était la fin du monde, mais tu sais quoi, Teddy ? (Non, il ne savait pas, mais il fut surpris d'entendre cet homme, qu'il venait de rencontrer, l'appeler d'emblée par son prénom.) Eh bien, figure-toi que seule la fin du monde… (là, il s'interrompit afin que Teddy puisse savourer la profondeur de ce qui allait suivre…) est la fin du monde. » D'ailleurs, poursuivit Lance en tambourinant sur la table avec ses jointures, Teddy connaissait-il la *véritable* raison de sa présence à Boston ? (Non, comment aurait-il pu la connaître ?) Eh bien, Vance était venu voir une fille. On les avait présentés l'un à l'autre récemment ; il était donc encore trop tôt pour savoir si c'était du sérieux, mais tu veux que je te dise, Teddy ? Des choses plus étranges se produisent en permanence. Teddy l'ayant félicité, Lance dit : « Merci, mon pote. Sincèrement… ça compte beaucoup pour moi. »

Était-ce le *mon pote* qui lui avait ouvert les yeux ? En tout cas, Teddy acquit soudain la certitude que Vance, avec sa fausse camaraderie, lui tendait un piège. Non, il l'avait déjà tendu.

« Mais tu sais quoi, Teddy ? Il y a un truc que tu pourrais faire pour moi, encore plus important.

— Quoi donc, Lance ?

— Vance, corrigea-t-il et sa façade amicale s'écroula.

— Pardon. »

Maintenant, il savait.

« Tu pourrais me raconter ce qui s'est réellement passé sur cette île, le week-end du Memorial Day. Vous quatre, dans cette maison. Trois gars. Une fille. Aidez-moi à comprendre.

— Il ne s'est rien passé, répondit Teddy. (Un mensonge qui projeta Jacy dans ses bras de nouveau. Leurs deux corps se balançant, poids plumes portés par la houle.) On était entre bons copains, c'est tout.

— C'est justement ça que j'ai besoin de comprendre. Comment ça marche. Parce que je me pose quelques questions. »

Et il ne plaisantait pas, les questions, quand elles commencèrent à arriver, s'enchaînèrent à toute allure.

À peine laissait-il à Teddy le temps de répondre avant de poser la question suivante, comme si Teddy était relié à un détecteur de mensonges, et que ses premières réponses – nom, adresse, âge, profession –, déjà connues du questionneur, ne servaient qu'à établir un point de comparaison pour la suite. Jacy leur avait-elle dit qu'elle renonçait à se marier ? Avait-elle parlé de lui en des termes pouvant expliquer pourquoi elle voulait rompre leurs fiançailles ? Avait-elle des griefs quelconques ? Semblait-elle malheureuse ? Nourrissait-elle des inquiétudes ? Avait-elle un comportement bizarre ? Car sinon… tu sais quoi, Teddy ? Ça ne tenait pas debout. En vérité, toute cette histoire était troublante. *Profondément* troublante.

Teddy savait-il ce qui le troublait le plus ? C'était cette notion de « bons copains ». Était-il censé gober ça, vraiment ? Parce que s'ils étaient juste de « bons copains », pourquoi Jacy avait-elle fait tant de mystères autour de ce week-end ? Il comprenait qu'elle ait menti à ses parents, qui n'auraient pas été d'accord, putain non. Mais pourquoi lui cacher la vérité à *lui*, son fiancé ? À moins qu'elle ait quelque chose à se reprocher. Qu'en pensait Teddy ? Jacy avait-elle quelque chose à se reprocher ? Comment avaient-ils réparti les couchages pour le week-end ? Jacy avait-elle sa propre chambre, ou bien était-ce une sorte de méga soirée pyjama ? D'ailleurs, portaient-ils des pyjamas ? Avaient-ils fumé une grande quantité de marijuana ? (C'était le mot qu'il avait employé, pas *herbe* ni *hash*, ni même *cannabis*.) Quelle quantité d'alcool avaient-ils bue, ces trois gars et cette fille ? L'avaient-ils saoulée ? Qui l'avait bordée ce soir-là ?

« Explique-moi, Teddy. Explique-moi ce que signifie "bons copains" pour quelqu'un comme toi. »

Teddy choisit ses mots avec soin, parce que la précision s'imposait, mais aussi parce qu'il devenait évident, à chaque nouvelle question piège, sarcastique, que ce jeune type assis en face de lui sur la banquette écumait de rage.

« On était de bons copains, c'est la vérité. Mais tu le sais, *Vance*, il est impossible de côtoyer Jacy sans être au moins un peu amoureux d'elle.

— Toi aussi, Teddy ? Tu étais amoureux d'elle ?

— Je crois.

— Tu crois ? ricana Vance. Tu l'as baisée ? C'est une question à laquelle tu devrais pouvoir répondre par oui ou par non.

— Non, dit Teddy en se demandant comment aurait réagi l'aiguille du détecteur de mensonges. Je n'ai pas couché avec elle.

— Et tes deux potes ? Ils ont eu plus de chance ?

— Jacy avait sa chambre. L'un de nous dormait à tour de rôle sur le canapé.

— Il y avait des verrous aux portes ?

— Ce n'était pas nécessaire. Écoute… Lincoln est amoureux d'une autre fille, Anita. Ils sont presque fiancés. Ils sont repartis ensemble dans l'Arizona les jours suivants.

— Et le costaud ? C'est quoi son nom, déjà ?

— Mickey.

— Oui, voilà. C'est lui qu'elle préférait, hein ? »

Teddy éprouva une furieuse envie de démentir cette affirmation, mais il tint sa langue.

« Il ne s'est rien passé entre eux, OK ?

— Qu'est-ce que tu en sais ? »

Mickey n'aurait pas pu contenir sa joie, songea Teddy.

« On est copains.

— Ah, toujours ce mot, soupira Vance. Mais revenons à toi. Redis-moi qu'il n'y avait rien entre ma fiancée et toi. »

Notant que l'accusation était formulée différemment cette fois, Teddy ne répondit pas. D'ailleurs, Vance semblait s'en moquer.

« Ce que je veux dire, c'est que tu l'aurais fait, hein ? Si tu avais pu ? D'accord, elle était fiancée, *bordel de merde*, mais tu étais amoureux d'elle, pas vrai ? Alors, c'était quoi le problème ? Tu ne lui plaisais pas ?

— Si. »

C'était même lui qu'elle avait choisi. Plutôt que Mickey ou Lincoln. Et plutôt que ce gosse de riche offensé, qui lui faisait face. Et l'extase provoquée par cette réalité demeurait aussi intense qu'elle l'avait été dans l'océan au large de Gay Head, si intense à vrai dire, que Teddy brûlait d'envie de tout raconter à Vance. De lui peindre un tableau qu'il n'oublierait jamais.

« Pourquoi, alors ? insista Vance. Tu es homo, Teddy ? J'ai entendu dire que c'était peut-être le cas.

— On t'a mal renseigné. »

Vance ignora ce démenti.

« Les filles aiment bien les pédés, pas vrai ? Elles leur racontent des trucs qu'elles ne confieraient même pas à leurs meilleures amies. Jacy s'est confiée à toi, Teddy ? Elle t'a dit lequel de tes connards de copains elle préférait à moi ? »

Teddy parvint à maîtriser le ton de sa voix.

« Vu la manière dont ça s'est terminé, elle nous préférait *tous* à toi. »

Vance n'avait mangé que deux ou trois bouchées de son gâteau, son prétendu appétit n'étant qu'un élément d'un subterfuge complexe qu'il n'avait pas réussi à mener à bien. Il pointa sa fourchette sur Teddy.

« Tu sais ce que je devrais faire ? »

Depuis le début de leur discussion, Teddy fouillait dans sa mémoire car Vance lui rappelait quelqu'un. Menacé subitement dans son intégrité physique, ça lui revint : Nelson, le type du lycée à qui le coach avait ordonné de bousculer Teddy, pour « endurcir cette mauviette ».

« Oui », répondit-il, étrangement calme. Alors que la moindre démonstration de violence le mettait toujours très mal à l'aise. « Je sais. Tu devrais croire tout ce que je te dis car, hormis le fait que tu voudrais que je mente, tu n'as aucune raison de ne pas me croire. Parce que mes amis et moi, on ne sait pas plus que toi où est allée Jacy, ni pourquoi. Quand elle reviendra, tu lui poseras la question, et tu sauras. »

Sans lâcher sa fourchette, Vance se pencha au-dessus de la table.

« Sauf qu'elle ne reviendra pas, hein, Teddy ? »

À cet instant, la colère légitime de Teddy s'envola. En regardant sa tasse de café, à laquelle il avait à peine touché, il fut incapable de croiser le regard de l'homme assis en face de lui. Tout l'été il avait attendu que le téléphone sonne et qu'on lui annonce que Jacy était revenue, saine et sauve. Lincoln, dans la même attente, l'avait appelé deux fois de l'Arizona pour savoir s'il avait des nouvelles. Mais à un moment, Teddy n'aurait su dire quand précisément, un changement s'était opéré dans son esprit : si Jacy avait dû revenir, elle serait déjà revenue.

Quand, enfin, il s'obligea à lever les yeux de sa tasse, il vit des larmes couler sur le visage de Vance. Quelques secondes plus tôt, il s'attendait à ce qu'il bondisse par-dessus la table pour le poignarder avec la fourchette, mais il découvrait que Vance dévalait des montagnes russes émotionnelles depuis deux mois, lui aussi, l'espoir cédant la place au désespoir, le désespoir au chagrin, le chagrin à la fureur, puis retour à la case départ.

« Vous l'avez tuée, Teddy ? Tes copains et toi ? Vous l'avez tuée, là-bas sur cette île ? Vous l'avez saoulée et vous avez abusé d'elle ? Vous l'avez enterrée sur place ? Ou bien vous avez emporté son corps sur un bateau pour le jeter à la mer ? C'est ça qui s'est passé ?

— Non, Vance. » Teddy sentait ses propres yeux se mouiller de larmes. « Bien sûr que non.

— Ah… putain de merde ! » Vance lâcha sa fourchette et frappa son large front avec ses paumes. « Je croyais qu'en discutant avec toi, je saurais si tu mentais, mais non.

— Écoute, dit Teddy. J'ai menti tout à l'heure. Je n'étais pas un peu amoureux de Jacy. J'étais dingue d'elle. On l'était tous. Jamais on ne lui aurait fait de mal.

— Moi aussi, j'ai menti, avoua Vance en prenant une serviette en papier dans le distributeur pour sécher ses larmes. Aucune fille ne m'attend ici, à Boston. Il n'y a que Jacy, et elle a disparu, bordel.

— Je suis désolé, Vance, répondit Teddy, surpris de se découvrir aussi sincère.

— Ça ne change rien, va te faire foutre. » Il lança la serviette roulée en boule sur la table et s'extirpa du box. « Quelqu'un m'a dit que tu avais tiré un bon numéro à la loterie de conscription. »

Teddy confirma d'un hochement de tête.

« Pour info, connard, sache que je vais servir mon

pays, moi. Dans les JAG Corps[1]. Dès que j'aurai fini mes études de droit. Et tu sais quoi ? J'espère qu'ils m'enverront au Viêtnam. Et j'espère que je me ferai tuer. »

Teddy, qui un instant auparavant avait de la peine pour ce type, demeura médusé devant cette démonstration d'émotion surjouée.

« Tu crois vraiment qu'on envoie les *avocats* mourir au Viêtnam ? »

Vance sembla ne pas avoir entendu, ce qui était sans doute préférable.

« Dis-moi un truc, reprit-il en singeant un soldat au garde-à-vous, menton saillant, mépris en bandoulière. Des types comme tes copains et toi, de quel droit vous vous permettez de tomber amoureux d'une fille comme Jacy ? » Les deux mains appuyées sur la table, il se pencha en avant, dans une posture agressive, nez à nez avec Teddy. « Vous n'étiez que des petits serveurs de merde. »

Sur ce, il s'en alla. La clochette au-dessus de la porte annonça son départ. Deux secondes plus tard, la serveuse apporta l'addition.

Quelques jours après sa rencontre avec le fiancé de Jacy, Teddy fut victime d'une de ses crises d'angoisse, chroniques et paralysantes. Incapable de trouver le sommeil, son esprit torturé tournant en boucle, il se fit admettre au Massachusetts General Hospital, interrompant avec quelques semaines d'avance son stage au *Globe*. Fallait-il y voir la conséquence de sa

1. Judge Advocate General's Corps. Système judiciaire au sein de l'armée américaine.

discussion avec Vance ou du détonateur mental activé précédemment, lorsque son cerveau avait fini par admettre que Jacy pourrait ne jamais réapparaître ? Tout l'été, ces mêmes questions qui, de toute évidence, tourmentaient le fiancé de Jacy l'avaient hanté lui aussi. Qu'avait-il pu lui arriver après son départ de l'île ? Au lieu de rentrer en car, avait-elle décidé de faire du stop ? Était-elle tombée sur un prédateur ? Teddy refusait d'imaginer qu'elle ait pu connaître un tel sort, mais si elle était toujours vivante, où était-elle ? Pourquoi la police ne parvenait-elle pas à la retrouver ? Pourquoi n'avait-elle pas contacté ses parents ou ses amies des Thêta ? Ou bien… *lui*, au *Globe* ?

À l'hôpital, on lui administra le cocktail habituel d'anxiolytiques, qui lui permit de dormir, mais chaque fois qu'il se réveillait, il avait l'impression que ses rêves se débattaient afin de répondre aux mêmes questions sans réponses. Plus grave, il se sentait glisser dans une sorte de solipsisme dû aux drogues. Comme si le destin de Jacy le concernait au premier chef, avant elle-même. Les disparitions avaient marqué cet été. Lincoln était retourné dans l'Ouest, ce qui signifiait probablement la fin de leur amitié. Mickey était parti lui aussi, mais pas au Viêtnam, contrairement à ce qu'ils craignaient. Quelques jours avant de rejoindre son affectation, il avait changé d'avis et s'était enfui au Canada, comme Jacy le suppliait de le faire, depuis longtemps. Une autre disparition, bien qu'elle n'ait rien de nouveau, se concrétisait par l'implacable indifférence de ses parents. Teddy les avait informés de son hospitalisation, et sa mère était venue le voir. Mais elle n'était restée que deux jours, expliquant que le premier semestre battait son plein et qu'elle avait des cours à préparer. Il s'attendait à ce qu'elle l'invite à venir s'installer avec eux à Madison, jusqu'à ce qu'il soit rétabli, et s'était juré de refuser, mais cette invitation n'avait jamais été formulée et il en avait ressenti une blessure plus profonde qu'il ne l'aurait imaginé. Le moment était peut-être venu de cesser d'attendre des changements. À l'évidence, il était destiné à mener une existence solitaire. Sa toquade pour Merton n'était-elle pas un signe ? Tom Ford, qui vivait seul lui aussi, ne l'avait-il pas laissé entendre à Minerva ? Ce qui s'était passé avec Jacy à Gay Head, ajouté à sa disparition ensuite, prenait désormais une signification amère. Jacy, en continuant à vivre, aurait contrarié la solitude à laquelle il était destiné. Jacy devait donc disparaître. D'une certaine manière, il l'avait tuée.

Une autre pensée lui vint. Et s'il se trompait sur toute la ligne ? Par le passé, son premier réflexe, chaque fois qu'il sombrait dans ce terrier devenu familier, avait été de se ressaisir et de remonter vers la lumière, en rétablissant peu à peu sa santé mentale, afin de retrouver une existence normale. Normale pour lui, s'entend. Mais cette normalité méritait-elle d'être défendue ? Était-il digne de tant d'efforts ? En repensant à sa rencontre avec le fiancé de Jacy, il s'étonnait d'avoir montré si peu de véritable empathie. D'accord, Vance était un connard, mais là n'était pas la question. Ce type souffrait, et Teddy avait eu le pouvoir de le soulager. Pas totalement, bien sûr. Il n'aurait pas pu lui parler de Gay Head, mais à l'exception de cet épisode, c'était un week-end innocent, non ? Pourquoi n'avait-il pas pris la peine de décrire la manière dont ils avaient partagé ces instants ? Il avait affirmé qu'aucun d'eux n'aurait pu faire de mal à Jacy, mais pourquoi n'avait-il pas pensé à raconter comment ils… comment Mickey l'avait protégée lorsque Troyer avait voulu la peloter dans la cuisine ?

Réflexion faite, ce n'était pas une anecdote très réconfortante. Pour être honnête, il aurait dû expliquer qu'ils étaient installés sur la terrasse, à écouter Creedence en buvant de la bière et en faisant circuler paresseusement un joint. La preuve que, loin de faire du mal à Jacy, ils lui avaient servi de protecteurs. Mais un type aussi à cheval sur les principes que Vance n'aurait pas été heureux d'imaginer sa fiancée sur cette terrasse en train de boire de la bière, d'écouter de la musique contestataire et de fumer de l'herbe avec une bande de sales hippies. En outre, si elle ne les avait pas accompagnés sur cette île, elle n'aurait pas eu besoin qu'ils la défendent face à cet épouvantable voisin.

Sans doute aurait-il mieux valu expliquer pour quelle raison Jacy avait décidé de se joindre à eux ce week-end-là. Elle ne cherchait pas du tout à faire la fête avant de se marier. Teddy l'avait convaincue de les accompagner dans l'espoir qu'elle les aide à convaincre Mickey, au cours de ces trois longs jours, de filer au Canada au lieu de se laisser incorporer. Elle n'avait quasiment pas cessé de le supplier depuis le soir de la loterie. (*Tu ne vas pas y aller, hein ? Dis-moi que tu n'es pas idiot à ce point.*) Durant les mois précédant les examens, Teddy avait insisté lui aussi auprès de Mickey pour qu'il change d'avis. En vain. Comment discuter avec quelqu'un qui reconnaissait le bien-fondé de tous vos arguments ? *Oui*, concédait Mickey, cette guerre est à la fois stupide et immorale. *Non*, il n'avait aucune envie de tuer ou d'être tué, et encore moins dans une jungle étouffante, à l'autre bout du monde, pour une cause que personne n'avait pris la peine d'expliquer. *Oui*, émigrer au Canada était une bonne idée. *Oui*, il se fichait que les gens le traitent de lâche.

« Alors, pourquoi, Mick ? l'avait imploré Teddy. Explique-moi pourquoi tu préfères faire une chose stupide et immorale, au lieu d'opter pour un choix juste et intelligent ?

— Parce que j'ai dit que je le ferais. »

C'était donc ça. Son père, Michael Sr., un vétéran de la Seconde Guerre, avait détesté chaque instant passé sous l'uniforme, mais il était fier, avait-il expliqué à Mickey, d'avoir rempli son rôle. *Quand on t'appelle, tu y vas. Tu ne demandes pas pourquoi. Ça ne marche pas comme ça. Et ça n'a jamais marché comme ça. Ton pays t'appelle, tu y vas.* Tuyauteur de profession, Michael Sr. était, de l'avis général, un type carré qui n'aimait pas le baratin. Bourru et inculte, assurément, mais un gars bien. Il effectuait ses quarante heures de travail syndiqué par semaine, et le week-end, il bossait au noir pour boucler les fins de mois. Mickey avait été élevé autant par ses sœurs aînées que par ses parents épuisés, et c'était plus tard seulement, alors qu'il étudiait à Minerva, que son père et lui s'étaient rapprochés, ce qui pouvait paraître étrange quand on y réfléchissait. À une époque où tant de pères et de fils s'affrontaient, tous les deux avaient forgé un lien profond et durable qui les avait surpris l'un et l'autre.

Voilà pourquoi la mort subite de son père, l'année où Mickey était en licence, lui avait fait l'effet d'un coup de massue sur le crâne. Michael Sr., un colosse comme son fils, avait déjeuné avec son équipe dans un snack du coin et au moment de reprendre le travail, tous les gars s'étaient levés de leur siège, sauf lui. Son cœur avait lâché cinq secondes plus tôt. En réalité, il savait depuis un certain temps qu'un truc de ce genre risquait de lui arriver, mais il n'avait rien dit. Ni à son épouse, ni à ses filles devenues adultes, ni à son fils. Non, la dernière chose qu'il avait dite à Mickey, c'était : *Si ton pays t'appelle, tu y vas.*

C'était peine perdue. Rien de tout cela n'aurait impressionné le belliqueux et patriotique Vance. Il ne pouvait imaginer, et encore moins approuver, que sa fiancée se rende sur cette île pour transformer Mickey en insoumis. De même, le portrait de Michael Sr. n'aurait sans doute pas provoqué l'admiration de Vance. Tout juste aurait-il apporté la preuve supplémentaire, si besoin était, que le fils de ce prolo n'avait pas le droit de tomber amoureux d'une fille comme Jacy.

Dans cette cafétéria, quand Vance avait perdu les pédales et demandé à Teddy si ses copains et lui avaient assassiné sa fiancée, il avait été stupéfait que quiconque puisse concevoir une idée aussi ridicule. Et que Vance ait pu penser cela sous prétexte qu'ils étaient *serveurs* rendait la chose encore plus insultante. Pourtant, alors que, couché dans son lit d'hôpital, Teddy songeait qu'il n'avait pas fait grand-chose pour soulager les souffrances d'un frère humain, il dut admettre que certains soupçons formulés par Vance étaient plus proches de la vérité. Car si on regardait la réalité en face, lorsque l'occasion s'était présentée, Teddy s'était bien moqué de ce que Jacy était fiancée, qu'elle soit déjà la nana de quelqu'un d'autre. L'idée qu'elle l'avait choisi, lui, qu'elle puisse devenir *sa* nana, avait aussitôt balayé ses considérations éthiques. Mickey aurait-il agi autrement s'il s'était vu offrir la même chance ? Et Lincoln ? Déconcerté par cette faiblesse morale, il l'était davantage en songeant que si on lui demandait de se justifier, sa réponse ne serait pas très différente de celle de Vance. À Gay Head, lorsque Jacy avait avoué que sa présence, à cet endroit, avec lui, signifiait qu'elle n'épouserait peut-être pas son fiancé, en définitive, ce qu'il avait éprouvé à cet instant, ce n'était pas seulement de la joie, c'était aussi – pourquoi le nier ? – un sentiment de triomphe. En le choisissant, Jacy rejetait Vance, et tous les types de son acabit. Teddy volait la nana d'un autre, mais surtout, il la sauvait des griffes d'un individu indigne d'elle. En vérité, il accomplissait un acte *noble* car Vance était un connard de Greenwich Connecticut, un privilégié sorti d'un lycée privé qui, pour toutes ces raisons, *méritait* de souffrir.

Alors, oui, cet été avait été celui des disparitions. Minerva. Lincoln. Mickey. Jacy. Sans oublier ses parents plus indifférents que jamais. Et si les disparitions s'étaient arrêtées là, Teddy aurait peut-être éprouvé l'envie de ressortir de ce terrier obscur. Mais il s'aperçut qu'il avait subi une autre disparition, encore plus marquante. Le Teddy Novak qui avait suivi Jacy dans l'océan glacé était un innocent, mû par un besoin urgent de savoir. Ce n'était encore qu'un garçon, en réalité, un garçon envers qui il n'avait pas le cœur d'être trop dur. Avec quelle rapidité tout avait basculé. L'innocence s'était transformée en fierté, la fierté en terrible déception, en désespoir, en amertume et, pour finir, en résignation, en haine de soi. Et si, comme Vance, il souffrait, c'était parce qu'ils l'avaient mérité tous les deux.

## LINCOLN

Lincoln est à mi-chemin de Chilmark quand son portable sonne. Sans doute Teddy ou Mickey qui se demandent où il est passé. Mais c'est un numéro local, et quand il prend la communication, une voix de femme demande :

« Monsieur Moser ? C'est Beverly. Après votre départ, j'ai réfléchi. Vous devriez parler à Joe Coffin.

— Qui est-ce ?

— Mon beau-père. Accessoirement, c'est aussi l'ancien chef de la police d'Oak Bluffs. Dans les années soixante-dix, il était en poste dans une autre partie de l'île. Bref, je l'ai appelé, et il veut bien répondre à vos questions.

— Il se souvient de la disparition de Jacy ?

— J'en sais rien, mais il a embarqué un tas de vieux dossiers quand il est parti à la retraite. Je le harcèle pour qu'il les classe. Y a de quoi faire un livre de mémoires intéressant. Du genre catalogue des choses stupides que font les gens d'ici. Ou une série de romans policiers pour dames. Style Alexander McCall Smith… »

Beverly semble attendre qu'il approuve cette idée. Elle parle de McCall Smith comme s'il était censé le connaître. Qu'est-ce que peuvent bien être des romans policiers pour dames ?

« Il pourra toujours vous donner son point de vue, ajoute Beverly. Il a été policier ici toute sa vie. Il connaît des histoires formidables. »

Lincoln sourit malgré lui. Peut-être parce qu'elle travaille dans un journal, cette femme a l'air de penser qu'il lui a raconté un bon fait divers : *Une jolie jeune femme disparaît pour toujours sans laisser de traces.*

« Il vit dans une résidence pour retraités de Vineyard Haven, si ça vous tente d'y faire un saut.

— Demain, peut-être », répond Lincoln, bien qu'il n'en ait nullement l'intention.

Il a débarqué à la *Vineyard Gazette* investi d'une mission, mais le fait de n'avoir rien trouvé lui a procuré un soulagement inattendu. En parlant de Jacy à Beverly, il s'est senti un peu bête, comme si, à soixante-six ans, il avait encore le béguin pour une fille avec laquelle il ne s'était rien passé. Lui, Lincoln Moser. Un mari heureux, père de six enfants, grand-père d'une kyrielle grandissante de petits-enfants. Sujet à un mal de dos chronique. Il doit s'en tenir au plan initial : évaluer les travaux à effectuer sur la maison de Chilmark et la mettre en vente. Profiter de ses amis. Rentrer à la maison.

« Justement, c'est là le hic, dit Beverly. Il quitte l'île demain pour subir une opération à Boston. Et vous n'êtes là que pour quelques jours, n'est-ce pas ?

— Vous pensez vraiment que votre beau-père pourrait détenir des informations ?

— Peut-être ? »

Après avoir coupé la communication, Lincoln se demande pourquoi tant de femmes ont la manie de transformer une affirmation en question. Il interrogera

Anita. Comme leurs filles, elle prend un malin plaisir à vous expliquer comment les hommes sont responsables des travers des femmes.

À l'image de la plupart des constructions de l'île, celles qui constituent Tisbury Village sont ornées de bardeaux gris. Situé en retrait de la route, niché au milieu de conifères nains, le complexe semble plus agréable et mieux entretenu que la grande majorité des logements pour retraités que Lincoln a pu connaître ; impossible toutefois de dissimuler la nature de ces établissements. Se retrouver là signifiait que les choses ne s'étaient pas déroulées comme on l'espérait.

L'appartement de Joe Coffin est au premier étage. Sans doute a-t-il vu Lincoln pénétrer sur le parking juste en dessous car il ouvre la porte avant que son visiteur ait fini de toquer ses trois coups. C'est un homme au torse large et aux cheveux gris acier abondants, presque rasés sur les tempes. *Pneus à flancs blancs*, songe Lincoln, en repensant à une expression autrefois en vogue à Dunbar. Ces pneus existent-ils encore ? Coffin et lui ont grosso modo le même âge, mais le visage de l'ancien flic est d'un gris maladif, creusé de profondes rides, signes d'une vie passée à boire et à fumer, qui lui donnent dix ans de plus. Il porte une chemise en flanelle malgré la chaleur.

« Vous devez être M. Moser », dit-il en s'écartant pour laisser entrer Lincoln.

Nonobstant son mauvais état de santé manifeste, il pourrait encore faire bonne figure dans une bagarre de bar, à condition qu'elle ne dure pas plus d'un round.

Son appartement d'une pièce, banal, ne correspond pas à ce qu'a imaginé Lincoln. La plupart des personnes âgées, lorsqu'elles emménagent dans un logement plus petit, ont du mal à se débarrasser des objets durement acquis. Elles tentent de tout faire entrer de force sous leur nouveau toit ; résultat, il est impossible de s'y mouvoir sans se cogner dans quelque chose. À l'inverse, l'appartement de Coffin ressemble à une cellule de moine, comme s'il avait toujours respecté le vœu de pauvreté fait au début de sa vie. Un téléviseur à écran plat, d'une marque inconnue, est installé dans le coin le plus reculé de la pièce, sur un meuble en contreplaqué qui accueille également un lecteur de DVD, mais pas de décodeur pour recevoir des chaînes câblées. Aucun gadget électronique en vue. Une étagère branlante contient une vingtaine de livres, dont la plupart semblent avoir été empruntés à la bibliothèque. Face au téléviseur, un canapé, une table d'angle et un fauteuil inclinable forment un L. Les murs s'ornent de photos en noir et blanc représentant des scènes de la vie sauvage de l'île : des pluviers sur la plage, une mouette perchée sur un monticule de bois, un groupe de pintades traversant une piste cyclable, un vol d'oies noires dessinant un V allongé dans un ciel gris.

« C'est ma belle-fille, Beverly, la photographe, précise Coffin en voyant que Lincoln s'attarde sur ces clichés.

— Elle est douée.

— Ce gaillard, là-bas, a été pris à Katama, dit-il en montrant un faucon trônant sur une ligne téléphonique qui plie nettement sous son poids. J'ai compté jusqu'à deux cents oiseaux alignés sur ce même fil, ailes contre ailes. Mais quand il est là ? Il n'y a plus un seul piaf dans les parages.

— Vous aimez les animaux ?

— Comme la plupart des flics, je les préfère aux

gens. Encore jamais connu un qui mentait. Asseyez-vous donc pendant que je cherche ce dossier. »

S'asseoir, mais où ? De toute évidence, le fauteuil inclinable est la place de Coffin, alors non. Mais le canapé – convertible apparemment – a gardé l'empreinte d'un corps lourd, et un oreiller chevauche un des accoudoirs. Incapable de résoudre ce dilemme, Lincoln pose une fesse sur l'autre accoudoir, d'où il a une vue parfaite sur la chambre, transformée en bureau. Face au mur du fond, son hôte a installé un bureau métallique qui supporte un ordinateur antédiluvien, doté, sauf erreur, d'un lecteur de disquettes externe. Ça existe encore, les disquettes ? se demande Lincoln. Une rangée de classeurs occupe un autre mur, sous des photos encadrées représentant des policiers en uniforme. Pas un seul civil.

« 1971, vous avez dit ? lance Coffin par-dessus son épaule.

— Exact, répond Lincoln, même s'il ne lui a rien dit du tout.

— Ah. Mai 1971, marmonne l'ancien flic. Je l'ai ! »

Laissant le tiroir du classeur ouvert, il revient dans la pièce principale et lance une chemise cartonnée sur la table basse. L'étiquette indique FILLE DISPARUE. Rien d'autre, pas même le nom de Jacy. Ce qui surprend Lincoln, jusqu'à ce qu'il y réfléchisse. Dans les grandes villes, des filles disparaissent chaque semaine. Mais Jacy devait faire partie de la poignée de personnes portées disparues ici, sur l'île, depuis un siècle.

« Beverly me dit que vous êtes à la retraite ?

— Ça a fait deux ans hier. Même si je ne compte pas les jours.

— On a le droit de partir avec des dossiers ?

— Pas les originaux. Des photocopies. Et mes notes perso.

— Je vous remercie de prendre le temps de me recevoir.

— Du temps, j'en ai à revendre », répond-il, conscient de l'ironie contenue dans ces paroles.

Ce n'est pas parce que ses jours sont comptés que les heures sont plus faciles à meubler. Lincoln songe alors que Beverly l'a peut-être incité à rendre visite à son beau-père dans l'espoir de lui faire oublier un instant l'opération du lendemain, ou lui donner l'impression de se rendre utile. Auquel cas, cette visite est une perte de temps.

« Sans ma belle-fille, dit Coffin comme s'il lisait dans les pensées de Lincoln, je crois que je ne sortirais jamais d'ici. Elle m'emmène faire des courses. On va boire un café. Le dimanche, on va à l'église. Vous êtes croyant, monsieur Moser ?

— Appelez-moi Lincoln. Et pour répondre à votre question : non, pas vraiment. »

Une chance que Dub-Yay ne soit pas là pour entendre ça.

« Moi non plus. Mais je vais quand même à l'église. Pour l'ambiance, je suppose.

— Vous ne conduisez pas ?

— Presque plus. J'ai toujours ma voiture, mais ma tension fait des siennes. Elle aurait plutôt tendance à s'envoler, mais quand elle dégringole, je tombe dans les pommes. Je préfère pas être au volant quand ça m'arrive. Avec la chance que j'ai, je serais capable d'écraser un gamin. Vous voulez un café ?

— Non, sans façon.

— C'est facile. Beverly m'a offert une Keurig.

— On en a offert une à mon père l'année dernière.

— Il a quel âge ?

— Quatre-vingt-dix.

— À la bonne heure. Et il faisait quoi dans la vie ?

— Il était actionnaire minoritaire d'une petite mine de cuivre dans l'Arizona.

— Vous êtes sûr que vous ne voulez pas un café ? Je réfléchis mieux quand j'ai ma dose de caféine.

— Alors, d'accord.

— C'est agréable de se préparer une tasse à la fois, lance Coffin de la cuisine. Si seulement on trouvait autre chose à faire de ces capsules plutôt que de les balancer à la poubelle. Doit y en avoir des millions à la décharge.

— Je ne sais même pas où elle se trouve, avoue Lincoln.

— C'est parce qu'elle n'existe plus. Il y en avait une autrefois. Maintenant, on envoie tous nos déchets sur le continent. Ça devient le problème de quelqu'un d'autre. Plus je vieillis, plus je pense à ce genre de choses. Des gens qui ne nous connaissent même pas s'occupent de nos merdes.

— Ça m'étonnerait qu'ils le fassent gratuitement », répond Lincoln, histoire d'entretenir la conversation.

En écoutant la Keurig siffler et glouglouter dans la cuisine, il est tenté de jeter un coup d'œil au contenu du dossier, étonnamment peu épais, et il résiste à cette envie.

« Non, vous avez sûrement raison. Mais quand même. J'ai lu quelque part qu'il y a un vortex de déchets au milieu du Pacifique. Des courants océaniens emportent tout là-bas. Vous balancez une capsule par-dessus bord au large de l'Oregon, une autre dans la mer du Japon et elles finissent toutes les deux au même endroit. Des centaines de kilomètres de capsules Keurig, de sacs plastique et toutes sortes de merdes flottent sur l'eau, et y a pas un seul humain aux alentours. Rien qui permette d'établir le lien entre vous et le crime. Votre père, il s'inquiète à cause de tout ça lui aussi, en pensant au monde qu'on va laisser à nos enfants ? »

Là encore, Lincoln ne peut s'empêcher de sourire.

« Pas sûr que mon père soit convaincu que le monde continuera à exister après lui. » Lorsque Coffin revient dans le salon avec deux tasses de café fumant, Lincoln ajoute : « Vous vous faites opérer demain, je crois ?

— Oui, c'est ce qui est prévu. Ils vont me déboucher quelques tuyaux. Et m'installer un stent. Tout ça pour moins d'un million de dollars, à ce qu'il paraît. Si ça ne tenait qu'à moi, je les enverrais se faire foutre.

— Ça ne tient qu'à vous.

— Non. On n'est jamais seul à décider, Lincoln. »

Encore une allusion, sauf erreur, à sa belle-fille, qui semble occuper une place démesurée dans sa vie. Il est clair que Coffin vit seul, donc pas d'épouse. Est-elle décédée ou bien ont-ils divorcé ? Et où est le fils qui a épousé Beverly ? Curieux qu'il n'y ait aucune photo de famille dans cet appartement.

Après avoir chaussé des loupes de pharmacie, Coffin attrape et ouvre le dossier. Celui-ci, constate alors Lincoln, ne contient que deux documents : l'article de la *Vineyard Gazette* qu'il vient de lire et des notes manuscrites agrafées. Est-ce son imagination ? Il lui semble apercevoir le mot *Troyer*.

« Laissez-moi me rafraîchir la mémoire », dit Coffin.

Il pivote légèrement. Lincoln, qui ne voit plus ce qui est écrit sur les feuilles, sirote son café pendant que l'ancien policier relit l'article et ses notes, d'un air de plus en plus sombre. Finalement, il referme le dossier, tapote son genou avec la tranche et dit :

« Justine Calloway. On parle bien de la même fille ?

— Jacy. Oui. »

Coffin braque son regard perçant sur Lincoln et réussit à le mettre mal à l'aise.

« Et vous dites que cette Jacy n'est jamais réapparue ? »

Lincoln confirme d'un hochement de tête.

« Elle n'a jamais appelé ses parents ?

— Pas que je sache. »

Coffin restant muet, Lincoln se sent obligé de poursuivre.

« Ils ont divorcé peu de temps après sa disparition. Son père a connu quelques problèmes judiciaires.

— Quel genre ?

— Criminalité en col blanc. Comprenez : délit d'initiés. Je me demande s'il n'a pas fait de la prison. »

L'ancien flic regarde par la fenêtre, plongé dans ses pensées.

« Il est question d'un fiancé. Elle ne l'a jamais contacté, lui non plus ?

— Pas à ma connaissance. »

Coffin masse d'un air songeur son menton hérissé d'une barbe naissante et Lincoln voit la conclusion s'imprimer sur son front gris, limpide comme de l'eau de roche : *Alors, elle est morte.*

« Votre présence ici soulève une question évidente, Lincoln. Pourquoi vous vous intéressez à cette histoire après tout ce temps ?

— Avec Jacy et mes deux copains Teddy et Mick, on était inséparables à la fac.

— Quelle fac ?

— Minerva College. Dans le Connecticut.

— Oui, je sais où est Minerva, Lincoln. Ce que je voudrais savoir, c'est pourquoi maintenant ?

— Sans doute qu'on ne l'a jamais oubliée, le fait

qu'elle ait disparu, comme ça. C'est qu'on avait fini nos études, chacun allait partir de son côté. On savait qu'on ne se reverrait pas avant longtemps. Mais on devait imaginer qu'on ferait toujours partie de la vie des uns et des autres.

— Et c'est ce qui s'est passé ?

— Pour nous, les garçons ? Oui. Mais peut-être pas autant que prévu. Je suis parti vivre dans l'Ouest. Mick est le seul qui soit resté en Nouvelle-Angleterre. » Plus exactement, le seul à être revenu après l'amnistie, mais inutile d'aborder ce sujet. « On se perdait de vue pendant un certain temps – un ou deux ans d'affilée – et puis, l'un de nous se manifestait, sans prévenir. Et maintenant, il y a les mails.

— Son nom revient dans vos conversations, c'est ça ? Cette Jacy ?

— Parfois. Pas souvent. Je crois que c'est de se retrouver ici, sur cette île, qui a ravivé les souvenirs. »

Coffin semble réfléchir à tout cela, comme s'il s'agissait d'un problème de maths avec des chiffres et des lettres. Son expression est devenue moins amicale.

« Vous êtes marié, Lincoln ?

— Oui.

— Heureux ?

— Pardon ?

— Vous aimez votre femme ? C'est une question simple.

— Oui, répond Lincoln, même si cela ne regarde pas son hôte.

— Vous êtes riche ?

— Que voulez-vous dire ?

— Vous avez du blé ? C'est en général ce qu'on entend par "riche". »

Lincoln se trémousse sur l'accoudoir du canapé, surpris de voir avec quelle facilité l'ancien flic l'a placé sur la défensive.

« On en avait davantage avant 2008 », dit-il, espérant provoquer au moins un sourire. Échec total. « Pourquoi vous me demandez ça ?

— J'ai un ami qui a fait ses études à Minerva. C'est pas donné.

— J'avais une bourse. Mes amis aussi.

— Pas la fille ?

— Non. Elle était originaire de Greenwich. »

Il a failli ajouter *Connecticut*, mais craint de voir Coffin se dresser de nouveau sur ses ergots.

« Vous avez des enfants ?

— Oui.

— Des petits-enfants ?

— Ouais.

— Donc, on pourrait dire que tout s'est bien goupillé pour vous, hein ? Minerva s'est révélé un investissement rentable.

— Oui, on pourrait dire ça. »

Mais sans doute pas dans le sens où l'entend Coffin. On ne leur avait pas appris des poignées de main codées, ils n'avaient pas été introduits dans des sociétés secrètes. Les cours, dans l'ensemble, avaient été d'un bon niveau. Leurs professeurs instruits et sympathiques. Certains, comme Tom Ford, évoqué avec Teddy un peu plus tôt, les avaient stimulés et avaient modifié leurs trajectoires en leur apprenant à exercer un œil critique. On pouvait en effet affirmer que c'étaient là les véritables bénéfices d'un enseignement en lettres et sciences humaines, mais il devine que Coffin a autre chose en tête. Il fait une fixation sur l'argent, comme la plupart des gens quand ils entendent le mot *riche.*

« Je peux vous poser une question, demande Lincoln.
— Allez-y.
— J'ai dit quelque chose qui vous a mis en colère ?
— Pas vous, Lincoln. Ça. » Il continue à tapoter son genou avec le dossier. « C'est ça qui me fout en rogne. Une fille disparaît ? On ne la revoit plus jamais ? J'ai l'impression que quelqu'un n'a pas été à la hauteur. Et je me demande si ce quelqu'un, ça ne serait pas moi… Quoi ? J'ai dit quelque chose de drôle ? »

Lincoln sourit, en effet.

« Non. C'est juste que… Vous étiez flic dans l'âme, hein ?

— Exact, Lincoln. Un flic dans l'âme. » Lui aussi sourit maintenant, d'un air un peu honteux. « Ces foutus toubibs m'interdisent de fumer. Je n'ai plus le droit de boire ni de manger de la viande rouge et maintenant que je suis à la retraite, il peut s'écouler trois ou quatre semaines sans que j'aie quelqu'un à interroger. Et voilà que vous débarquez pour me rappeler mes échecs.

— Ce n'était pas mon intention.

— Je sais, dit-il. Tous ces dossiers… » D'un mouvement du pouce, il montre le mur de classeurs. « Beverly voudrait qu'on les passe en revue tous les deux. Qu'on annote les cas les plus intéressants. Qu'on "leur redonne vie" comme elle dit. Ce qu'elle ne comprend pas, Lincoln, c'est que la plupart de ces dossiers ne renferment que des chairs tuméfiées sur des os brisés.

— Ah bon ?

— C'est ça, le problème. Si on parvenait à éclaircir ce mystère, si on découvrait ce qui s'est passé ici il y a quarante-quatre ans, voilà ce qu'on risquerait de trouver. De la chair tuméfiée. Des os brisés.

— Qu'essayez-vous de me dire ?

— Rentrez chez vous, Lincoln. Faites sauter vos petits-enfants sur vos genoux. Tout s'est bien goupillé pour vous. Soyez heureux. »

D'un signe de tête, Lincoln montre le dossier que Coffin a posé sur la table basse.

« Vous ne pouvez rien m'apprendre ? Des éléments qui n'étaient pas dans les journaux ? »

L'ancien flic reprend la chemise, à contrecœur.

« Je vais vous dire ce dont je me souviens. Je me suis rendu chez vous. Envoyé par des gars de la police d'État. Il n'y avait plus personne, bien sûr. La maison était fermée à double tour.

— Les premiers locataires arrivaient rarement avant le 4 juillet. »

Coffin le dévisage.

« Et vous n'aviez pas de voisins proches.

— Uniquement les Troyer, en bas de la colline. Ils étaient absents à ce moment-là, mais leur fils était là. Mason.

— Oui, je l'ai interrogé. »

Lincoln n'avait pas rêvé : il avait bien vu le nom de Troyer dans le dossier.

« Ah bon ? »

Coffin ôte ses lunettes et les pose sur le dossier.

« J'ai cru comprendre qu'il y avait eu des problèmes durant le week-end ?

— Troyer a débarqué sans être invité.

— Et que s'est-il passé ?

— On a bu des bières sur la terrasse.

— C'est tout ? Que des bières ? »

Lincoln hausse les épaules.

« On était en 1971. Il se peut que des joints aient circulé.

— Pas de coke ?

— Certainement pas. Bref, à un moment donné, Troyer et Jacy se sont retrouvés seuls dans la cuisine et Troyer s'est montré un peu trop… amical avec elle. Mon ami Mickey les a surpris. Et il n'a pas aimé ce qu'il a vu.

— C'est peu de le dire. Quand j'ai interrogé Troyer, il avait deux yeux au beurre noir et la mâchoire rafistolée avec du fil de fer. Il a déclaré que votre ami l'avait attaqué en traître.

— J'étais sur la terrasse avec les autres quand ça s'est produit, mais connaissant Mickey, j'imagine que la discussion a été brève.

— Il a le sang chaud, votre ami ? Il démarre au quart de tour ? C'est ce genre de gars ?

— La plupart du temps, c'est une crème.

— La plupart du temps.

— Jamais il n'aurait fait du mal à Jacy, si c'est ce que vous insinuez. »

Coffin hausse les épaules.

« Vous le connaissez mieux que moi.

— Quoi qu'il en soit, tout ça s'est passé le dimanche. Alors, je ne vois pas le rapport, étant donné qu'on a tous quitté l'île le mardi. »

Coffin remet ses lunettes et reprend le dossier.

« Il est noté ici que vous n'êtes pas tous repartis en même temps. Comment ça se fait ?

— Jacy s'est réveillée de bonne heure, et elle a filé en douce pendant qu'on dormait. Elle nous a laissé un mot disant qu'elle détestait les adieux. L'important, c'est de savoir qu'elle a quitté l'île, non ? Quelqu'un qui travaillait pour la compagnie de ferries l'a identifiée, non ?

— Je n'appelle pas ça une identification formelle. C'était plutôt un “Oui, peut-être”. Cette femme ne paraissait pas bien sûre d'elle quand je l'ai interrogée.

— Vous laissez entendre que Jacy n'a jamais quitté l'île ?

— Non, je dis juste que ce n'est pas à exclure.

— Quelle est votre théorie ?

— La police d'État, si tant est qu'on puisse s'y fier, était quasiment convaincue que la fille avait pris un des ferries du matin. J'ignore pourquoi ils pensaient ça, à partir de cet unique témoignage, mais ils avaient peut-être eu d'autres infos qu'ils ne nous avaient pas transmises, à nous les flics du coin.

— Donc, il se peut qu'il lui soit arrivé quelque chose ici ?

— Il se peut aussi qu'elle ait été enlevée par des extraterrestres. De deux choses l'une, Lincoln : soit elle est vivante, soit elle est morte. Si elle est morte, si quelqu'un l'a assassinée, où est le corps ? Pour moi, il est là le problème. »

*Pour la morte aussi,* songe Lincoln.

« Je vous propose un scénario : c'est vous le meurtrier.

— Moi ? » demande Lincoln car il a la nette impression que cette idée n'est pas totalement loufoque dans l'esprit de son hôte.

« C'est une hypothèse, Lincoln. On se sert de notre imagination. Vous êtes sur le ferry et vous repérez cette jolie hippie. On est au début des années soixante-dix, elle ne porte pas de soutien-gorge. Vous la reluquez pendant toute la traversée, jusqu'à ce que le ferry accoste à Woods Hole. Elle débarque avec les autres passagers à pied, pendant que vous descendez récupérer votre camionnette, en vous répétant que vous devez oublier cette fille. Elle n'a rien de plus que les autres, après tout. Mais quand vous quittez le bateau, vous l'apercevez au bord de la route qui mène à Falmouth, pouce dressé. Vous vous arrêtez. Et vous proposez de l'emmener. Elle monte. Vous bavardez. Peut-être même que vous lui demandez ce que les hippies reprochent aux soutiens-gorge. C'est quoi, le problème ? Vous vous croyez spirituel, mais elle prend votre question au sérieux. Elle vous explique que c'est une question de liberté, et ce mot vous fout en rogne. *Liberté.* Peut-être que vous venez de rentrer du Viêtnam. Vous vous êtes marié jeune. Vous avez eu deux gamins avant d'avoir le temps de vous retourner. Alors, qui est *libre*, bordel de merde ? Pas vous, en tous les cas. Vous travaillez sur l'île comme jardinier, ou bien vous nettoyez les piscines des gens riches. Vous travaillez sur l'île, mais ce n'est pas avec ce que vous gagnez que vous pouvez y vivre. Vous, vous habitez à Bedford, là où habitent les gens comme vous. L'été, vous gagnez bien votre vie, mais la traversée en ferry avec votre camionnette, ce n'est pas donné. Résultat, vous bossez huit ou dix jours d'affilée, vous êtes content quand on vous propose de crécher sur un canapé. Vous rentrez chez vous pour deux ou trois jours voir votre femme et les enfants, qui vous réclament un tas de merdes que vous n'avez pas les moyens de leur offrir. Alors, si quelqu'un vous demandait de décrire votre vie, le premier mot qui vous viendrait à l'esprit, ça ne serait certainement pas *liberté.* Seule une saleté de hippie privilégiée, brûleuse de soutien-gorge, peut employer un mot aussi débile. »

Lincoln a envie de dire à Coffin qu'il est *loin* du compte, il n'a pas connu Jacy. Il invente un scénario sans doute né du souvenir de toutes les hippies avec lesquelles il n'a jamais pu coucher. En même temps, ce récit a quelque chose de fascinant, dans son côté brut, réaliste. Et certains détails sonnent juste. Jacy ne portait pas de soutien-gorge.

« Au début, poursuit Coffin, vous vous contrôlez. Vous n'avez pas le choix. Les voitures roulent pare-chocs contre pare-chocs jusqu'à ce foutu pont. C'est la fin d'un week-end prolongé et tout le monde essaie de quitter le Cap en même temps. Mais la circulation commence à se fluidifier. Vous suggérez quelque chose. Ou peut-être que vous posez la main sur sa cuisse. Bref, elle prend peur. Elle vous ordonne de vous arrêter. "Laissez-moi descendre, putain !" À croire que vous sentez mauvais tout à coup, ou que, après vous avoir bien regardé, elle ne vous trouve pas à son goût finalement. Peut-être même qu'elle emploie encore ce mot *liberté*, pour exiger que vous lui rendiez la sienne. Comme si c'était elle qui commandait, et que vous étiez obligé d'obéir. Alors que vous avez eu la gentillesse de la prendre en stop, sans lui réclamer d'argent pour l'essence. Vous auriez pu, l'essence ce n'est pas gratuit. Si elle croit qu'elle peut vous donner des ordres, vous allez lui montrer qu'elle se trompe. Ce n'est pas comme ça que ça marche. Mais quand vous lui faites la leçon, ça se passe très mal, la situation dégénère. Tout va très vite. Peut-être qu'elle essaie de descendre en marche. À l'époque, on peut supposer qu'elle n'a pas mis sa ceinture, et quand vous pilez net, son front vient heurter le tableau de bord. Ou peut-être que vous la frappez avec un objet quelconque. Peu importe. Vous voilà avec une morte sur les bras. Vous êtes dans le pétrin. Dans votre tête, c'est la panique, mais vous remettez de l'ordre dans vos pensées, du moins vous essayez. Première chose à faire : quitter la route principale. Prendre une route de campagne, puis trouver un chemin de terre. Un endroit isolé. Et traîner la fille dans les bois.

— On peut dire que vous avez l'imagination morbide, monsieur Coffin, commente Lincoln, même si cette histoire présente quelques similitudes remarquables avec celle qu'il a lui-même élaborée dans les locaux de la *Vineyard Gazette*, en confiant à Mason Troyer le rôle du méchant.

— Oui, sans doute. Mais voici où je veux en venir, Lincoln. Quelqu'un finit par découvrir le cadavre de la fille. Un promeneur, par exemple, si vous l'avez enterré au pied d'un arbre. Vous aviez une pelle dans votre camionnette ? Vous l'avez enterrée ? Peu importe, le résultat est le même : à la première forte pluie, les animaux ont exhumé le corps. Dans un cas comme dans l'autre, il faut environ deux minutes à la police pour établir un lien entre ce cadavre et la fille qui a disparu au cours du week-end du Memorial Day.

— Si je comprends bien, on peut exclure votre scénario ? »

Après ce long récit empreint d'un réalisme poisseux ? Franchement ?

« Non, mais il pose de gros problèmes. Presque insurmontables à mes yeux.

— Alors… Jacy est vivante ? »

Coffin secoue la tête tristement.

« Ça aussi, ça pose des problèmes. Si elle est vivante, on est obligé de se demander pourquoi, pendant toutes ces années, elle n'a jamais contacté ni ses parents, ni son fiancé, ni ses amis. Si elle est quelque part, on ne sait où, comment se fait-il qu'elle n'ait jamais croisé quelqu'un qui la connaissait ? Qu'elle n'ait jamais déposé une demande de carte de crédit, de passeport ou de prêt immobilier ? Qu'elle ne soit pas tombée amoureuse, qu'elle ne se soit pas mariée, qu'elle n'ait pas eu d'enfants ? Qu'elle n'ait pas divorcé ? Bref, comment se fait-il qu'elle n'ait laissé aucune trace administrative, comme toute personne vivante ? »

Lincoln pousse un long soupir.

« D'abord, vous m'expliquez qu'elle ne peut pas être morte. Ensuite, vous m'expliquez qu'elle ne peut pas être vivante.

— Non, je ne dis pas ça. Je dis que, dans un cas comme dans l'autre, quelque chose cloche. J'ignore ce qui est arrivé à votre amie, Lincoln, mais je sais une chose : vous avez eu du bol, vos potes et vous.

— On a eu du bol ?

— Mobile. Moyens. Occasion. Exception faite de la visite surprise du voisin, cette fille est restée seule avec vous et vos amis durant tout le week-end. Si j'avais mené l'enquête à l'époque, j'aurais misé sur l'un de vous. L'un de vous trois l'a tuée et les deux autres l'ont aidé à effacer les traces. À moins que vous ne l'ayez tuée tous les trois. Tout le week-end vous avez essayé de la dissuader d'épouser son fiancé. En vain. Peut-être qu'elle vous a expliqué les choses de la vie, ce qu'on n'apprend pas à Minerva College, Connecticut. Le type qu'elle doit épouser a de l'argent et des perspectives. Contrairement à vous. Ce n'est pas ce que vous espériez entendre. Vous aviez imaginé un autre scénario. Une fille qui part en week-end avec trois garçons, c'est parce qu'elle a envie de s'amuser avant de se passer la corde au cou. Ou bien, peut-être que votre ami Mickey estime avoir droit à une récompense pour l'avoir secourue dans la cuisine. Ou alors, il joue la carte de la pitié en lui rappelant qu'il part à la guerre et risque de ne jamais revenir. Elle peut bien faire en sorte qu'il parte heureux, non ? Quelle fille rejetterait une telle requête ? Pourtant, elle refuse, et on connaît le tempérament colérique de votre ami.

— Oui, sauf que ce n'est pas ce qui s'est passé. »

Coffin ignore la remarque de Lincoln, comme si celui-ci n'avait pas ouvert la bouche.

« D'abord, vous paniquez. La fille est *morte.* Mais peu à peu, vous vous calmez et vous réfléchissez. Vous décidez de vous serrer les coudes. Vous attendez la nuit pour l'enterrer. Vous répétez ce que vous allez raconter à la police. Vous disposez d'un peu de temps avant que quelqu'un signale sa disparition. Vous, Lincoln, vous repartez dans l'Ouest comme prévu, avec une autre fille. Quant à vos amis… »

Lincoln est obligé de l'interrompre.

« Monsieur Coffin, s'il vous plaît. Écoutez-moi. Ce n'est pas du tout ce qui s'est passé.

— Je ne décris pas une réalité, je vous dis ce que j'aurais pensé en 1971. Et je vais vous dire ce que j'aurais fait. J'aurais loué une pelleteuse pour retourner chaque centimètre carré de votre propriété à Chilmark. J'aurais creusé jusqu'à ce que je sois sûr et certain que c'était le seul endroit de la planète où cette fille n'était pas enterrée. »

Il lance le dossier sur la table basse, comme s'il lui avait servi d'accessoire durant son récit, et pendant une minute, les deux hommes le contemplent. Finalement, Lincoln se hasarde à dire :

« À vous entendre, on a l'impression que vous croyez toujours à cette théorie.

— Non. »

Soulagé, Lincoln demande :

« Pourquoi ?

— Si vous étiez impliqué dans la disparition de cette fille, il y a quarante-quatre ans, vous ne seriez pas allé fureter à la *Gazette* cet après-midi. Vous n'auriez pas raconté cette histoire à Beverly. Et surtout, vous ne seriez pas venu rendre visite à un flic à la retraite pour lui poser des questions dont vous connaissez déjà les réponses. Alors, non. Je dirais que vous êtes quasiment hors de cause. »

*Quasiment.* Lincoln prend une grande respiration et se lève avec raideur en ayant l'impression d'avoir subi un interrogatoire à coups de tuyau en caoutchouc. Pas étonnant que des suspects avouent des crimes qu'ils n'ont pas commis.

Au moment où ils échangent une poignée de main, à la porte de l'appartement, une dernière question traverse l'esprit de Lincoln :

« Troyer vous a dit autre chose quand vous l'avez interrogé ?

— Il m'a suggéré d'arrêter votre ami Mickey, pour coups et blessures. Du moins, c'est ce que j'ai deviné. Pas facile de comprendre ce qu'il disait, à cause de sa mâchoire rafistolée.

— Vous ne l'aviez jamais rencontré avant ? Je vous demande ça car je sais qu'il avait déjà eu des démêlés avec la justice.

— Mason et moi, on se connaît depuis longtemps. On a remporté l'Island Cup ensemble.

— L'Island Cup ?

— Un match de football. Le Vineyard contre Nantucket.

— Vous jouiez dans la même équipe ? »

Coffin acquiesce.

« Je croyais que… les Troyer ne venaient sur l'île que l'été.

— Exact. Ils vivaient à Wellesley, je crois. Seulement Mason a eu des problèmes au lycée, en première.

Il aurait mis une fille en cloque. Alors, l'année de terminale, ses parents l'ont envoyé vivre ici, dans une famille de l'île. » C'est au tour de Coffin de paraître mal à l'aise. « Mason est un gros naze, comme disent les jeunes d'aujourd'hui. Par contre, ce n'est pas un meurtrier, si c'est ce que vous pensez.

— Vous m'excuserez, monsieur Coffin, mais vous me faites penser à cette femme qui travaillait à la cafétéria du ferry. Vous n'êtes pas bien sûr de vous. »

Le visage de l'ancien flic s'assombrit de nouveau.

« Oh, je suis sûr de moi, Lincoln. Tout à fait sûr. »

Une pensée frappe Lincoln.

« La famille qui a accueilli Troyer sur l'île cette année-là, vous vous souvenez de son nom ?

— Je ne risque pas de l'oublier. C'étaient les Coffin. »

# TEDDY

Theresa répond dès la première sonnerie.

« Teddy Novak. Ça, alors ! Ne quitte pas, le temps que je sorte. Les déménageurs sont là. »

Quand elle revient en ligne, il avoue :

« Je n'étais pas sûr que tu répondrais.

— Tu es déçu ? » Est-ce de l'amusement qu'il perçoit dans sa voix ? De l'amertume ? « Tu espérais tomber sur ma boîte vocale ? »

De l'amertume, donc. Comme il garde le silence, elle ajoute :

« Désolée. Ce n'était pas très gentil. Peut-être que je nourris encore quelques griefs.

— Justement, j'appelle pour ça. Pour m'excuser.

— D'accord. Mais t'excuser de quoi ? »

Il y a plus de défi que de curiosité dans sa question. Teddy émet un petit rire.

« *Ça*, c'est méchant.

— Explique-toi.

— Depuis combien de temps on se connaît ? J'ai dû pas mal merder… Si je me trompe sur la raison de ta colère, je risque de devoir m'excuser longtemps.

— Dans ce cas, je te conseille de bien réfléchir. C'est comme au Jeopardy : plus les questions sont difficiles, plus elles rapportent et plus les scores évoluent rapidement. »

*Voilà* pourquoi il l'a appelée. Ce n'est pas pour s'excuser, même s'il sait qu'il devrait le faire. Ils ont toujours communiqué indirectement ; leurs phrases sont des codes teintés d'ironie et remplis de références culturelles. Autrement dit, elle est drôle.

« Je choisis la catégorie Relations, pour deux cents dollars, Alex.

— Art.

— Non, je n'y connais rien en art.

— Art Fleming, précise-t-elle. Le premier animateur de Jeopardy ! Plus personne ne se souvient de lui. » Ça a l'air de l'attrister, comme si elle se faisait la remarque que la plupart des êtres humains étaient destinés à tomber dans l'oubli. « C'est quoi, ce bruit ?

— Le vent. »

Il souffle suffisamment fort pour projeter contre le grillage de protection un gobelet en plastique abandonné par les chrétiens sur une table de pique-nique. La chemise de Teddy, trempée de sueur après l'effort, est sèche maintenant. Il tourne le dos au vent.

« C'est mieux ?

— Un peu. Tu es toujours à Nantucket ?

— Martha's Vineyard, corrige-t-il. Une mauvaise idée, d'ailleurs. Ce voyage.

— Pourquoi donc ?

— Le bon vieux temps est un concept très surestimé. J'aurais mieux fait de rester à Syracuse. Au moins, j'aurais pu t'aider à déménager. »

Theresa produit un bourdonnement avec sa bouche.

« Ça, c'est le buzzer qui signale une mauvaise réponse. Les déménageurs s'occupent de tout. Je ne lève pas le petit doigt. Alors, si c'est pour ça que tu voulais t'excuser, je suis obligée de t'exclure du jeu.

— Objection, Votre Honneur. Le fait que tu n'aies pas besoin de moi ne m'interdit pas de proposer mon aide.

— Exact. Objection rejetée malgré tout. Comment vont tes amis ? Washington et Mackey ?

— Lincoln et Mickey. » Il sourit. Theresa le fait exprès : petit acte de vengeance. « Changés. Et pourtant toujours les mêmes.

— Bon…

— Je regrette que tu partes, lâche Teddy et il s'attend à ce que le buzzer retentisse de nouveau, mais seul le silence lui répond. Je crois que je t'appelle pour te dire que tu méritais plus que ce que j'avais à donner.

— Et je me demande pourquoi. Ça fait d'ailleurs un moment que je me le demande.

— C'est difficile à expliquer. Je peux seulement t'assurer que ça n'a rien à voir avec toi.

— Avec le fait que je sois noire, tu veux dire ?

— Non ! Bien sûr que non.

— Oh, je t'en prie. Je pourrais accepter un simple “non”, mais épargne-moi le “bien sûr que non”.

— C'est vraiment l'image que tu as de moi ?

— L'imagination, en l'absence de données concrètes, est obligée de faire des heures sup. Si je n'y suis pour rien, quel est le problème ? J'ai entendu les rumeurs comme tout le monde…

— Je ne suis pas gay, Theresa.

— Je n'étais pas loin de l'espérer, j'aurais eu la certitude de n'y être pour rien.

— Non, c'est plus… Comment dire ?… Appelle ça une vieille habitude. Disons que je suis frileux.

— D'accord. Mais ça a commencé quand ? Où ? Pourquoi ?

— Quand ? En 1971. Où ? Ici même. Sur cette île. »

À cet endroit très précisément, mais il n'a pas l'intention d'en dire plus.

« Reste le "pourquoi".

— Je suis certain que tu peux le deviner.

— Oui, mais je suis fatiguée de devoir deviner. Alors, dis-le-moi. »

Teddy inspire à fond. Voilà, bien sûr, pourquoi il l'a appelée.

De retour à Chilmark avec Jacy, Teddy coupa le contact et ils restèrent assis une minute dans la voiture, à écouter les petits cliquetis du moteur qui refroidissait. En fermant les yeux, il sentait encore le puissant contre-courant des vagues qui l'entraînait vers le large. Pourquoi ne l'avait-il pas laissée faire ?

Jacy demanda :

« Les garçons le savent ? »

Teddy secoua la tête. Il croyait qu'elle avait pleuré toutes les larmes de son corps, mais il s'aperçut que ses yeux se mouillaient de nouveau.

« Ce n'est pas moi qui leur dirai, déclara-t-elle.

— C'est vrai ? »

Elle lui prit la main.

« Bien sûr que non.

— Je ne suis pas sûr de pouvoir entrer, avoua-t-il.

— Tu ne peux pas rester dehors. »

Elle avait raison.

« Qu'est-ce que je dois leur dire au sujet de… »

*De nous deux*, pensait-il, mais évidemment, il ne pouvait pas dire ça. Ce *nous deux* n'existait pas, et il n'existerait jamais. « Ils voudront savoir où on était. »

Jacy sécha ses larmes avec sa manche et plaqua sur son visage un masque impassible.

« Laisse-moi parler, d'accord ? »

Ils trouvèrent Mickey sur la terrasse. Il tenait une bouteille de bière de la main gauche, pendant qu'il remuait les doigts enflés de sa main droite.

« Où étiez-vous passés tous les deux ? demanda-t-il.

— À Gay Head, répondit Jacy.

— Sans nous ? »

C'était la première fois du week-end qu'ils ne formaient pas un quatuor.

« Tu dormais, lui rappela-t-elle. Et Lincoln était au téléphone.

— Vous avez fait quoi là-bas ? »

Pouvait-il deviner qu'ils s'étaient baignés ? se demanda Teddy. Ils avaient roulé vitres baissées pour rentrer. Le vent avait séché les cheveux de Jacy. Après s'être rhabillés, ils avaient ôté le sable collé sur leurs mollets et leurs chevilles.

« J'ai acheté une carte postale », dit-elle en la sortant de la poche arrière de son short en jean. Comme si ça prouvait quoi que ce soit. « Et on a mangé des glaces.

— Vous nous en avez rapporté ?

— Des cornets, précisa-t-elle. Ils auraient fondu. »

Tandis que Jacy répondait aux questions de Mickey, Teddy se surprit à la regarder d'un œil nouveau. Elle ne mentait pas, pas réellement, mais elle avait un aplomb déconcertant. Où avait-elle appris à dissimuler de manière si convaincante ? Avait-elle déjà utilisé ce talent avec *lui* ? À Minerva, s'était-elle éclipsée de la même manière avec Mickey ? Ou avec Lincoln ? N'était-il pas le premier, mais le dernier, à sentir le corps nu de Jacy contre lui ? Qu'il puisse nourrir une telle pensée, si fugitive soit-elle, l'emplit de honte et de dégoût. Voilà donc ce qu'on appelait le prix du péché. Ayant trahi la confiance de ses amis, il les soupçonnait maintenant d'avoir trahi la sienne ; les personnes qu'il connaissait le mieux et qu'il aimait le plus devenaient soudain des inconnus. Désormais, le vieux monde familier était étrange, incertain. Il se souvenait d'avoir rédigé une dissertation sur les effets du péché, pour le cours de Tom Ford. Il n'avait pas imaginé qu'il serait un jour si bien placé pour en parler.

« Où est Lincoln ? » demandait Jacy.

L'expression de Mickey semblait dire : *Tu poses la question ?*

Jacy soupira.

« Encore ? »

Mickey haussa les épaules.

« Soyons sérieux, dit-il. Que ceux qui ne s'attendaient pas à ce qu'il marche à la baguette lèvent la main ! »

Jacy jeta un coup d'œil à sa montre.

« Si on a toujours l'intention d'aller à Menemsha, il faut se magner », déclara-t-elle.

Pour leur dernière soirée, ils avaient décidé de dîner sur la plage. Burgers et saucisses au barbecue, salade de pommes de terre, et même un cheese-cake acheté chez le traiteur en guise de dessert. Ils trimbaleraient le tout jusqu'à Menemsha Beach pour admirer le coucher de soleil.

« Je crois qu'il y a un changement de plan, répondit Mickey. On n'a qu'une seule voiture et on ne tiendra jamais à quatre avec le barbecue, la bière et la bouffe dans cette Nova de merde.

— On pourrait faire deux voyages », suggéra Teddy, propriétaire de la Nova de merde.

Mickey haussa les épaules de nouveau.

« Parles-en à Lincoln.

— Je croyais que l'idée, c'était de voir le coucher de soleil, dit Jacy.

— On le regardera d'ici, répondit Mickey.

— Oui, dit Jacy en montrant l'horizon. Peut-être que le soleil se couchera au sud ce soir. On a rarement vu ça, mais on ne sait jamais ?

— Si tu rentres, dit Mickey en voyant Teddy faire un pas en direction de la maison, rapporte-moi une autre bière fraîche. Et mets de la musique. »

En entrant, Teddy entendit la voix de Lincoln, étouffée, à travers la porte de sa chambre. C'était l'unique bruit dans la maison. Il songea alors qu'il pourrait sortir par-devant, monter dans sa Nova de merde et foutre le camp. Prendre le ferry à Vineyard Haven et quitter l'île. Après ce week-end, quelle était la probabilité qu'il revoie un jour les autres ?

Au lieu de cela, il mit un disque de Crosby, Stills & Nash, chose que n'aurait jamais tolérée Mickey en temps normal. Il suffisait qu'on s'approche de la chaîne pour qu'il crie : « Recule avant de te faire du mal. »

Teddy prit trois bières dans le réfrigérateur et retourna sur la terrasse où Jacy tentait de convaincre Mickey de la laisser examiner sa main.

« Fiche-moi la paix, dit-il en la cachant sous son aisselle. Ne m'approche pas.

— Elle est cassée, Mickey.

— Ça va, je te dis.

— Non, ça ne va pas. Il faut que tu ailles à l'hôpital passer une radio.

— Laisse tomber, Jace. OK ?

— OK, fais comme tu voudras. Je rentre écrire ma carte postale. Quand vous aurez décidé entre hommes ce qu'on fait ce soir, tenez-moi au courant. »

Dès que la porte se referma sur elle, Mickey haussa un sourcil interrogateur.

« C'est quoi son problème ?

— Nous, je crois, répondit Teddy en repensant à la question qu'elle lui avait posée à Gay Head : Pourquoi est-ce que la vie est aussi pourrie ? Nous les hommes, je veux dire. On n'écoute pas les femmes quand elles ont raison, on déclenche des guerres et, plus généralement, on bousille tout.

— Nous sommes tels que Dieu nous a faits, répondit Mickey en finissant sa bière. J'en veux bien une autre, à moins que tu aies l'intention de siffler les trois. »

Teddy, qui avait oublié qu'il tenait encore les bières à la main, en tendit une à Mickey.

« Ça ne t'ennuie pas de me l'ouvrir ? »

Teddy dévissa la capsule et Mickey prit la bouteille.

« Ça va ? demanda-t-il.

— Oui, pourquoi ?

— Tu as l'air bizarre. Tu as un comportement bizarre.

— Jacy a raison, tu sais, dit Teddy, impatient de changer de sujet. Tu devrais passer une radio.

— Je le ferai. (Il remua les doigts en grimaçant.) Mais…

— Mais quoi ? »

Mickey croisa et soutint le regard de Teddy.

« C'est à *moi* de décider. Pas à elle. Ni à toi.

— On parle toujours de ta main, là ?

— Non, je ne crois pas », avoua Mickey.

Quand il avait débarqué du ferry vendredi soir, ses premières paroles avaient été : « On n'en parlera pas, c'est bien compris ? Cette putain de guerre ne gâchera pas notre dernier week-end ensemble. »

Les trois autres s'étaient pliés à cette exigence, à contrecœur. Malgré cela, la guerre avait joué les trouble-fête, c'est du moins l'impression qu'en avait Teddy. Certes, ils avaient savouré leurs retrouvailles, ils étaient allés à la plage et à Edgartown pour déjeuner, ils s'étaient promenés sur le Camp Meeting Ground à Oak Bluffs, en imaginant investir un jour ensemble dans une de ces maisons en pain d'épices. Ils avaient soigneusement évité les infos du soir et choisi des sujets de conversation légers, mais le Viêtnam s'insinuait dans chaque silence. Et si Teddy ne se trompait pas, il avait ajouté de la force et de la vitesse au coup de poing qui avait envoyé valdinguer Mason Troyer. Dans ce cas, la main déformée de Mickey n'était-elle pas une manifestation supplémentaire de cette guerre grotesque ? Cette blessure due à un conflit mineur, dans le cadre idyllique de Chilmark, faisait apparaître le spectre d'une blessure bien plus grave, voire fatale, infligée dans une véritable zone de combats. Et bien que Teddy rechigne à l'admettre, c'était peut-être la guerre, également, qui avait arraché Jacy aux bras de son fiancé belliciste pour la pousser dans les siens cet après-midi-là.

Ils restèrent silencieux, jusqu'à ce que Mickey demande :

« Toi et Jacy ? »

Teddy crut défaillir. Pourtant… *Puisqu'il pose la question*, songea-t-il, *pourquoi ne pas lui dire ?* Qu'est-ce que ça changeait maintenant ?

Mais Mickey était sur une tout autre longueur d'onde.

« Vous devriez prendre exemple sur Lincoln. Quoi que je décide, et quelles que soient les conséquences de cette décision, c'est moi que ça regarde, pas vous. Lui l'a bien compris. Contrairement à vous.

— Où est passé le "un pour tous, tous pour un" ? »

Teddy aurait pu se poser la même question. À Gay Head, quand il avait cru que Jacy pourrait être à lui, et à lui seul, il avait vite oublié cette devise.

Mickey soupira.

« Il n'y a pas de tous. Uniquement des millions de uns. »

Craignant que la terrible déception de Gay Head ne déclenche une nouvelle crise, Teddy avait décidé de faire une promenade avant le dîner, d'un pas vif. L'exercice n'empêcherait pas un épisode psychotique, mais retarderait peut-être son apparition et lui permettrait de faire bonne figure jusqu'à la fin de la soirée. S'il se réveillait en pleine nuit, trempé de sueur, il se blottirait en position fœtale dans son lit en serrant les dents. Personne n'avait besoin de le savoir, et au matin, le pire serait passé. En outre, cela expliquerait ce que Mickey avait qualifié de comportement « bizarre », à son retour de Gay Head. Mais alors qu'il parcourait le paysage vallonné de Chilmark, son moral, déjà au plus bas, s'effondra. Il s'aperçut que ce week-end avait été une erreur, une tentative malencontreuse pour préserver une chose qui avait déjà disparu. Cette amitié qui leur avait tant servi vivait ses derniers jours. La fin de leurs études à Minerva avait marqué également, sans qu'ils le veuillent, la fin de leurs relations. Et c'est peut-être aussi bien, songeait-il. Au moins, cette soirée ne sombrerait pas dans le pathos. Grâce à Mickey. Il n'accepterait aucun témoignage débordant de sincérité ni aucune déclaration d'affection dénuée d'ironie. Le fait de se réunir pour un long week-end était suffisamment éloquent. Sans doute parce qu'il était né de parents qui gagnaient leur vie en parlant, Teddy n'avait jamais compris cette conviction, typiquement masculine, selon laquelle le silence exprimait les sentiments mieux que tout le reste. Peut-être que cette soirée leur donnerait raison. *Tiens bon encore quelques heures*, s'exhorta-t-il. C'était le plus important. Demain, ils reprendraient tous le ferry, chacun partirait de son côté, et voilà. Ils pensaient tous la même chose, il en était certain.

À l'évidence, il se trompait. De retour de sa promenade, Teddy fut surpris de découvrir que le moral de ses amis s'était nettement amélioré. Lincoln était enfin ressorti de sa chambre pour avouer ce qu'ils avaient déjà deviné : Anita lui en voulait de passer le week-end avec eux sur l'île. Toutefois, maintenant que celui-ci s'achevait, elle était plus conciliante : non seulement elle lui accordait son pardon, mais elle lui avait souhaité de savourer leur dernière soirée ensemble. Jacy aussi paraissait d'humeur plus joyeuse après avoir passé une heure seule dans sa chambre. Elle s'excusa auprès de Mickey d'avoir été aussi chiante ; des excuses qu'il accepta en la serrant dans ses bras et en promettant de faire examiner sa main dès qu'il serait rentré chez lui. Sur ce, leur amitié étant ressuscitée, il lança à « Tedioski » : « S'il te plaît, pour l'amour de Dieu, mets-nous de la vraie musique, bordel ! » Creedence, donc. Tout le week-end, ils avaient écouté « Suzie Q », en boucle, et le solo de guitare de Fogerty avait fini par devenir lassant, mais Teddy remit le disque encore une fois, et chacun s'activa. Pendant que Lincoln allumait le barbecue, Mickey remplit la glacière de bière fraîche et l'emporta sur la terrasse, d'une seule main, afin de leur épargner des allers et retours jusqu'au frigo. Jacy dressa la table de pique-nique et Teddy ouvrit un sachet de chips et un pot de sauce à l'oignon pour leur permettre de tenir jusqu'à l'arrivée du plat de résistance. À un moment, alors que Mickey était aux toilettes et Lincoln occupé à retourner les hamburgers, Jacy s'approcha de Teddy et lui pinça affectueusement l'épaule.

« Essaie d'en profiter, hein ? C'est notre dernier soir », lui glissa-t-elle.

Quelque chose dans sa voix indiquait que ce serait une épreuve pour elle aussi.

Une fois le repas terminé, la table débarrassée, chacun prit plaisir à s'asseoir sur la terrasse en écoutant de la musique et en parlant de choses insignifiantes, les autres sujets étant jugés indésirables depuis le début du week-end. Teddy, qui avait peu mangé, sentait se dissiper les effets de sa promenade. Quelle que soit la place qu'avaient occupée dans leurs vies ces années partagées, ils allaient passer à autre chose. Il n'y aurait pas de débriefing, aucune tentative pour exprimer ce qu'ils avaient représenté l'un pour l'autre. Il espérait encore que Jacy ferait part à Lincoln et à Mickey de son revirement concernant le mariage car cela méritait d'être fêté. Mais elle ne dit rien, et Teddy en vint à se demander si elle n'avait pas de nouveau changé d'avis. À cause de lui, ou plus exactement parce qu'il l'avait déçue.

La plage était à presque un kilomètre mais quand, au cours de la soirée, le vent tourna, ils perçurent le bruit des vagues, et lorsque la lune jaillit des flots, c'en fut trop pour Teddy.

Il rentra dans la maison, verrouilla la porte de la salle de bains derrière lui et regarda son reflet dans le miroir pour voir si le désespoir qui l'habitait transparaissait sur son visage. Ses amis avaient-ils compris qu'il se fichait pas mal de ce qui l'attendait après cette soirée ? En ce moment même, Lincoln et Mickey devaient questionner Jacy pour savoir s'il s'était passé quelque chose de « bizarre » à Gay Head. Sans doute leur répondrait-elle qu'il avait le moral en berne parce qu'il était le seul parmi eux à se retrouver désœuvré. Lincoln allait partir dans l'Ouest avec Anita. Mickey allait rejoindre un camp d'entraînement. Jacy allait se marier. Certes, Teddy envisageait de suivre des cours de théologie à l'issue de son stage au *Globe*, mais uniquement faute de mieux. Touche-à-tout durant ses études, plusieurs semaines après l'obtention de son diplôme, il n'avait toujours pas décidé quelle spécialisation choisir.

Il était possible aussi que, malgré sa promesse, Jacy soit en train de tout leur raconter. Non pas pour lui faire du mal, il le savait, mais parce qu'ils étaient amis et que, mis au courant, ils pourraient peut-être l'aider. Ce n'était pas le cas, bien entendu. Ni eux ni personne ne pouvaient rien pour lui.

Quand il retourna sur la terrasse – combien de temps s'était-il absenté ? –, la température avait chuté et Lincoln était allé chercher des pulls et des sweat-shirts à l'intérieur. Ils ne firent pas particulièrement attention à lui, signe que Jacy avait tenu promesse. Bien qu'il n'y ait plus de musique, Mickey et elle dansaient un slow au centre de la terrasse.

« *Chances are*, roucoulait Mickey, *cause I wear a silly grin, the moment you come into view. Chances are you think that I'm in love with you*[1].

— Oui, c'est ça, dit Lincoln en riant de bon cœur. Fous-toi de moi. »

Jacy y vit la permission de chanter avec Mickey.

« *Just because*, gazouilla-t-elle d'une voix alcoolisée, *my composure sort of slips the moment that your lips meet mine. Chances are you think my heart's your valentine*[2]. »

Au moment où Teddy passait près d'elle, Jacy le retint par le coude, bien décidée à ce qu'il chante avec eux, même s'il affirmait ne pas connaître les paroles, et il n'eut d'autre choix que de s'y mettre, lui aussi. Combien de couplets chantèrent-ils ? Teddy perdit le compte, mais il remarqua soudain que Mickey ne se moquait plus de Johnny Mathis. De fait, il interprétait cette chanson comme s'il avait écrit lui-même ce texte larmoyant, et en éprouvait une immense fierté. Prenant de plus en plus d'assurance, ils tournaient en rond, bras dessus bras dessous, donnant la sérénade à la nuit elle-même, au clair de lune qui ondoyait à la surface de l'océan. Ils chantèrent comme s'ils étaient encore unis, tous pour un et un pour tous, et le resteraient à jamais. À son grand étonnement, Teddy sentit le poids de son écrasant fardeau s'alléger, un peu. S'ils chantaient assez fort, pensait-il, tout irait bien. Mickey rentrerait du Viêtnam sain et sauf. L'armée n'aurait pas besoin des services de Lincoln. Jacy épouserait

1. Il y a des chances, parce que je souris bêtement quand je te vois, il y a des chances que tu croies que je suis amoureux de toi.

2. Et parce que je perds mes moyens dès que tes lèvres frôlent les miennes, il y a des chances que tu croies que mon cœur est à toi.

son fiancé, ou non, mais dans un cas comme dans l'autre, elle resterait leur quatrième mousquetaire. Et lui-même ? Contre toute logique, il sentit renaître l'espoir. Car il y avait bien de la magie dans ce monde. Pas plus tard que cet après-midi, une fille dont il était amoureux depuis son entrée à la fac l'avait choisi. *Lui.* Qu'était-ce donc, sinon de la magie ? Pourquoi renoncer à l'espoir face aux probabilités ?

Là, sur cette terrasse, habités par une douce ivresse, ils semblaient avoir trouvé un point d'accord : il y avait des chances pour que leurs chances soient… bougrement bonnes. Que ce sentiment recouvre une vérité ou, à l'image du monde dont ils allaient prendre possession, un mensonge éclatant importait peu à cet instant.

Le lendemain matin, le soleil venait à peine de se lever lorsque Teddy, couché sur le canapé du salon, réveillé, entendit Jacy s'agiter dans sa chambre. Sa porte s'ouvrit en grinçant et en la voyant apparaître sur la pointe des pieds, habillée, son sac à dos sur l'épaule, il comprit qu'elle avait l'intention de filer sans dire au revoir. Impression confirmée lorsqu'elle déposa un mot sur la table de la salle à manger, là où ils ne manqueraient pas de le voir.

Il attendit que la porte d'entrée se referme derrière elle pour se lever et s'approcher de la fenêtre. Il la regarda remonter l'allée de graviers. Comme elle paraissait courageuse avec son sac à dos sur les épaules. Comme elle était belle.

La pauvre. Elle avait pleuré toutes les larmes de son corps la veille quand il lui avait raconté ce qui s'était passé ce fameux après-midi, sur le terrain de basket. Alors qu'il sautait pour récupérer la balle au rebond, Nelson, sa grosse brute de coéquipier, l'avait déséquilibré. Son coccyx avait touché le parquet en premier. Paralysé par la violence de l'impact, il n'avait éprouvé d'abord aucune douleur. Il était sous le choc. Dans l'ambulance qui l'avait conduit aux urgences, il ne sentait plus ses jambes, mais le temps qu'il arrive à l'hôpital, il pouvait remuer ses orteils. D'après les médecins, c'était bon signe. Tout comme cette douleur atroce qui avait provoqué des vomissements et plus tard, alors qu'il avait le ventre vide depuis longtemps, des haut-le-cœur. Il avait passé la nuit en observation et on l'avait renvoyé chez lui le lendemain matin, sanglé dans un appareil orthopédique. Il était jeune et fort, lui avait-on dit. Il fallait juste qu'il se repose, le temps que la fracture se ressoude. Très vite, il serait comme neuf. Toutefois, il y avait une chose à surveiller, avait ajouté un des médecins, en passant. Les probabilités étaient minces, mais les blessures à la colonne vertébrale entraînaient parfois des complications. À seize ans, Teddy ne connaissait pas véritablement la signification du terme *troubles de l'érection*, mais il avait compris d'instinct ce qu'il devait « surveiller », et que le médecin n'avait pas fait cette remarque « en passant ».

La veille, à Gay Head, alors que Jacy sanglotait dans ses bras, Teddy avait voulu avant tout la réconforter, la convaincre que, même si ses chances n'étaient pas bougrement bonnes, la situation n'était pas désespérée. Les fonctions naturelles pouvaient se rétablir, parfois même des années après l'accident, lui avait-il expliqué. Sans préciser que cette possibilité s'éloignait d'année en année. Il n'avait pas précisé non plus qu'il avait su, dès le départ, qu'il ne ferait pas partie des chanceux et que son état actuel – capable d'éjaculer, mais non d'avoir des rapports sexuels, capable de tomber amoureux, mais non de l'exprimer – n'évoluerait pas.

« J'ai fini par m'y habituer, avait-il dit. C'était une erreur d'entretenir l'espoir. Mais je pensais qu'avec toi… peut-être… »

En entendant cela, Jacy avait pleuré de plus belle.

« Ça pourrait être pire, non ? avait-il ajouté en sachant qu'il s'apprêtait à dire une chose atroce, qui le hanterait pour toujours. Ils pourraient m'envoyer au Viêtnam. »

Quarante-quatre ans plus tard, sur ces falaises qui dominent la plage où il avait prononcé ces paroles, alors qu'il raconte cette triste histoire à Theresa, au téléphone, il ne comprend toujours pas ce qui lui est passé par la tête, ni même ce qu'il voulait dire en réalité. Certains jours, il parvient presque à s'absoudre d'avoir prononcé ces mots. Il voulait juste dire qu'il avait eu de la chance de tirer un numéro qui l'éloignait du danger. Et c'était à peu près l'unique chance que les garçons de sa génération pouvaient espérer. Néanmoins, il avait parfois l'impression d'avoir conclu à son insu un marché avec Dieu : Faites que je tire un bon numéro ce soir et je ne demanderai plus jamais rien. Voilà qui expliquerait l'échange qu'on lui proposait à présent : son bonheur contre sa vie. Il avait échappé au pire. Il aurait pu aller au Viêtnam.

Mais en affirmant qu'il avait échappé au pire, ne laissait-il pas entendre que les choses étaient pires pour ses amis ? Pour Mickey, assurément, et peut-être aussi pour Lincoln ? Jacy avait-elle senti une sorte de satisfaction amère dans cette affirmation ? Que s'il ne pouvait pas être un homme, il avait la satisfaction de savoir que ses amis – des hommes capables d'aimer et de le prouver – paieraient peut-être un prix plus élevé ? Et que s'il ne pouvait peut-être pas l'avoir elle, eux non plus. L'avait-elle perçu comme ça ? Était-ce ce qu'il avait voulu dire ?

En la voyant gravir l'allée, il ne put s'empêcher de penser que c'était moins Jacy qui s'en allait que la vie elle-même, et qu'il l'avait bien cherché.

Il regardait encore par la fenêtre quand Lincoln apparut sur le seuil de sa chambre, en short et vieux T-shirt Minerva College. Il se grattait le menton d'un air songeur.

« Elle est partie ? »

Teddy hocha la tête.

« Elle a laissé un mot. »

Lincoln le lut. Dans sa tête, d'abord. Puis à voix haute : *Pas d'adieux. Je n'en ai pas la force.*

« Bon, bah voilà », commenta-t-il.

Pourquoi l'avaient-ils laissée partir de cette façon ? se demande-t-il après sa conversation téléphonique avec Theresa, une autre femme qu'il a réussi à décevoir, profondément. Pourquoi n'avaient-ils pas tiré Mickey de son lit pour courir après Jacy ? Il y avait près de l'embarcadère du ferry une cafétéria où ils auraient pu combattre leur gueule de bois avec des œufs brouillés, des frites et du café, après quoi, ils l'auraient regardée monter à bord et lui auraient fait signe sur le quai. Comme de bons copains dignes de ce nom.

Oui, mais ainsi que l'affirmerait plus tard le fiancé de Jacy, ils n'étaient pas de *bons* copains, ou plutôt, ils n'étaient pas *que* ça. Son mot d'adieu était clair : c'était un adieu collectif adressé à trois jeunes hommes à l'orée de l'âge adulte. S'ils n'avaient pas tenté de la rattraper, c'était parce qu'ils voyaient les choses de manières différentes. Depuis un soir de 1969, dans l'office de la résidence des Thêta, où, face à un petit téléviseur, ils avaient découvert qu'ils étaient en réalité seuls au monde. Ils avaient pénétré dans cette pièce à bord du même bateau tapageur, pour repartir à la dérive, muets et solitaires, incapables de se regarder droit dans les yeux à cause de la jalousie et de la peur. Alors non, l'amour qu'ils vouaient à Jacy n'était pas collectif, mais individuel. Elle ne quittait pas ses mousquetaires, elle quittait Athos, Porthos et Aramis.

Pour toujours, s'avéra-t-il.

## LINCOLN

La maison possède une connexion Wi-Fi, mais Lincoln ne pourra pas récupérer le code avant lundi matin lorsque l'agence de location ouvrira. À Chilmark, il aura une barre de réception au mieux, alors il décide de consulter ses mails sur le parking de Tisbury Village, avant de faire demi-tour. Outre les conneries habituelles – appels aux dons incessants de la part d'organisations dont il s'est désabonné d'innombrables fois, incitations à voyager (*Des offres exceptionnelles, rien que pour vous, Lincoln !*) et autres pièges à clics (*Vous n'en croirez pas vos yeux !*) –, deux employés de son agence lui demandent conseil pour des transactions. Son adjointe, Andrea, pourrait aisément répondre à leurs questions, mais les deux employés en question, deux hommes, convoitent son poste et expriment leur ressentiment en la court-circuitant. Alors que Lincoln tape des réponses brèves, il reçoit un message d'Anita. *Arrivée à Dunbar. Devine qui pète le feu ? Tu me revaudras ça, escroc.* Il répond : *Je sais. Je sais. Les gars te passent le bonjour.* Au moment où il appuie sur la touche ENVOYER, le téléphone vibre dans sa main. Un appel cette fois, local.

« Lincoln ? Marty, à l'appareil. » Ah, son agent

immobilier. « En effectuant des recherches sur votre propriété, je suis tombé sur un truc intéressant. Vous êtes à Chilmark ?

— Non, Vineyard Haven. Mais j'allais rentrer.

— Vous voulez bien passer à l'agence avant ?

— Pourquoi pas ? »

Lincoln s'apprête à démarrer quand Joe Coffin émerge de son appartement, descend les escaliers et traverse le parking jusqu'à une vieille camionnette grise cabossée, à l'image de son propriétaire.

« Vous ne conduisez plus, Joe, pense Lincoln tout haut, tandis que l'ancien flic ouvre la portière de son tas de ferraille et s'assoit au volant. Vous me l'avez dit vous-même. » C'est donc que Coffin est pressé ou alors qu'il se rend quelque part où il ne préfère pas que Beverly, son chauffeur habituel, le conduise. La camionnette revient à la vie en tremblotant et quitte sa place de stationnement à reculons. Dès que Coffin a tourné à gauche sur la route d'Edgartown, Lincoln démarre sa voiture de location. En sortant du parking, lui aussi tourne à gauche, en se disant qu'il prend simplement la direction d'Edgartown, comme prévu. Il ne suit personne, voyons. Toutefois, il prend soin de rester à bonne distance de la camionnette. Avisant une supérette droit devant, il pense que Coffin va s'y arrêter. Peut-être est-il à court de café, ou autre chose. Et peut-être que dans son esprit, aller faire des courses en voiture, ce n'est pas vraiment conduire. Mais non, Coffin continue à rouler. Katama, alors ? Pour vérifier si son faucon préféré a repris sa place sur les fils téléphoniques ? S'est-il mis en tête qu'il risquait de ne pas survivre à cette opération, et a-t-il eu envie de le revoir une dernière fois avant que son nom de famille ne devienne prophétique[1] ? Coffin ne lui a pas paru inquiet à l'idée de passer sur le billard, mais en même temps, il ne lui semblait pas être du genre à exprimer ses inquiétudes.

À l'approche du rond-point de Barnes Road, Lincoln ralentit, reconnaissant envers les deux voitures qui le séparent de la camionnette. Il ne faudrait surtout pas que Coffin le repère dans son rétroviseur. Comment réagirait son cerveau de flic soupçonneux ? Lincoln suppose qu'il va traverser la moitié du rond-point et rester sur la route d'Edgartown, ou prendre la sortie suivante, en direction d'Oak Bluffs. Mais Coffin le surprend une fois encore en empruntant la première sortie, celle qui conduit à l'aéroport.

Ou à Chilmark. Lincoln réprime un frisson. Coffin va-t-il informer Troyer que quelqu'un fouine autour de la disparition de Jacy ? À la réflexion, c'est quand même étrange que Coffin n'ait pas évoqué ses liens avec Troyer – ils ont quasiment grandi ensemble – jusqu'à ce que Lincoln l'interroge à ce sujet.

Mais il a peut-être une autre raison de se rendre à Chilmark, encore plus inquiétante. Coffin, à l'instar de son meurtrier imaginaire, transporte-t-il une pelle dans le coffre de sa camionnette ? Est-ce qu'au lieu de se rendre chez Troyer, il se rendrait *chez moi*, pour creuser le jardin ? se demande Lincoln. *Ne sois pas ridicule.* Un vieil homme armé d'une pelle ne retourne pas un hectare de terrain. Mais la question la plus importante est celle-ci : pourquoi ses pensées se précipitent-elles vers des conclusions aussi bizarres ? Après tout, l'île est grande et Coffin peut aller n'importe où. N'empêche, en s'engageant à son tour sur le rond-point, Lincoln doit

1. *Coffin* : cercueil.

— Je l'ignore. Mais je reviens du Bureau d'enregistrement de Dukes County et ce droit n'est pas mentionné ni sur son acte notarié ni sur le vôtre.

— Là encore, comment est-ce possible ? »

Marty se renverse dans son fauteuil, les mains derrière la tête.

« Difficile à dire. Sans doute s'agit-il d'un accord tacite entre voisins, remontant à la nuit des temps. La question n'est pas apparue au grand jour jusqu'à maintenant puisque aucune des deux propriétés n'a jamais été mise en vente. Ce sont des choses qui arrivent. Vous disiez que cette maison appartient à la famille de votre mère depuis longtemps ?

— Je ne pourrais pas dire depuis quand, mais oui.

— Autre possibilité : le droit d'usage était rattaché à la parcelle qui a été vendue, et au moment de la transaction, personne ne s'en est aperçu. Bref, pour une raison ou pour une autre, Troyer ne dispose plus de ce droit d'usage.

— Et vous pensez qu'il le sait ?

— Cela pourrait expliquer qu'il tienne tant à acheter votre propriété.

— Oui, mais cela n'explique pas pourquoi il nous bombarde d'offres ridiculement basses.

— Peut-être qu'il ne veut pas dévoiler ses intentions.

— Hmmm. Franchement, Marty, je ne sais pas. Vous êtes sûr de ce que vous avancez ?

— Non, mais je peux retourner au Bureau d'enregistrement pour fouiller un peu plus. Le risque, c'est que ça arrive aux oreilles de Troyer.

— Vous le déconseillez donc ?

— Au contraire. Je pense que c'est nécessaire. Audit préalable, etc. Si je vous en parle, c'est uniquement parce que j'ai cru comprendre que vous n'étiez pas les meilleurs amis du monde.

— Je ne suis là que pour quatre ou cinq jours.

— Et si j'attendais que vous soyez rentré à Vegas ?

— Ce serait peut-être préférable, oui, répond Lincoln, mais maintenant que Marty a éveillé sa curiosité, il a besoin d'en savoir plus.

— Vous comprenez où je veux en venir ? demande l'agent immobilier en roulant le cadastre. Que cela vous plaise ou non, Mason Troyer est l'acheteur idéal. Ce n'est pas qu'il souhaite acheter votre maison. C'est qu'il a besoin de l'acheter. »

# TEDDY

Teddy revient de Gay Head épuisé. Physiquement, après ce long trajet à bicyclette, et émotionnellement après sa conversation avec Theresa. Cet aveu a été douloureux, moins dévastateur cependant qu'il l'avait été avec Jacy, dans une autre vie. Parce qu'il n'est plus le gamin qu'il était alors, et sans doute parce que Theresa n'a pas réagi comme il l'avait imaginé. Elle a bien sûr fait preuve de gentillesse, car c'est dans sa nature, mais il redoutait une curiosité importune (*Depuis quand n'as-tu pas consulté un spécialiste ? Tu as essayé le Viagra ?*), voire des reproches (*on aurait pu*...). Au lieu de cela, Theresa a attendu patiemment qu'il ait terminé, et alors, elle a dit combien elle regrettait qu'il n'ait pas eu le courage de lui faire confiance. En se comportant comme si deux âmes ne pouvaient entrer en contact qu'à travers les muscles, la chair et le sang, il les avait privés l'un et l'autre du partage, de l'honnêteté et de la compréhension. Quand Teddy a expliqué qu'il voulait lui épargner une immense déception, elle a répondu : « Désolée, c'est trop tard. »

Lorsque Teddy descend de vélo et le range dans la remise, la Harley de Mickey est toujours couchée sur le flanc, à l'endroit où elle a basculé ce matin-là.

Il s'attend à trouver son ami en train de ronfler dans le canapé, mais non, il est sur la terrasse, au téléphone. La porte vitrée est restée entrouverte. Et Teddy l'entend dire : « Je n'ai pas oublié. Je sais que tu as besoin de cet argent. » Lorsqu'il aperçoit Teddy à l'intérieur, Mickey lui adresse un signe de la main et lui tourne le dos pour poursuivre sa conversation, en parlant moins fort.

Ne voulant pas jouer les indiscrets, Teddy va s'asseoir à la table de la cuisine et sort son portable. Il a remarqué une pancarte pro-Trump dans le jardin de Troyer en passant devant la maison et il se demande si Lincoln l'a vue lui aussi. Probablement pas, car elle n'est pas visible de la terrasse. Il lui envoie un texto : *Devine quel candidat républicain (faut-il le préciser ?) soutient ton charmant voisin ?*

La voix de Mickey lui parvient de nouveau.

« Je ne sais pas quoi te dire, Delia. Je rentre lundi, on en reparlera à ce moment-là. OK ? »

*Delia ?* Mickey ne leur a jamais parlé d'une Delia, si ? Se peut-il qu'il se soit remarié en cachette ? Ce serait bien son genre. Il s'était déjà marié deux fois, civilement, sur un coup de tête, et Teddy et Lincoln ne l'avaient appris qu'une fois les divorces prononcés. « Il faut que j'arrête de rencontrer des filles dans des bars », telle était la seule explication qu'il leur avait fournie. À quoi Lincoln avait répondu : « Tu fréquentes d'autres endroits ? »

« Justement, c'est ça le problème », avait reconnu Mickey.

Lorsque Teddy le rejoint sur la terrasse, Mickey foudroie son portable du regard, comme s'il envisageait de le balancer, très loin. Et demande :

« Tu captes bien ici, toi ?

— J'ai une barre. »

Dégoûté, Mickey fourre son portable dans sa poche.

« Oui, c'est ce que j'avais aussi, mais je l'ai perdue.

— Tout va bien ?

— Plus ou moins. Je m'étais toujours dit qu'à soixante-six balais, j'aurais mon tabouret de bar attitré quelque part et que je paierais mes bières avec ma retraite.

— Tu n'as pas de retraite ?

— Si. Mais ça marche bizarrement leur truc. Si tu ne cotises pas des masses, tu ne touches pas des masses. Tu le crois, ça ?

— Insensé. »

Mickey hausse les épaules et regarde autour de lui.

« Où est Lincoln ? Quand je me suis réveillé, tout le monde avait foutu le camp.

— Il avait quelque chose à faire en ville. Moi, je me suis payé une balade à vélo.

— Je pensais aller en ville moi aussi. Un type d'Oak Bluffs vend une Rickenbacker époque Beatles. Nickel chrome. J'ai envie d'aller la voir. Tu m'accompagnes ?

— Non, faut que je prenne une douche. Et ensuite, j'ai du boulot.

— Vous travaillez trop, tous les deux. C'est contre nature. C'est mauvais pour la santé. Anti-américain.

— En réalité, répond Teddy, des études ont montré que les Américains travaillent plus que n'importe qui d'autre et prennent moins de vacances.

— J'ai du mal à le croire. La moitié des personnes que je connais touchent des pensions d'invalidité et ne travaillent pas. L'autre moitié, c'est des musicos. En tout cas, interdiction de bosser ce soir, tous les deux. Ce soir, on mange des grillades, on boit de la bière et on écoute du rock and roll à fond. »

Mickey parti, Teddy prend une longue douche,

enfile un jean et un T-shirt propres et emporte son manuscrit sur la terrasse. Après avoir annoté quelques pages, il s'aperçoit qu'elles ont réussi à capter son intérêt, et en relisant celles qu'il a corrigées sur le ferry la veille, il découvre qu'elles sont meilleures que dans son souvenir. Il ne devrait pas s'en étonner. Il sait bien que dans les périodes pré-crises, son jugement devient suspect. Des aliments qu'il aime habituellement le dégoûtent. Tous les films lui semblent stupides, la musique l'énerve. Se peut-il qu'en se confiant à Theresa, il ait repoussé la crise qui approchait à grands pas ? La vérité l'a-t-elle libéré ? Un truisme peut-il être vrai ?

Son portable vibre. Lincoln a répondu. *Make America White Again ? À tout de suite.* Teddy sourit. Leurs opinions politiques se sont rapprochées avec les années, même si Lincoln a toujours été républicain et qu'il est probable que chacun continue de cocher des cases différentes dans l'isoloir.

Alors qu'il travaille sur le manuscrit avec un intérêt renouvelé, des éclats de voix provenant de chez Troyer parviennent jusqu'à ses oreilles. Une dispute entre Mason et sa petite amie adepte du nudisme ? pense-t-il tout d'abord. Non. Sauf erreur, ce sont des voix d'homme. Une vieille camionnette grise est garée dans l'allée.

Le récit décousu et confus s'accompagne d'un bruit semblable à des battements d'ailes, que Teddy ne parvient pas à identifier. Déterminer son origine lui paraît urgent, sans qu'il sache pourquoi. En entendant des pas lourds sur les marches de la terrasse, il nage vers la conscience, soulagé de constater que ce n'est qu'un rêve. Plus besoin d'essayer d'identifier ce battement. Il pivote dans son fauteuil de jardin, prêt à s'excuser auprès de Lincoln pour s'être endormi en plein après-midi, lorsqu'il s'aperçoit que l'homme qui gravit les marches avec peine est un type costaud, rougeaud, qui porte un bermuda à poches, des tongs, et rien d'autre. Arrêté en haut des marches, tête penchée sur le côté, yeux plissés, Troyer l'observe avec insistance, au mépris de toute bienséance, et soudain, très content de lui, il lance : « Je me souviens de vous », comme s'il méritait une médaille.

La brise qui s'était levée avant que Teddy s'assoupisse s'est renforcée pendant qu'il somnolait. Une page de manuscrit jaillit hors de la pochette en carton, comme par magie, et s'envole en produisant un bruit identique à celui de son rêve. Troyer, qui aurait pu attraper la feuille au vol, la regarde passer, indifférent. En s'arrachant à son fauteuil, Teddy découvre avec effroi que la terrasse est jonchée de feuilles. La pelouse en contrebas aussi, dans une moindre mesure. La pochette, pleine lorsqu'il s'est endormi, est presque vide maintenant.

« Je pourrais vous aider à courir après dans tout Chilmark, dit Troyer, mais j'ai peur de passer pour un idiot. »

Teddy, qui possède un double des épreuves chez lui, est momentanément tenté de laisser ces feuilles s'envoler. Les pourchasser dans tout le jardin, sous le regard de Troyer, serait trop humiliant. Hélas, il en a corrigé un grand nombre déjà. Recommencer lui prendrait plusieurs heures, alors il dévale la pente. Et se retrouve d'un seul coup dans un film de Charlie Chaplin. Chaque fois qu'il se penche pour ramasser une feuille, elle lui échappe, emportée par une bourrasque.

« Magnifique ! » s'exclame Troyer, sur la terrasse.

Teddy s'aperçoit alors qu'il est en train de le filmer avec son téléphone.

On doit néanmoins lui reconnaître ce mérite : lorsque Teddy retourne sur la terrasse, après avoir récupéré environ quatre-vingts pages, Troyer a ramassé celles éparpillées par terre et les a remises dans la pochette, sous une pierre. Allongé dans un transat, il lit une des pages que Teddy vient de corriger, en ricanant.

« C'est vous qui avez pondu ça ?

— Non, répond Teddy, main tendue.

— Dieu soit loué, dit Troyer en lui rendant la feuille de manuscrit. Il faut vraiment s'ennuyer dans la vie pour balancer des idées pareilles sur du papier. »

Teddy dépose la feuille sur les autres dans la pochette. Il devra les remettre dans l'ordre pour savoir combien de pages il a à recorriger.

« C'est un livre que je compte publier cette année. »

Troyer l'observe, front plissé.

« Pourquoi ? »

Teddy s'étant lui-même posé cette question, il ne peut s'empêcher de sourire.

« OK, reprend Troyer en grattant son torse velu, rougi par un coup de soleil. Expliquez-moi un truc, alors. Parce que j'ai du mal à piger. Vous êtes les trois types de la dernière fois, hein ? Vous, Moser et le grand balèze ?

— Si "la dernière fois", ça veut dire 1971, alors oui.

— Et vous êtes restés… colocs pendant tout ce temps ?

— Pas vraiment.

— Ce serait pathétique. »

Cette idée, malgré le démenti de Teddy, semble l'emplir d'un profond dégoût, comme si l'amitié durable était une chose ignoble, contre nature. Mais Teddy est encore plus troublé de constater que cet homme, même s'il ne ressemble plus beaucoup à l'individu de 1971 dont il a gardé le souvenir, provoque toujours la même détestation viscérale.

« Lincoln n'est pas là, dit-il. C'est lui que vous voulez voir, j'imagine. »

Troyer se rallonge dans le transat et noue les mains derrière sa tête, comme s'il avait décidé de s'installer jusqu'à la fin de l'après-midi.

« Lincoln, répète-t-il. Comment un Blanc peut-il appeler son gamin Lincoln ? »

Teddy résiste à l'envie de lui répondre que le Blanc en question se prénomme Wolfgang Amadeus.

« Peut-être espérait-il que son fils connaîtrait une grande destinée ? Peut-être même qu'il deviendrait président ? »

Troyer ricane.

« Pour recevoir une balle dans la tête ?

— Étant donné que nous sommes en Amérique, il risque fort de se faire tirer dessus, quel que soit son nom. »

Troyer lève les yeux au ciel en soupirant.

« On doit être en été. Les gauchistes sont de retour. En parlant de ça, c'était quoi le nom de la fac où vous êtes tous allés ?

— Minerva.

— Ah oui, voilà. Minerva. Nom de Dieu. »

Pour Troyer, Minerva College a l'air d'entrer dans la même catégorie que l'amitié durable.

« Je peux vous aider ? » propose Teddy.

Troyer fronce les sourcils.

« Oui. Dites au président Lincoln qu'il peut prendre sa putain de propriété… » Là, il écarte les bras. « … et se la carrer dans le cul. Dites-lui que j'en ai rien à foutre. De sa baraque et de lui. Vous vous en souviendrez ? »

Teddy acquiesce.

« C'est noté. Vous ne souhaitez plus acheter sa propriété. Et vous lui souhaitez de trouver un autre acheteur. »

Troyer se redresse dans le transat en ignorant cette remarque.

« Plus important : dites-lui bien que je n'y suis pour rien dans la disparition de cette hippie. »

Teddy sent sa tête projetée en arrière, comme s'il avait reçu un direct au menton. Il déglutit.

« Vous parlez de Jacy ?

— Ouais, si c'est son nom. La dernière fois que je l'ai vue, c'est le jour où ce gros balourd m'a pris en traître. Vous savez que j'ai dû aller à Boston pour qu'ils me remettent la mâchoire en place ?

— Sûrement pas une partie de plaisir.

— Comme vous dites. J'ai bouffé avec une putain de paille pendant un mois.

— Vous l'aviez cherché, lui rappelle Teddy. Et puis, ça remonte à plus de quarante ans.

— Ouais, mais je vais vous dire un truc. Vous savez où je les ai passés ces quarante ans ? Ici. Vous pigez ? Je ne suis pas un touriste. Je vis sur cette île. Et je n'ai pas besoin qu'un connard de Vegas vienne répandre des rumeurs sur mon compte.

— Quelles rumeurs ?

— Cet enfoiré me traque sur Google. Il exhume une comparution devant le tribunal vieille de vingt ans. Il découvre qu'une connasse de Beacon Hill a obtenu une ordonnance restrictive contre moi parce que je lui ai claqué sa grande gueule devant le Yacht Club d'Edgartown. Et hop, il décide qu'il me connaît ? Qu'il a le droit de se demander à voix haute si cette… Jacy n'est pas enterrée quelque part dans le coin, depuis ces putain d'années soixante-dix ?

— Juste une question, dit Teddy. Lincoln saura-t-il de quoi vous parlez ? »

Rien n'indique que Troyer ait entendu cette intervention.

« Bon, d'accord, poursuit-il, je l'ai un peu pelotée ce jour-là. Elle avait des super nichons, je m'en souviens. Mais on avait quel âge ? Vingt ans ? Vingt et un ? Et vous débarquez ici, *après tout ce temps,* pour m'accuser ?

— Je ne vous accuse de rien du tout, rétorque Teddy. Et Lincoln non plus, j'en suis sûr. »

Cette fois, Troyer se lève du transat et vient toiser Teddy, assis dans le fauteuil.

« Dans ce cas, pourquoi est-ce que Joey Coffin vient frapper à ma porte pour me poser un tas de questions à la con ?

— Qui est Joey Coffin ?

— Vous savez quoi ? » Le visage de Troyer a viré au cramoisi. « Allez vous faire foutre ! Allez vous faire foutre tous les trois !

— Qui est Joey Coffin ?

— Un flic, si vous voulez savoir. Un flic à la retraite qui s'ennuie et qui, grâce à votre pote, a décidé de faire de moi son nouveau passe-temps.

— Je ne pense pas que…

— Je m'en bats les couilles de ce que vous pensez. Et Lincoln aussi. Dites-lui juste qu'il évite de prononcer mon nom la prochaine fois qu'il ouvre la bouche. Il ne me connaît pas. Google ne me connaît pas. Chilmark ne me connaît pas. Les estivants pensent que je suis un connard ? Tant mieux. Ça me plaît. Je ne suis pas politiquement correct et ça leur hérisse le poil ? C'est mon plaisir dans la vie. Avec des ennemis pareils, pas besoin d'avoir des amis. Mais dites à votre pote Lincoln que j'ai quand même des amis. Dites-lui aussi que Joey Coffin et moi, on se connaît depuis plus longtemps que vous trois, bande de connards.

— Vous avez terminé ? »

Troyer se dirige vers l'escalier, mais juste avant de redescendre, il se retourne.

« Non, pas tout à fait. Une dernière chose. Dites à votre pote que s'il veut *vraiment* savoir ce qui est arrivé à cette fille, il devrait interroger le gros balèze, pas moi. »

Teddy reste bouche bée.

« Vous parlez de Mickey ? Vous êtes en plein délire. Il était amoureux d'elle. »

Il s'apprête à ajouter « Comme nous tous », lorsque Troyer laisse échapper son ricanement détestable.

« Ouais, bien sûr, ironise-t-il. Depuis que ce putain de monde existe, on n'a jamais vu un type tuer la fille qu'il aime. »

Sur ce, il descend bruyamment l'escalier de bois et traverse la pelouse en pente de sa démarche raide, pataude, qui est celle d'un homme qui approche de la vieillesse au galop, et dont le corps se désagrège d'un coup. Après avoir enjambé le muret de pierre qui délimite son territoire, il aperçoit quelque chose par terre et se baisse pour le ramasser : une page du manuscrit qui a échappé à Teddy.

« Minerva College ? s'écrie-t-il dans sa direction, en faisant une boule de la feuille. Cette bonne blague ! »

# LINCOLN

« Si je comprends bien… », dit Lincoln en s'efforçant d'assimiler ce que vient de lui rapporter Teddy, en résumé que 1) Mason Troyer n'est plus intéressé par la maison et que 2) il n'est pour rien dans la disparition de Jacy. Il est incapable de décider laquelle de ces deux déclarations est la plus inattendue. Vingt minutes plus tôt, Marty l'a informé que Troyer avait *besoin* d'acheter cette propriété. Se peut-il qu'il se soit trompé, et que Troyer ignore tout de ce problème de droit de passage ? Plus déroutant encore : Troyer nie être impliqué dans un crime dont Lincoln ne l'a pas accusé.

« … Il a débarqué sur la terrasse, comme ça ? Sans prévenir ?

— Il m'a peut-être confondu avec toi, suggère Teddy.

— Non. Il me connaît de vue.

— Oui, mais je lui tournais le dos. Si tu avais vu sa tête quand il m'a reconnu, quarante ans après !

— Et il a attaqué d'emblée ?

— Ouais. Il semblait convaincu que je savais de quoi il parlait. »

Lincoln s'approche de la baie vitrée, sans sortir sur

la terrasse. Troyer risque de rappliquer s'il s'aperçoit qu'il est rentré.

« Il t'a menacé ?

— Quand même pas. Il était très énervé, mais j'ai senti qu'il se défoulait surtout. Va savoir pourquoi, le fait qu'on soit tous allés à Minerva le rend dingue. Comme si lui avait été recalé. Il croit qu'on le regarde de haut. »

Lincoln hoche la tête ; il se souvient que Coffin a exprimé un ressentiment de classe identique.

« Il m'a fait l'impression d'un type qui a toujours une bonne raison d'être en colère, ajoute Teddy. Il a aussi une dent contre les estivants qui lui battraient froid parce qu'il ne partage pas leurs nobles idées de gauche. »

Il n'y avait qu'une voiture garée dans l'allée, en bas – la Mercedes dernier modèle, qui devait être celle de Troyer, se dit Lincoln.

« Ce visiteur, tu dis qu'il conduisait une vieille camionnette ?

— Oui. J'ai entendu une sorte de dispute. Mais j'étais trop loin pour comprendre ce qu'ils disaient. »

Sa première intuition au rond-point, songe Lincoln, était donc la bonne.

« Et c'est Troyer qui t'a parlé de Jacy ? En l'appelant par son nom ?

— Non. Il l'a appelée “la hippie”, mais c'est bien d'elle qu'il parlait. Où diable est-il allé pêcher cette idée que tu le soupçonnais ? »

Lincoln se laisse tomber dans le canapé, les yeux fixés au plafond.

« Et merde », lâche-t-il.

Estimant qu'il n'a guère le choix, il raconte à Teddy, en abrégé, que Marty a tout déclenché en laissant entendre que Troyer pourrait lui causer des ennuis. La veille au soir, Google lui avait révélé que son voisin avait été condamné pour plusieurs faits de harcèlement. Tout cela l'avait conduit dans les locaux de la *Vineyard Gazette*, à la recherche de détails sur l'enquête de 1971. Pour finir, Beverly lui avait conseillé d'aller interroger cet ancien flic, Joe Coffin.

« Oh, c'est l'autre truc que Troyer m'a chargé de te dire, se souvient Teddy. Ce "Joey" Coffin et lui sont très potes. »

Ce n'est pas en ces termes que Coffin a décrit leurs relations. Certes, les Coffin avaient accueilli Troyer durant son année de terminale (une information que Lincoln a dû lui soutirer), mais il n'a pas eu l'impression que les deux garçons étaient devenus amis, bien qu'ils aient vécu sous le même toit.

« Il semblerait qu'ils aient joué au football dans la même équipe, dit-il à Teddy. Ils ont remporté un trophée qui s'appelle l'Island Cup. Un truc qui compte ici.

— Tu penses que ce Coffin est venu informer Troyer que tu fourrais le nez dans ses affaires ?

— Possible, répond Lincoln en essayant de réfléchir. Ou bien, après notre conversation, il s'est mis à cogiter.

— Aux antécédents de Troyer avec les femmes ? »

Lincoln acquiesce.

« À nous trois aussi. S'il avait été chargé de l'enquête en 1971, nous aurions été ses principaux suspects. D'après lui, on avait le mobile, les moyens et l'occasion.

— Quel mobile ?

— Il pensait qu'on avait attiré Jacy ici en croyant qu'elle accepterait de se faire sauter et qu'on a été déçus quand elle a refusé. »

On dirait que Teddy a envie de vomir.

« Et il le pense toujours ?

— Il affirme que non. Si on avait fait du mal à Jacy à l'époque, je ne serais quand même pas revenu fureter aujourd'hui. Pourquoi revenir tous les trois sur le lieu du crime, quarante-quatre ans plus tard ? Ça ne tient pas debout. Si tu veux mon avis, notre conversation a déclenché quelque chose dans son esprit. Le fait qu'il s'empresse d'interroger Troyer quelques minutes seulement après qu'on s'est quittés, ça ne peut pas être une coïncidence, si ?

— Tu crois que Troyer est impliqué ? »

Lincoln se masse les tempes.

« C'est ce que j'ai pensé hier en apprenant qu'il avait un problème avec les femmes. Un tas de gens sur l'île semblent le considérer comme dangereux. On aurait dit que les pièces du puzzle s'assemblaient. Et puis, ça expliquait certaines choses.

— Genre ?

— Si l'enquête n'a donné aucun résultat, c'est notamment parce qu'elle a tardé à débuter. En apprenant que Jacy allait se marier, les flics en ont déduit qu'elle avait pris peur et fichu le camp. Nous aussi, d'ailleurs, pendant le premier mois, non ? On a toujours pris pour acquis que Vance et elle allaient se marier. Après tout, ils étaient fiancés. Mais après sa disparition, la donne a changé. Soudain, ce mariage n'avait plus aucun sens. Jacy ne parlait jamais de Vance, et quand ils étaient séparés, il ne lui manquait pas. Ils n'étaient d'accord sur rien : l'endroit où ils vivraient, avoir des enfants ou pas, etc.

— La guerre idem.

— Exact. Mais on se fiche de tout ça si Troyer est impliqué.

— Oui, mais il y a un problème. Troyer affirme que

Mickey lui a brisé la mâchoire avec son uppercut, et qu'il a dû aller se faire opérer à Boston. »

Lincoln acquiesce.

« Coffin l'a interrogé une semaine après notre départ, et il avait la mâchoire rafistolée par des fils de fer.

— Ce qui veut dire qu'il n'était peut-être même pas sur l'île le mardi.

— Oui, je sais. Quand j'y repense, je ne sais pas ce qui m'a pris. En gros, j'aurais voulu que Troyer soit un assassin parce que c'est un connard, mais ça ne marche pas comme ça.

— Non. »

L'esprit de Lincoln vagabonde.

« Dis-moi un truc… Anita prétend que c'est moi qui avais eu l'idée de venir passer trois jours ici. Tu t'en souviens ?

— Plus ou moins. On a été les premiers à en parler, toi et moi, et Mickey s'est facilement laissé convaincre. On avait peu d'espoir que Jacy vienne parce qu'elle se mariait quelques semaines plus tard.

— Je ne me souviens même pas de l'avoir invitée.

— Normal, c'est moi.

— Ah bon ? Tu es sûr ? »

Teddy grimace, comme si ce souvenir était douloureux.

« Oui, je m'en souviens très bien. Je l'ai appelée chez ses parents et elle avait une drôle de voix au téléphone, on aurait dit que je la réveillais. Elle m'a fait répéter mon nom, comme si elle avait déjà oublié qui j'étais. Et puis elle a semblé vraiment heureuse de m'entendre. Comme si j'étais une prière exaucée. Quelque chose clochait dans ces deux réactions. Je comptais lui vendre le week-end comme notre dernière chance de convaincre Mickey de ne pas partir sous les drapeaux, mais elle a accepté de venir avant que j'aie pu lui expliquer mon idée.

— Je me suis fait la même réflexion, je crois. Si ça se trouve, elle a accepté de venir juste parce qu'elle avait besoin d'un prétexte pour quitter Greenwich quelques jours.

— Pourquoi ?

— Les flics étaient peut-être sur la bonne piste en pensant qu'elle n'était plus sûre de vouloir se marier. N'empêche, j'ai l'impression qu'un truc nous échappe. »

Teddy veut dire quelque chose, puis se ravise.

« Quoi ?

— Tu te souviens qu'on est allés à Gay Head, elle et moi ? Elle m'a laissé entendre ce jour-là qu'elle avait des doutes. »

Lincoln remarque que Teddy a les larmes aux yeux.

« Tu ne nous l'as jamais dit. »

Teddy hausse les épaules.

« C'était comme si elle m'avait confié un secret. De toute façon, elle ne disait pas qu'elle ne voulait plus se marier. Simplement, elle n'était plus aussi sûre. »

Lincoln se lève du canapé et retourne devant la baie vitrée pour regarder dehors. Dans la lumière de cette fin d'après-midi, l'ombre de la maison de sa mère s'étend jusqu'à la propriété de Troyer. Les rayons de soleil déclinants continuent à faire chatoyer l'océan.

« Je comprends mieux maintenant, ajoute Teddy. Que tu m'aies parlé du cours d'histoire de Tom Ford. Il nous rebattait les oreilles avec les causes lointaines et immédiates. Les causes immédiates sont séduisantes, disait-il, mais la vérité vraie se cache souvent dans les profondeurs.

— À vrai dire, admet Lincoln, je serais soulagé que Troyer ne soit pas impliqué.

— Pourquoi ça ?

— Rapport à un autre truc que m'a dit Coffin. S'il avait lui été chargé de l'enquête, il aurait loué une pelleteuse pour retourner la propriété. Et il y a une chose que je ne supporterais pas d'apprendre, c'est qu'elle est enterrée là depuis tout ce temps. Sous nos pieds. »

Les deux amis restent silencieux, jusqu'à ce que Teddy formule à voix haute ce qu'ils pensent l'un et l'autre.

« On n'aurait jamais dû la laisser partir en douce ce matin-là. On aurait dû réveiller Mick et la rattraper. La conduire au ferry, au lieu de l'obliger à faire du stop. Pourquoi on ne l'a pas fait ?

— Je vais t'avouer une chose que je n'avouerais à personne d'autre, dit Lincoln. La vérité, c'est que j'étais soulagé de la voir partir. »

Si cet aveu surprend Teddy, il n'en laisse rien paraître.

« Je me souviens de ce que tu m'as dit ce matin-là. »

Lincoln, lui, ne s'en souvient pas, et il n'est pas certain de vouloir que Teddy lui rafraîchisse la mémoire.

« Tu as dit : “Bon, bah voilà.” »

Oui, c'étaient exactement ses mots. Ça lui revient maintenant. Comme s'il savait déjà qu'ils ne reverraient plus jamais Jacy.

Au pied de la colline, une porte grillagée claque. Troyer est sorti sur sa terrasse. Torse nu, les mains sur la balustrade, il lève les yeux vers eux.

« Tu ne te poses jamais des questions sur Mickey ? » demande Teddy.

Ils sont en route vers un club d'Oak Bluffs où ils

doivent retrouver Mickey qui a envoyé un mail à Lincoln un peu plus tôt : *Beau Gosse, sois au Rockers à 19 h. Amène Tedioski. Le laisse pas se défiler.* Bien entendu, ce message a redonné le moral à Lincoln. Depuis leur première année à Minerva, cette manière qu'avait Mickey de relativiser était sa plus grande qualité. Lincoln et Teddy ayant tendance à prendre la vie trop au sérieux, Mickey était un antidote naturel à leurs ruminations. Le monde pouvait-il être un endroit horrible s'il en faisait partie ? Il n'avait rien perdu de son don. Le fait qu'il continue à les appeler Beau Gosse et Tedioski prouvait qu'il restait convaincu que quatre décennies ne les avaient pas abîmés ni corrompus. Curieusement, en présence de Mickey, tout paraissait moins menaçant, comme si la vie, après l'avoir jaugé, avait décidé de ne pas le faire chier. Peu importe que Troyer soit le méchant meurtrier créé par Lincoln ou un connard ordinaire. Mickey n'en avait fait qu'une bouchée, et il recommencerait en cas de besoin.

Teddy, toutefois, semble ne pas partager sa bonne humeur. Leur conversation précédente l'a plongé dans une sorte de rêverie et Lincoln regrette de lui avoir confié les sombres hypothèses de Coffin concernant le sort de Jacy. Mais après la visite de Troyer, il n'avait pas vraiment le choix.

« Quel genre de questions ? répond Lincoln, surpris par celle de Teddy.

— Sur sa vie, par exemple. Toi et moi, on sait plus de choses l'un sur l'autre que sur lui.

— Exact. Mais avec Mickey, il y a moins de choses à savoir. »

Cette remarque fait se dresser les sourcils de Teddy.

« Bon, d'accord, reconnaît Lincoln, dit comme ça

c'est bizarre. Ce que je veux dire, c'est qu'avec Mickey, il n'y a jamais eu tromperie sur la marchandise. »

Teddy ne peut pas dire le contraire ; néanmoins, quelque chose le dérange.

« À ton avis, pourquoi il avait cogné ce pauvre gars à la porte de la résidence des SAE ?

— Il était bourré.

— Même les types bourrés n'agissent pas sans raisons.

— Certes, mais la plupart du temps, eux seuls les comprennent. » Lincoln ne peut s'empêcher de pouffer à l'évocation de ce souvenir. « Il a prétendu que les lions de pierre postés à l'entrée le rendaient dingue, tu te souviens ?

— Oui. Mais pourquoi ?

— Tu me demandes de t'expliquer pourquoi un type bourré s'énerve à cause d'une statue ?

— OK, concède Teddy. Autre question, alors. Pourquoi, à ton avis, il a préféré rester en cuisine, à récurer des casseroles, alors qu'il aurait pu faire le service avec nous ?

— Parce que c'est Mickey.

— C'est une tautologie, pas une explication.

— J'aimerais bien chercher ce mot dans le dictionnaire, mais je conduis.

— La question jackpot maintenant : pourquoi a-t-il changé d'avis et décidé de partir au Canada ? »

Au moins, celle-ci a un sens pour Lincoln.

« Je me le suis toujours demandé. Finalement, j'ai dû me dire que vous l'aviez convaincu, Jacy et toi. Vous le tarabustiez depuis décembre. Peut-être qu'au moment d'être incorporé, il a eu une illumination. Comme Paul sur la route de Damas. Mais où tu veux en venir ?

— Je ne sais pas, avoue Teddy. À l'époque de la fac, je croyais qu'on pouvait changer la façon de penser des gens. Il suffisait de raisonner avec eux, et si on savait plus de choses, si on était plus habile, plus tenace, on finissait par les convaincre. »

Lincoln ne peut réprimer un sourire.

« C'est notre président actuel que tu décris. »

Parmi les nombreux griefs de Lincoln à l'encontre d'Obama, celui-ci occupe la première place : ce type semble croire que le monde est un endroit rationnel dans lequel chacun est mû par la bonne volonté.

« N'est-ce pas le but d'un débat sérieux ? On oublie que, même sous Nixon, la plupart des gens étaient favorables à la guerre. Jusqu'à ce que la réalité devienne trop accablante.

— Tu as ta réponse, alors. Mickey était à l'image de tout le pays. Il a atteint un point critique.

— Sauf que, dans son cas, ça n'a jamais été une affaire de preuves, et la raison n'avait rien à voir là-dedans. Il avait promis à son père qu'il irait. Le reste ne comptait pas. »

Lincoln commence à comprendre.

« Tu veux dire que…

— Si ce n'est pas nous qui l'avons fait changer d'avis, c'est qui, c'est quoi ?

— OK, d'accord, mais pourquoi c'est si important tout à coup ?

— Ce que j'essaie de dire, je crois, c'est qu'il y a un tas de choses qu'on ignore sur les gens, même ceux qu'on aime. Il y a des choses que je ne t'ai jamais dites sur moi, et il y a probablement des choses qui ne me regardent pas, dont tu ne m'as jamais parlé. Hélas, toutes ces choses que nous gardons secrètes sont souvent au cœur de notre personnalité. Tom Ford, par exemple, n'a jamais laissé deviner qu'il était homo.

— Exact, dit Lincoln. Mais on le savait.

— Pas moi.

— Tu es sérieux ? »

À la réflexion, Lincoln se demande s'il le savait, à l'époque de Minerva. Pas sûr. Dix ans plus tard, en revanche, quand il avait appris le décès de Ford dans la revue des anciens de la fac, il n'avait pas été surpris. À un moment donné, dans son subconscient, ça avait dû faire tilt.

« Ce qui m'étonne, poursuit Teddy, c'est que les gens ne soient pas plus curieux.

— On a tous le droit à une part d'intimité, non ?

— Bien sûr. Mais je ne parle pas de ça. On autorise les autres à garder leurs secrets, et ça ne nous empêche pas de croire qu'on les connaît. Regarde Jacy. On en était tous amoureux, mais que savait-on d'elle ? N'ayant jamais connu quelqu'un dans son genre, je n'avais aucun cadre de référence. Et quand tu y réfléchis, c'était réciproque : à ses yeux, on devait être aussi mystérieux qu'elle l'était pour nous.

— Si ce n'est qu'on n'a rien de très mystérieux. »

À peine a-t-il prononcé ces paroles que Lincoln s'aperçoit qu'il a tort. Car à une époque, Jacy avait donné l'impression de les étudier, intriguée par leur existence si éloignée de Greenwich. Les écoles publiques. Les Ford Galaxy garées dans l'allée des maisons mitoyennes. Les hypothèques. Les quartiers remplis d'immigrants de la première et de la deuxième génération. Les quinze jours de vacances en été, jamais très loin. Des gens qui ne connaissaient pas l'expression « passer l'été quelque part ». Jacy semblait absorber tout ça. Se demandait-elle si cette vie était aussi bien, ou même mieux, que ce qu'elle connaissait ?

« Je t'ai déjà dit ce que ma mère pensait de Jacy ?

— Ta mère la connaissait ?

— Non, mais je lui parlais d'elle. Je lui racontais ses frasques. Je lui avais fait le récit, légèrement expurgé, de notre soirée au cynodrome de Bridgeport et de la tournée des bars sur le chemin du retour. Je lui avais même raconté qu'elle nous avait embrassés à pleine bouche devant la présidente de sa sororité. Ce jour-là, ma mère m'a regardé comme si elle n'en revenait pas d'avoir un fils aussi demeuré. Elle m'a demandé si l'idée ne m'avait jamais effleuré que Jacy attendait que l'un de nous – moi, de préférence – trouve le courage de lui avouer ses sentiments.

— Elle a vraiment dit ça ?

— Attends, ce n'est pas tout. Quand je lui ai répondu qu'il y avait peu de chances, que Jacy était fiancée à un étudiant en droit, issu d'une famille riche, ma mère m'a répliqué qu'elle attendait peut-être qu'on la libère non seulement du gars mais de tout ce monde-là. »

Teddy a un sourire jusqu'aux oreilles.

« C'est à se demander quel genre de jeune fille était ta mère.

— C'est ce que j'ai pensé à l'époque. Et quand je lui ai posé la question, elle a répondu avec son petit rire triste, en disant que Jacy lui rappelait une de ses amies. Et puis, elle a ajouté que le monde n'était pas toujours tendre avec les filles impétueuses qui n'ont pas d'hommes forts auprès d'elles pour les protéger. Elle laissait entendre, je crois, que je pourrais être cet homme pour Jacy, et que sa plus grande crainte était que je devienne quelqu'un qui préfère jouer la sécurité. »

Un silence s'installe dans la voiture, jusqu'à ce que Teddy le brise.

« Je suis jaloux. Tes parents s'intéressaient suffisamment à toi pour te donner de mauvais conseils. »

Lincoln ricane.

« C'est comment déjà ce poème que tu récites tout le temps ? Sur les parents ?

— Larkin. "Ils te niquent, tes père et mère. Ils le cherchent pas, mais c'est comme ça...[1]."

— Les causes immédiates primitives. »

Ils arrivent à Oak Bluffs. L'Atlantique s'étend sur leur droite. Teddy scrute son immensité comme s'il pouvait voir ce qui se trouve de l'autre côté.

« Hé, ça va aller ? demande Lincoln.

— Ouais. Je suis prêt. Comptez sur moi, Coach. »

En tournant dans Circuit Avenue, ils voient la Harley de Mickey garée devant l'enseigne au néon du ROCKERS.

La main sur la poignée de la porte, Teddy prend une profonde inspiration.

« C'est parti pour le rock'n'roll, soupire-t-il. À fond. »

1. Philip Larkin, « *They fuck you up, your mum and dad. They may not mean to, but they do.* » Traduit par Guy Le Gaufey, avec la collaboration de Denis Hirson, in *La Vie avec un trou dedans*, Éditions Thierry Marchaisse, 2011.

# TEDDY

Ils choisissent une des tables les plus éloignées de la scène. Bien qu'il ne se produise pas avant vingt et une heures, soit dans plus d'une heure, le groupe que Mickey les a obligés à venir écouter s'est déjà installé et le volume de leur sono, compte tenu des dimensions de la salle, a de quoi faire peur. Outre les énormes amplis pour guitares, quatre colonnes d'enceintes montent jusqu'au plafond insonorisé. Plusieurs amplis de retour ont été disposés sur scène, face aux musiciens, afin qu'ils profitent eux aussi du son assourdissant. Plus surprenant encore, les trois micros disposés autour de la batterie. À quoi bon l'amplifier dans un espace aussi exigu ?

Mickey insiste pour qu'ils commandent des ribs, les meilleurs de l'île, affirme-t-il. Pas la peine de consulter le menu. Ils sont servis avec du coleslaw, des haricots à la sauce tomate, des épis de maïs, des pickles, une montagne de frites et, le plus étonnant, des œufs mimosa. Teddy, qui n'a rien mangé depuis les clams frits à Gay Head, s'étonne de ne pas avoir faim. Signe, peut-être, que la crise qu'il espérait avoir évitée rôde encore, à l'affût. Dans ce cas, il devra composer avec, comme d'habitude. En attendant, son objectif sera de survivre aux dangers de cette soirée noyée sous la bière et les décibels. Dès leur arrivée, Mickey leur a fait promettre de rester au moins jusqu'à la fin du premier set, après quoi ils seraient libres de rentrer à Chilmark, comme des blaireaux, s'ils le souhaitaient. Message reçu. Demain matin, si Teddy se sent toujours patraque, il prendra le premier ferry, et décidera alors de rendre visite à Frère John ou de rentrer à Syracuse. Un marathon Marx Brothers et de longues promenades dans les forêts du Vermont lui offriront une distraction agréable, mais guère plus, à moins qu'il n'accepte enfin la proposition de son vieil ami de venir s'installer. La perspective de vivre dans un environnement religieux, cloîtré, ne manque pas d'attrait. C'est peut-être ce qui l'a attiré chez Merton, il y a si longtemps. L'absence de femmes séduisantes dans les parages serait une bonne idée par ailleurs. Maintenant que Theresa est quasiment partie, il peut avouer qu'il a été un peu amoureux d'elle, et plus que ça. Pourquoi prendre le risque que cela recommence ? Hélas, exception faite des deux autres personnes assises à cette table, il préfère la compagnie des femmes à celle des hommes ; il se sent mieux dans leur monde moins marqué par l'esprit de compétition. Peut-être y a-t-il quelque part un couvent qui accepterait de l'accueillir ?

Lincoln, abasourdi, regarde Mickey dévorer un carré de côtes entier. Alors que tous les deux en ont commandé un demi.

« Rassure-moi, dit-il, tu ne manges pas autant tous les jours ?

— Autant que quoi ? répond Mickey, dont le bout du nez s'orne d'un peu de sauce barbecue.

— Autant que ça », dit Lincoln, en englobant d'un large geste l'incroyable quantité de nourriture présente sur la table.

Mickey pointe sur lui un os à moitié rongé.

« C'est ce que j'appelle de la vraie bouffe. Alors, oui, je mange comme ça tous les jours. Tu préfères le tofu ?

— À l'occasion, avoue Lincoln. Je mange aussi des pâtes. Des légumes.

— Hé, moi aussi je mange des légumes. Pas plus tard que ce matin, je me suis tapé une branche de céleri avec mon Bloody Mary. Tu veux mon coleslaw ? Ça m'étonnerait que je le mange.

— Évidemment, c'est la seule chose plus ou moins saine dans ton assiette. »

Mickey fronce les sourcils.

« Pourquoi "plus ou moins" ?

— Parce qu'il baigne dans la mayonnaise, je suppose.

— Putain, j'espère bien ! s'exclame un Mickey indigné, avant de se tourner vers Teddy. Et toi, Teduski ? Qu'est-ce que tu bouffes ces temps-ci ? »

Ayant anticipé cette question, Teddy répond du tac au tac :

« Je suis à fond dans le crudi.

— Le crudi ? » répète Mickey en revenant sur Lincoln pour réclamer ses lumières. Comme celui-ci hausse les épaules, il regarde Teddy d'un air soupçonneux. « C'est quoi, ça, le crudi ?

— Le régime poisson cru. Thon. Saumon. Coquilles Saint-Jacques. »

L'expression outrée de son ami l'emplit de joie.

« C'est des appâts pour la pêche. »

Teddy acquiesce.

« Miam.

— Tu vois ? dit Mickey en pointant le travers de porc sur lui cette fois. Voilà ce qui arrive à force d'écouter Belle and Sebastian. Tu ne finis pas ton plat ? »

Teddy lui donne le reste de son demi-carré.

Depuis leur arrivée au Rockers, il observe son ami, en se demandant ce qui a bien pu pousser Troyer à suggérer d'interroger Mickey pour savoir ce qu'était devenue Jacy. Sans doute cherchait-il à détourner l'attention sur quelqu'un d'autre. Quand Teddy a souligné que Mickey était amoureux de Jacy, Troyer a ricané. Pourquoi ? Projetait-il sa propre haine des femmes sur quelqu'un qu'il avait dans le nez, ou bien avait-il une bonne raison de croire que Mickey était de ces hommes capables de faire du mal à la personne aimée ? Au cours de cet après-midi passé sur la terrasse, à boire de la bière, Mickey avait-il dit ou fait une chose que Troyer aurait pu mal interpréter ? Teddy a beau se creuser la cervelle, il ne voit pas.

Mickey poursuit sur sa lancée :

« Je suppose que vous faites trois repas par jour, pas vrai ? Alors que moi, j'en fais un seul.

— Tu plaisantes ? demande Lincoln.

— Les musicos sont des oiseaux de nuit. Plus jeune, j'étais encore debout à l'aube, alors je pouvais prendre un petit déjeuner avant de rentrer. Une pile de pancakes, des saucisses bien grasses, une plâtrée de frites et des toasts. Pour tuer la gueule de bois avant qu'elle apparaisse. Maintenant, je rentre à trois heures du mat' au plus tard. Résultat, je ne fais plus qu'un seul repas.

— Oui, dit Lincoln. Mais quel repas. »

Mickey change de sujet.

« Hé, Tedmarek, dis, qu'est-ce qui t'oblige à retourner dans la Rust Belt[1] dès demain ? Viens donc passer quelques jours au Cap avec moi. J'ai un canapé convertible. »

1. La « ceinture de la rouille » : terme désignant la région industrielle du nord-est des États-Unis.

*OK*, pense Teddy, *mais alors qui est Delia ?* La conversation qu'il avait surprise, plus tôt dans la journée, avait une tonalité intime, or cette mystérieuse Delia ne devait pas vivre avec Mickey, s'il l'invitait chez lui de manière aussi désinvolte.

« Mon chien ne sera pas content que tu dormes sur son canapé, avoue Mickey, encore que son affection et son pardon s'achètent avec du chocolat.

— Tu as un chien ? s'exclame Lincoln, surpris.

— Clapton.

— Clapton ? »

Mickey se tourne vers Teddy.

« Au risque de me répéter, tu arrives à savoir quand il plaisante ? » Teddy ayant répondu par un haussement d'épaules, il poursuit : « Il a débarqué un jour. Il est vieux. Aveugle. Arthritiquc. Et parfois incontinent.

— Ça donne vraiment envie de loger chez toi, ironise Teddy.

— Oh, ne fais pas la fine bouche. À la fin de la semaine, je t'aurai réappris à bouffer des vrais trucs. Et je parie que je pourrai aussi te guérir de ton syndrome Mumford and Sons.

— Au fait, qu'est-ce que ça a donné, la guitare ? » demande Teddy.

Mickey le regarde sans comprendre.

« Quelle guitare ?

— Tu disais qu'un type avait une Rickenbacker à vendre.

— Ah, oui. » Mickey repousse son assiette vers le centre de la table et réprime un rot. « Il la vend trop cher, alors je le laisse mariner un peu. Je le rappellerai peut-être avant de partir. »

Le premier set débute dans un quart d'heure, et le Rockers, presque désert à leur arrivée, commence à se remplir. À l'instar de Teddy qui a déjà bu deux pintes de bière. En se rendant aux toilettes, il passe devant la scène, impressionné par cette installation. Du temps de la fac, le groupe de Mickey se contentait de quelques amplis et d'une sono portative. Combien coûte tout ce matériel ? Il y a deux grosses caisses, recouvertes de toiles de protection (est-ce pour masquer le nom d'un autre groupe que le batteur a quitté récemment ?), deux caisses claires et quatre cymbales de diverses dimensions. Un groupe local a-t-il besoin d'un piano électrique *et* d'un synthétiseur ? Et toutes ces pédales, à quoi servent-elles ? Les musiciens ont déjà réglé la balance car l'électricité statique fait ronfler les amplis et les micros captent le bourdonnement des conversations aux tables les plus proches. Autour de l'une d'elles, sur le côté, sont affalés quatre types à l'aspect spectral : sans doute les membres du groupe. Seulement quatre, se dit Teddy en recomptant les instruments. Outre les claviers et la batterie, une basse et deux guitares électriques reposent contre leurs trépieds. Une de ces deux guitares, remarque-t-il, est une vieille Rickenbacker. Nickel chrome, pour reprendre l'expression de Mickey.

Teddy continue à rire tout seul quand la porte des toilettes pour hommes s'ouvre. Mickey apparaît dans le miroir, face à l'urinoir voisin.

« Salopard, dit-il. Tu as tout pigé, hein ?

— Ouais.

— Je t'interdis de le dire à Lincoln.

— Promis. »

Ils se soulagent côte à côte. Deux hommes dont la prostate, à l'image de leurs autres organes, a connu des jours meilleurs.

« Plaisanterie mise à part, dit Mickey, alors que

Teddy se dirige vers le lavabo. Tu devrais venir passer quelques jours au Cap. »

Lincoln et Mickey ont-ils parlé de lui ? Peu importe. Ce qu'il a confié à Lincoln au sujet de ses crises n'est pas un secret. Il se peut aussi que Lincoln n'ait rien dit. Et que Mickey ait compris, d'un simple regard, qu'il n'était pas au mieux de sa forme.

« J'aimerais bien, dit-il.

— Qu'est-ce qui t'en empêche ? Tu as fini tes cours, non ?

— Oui, mais il faut que je rentre. »

L'expression de Mickey semble dire : Ne me prends pas pour un con.

« Arrête ton baratin », répond-il.

D'un ton amical, mais de défi.

Teddy décide de jouer franc-jeu.

« Tu ne peux pas m'aider, Mick. J'apprécie ton geste, mais je vais devoir m'accrocher, comme toujours. »

Mickey le rejoint devant le lavabo.

« Il est peut-être temps d'essayer autre chose, suggère-t-il. Et pour ta gouverne, sache que j'ai une bonne raison de t'inviter. En fait, j'aimerais te présenter quelqu'un.

— Ah bon ? Qui ça ? »

S'il y a du nouveau dans la vie de Mickey, Teddy s'en réjouit, même si cette joie est teintée de jalousie.

« Pas question. C'est une surprise. » Il arrache plusieurs serviettes en papier au distributeur. « Bon, je te laisse réfléchir. »

Leurs regards se croisent dans le miroir et Teddy a l'impression, soudain, que son ami lui demande un service. Ce serait une première.

« OK, je vais y réfléchir. »

Quand ils regagnent leur table, les assiettes ont été

débarrassées et les musiciens montent sur scène, en toute décontraction.

« Vous allez adorer ces types », déclare Mickey en vidant son verre de bière.

La serveuse vient leur demander s'ils veulent une autre tournée. Lincoln et Teddy font signe que oui. Mickey secoue la tête, de manière presque imperceptible, un geste qui échappe à Lincoln. Contrairement à l'échange de sourires entre Mickey et Teddy.

« Quoi ? fait-il, aussitôt soupçonneux.

— Rien, Votre Honneur, répond Mickey.

— Rien du tout », confirme Teddy.

Lorsque le batteur frappe sur le bord de sa caisse claire, le bruit ressemble à un coup de feu tiré dans un mégaphone et Teddy sent résonner dans son ventre, plus qu'il ne l'entend, la note jouée par le bassiste. Le type des claviers règle son instrument pour qu'il sonne comme un piano bastringue. Un des barmen, un trentenaire en T-shirt blanc, musclé, arborant un bouc et des bras couverts de tatouages, beugle : « Rock and roll ! » Le batteur frappe ses baguettes l'une contre l'autre, au-dessus de la tête – un, deux, trois –, le guitariste rythmique et le clavier attaquent en chœur, et aussitôt, les spectateurs tapent dans leurs mains. La Rickenbacker reste seule, abandonnée, au milieu de la scène.

« Bon, bah… à plus tard, les gars », dit Mickey en adressant un grand sourire à Lincoln.

Dans la salle, tout le monde s'est tourné vers eux car un projecteur vient d'éclairer leur table. La tête de Lincoln, à cet instant, est à mourir de rire, Teddy doit le reconnaître.

« Je… je ne… », bredouille-t-il, hébété et aveuglé, jusqu'à ce que le projecteur délaisse leur table pour suivre Mickey qui marche à grands pas vers la scène, sur laquelle il saute d'un bond. Tout en faisant passer la sangle de la Rickenbacker au-dessus de sa tête, Mickey s'approche du micro et sa voix résonne dans tout le club, comme un coup de tonnerre :

« *Church house, gin house !* »

Les membres du groupe et le public répondent :

« *School house, out house !* »

Mickey : « *Highway number nineteen !* »

Public : « *People keep the city clean !* »

Teddy a reconnu la chanson. « Nutbush City Limits », le vieux standard de Tina Turner. Et bien entendu, il repense à Jacy car c'est pile le genre de chanson qu'elle aimait brailler sur scène. Mais Jacy n'étant plus là, ils interprètent la version de Bob Seger. Avec la voix râpeuse, éraillée, de Mickey.

« *Nutbush !* s'écrie-t-il.

— *Nutbush City !* rugit le public.

— *Nutbush City Limits !* »

Tout le monde dans la salle scande :

« *Nutbush City Limits !* »

Teddy jette un regard en coin à Lincoln, qui secoue la tête, tout en affichant un large sourire : il a compris qu'il était le seul à ne pas savoir.

« Dis-moi un truc, hurle-t-il pour couvrir le rugissement des guitares, le martèlement de la batterie et les braillements du public survolté. Qu'est-ce que j'ai fait au bon Dieu pour avoir des potes aussi cons ? »

Mais il a sorti son téléphone pour filmer. Tout le monde s'étant levé dans la salle, il est obligé de grimper sur sa chaise. Teddy l'imite, en regrettant une fois de plus que Theresa ne fasse plus partie de sa vie. S'il filme lui aussi, il n'aura personne à qui montrer ces images.

Mickey a peut-être raison, se dit-il. Il n'est peut-être pas trop tard pour tester une autre tactique. Pour laisser sa chance au monastère. Mais il n'arrive pas à déterminer si cela constituerait un pas en avant audacieux ou un timide recyclage de son vieux projet d'études de théologie. À vingt et un ans, ayant renoncé à l'amour, une existence cloîtrée lui était apparue comme une option raisonnable. À l'instar de nombreux jeunes hommes sérieux, à l'époque, il avait été conquis par l'idée (celle de Merton, en réalité) de mener une vie simple, pieuse, loin de la folie du monde séculier. Mais maintenant ? Qui essayait-il de tromper ? À un moment quelconque, peu de temps après avoir fondé Seven Storey Books, sans doute, il avait pris conscience qu'il haïssait Merton, en vérité, et qu'il méprisait son choix de tourner le dos au monde, au profit de la dévotion religieuse. Pauvre type égocentrique, ayant une fausse opinion de lui-même, ce vieux Tom avait fait preuve du même esprit de compétition dans le domaine de la piété que dans la recherche du plaisir charnel. De nombreuses personnes avaient conclu à tort que Teddy était gay, il avait toujours refusé d'envisager que Merton puisse l'être, mais aujourd'hui, il a des doutes. Pourquoi se montrait-il aussi vague et timide au sujet de ses aventures sexuelles dans *La nuit privée d'étoiles* ? Pourquoi donnait-il l'impression de fréquenter uniquement des hommes ? Même Aramis, un des mousquetaires de Dumas, véritable coureur de jupons, bien qu'il se destine à la prêtrise, avait été moins hypocrite.

« *Nutbush !* » braille Mickey dans le micro.

Il y a tellement longtemps que Teddy n'a pas éprouvé l'émotion qu'il lit sur le visage de son ami qu'il peine à la reconnaître. C'est de la joie. Une joie pure, naturelle. Ce que Mickey aime aujourd'hui – le rock and roll joué à fond –, c'est ce qu'il aimait gamin. Ayant trouvé ce qui emplit son âme à la faire exploser, il s'y est cramponné, et au fil des décennies, sa passion et lui sont restés les plus fidèles des amants. Teddy comprend aussi qu'en leur cachant, à Lincoln et à lui, qu'il allait jouer sur scène ce soir, il a concocté le genre de petit secret qu'il adorait dévoiler au bon moment, pour prouver que le monde est bel et bien un endroit magique, plein de merveilleuses surprises. Hormis cela, il n'y avait pas tromperie sur la marchandise, comme l'avait dit Lincoln. S'il avait choisi de rester dans les cuisines de la résidence de la sororité, c'était parce qu'il préférait faire la plonge plutôt que de draguer des jolies filles dans la salle à manger. Une seule Thêta l'intéressait, et il ne s'en était jamais caché. Et s'il avait balancé un direct à ce pauvre gars des SAE, c'était parce que ces lions de pierre, à l'entrée, quoi qu'ils aient pu représenter dans son état d'ébriété, l'avaient mis en rogne, voilà tout. Et pourquoi, au tout dernier moment, avait-il décidé de s'exiler au Canada, au lieu de partir au Viêtnam ? Teddy n'en a pas la moindre idée, mais il est prêt à parier que l'explication, si elle est révélée un jour, ne sera pas compliquée puisque Mickey n'est pas quelqu'un de compliqué. Ce n'est pas lui qui aurait suivi un cursus général. Il sait qui il aime et ce qu'il aime ; autrement dit : il sait qui il est. Si Troyer affirme le contraire, il n'a rien compris.

« *Nutbush City !* rugit le public, poing levé.

— *Nutbush City !* braille Mickey.

— *Nutbush City !* braille Lincoln.

— *Nutbush City Limits !* » braille Teddy en agitant le poing comme tout le monde.

## LINCOLN

Entouré de fans, Mickey s'avance au bord de la scène lorsque Lincoln lui fait signe.

« Nom de Dieu, Beau Gosse. Me dis pas que tu t'en vas !

— Non, le rassure Lincoln. Juste un coup de téléphone à passer. »

Il brandit son portable, qui a vibré pendant le set – à coup sûr Anita réagissant à la vidéo qu'il lui a envoyée.

« Alors, qu'est-ce que t'en penses ? demande Mickey.

— Pas mal. Tu m'épates. »

Mickey hausse les épaules.

« Après quarante ans, c'est normal, non ? »

Lincoln sent que le compliment lui fait malgré tout plaisir.

« Ce qui m'étonne, ajoute-t-il, c'est que tu ne sois pas sourd.

— Quoi ?

— Je disais… » Lincoln comprend la plaisanterie. « OK… Pourquoi tu en as parlé à Teddy et pas à moi ?

— Je ne lui ai rien dit. Il a pigé tout seul. Tu crois qu'il va tenir le coup ? Il n'a pas l'air dans son assiette.

— Je sais. » Lincoln consulte sa montre. « Vous reprenez dans combien de temps ?

— Une demi-heure. Embrasse Anita de ma part. »

Lincoln n'ayant pas dit à Mickey qui il devait appeler, il répond :

« Ça pourrait être quelqu'un d'autre.

— Oui, mais ce n'est pas le cas. »

Dehors, la nuit est tombée et il flotte dans l'air une fraîcheur automnale. La moitié des clients du Rockers étant sortis fumer sur le trottoir étroit, Lincoln marche jusqu'au Camp Meeting Grounds, qui semble abandonné à cette époque de l'année. Le silence, après la musique assourdissante, a quelque chose de surnaturel.

Anita répond dès la première sonnerie.

« Lincoln.

— Assez dingue, tu ne trouves pas ? Son groupe s'appelle Big Mick on Pots, comme à Minerva.

— Lincoln. »

Cette fois, il perçoit l'urgence dans la voix d'Anita.

« Attends, tu n'as pas reçu la vidéo que je t'ai envoyée ?

— J'ai reçu un truc, mais je ne l'ai pas regardé. Ton père est à l'hôpital. Il devrait s'en tirer, mais on a eu peur.

— Qu'est-ce qui s'est passé ?

— On était en train de dîner quand il est devenu tout raide. Comme s'il avait mis ses doigts dans une prise. Ensuite, il s'est avachi sur sa chaise et il a commencé à bredouiller. Bref, on l'a emmené à l'hôpital…

— On ?

— Angela et moi.

— Angela ?

— Sa compagne. Du moins, je suppose. Elle ne parle pas très bien anglais.

— Elle parle quelle langue ?

— L'espagnol, évidemment.

— Mon père ne parle pas espagnol.

— Je sais. C'est quoi, le plus important ? L'état de santé de ton père ou les problèmes de sa vie quotidienne ? »

Lincoln s'apprête à répondre quand son portable vibre. Il s'attend presque à ce que ce soit Dub-Yay, toujours prompt à s'attribuer le premier rôle, mais c'est un numéro local.

« Lincoln ? Tu es toujours là ?

— Désolé, j'ai un double appel.

— Celui-ci est plus important.

— Je sais. Pardon. Tu me prends de court.

— Je continue ?

— Je t'écoute.

— Les médecins vont faire d'autres examens, mais ils ont diagnostiqué un AIT, une sorte de minicrise cardiaque. Pas la première, on dirait.

— Tu tiens ça d'une femme qui ne parle pas anglais ?

— Non, de ton père. Les troubles du langage dus à ces crises ne durent pas. Le temps que l'ambulance arrive, il avait retrouvé l'usage de la parole. Il dit encore vélo à la place de râteau, mais on le comprend.

— Passe-le-moi, alors.

— Il se repose. Les médecins pensent qu'il va dormir jusqu'à demain matin. Ces accidents, même légers, ça épuise. À chaque fois, c'est comme une valve qui évacue la pression, mais la pression remonte ensuite. Il faut s'attendre à une plus grosse crise.

— Quand ?

— On ne sait pas. »

Lincoln soupire.

« Je suis vraiment désolé, ma chérie. Que ce soit arrivé pendant que tu étais là.

— C'est une chance, au contraire. En tout cas, il est bien installé et ne court aucun danger immédiat. Angela et moi, on est sur le chemin du retour.

— Angela et toi. » Son portable vibre de nouveau. La personne qui l'a appelé a laissé un message. « Le vieux saligaud.

— Lincoln.

— Tu avoueras que…

— Oui, je sais. Mais tu es trop dur avec lui. Il veut juste qu'on l'écoute.

— Non, il veut n'en faire qu'à sa tête.

— Il n'est pas le seul. » Comme Lincoln ne répond pas, elle ajoute : « Désolée. Je ne disais pas ça pour toi.

— Tu es sûre ?

— À peu près. »

Après un moment de silence, Lincoln demande :

« Depuis quand je ne t'ai pas dit que je t'aimais ?

— Je le sais. Je n'en ai jamais douté.

— Je voudrais tellement que tu sois là.

— À cet instant précis, moi aussi.

— Tant mieux. Tu me préfères à Angela, alors ?

— Oui. Tu m'as envoyé une vidéo ?

— Regarde-la. Ça va te remonter le moral. » Il sait qu'il devrait mettre fin à cet appel, mais il n'en a pas envie. « Si tu voyais Mickey sur scène. On dirait un gamin.

— Sans blague ?

— De nous tous, il est le seul qui semble mener la vie pour laquelle il était fait.

— Tu es en train de dire que tu t'es trompé de vie ?

— Non, je dis juste que je ne ressens pas pour l'immobilier commercial ce que Mick ressent pour le rock and roll.

— Il n'est pas marié. Il n'a pas d'enfants. Les tiens ont pu faire des études grâce à ton travail.

— Notre travail.

— On a accompli notre boulot. Tous les deux.

— Je sais. Bon, je la ferme maintenant.

— Finis ce que tu as à faire sur l'île et rentre à la maison. Tu as toujours l'intention de rentrer ?

— Évidemment.

— Tant mieux. Tu me manques. Et à ton père aussi.

— Tu crois ?

— Il t'aime.

— Parce qu'il me voit comme son clone. À travers moi, c'est encore lui qu'il aime. Et cette Angela…

— Quelle importance, si elle le rend heureux ?

— Pourquoi devrait-il être heureux ? Est-ce que ma mère était heureuse ?

— Qui te dit qu'elle ne l'était pas ?

— Je le sais.

— Je me doute que tu penses beaucoup à elle. C'est normal. Dépêche-toi de régler tes affaires et rentre à la maison. »

Quand Lincoln retourne au Rockers, la salle est encore plus remplie. Il met un temps fou à se frayer un chemin jusqu'à leur table au fond. Teddy a le regard braqué sur la scène, comme s'il essayait de résoudre une énigme.

« Tout va bien ? demande-t-il sans se tourner vers Lincoln.

— Dub-Yay est à l'hôpital. Il a fait une minicrise cardiaque. »

Teddy l'écoute d'une oreille distraite.

« Tu vois ce qui se passe sur scène ? »

Non, Lincoln ne voit pas. Pas très bien, du moins. Les musiciens ont été rejoints par une femme qui n'a plus l'âge de porter des cheveux violets en épis. Elle tient un micro et, lorsque Mickey veut s'en saisir, elle recule pour l'en empêcher.

« Je vois quelqu'un qui s'imagine que c'est scène ouverte ce soir ? »

Teddy secoue la tête.

« C'est pas possible », dit-il.

Sans que Lincoln comprenne pourquoi, il paraît réellement inquiet. Mickey et la femme aux cheveux en épis semblent en désaccord, mais l'expression de Teddy suggère qu'il assiste à quelque chose de beaucoup plus grave. Que lui a-t-il dit ce matin ? Que ses crises prenaient parfois la forme de prémonitions ? Était-ce une de ces crises ?

C'est seulement lorsque son portable vibre dans sa poche que Lincoln se souvient de l'appel reçu pendant qu'il parlait avec Anita. A-t-il le temps d'interroger sa boîte vocale avant que le groupe ressuscite dans un rugissement ? Déjà, le public tape dans ses mains. Lincoln colle son portable contre son oreille gauche et plaque sa main sur l'oreille droite. Il reconnaît la voix de Joe Coffin. « Lincoln. Appelez-moi quand vous aurez ce message. J'ai mené ma petite enquête. »

Teddy le secoue par l'épaule.

« Faut que tu voies ça ! »

Persuadé que le conflit entre Mickey et la femme aux cheveux en épis a dégénéré, Lincoln est étonné de découvrir que la situation s'est calmée sur scène, au contraire. Le dos tourné à la salle, la femme discute avec les autres membres du groupe. Ils vont la laisser chanter, semble-t-il. Le public a l'air de se réjouir de cet imprévu. Les gens frappent plus fort dans leurs mains.

« Une minute », dit-il à Teddy.

De toute évidence, la meilleure chose à faire serait de ressortir pour téléphoner, mais le club est plein à craquer. Il n'est pas près d'atteindre la porte. Alors, il appuie sur RAPPELER.

Coffin devait avoir la main sur le téléphone car il répond aussitôt.

« Où êtes-vous, Lincoln ?

— Dans un club, le Rockers.

— Ah, d'où ce vacarme. Il faut qu'on se voie. Mais pas là-bas.

— Demain ?

— Ce soir, ça serait mieux.

— Lincoln ! »

Teddy n'a pas quitté la scène des yeux ; sa main broie l'épaule de Lincoln comme un étau.

« Pourquoi ?

— C'est au sujet de votre copain Mickey.

— Eh bien, quoi ?

— Vous saviez qu'il avait quasiment tabassé un type à mort dans les années quatre-vingt ?

— De quoi vous parlez ?

— Vous voulez essayer de deviner son nom ? »

Parcouru par un frisson glacé, Lincoln se retourne vers Teddy. Celui-ci le regarde maintenant avec une expression qu'il peut qualifier uniquement de triste, comme s'il avait écouté cette conversation et savait déjà ce que Coffin allait révéler.

« Aucune idée », avoue Lincoln.

Il faut croire que si, pourtant. Sinon, il aurait été surpris en entendant Coffin prononcer ce nom. Et il n'aurait pas pensé au fond de lui-même : *Évidemment.*

Le batteur entrechoque trois fois ses baguettes et sur le quatrième temps, tous les musiciens attaquent, dressant un mur de son. Lincoln reconnaît d'emblée la voix de la chanteuse. Preuve aussi irréfutable qu'une empreinte digitale. Une voix qui rugit : « WHEN THE TRUTH IS FOUND… » Bien qu'il s'en défende, il a senti sa présence dès qu'il a débarqué du ferry, et de façon plus marquée, dans les locaux de la *Vineyard Gazette*. Et soudain, elle est là. De toutes les chanteuses dont Jacy avait repris les standards avec le groupe de Mickey, c'était Grace Slick qu'elle préférait, et cette chanson, « Somebody to Love » était sa signature. Elle l'interprétait avec une conviction absolue, comme si elle avait écrit elle-même les paroles et connaissait l'histoire qui se cachait derrière. Si bien que Lincoln entonne avant la chanteuse la phrase suivante. « … TO BEEEEEEEE LIES[1]. »

Le fracas qui accompagne le mot *mensonges* ressemble à un coup de cymbale, mais il ne vient pas de la scène. Teddy a perdu connaissance et s'est écroulé sur la table voisine, avant de tomber sur le sol, où il convulse dans une flaque de bière marbrée de sang.

1. « Quand on découvre que la vérité n'est que mensonges », première strophe de la chanson « Somebody to Love », de Jefferson Airplane.

# TEDDY

Au lieu de suivre les instructions de l'anesthésiste qui lui demande de compter à rebours à partir de cent, Teddy estime plus urgent de dresser un inventaire de ce qu'il sait être vrai. Ce sera succinct, devine-t-il, les événements de ce week-end ayant transformé le sol ferme sous ses pieds en terrain sablonneux. Mieux vaut faire vite, d'ailleurs, car les drogues que lui ont administrées les urgentistes étaient de première qualité. Non seulement elles ont eu raison de l'insoutenable douleur (*Hourrah !*), mais elles ont terrassé ses angoisses de manière si radicale qu'il ne sait plus très bien quelle en était la cause (deuxième *Hourrah !*). Il doute toutefois que ces narcotiques aiguisent ses capacités d'analyse.

Voyons… Que sait-il avec certitude ? Il croit bien avoir tourné de l'œil au Rockers. Il se souvient d'avoir eu des vertiges en se levant, mais ensuite, tout est devenu noir, et il y a eu un grand boum : le bruit de sa tête rebondissant contre une table voisine, suppose-t-il. Il se dit aussi – car il a entendu les urgentistes évoquer cette possibilité – qu'il a peut-être perdu son œil droit. Il aurait brisé un verre de vin en tombant dessus et les éclats se sont enfoncés dans sa joue, dont un, le plus dangereux, tout près de son nerf optique. Il faudra qu'il demande à Lincoln, qui est là quelque part. Pendant qu'on le conduisait en salle d'opération, il a entendu son ami lui dire de ne pas s'inquiéter, que tout irait bien. Si Lincoln avait connu ses antécédents en matière de chutes, il n'aurait pas été aussi optimiste. *Au fait*, avait dit ce médecin, il y a très longtemps, après qu'il était tombé sur le coccyx, *dans les cas de blessures à la colonne vertébrale, il y a une chose à surveiller. Il faudra ouvrir l'œil.* (Ouah ! pense Teddy. *Ouvrir l'œil !* Une expression destinée à prendre un sens nouveau.) À seize ans, les probabilités d'une guérison complète étaient en sa faveur. (*Il y avait des chances pour que ses chances soient bougrement bonnes*.) Alors que les conséquences avaient été… bougrement *mauvaises*.

C'est vrai, il avait eu du bol. La malchance aurait été synonyme de fauteuil roulant toute sa vie. À l'instar de la causalité, la chance se répartissait entre immédiate et lointaine. Oui, il avait eu de la chance ce jour-là sur le terrain de basket, mais il aurait eu encore plus de chance s'il n'était pas tombé. Et si on voulait parler de *véritable* chance, il aurait pu débuter dans l'existence avec un autre père, qui aurait ressemblé davantage à celui de Mickey et aurait estimé de son devoir d'enseigner à son fils qu'il fallait tenir tête aux petites brutes et aux butors, quitte à avoir recours à la violence. Michael Sr. avait un jour dû prendre Mickey entre quatre yeux pour lui expliquer tout ça, et même lui montrer comment décocher le genre de coup de poing qui avait expédié Troyer au tapis.

Si Teddy avait eu la chance d'avoir un tel père, les choses se seraient forcément passées d'une autre manière. La première fois où ce sale petit pervers de Nelson l'avait fait trébucher sur le terrain, Teddy se serait relevé et, comprenant que la situation l'exigeait, il lui aurait brisé le nez. Ensuite, au moment du rebond fatidique, Nelson y aurait réfléchi à deux fois avant de le déséquilibrer en l'air, et au lieu de chuter lourdement sur le coccyx, Teddy serait retombé sur ses pieds et il aurait traversé la vie avec une bite en état de marche. À Gay Head, le jour où Jacy l'avait choisi, elle aurait choisi l'homme qu'elle imaginait, et non pas celui qu'il était en réalité. Ils seraient revenus à Chilmark *en couple*. Et avec le temps, à l'image de Lincoln et d'Anita, ils se seraient mariés et auraient eu une kyrielle d'enfants et de petits-enfants.

Si agréable à imaginer que soit cette réalité alternative, Teddy sent qu'elle ne résistera pas à un examen attentif. Tout d'abord, un enfant engendré par Michael Sr. n'aurait pas ressemblé à Teddy, mais plutôt à un garçon comme *Mickey*. Et puis, rien ne garantissait que ce nouveau Teddy aurait connu un meilleur sort. S'il avait été du genre à briser le nez d'un gars qui l'avait fait trébucher, il aurait peut-être découvert qu'il y prenait plaisir. Il serait peut-être devenu, lui aussi, une brute inculte (Brom Bones !), pas très éloignée de Nelson. Et ayant développé le goût du risque et de l'affrontement physique, il se serait peut-être porté volontaire pour partir au Viêtnam, où il aurait été tué. Ou bien, ayant survécu, il serait devenu Républicain, il aurait soutenu d'autres aventures idiotes à l'étranger, responsables de la mort d'autres jeunes hommes. S'il regardait les choses en face – quand il se réveillerait avec un seul œil après l'opération, pourrait-il encore employer cette expression ? – la destinée humaine était à la fois complexe (car constituée de nombreux éléments) et simple (en définitive, vous étiez celui ou celle que vous étiez).

N'était-ce pas pour cette raison justement – parce que Teddy était celui qu'il était et non pas un autre humain hypothétique – qu'il était tombé ce soir ? Le verbe *tomber* semblait écrit quelque part en lettres majuscules dans son code génétique, et apparemment cette fois, les chances pour qu'il y ait une issue favorable n'étaient pas bougrement bonnes. Plus tôt, quand il a entendu un des médecins dire : « Bon, voyons si on peut sauver cet œil », il avait cru que cela signifiait : *Autant tenter le coup, on n'a rien à perdre.* Dans une heure ou deux, lorsqu'il reviendra à lui et que ses médecins lui demanderont d'ouvrir l'œil pour guetter ceci ou cela, il n'aura peut-être plus qu'un seul œil à ouvrir. S'il a des envies de règne, il sera obligé de se rendre au Royaume des Aveugles. Et il devra s'en accommoder.

Était-ce tout ce qu'il pouvait affirmer avec certitude ? Dans ce cas, outre son œil, il est sûr de perdre la tête. Sa raison, il faut bien le dire, est en état de siège depuis son arrivée sur Martha's Vineyard, peut-être même avant. Le premier signe de dégénérescence est apparu sur le pont du ferry, quand il a cru que la jeune femme qui se tenait à côté de Lincoln était Jacy. La question est : pourquoi ? Qu'est-ce qui se passe dans sa tête pour qu'il fasse apparaître l'image de Jacy de cette façon ? Pourtant, elle ne l'a pas obsédé de manière ininterrompue au cours de ces quarante dernières années. D'accord, les jeunes femmes brunes d'un certain genre lui avaient toujours rappelé Jacy, et quand, dans la presse, à la télé ou sur Internet, il tombait sur une histoire de jeune femme portée disparue, il se sentait toujours obligé de lire, de regarder ou de cliquer. Mais c'était une réaction normale, non ? Et même si Jacy l'avait hanté durant tout ce temps, aurait-ce été si étrange ? Elle était la première fille qu'il avait aimée, et qui peut oublier son premier amour ? Certes, il se souvenait d'elle avec un profond sentiment de tristesse, mais cela ne voulait pas dire que sa vie s'était arrêtée le jour où il l'avait perdue.

Ici sur l'île, cependant, toutes les émotions qu'il éprouve en pensant à elle sont amplifiées, comme si elles sortaient de la monstrueuse sono de Big Mick on Pots. Ce matin, sur la route de Gay Head, il a senti le volume augmenter et dépasser le FORT pour atteindre le K-O. Alors, pourquoi a-t-il continué à pédaler en direction de l'origine du vacarme ? Essayait-il de faire apparaître Jacy ou bien était-ce *elle* qui exigeait d'apparaître ? Et si elle était devenue un fantôme, qu'est-ce qui l'avait fait naître ? Même les fantômes répondaient à des motivations. Le jugeait-elle responsable (ou Lincoln ou Mickey) de la chose horrible qui lui était arrivée il y a si longtemps ? Ou bien voulait-elle lui faire savoir qu'elle l'aimait toujours (tout comme Lincoln ou Mickey) ? Plus surprenant encore : le moment choisi. Pourquoi ce matin-là ? Tirait-elle son pouvoir spectral de l'île elle-même ? Tel Prospero, avait-elle attendu durant toutes ces années qu'il ou qu'ils reviennent ? Se pouvait-il qu'elle soit enterrée ici, comme semblait le croire cet ancien flic interrogé par Lincoln ? Dans une histoire de fantômes, cela expliquerait pourquoi elle était beaucoup plus présente sur l'île qu'elle ne l'avait été pendant ces quatre dernières décennies, quand son signal se perdait dans le vacarme du monde extérieur. Conformément à la logique étrange de ces récits, son fantôme tourmenté l'avait contacté dès qu'il avait été à sa portée. Avait-il senti à bord du ferry qu'elle essayait de l'atteindre ? Était-ce pour cette raison qu'il était resté à l'intérieur au lieu de sortir sur le pont ? Avait-il perçu le danger avant que celui-ci se manifeste ?

Ce qu'il trouve rassurant dans cette possibilité surnaturelle, c'est de se dire qu'il a de la compagnie. S'il perd la tête, alors Lincoln est dans le même cas. Marié et heureux, son ami devait moins souvent penser à Jacy que lui, et avec un sentiment de détresse moins profond. Pourtant, à peine arrivé sur l'île, le mystère de la disparition de Jacy l'avait obnubilé. Il avait suffi que Lincoln se rapproche du signal, pour être envoûté à son tour. Pourquoi ? Parce que lui aussi avait été amoureux d'elle. L'amour, l'amour éternel, avait ouvert une nouvelle fréquence qui permettait à Jacy de communiquer avec la personne rangée, posée et terre à terre qu'était Lincoln.

Et Mickey ? Il suffisait de le regarder pour comprendre que lui aussi était hanté, peut-être encore plus qu'eux. Logique, non ? Compte tenu de la proximité géographique. Lorsque au Cap le vent psychique soufflait dans la bonne direction, il entendait son chant de sirène, alors que Lincoln et lui étaient trop loin. Les deux femmes que Mickey avait épousées, avant de divorcer presque aussitôt, ne ressemblaient-elles pas à Jacy ? Avaient-elles fini par comprendre qu'elles étaient de simples doublures de la femme qu'il aimait véritablement ? D'où l'échec de ses deux mariages ?

*Putain*, se dit Teddy. Qu'y a-t-il dans ces drogues qu'ils lui ont refilées ? Sans doute des composants psychoactifs puisqu'il voit des choses masquées jusqu'à présent. Il vit une authentique expérience à la Carlos Castaneda. Ce qui le désole, c'est que, d'une seconde à l'autre, l'anesthésie va produire son effet, et ce sera terminé. Peut-être parviendra-t-il à convaincre ses médecins de lui prescrire une autre dose, pour plus tard. Sinon, il sera obligé de trouver un shaman capable de le renvoyer dans cet endroit où règne une clarté magique car il sent qu'il est sur le point de… *tout* comprendre.

Hélas, la seule chose à laquelle il ne parvient pas à conférer un sens se trouve au centre de tout : la chanteuse aux cheveux violets en épis. Même s'il ne l'avait pas très bien vue du fond de la salle bondée, il avait été certain de reconnaître Jacy. Oui, il avait cru la reconnaître sur le quai également, mais c'était différent. La fille de l'embarcadère avait des cheveux bruns, à peu près la même taille que Jacy, et une vingtaine d'années, l'âge de Jacy au moment de sa disparition. Très vite, il l'avait reconnue pour ce qu'elle était : un souhait. Ou, pour reprendre l'expression de Lincoln : un délire. Il voulait que cette fille soit Jacy, il voulait que Jacy soit vivante et, pendant une seconde ou deux, son souhait avait été exaucé. À l'inverse, la chanteuse aux cheveux violets ne ressemblait pas à Jacy, *c'était* Jacy. Il l'aurait reconnue n'importe où. Cela ne faisait aucun doute dans son esprit. Mais elle n'était *pas* Jacy, elle non plus, pour une simple et bonne raison : c'était impossible. La santé mentale de Teddy avait beau vaciller – ces visions en apportaient la preuve –, il n'était pas totalement déconnecté de la réalité, et les faits ne collaient pas avec cette réalité. La femme sur scène avait une petite quarantaine. Jacy, si elle vivait toujours, approcherait de la vieillesse, comme lui, comme Lincoln et Mickey. Alors, *qu'importe* que la voix de cette chanteuse ressemble à celle de Jacy. *Qu'importe* qu'elle imite Grace Slick comme Jacy l'avait si souvent fait du temps de la fac. *Qu'importe* qu'elle ait choisi de débuter son set par « Somebody to Love », la chanson préférée de Jacy, qui posait la question de savoir ce qui se passe *quand on découvre que la vérité n'est que mensonges* ? Tout cela n'a aucune importance. Il se souvient d'une dissertation rédigée pour Tom Ford, dans laquelle il avait habilement rassemblé une montagne de preuves à l'appui d'une thèse ingénieuse. Hélas, un petit élément importun, un seul, invalidait l'ensemble. Il avait tenté de l'occulter, en vain. *Ce qui ne peut pas être vrai n'existe pas*, avait écrit Ford dans la marge. *Même si vous le souhaitez plus que tout.*

« Teddy ? dit une voix.

— Désolé », répond-il, ou essaie-t-il de répondre, en devinant que l'anesthésiste le réprimande parce qu'il ne compte pas à rebours et ne sombre pas dans un sommeil paisible et heureux pour qu'ils puissent bâcler son opération, avant de le ramener sur le chemin de la dernière étape de sa vie d'homme pathétique, touche-à-tout, bandeur mou et borgne.

Mais en réalité, il s'agit d'une infirmière, qui le pousse sur un brancard.

« Tout va bien, lui dit-elle. L'opération a réussi. »

Quand ils arrivent à destination, elle contourne le machin à roulettes et il découvre une femme de son âge, brune.

« Jacy, dit-il. Je t'aime. »

La vieille infirmière lui rend son sourire.

« Moi aussi. »

# LINCOLN

Il est presque une heure du matin lorsque Lincoln retourne au Rockers, qui s'est vidé. Les musiciens sont tous partis. À l'extrémité du long comptoir, une poignée de traînards regarde un match de base-ball. Voyant que Lincoln contemple d'un air perplexe la scène, encore envahie par le matériel, le serveur tatoué qui a braillé « Rock and Roll ! » quelques heures plus tôt vient l'informer que le concert de Big Mick on Pots est terminé.

« Je croyais qu'ils devaient jouer jusqu'à la fermeture, dit Lincoln en tendant la main par-dessus le comptoir. Au fait, moi c'est Lincoln.

— Kevin, répond le barman en lui serrant la main. Ils devaient, oui. Comment va votre ami ?

— Il va s'en tirer.

— La vache, il a bien saigné », dit Kevin en regardant le polo de Lincoln, maculé à présent de taches couleur rouille, comme son pantalon de toile.

Il a fait ce qu'il a pu pour se nettoyer à l'hôpital, mais le spectacle reste impressionnant.

« Vous connaissez Mickey ? »

Ses bras épais croisés sur la poitrine, le barman ricane.

« Tout le monde connaît Big Mick. » *Entre costauds, on se connaît tous*, semble dire son langage corporel. Les types taillés comme Lincoln ne le savent pas forcément. « C'est une légende par ici. »

Encore une chose, songe Lincoln, qu'il pourrait ajouter à toutes celles qu'il ignore au sujet de son ami, manifestement. Dans la salle d'attente de l'hôpital, il a repensé aux questions que lui avait posées Teddy en venant ici, des questions qui maintenant prenaient un relief nouveau. Pourquoi Mickey avait-il balancé son poing dans la figure de ce pauvre gars de la fraternité, quarante ans plus tôt ? Était-ce la première démonstration visible de la rage qui couvait sous la surface par ailleurs débonnaire ? Et pourquoi Mickey avait-il continué à récurer les casseroles dans la cuisine étouffante de la résidence des Thêta, finissant en nage à chaque service, alors qu'il aurait pu travailler dans la salle à manger, fraîche et aérée, et servir certaines des plus jolies filles du campus ? Sûrement pas par timidité. Ayant grandi au milieu de ses nombreuses sœurs, il était à l'aise avec ces filles, même les plus sexy, dont la plupart le traitaient comme un grand frère. Enfin, pourquoi avait-il fui au Canada au lieu de partir à la guerre ? Était-ce une décision subite, ou bien un choix fait depuis longtemps qu'il avait caché à ses amis parce qu'il ne leur faisait pas suffisamment confiance ?

Si Lincoln n'a pas su répondre à ces questions après quarante ans d'amitié, comment peut-il espérer comprendre ce que lui a appris Joe Coffin au téléphone, quelques instants avant que Teddy s'évanouisse ? Que Mickey, pour une raison qu'il est incapable d'imaginer, avait tabassé, à mains nues et au point de le plonger dans le coma, le père de Jacy, un homme qu'ils avaient rencontré pour la première fois lors de la remise des diplômes. Comment expliquer un tel geste ? La rencontre entre les deux hommes n'avait pas pu être accidentelle. Mickey était-il allé le trouver, et dans quel but ? Avait-il une raison de croire que Donald Calloway savait où était sa fille ? Si son père avait su où elle se trouvait, tout le monde l'aurait su, non ? À moins que ce ne soit l'inverse : Calloway, apprenant que Mickey était revenu aux États-Unis, s'était mis à *sa* recherche. Mais là encore, dans quel but ? Pensait-il que Mickey était impliqué, d'une manière ou d'une autre, dans la disparition de sa fille ? Qu'il s'était exilé au Canada, non pas pour fuir la conscription, mais pour échapper à un interrogatoire et à une éventuelle arrestation ? Ça ne cadrait toujours pas. Si cet homme soupçonnait Mickey, n'aurait-il pas, comme Coffin, également soupçonné Teddy et lui ? Jacy avait passé le week-end avec eux trois. Pourquoi se focaliser sur Mickey ?

« Vous ne sauriez pas où il est ? demande Lincoln. Il faut que je lui parle. »

Kevin hausse les épaules.

« Il paraît qu'il loge quelque part sur l'île. Mais là, dans l'immédiat, il gère Delia, alors je ne peux pas vous dire. Il a peut-être loué un bateau-taxi pour la ramener au Cap.

— Delia ?

— La chanteuse. La fille aux cheveux violets.

— Elle a un problème ? »

Le barman mime une seringue avec le pouce et l'index et se l'enfonce dans le bras.

« Elle devrait être en cure de désintox, mais elle est sortie, on dirait.

— Elle chante avec le groupe en temps normal ?

— Quand elle est clean. Elle a du coffre.

— Mickey et elle, ils sont ensemble ?

— Ça, j'en sais rien. »

Lincoln est sûr du contraire, mais le ton du barman indique qu'il a fini de répondre aux questions.

« Je vous sers quelque chose ? »

Rechignant à regagner Chilmark avant d'avoir une meilleure vision des choses, il commande une bière et consulte sa messagerie. Si, comme le suggère Kevin, Mickey a ramené cette Delia sur le continent en prenant un bateau-taxi, il appellera ou enverra un texto une fois arrivé, et il reprendra le ferry demain matin pour revenir sur l'île. Mickey a tenté de le joindre, mais l'hôpital interdit l'utilisation des portables et il a dû éteindre le sien. Par conséquent, c'est seulement en le rallumant, une fois sorti, qu'il a trouvé le message. Le bruit de fond au Rockers l'a obligé à l'écouter trois fois. *Envoie-moi un texto dès que tu as des nouvelles de Teddy. J'ai un petit problème à régler moi aussi. Je t'expliquerai plus tard. Désolé pour tout ça, Lincoln.* Il y a quelque chose de bizarre dans ce message, alors il l'écoute de nouveau. Est-ce le *tout ça* ? S'il sait lire entre les lignes, Mickey regrette ce qui est arrivé à Teddy, mais aussi tout ce qui a conduit à ce drame. Rétrospectivement, il s'en veut peut-être de les avoir traînés au Rockers pour écouter son groupe jouer. Vu que le week-end a tourné au cauchemar. Mais ses regrets ont peut-être une origine plus précise : la chanteuse aux cheveux violets qui a débarqué inopinément. Si Mickey avait su qu'elle se pointerait, peut-être les aurait-il avertis que sa voix était la copie conforme de celle de Jacy (sans doute l'avait-il engagée pour cette raison) et qu'elle reprenait un grand nombre des chansons interprétées par Jacy. Peu importe. Si Mickey nourrit des regrets, il peut se joindre au club, car Lincoln aussi a des regrets. Il n'aurait jamais dû rappeler Coffin. S'il n'avait pas été distrait par les révélations de l'ancien flic, il aurait peut-être été plus attentif au désarroi de Teddy et l'aurait rattrapé à temps. À la réflexion, il regrette même d'avoir rendu visite à Coffin. Franchement, a-t-il fait une seule chose bien depuis qu'il a débarqué du ferry ?

« La vache, dit une voix familière à côté de lui. Dans quel état est l'autre type ? »

Plongé dans ses pensées, Lincoln n'a pas entendu Joe Coffin (quand on parle du loup…) se hisser sur le tabouret de bar voisin.

« Il est à l'hôpital. Et il s'agit de mon ami, Teddy. Il est tombé sur un verre à vin. »

Coffin le dévisage en battant des paupières, les yeux rougis. Manifestement, il a bu, et pas qu'un peu.

« Les emmerdes vous collent à la peau, on dirait, à tous les trois. »

Avant que Lincoln ait le temps de répondre, l'ancien flic pivote sur son tabouret et lance en direction de l'extrémité du bar :

« Hé, Kevin ! J'espère que tu ne fais pas exprès de m'ignorer car on sait bien tous les deux que tu m'as vu entrer. »

Le barman regarde Coffin par-dessus son épaule, d'un air las, avant de venir vers eux.

« J'ai une question pour vous, Lincoln, dit Coffin tandis que Kevin se poste devant eux, dans une posture emblématique, les deux mains à plat sur le comptoir. Qu'est-ce que vous pensez des gars tatoués qui portent un bouc et une casquette de base-ball à l'envers ? C'est la mode, chez vous aussi ?

— Tu as l'intention de faire des histoires, Joey ? demande Kevin.

— Non, répond Coffin d'un ton détaché, au grand soulagement de Lincoln que la même idée a effleuré. Et vous, Lincoln ? » Coffin lui balance un coup de coude. « Vous allez faire des histoires ? »

Lincoln s'empresse de rassurer les deux hommes.

« Et voilà, dit Coffin. Personne ne veut faire des histoires. »

Ses yeux se posent sur la bière de Lincoln, à laquelle il n'a presque pas touché et commande la même chose.

Kevin tend un verre sous le robinet de la tireuse.

« Une seule, Joey. Pas plus.

— Pourquoi ça ?

— Parce que tu es déjà bourré. Tu es venu en bagnole ?

— Je suis pas venu à pied.

— Alors, une seule bière. Si tu as un accident en rentrant, tes anciens potes m'enverront en taule pour t'avoir servi.

— Tu pourrais te retrouver en taule pour un tas d'autres raisons, Kevin.

— Une seule bière, répète le barman en posant la pression sur un sous-bock.

— Tu peux nous foutre la paix maintenant, dit Coffin. Ça m'étonnerait que la conversation tourne autour du sport, mais au cas où, je te préviendrai. »

Après le départ de Kevin, Coffin trinque avec Lincoln.

« Le problème, dit-il, comme s'il reprenait une discussion interrompue, c'est qu'on ne se comporte pas bien avec les femmes.

— Qui ça, "on" ?

— Nous. Vous et moi. Les hommes en général. On se serre les coudes, tous autant qu'on est. Surtout les flics. On ne devrait pas, mais c'est ce qu'on fait.

— On parle de Jacy, monsieur Coffin ? »

Ignorant cette question, l'ancien flic poursuit :

« Les véritables crimes sont rares par ici. Vous savez pourquoi ? »

Lincoln reconnaît que non.

« C'est logique, quand on réfléchit. Supposons que vous fassiez un sale coup. Vous butez quelqu'un. Vous braquez une banque. »

Lincoln ne peut s'empêcher de sourire. Ce matin, Coffin l'a imaginé en violeur et en assassin ; ce soir, le voilà relégué au rang de braqueur de banque.

« Qu'est-ce qui se passe ensuite ? demande Coffin.

— Aucune idée. Je ne suis pas un criminel. Je prends la fuite ?

— Presque. Vous foutez le camp à toute vitesse. Du moins, c'est ce que vous feriez partout ailleurs. Mais ici, vous devez attendre le ferry ! Les îles ne sont pas propices au crime, Lincoln. C'est une réalité. Surtout les crimes qui vous obligent à fuir ensuite. Ou les crimes avec préméditation. En revanche, le crime impulsif, cette pulsion plus forte que vous ? Les violences conjugales par exemple ? C'est notre spécialité. Surtout en hiver, quand tous les touristes sont repartis et que les temps sont durs. Il n'y a plus de gens riches. Plus personne ne vous engage pour tondre sa pelouse ou nettoyer sa piscine. Du Columbus Day jusqu'au Memorial Day. Vous vous débrouillez tant bien que mal. Vous planifiez vos dépenses… les appareils dentaires des gamins, la nouvelle boîte de vitesses pour la bagnole, et toutes les merdes qui vont vous tomber dessus. Par vagues. Mais tous les ans, c'est le truc que vous n'avez pas vu venir qui vous fout en l'air. Quelqu'un glisse sur une plaque de verglas et se brise la hanche. Et du jour au lendemain, vous croulez sous les factures de l'hosto.

Vous ne pouvez plus payer votre loyer ni les traites de la motoneige que vous n'auriez jamais dû acheter. Vous recevez des appels des agents de recouvrement. Vous connaissez ces problèmes, Lincoln ?

— Pas personnellement, non.

— Je suis content pour vous, dit Coffin d'un ton peu convaincant. Mais c'est le cas d'un tas de gens qui vivent ici toute l'année. Alors, arrive le mois de janvier. Un de vos amis dégotte des billets pour un match de play-off des Patriots. À Denver, mettons. Il vous demande si vous êtes partant. Vous n'en avez pas les moyens, mais vous crevez d'envie d'assister à ce match, nom de Dieu. Vous cherchez quelqu'un qui pourrait vous prêter du fric, en croyant que vous le rembourserez, mais vous vous mentez à vous-même. On est sur une île, Lincoln. Tous les gens que vous connaissez vous connaissent aussi. Alors, vous cherchez sur qui rejeter la faute. Votre femme est à portée de main. Vous lui expliquez que tout ça, c'est à cause d'elle. Car c'est une connasse. »

Lincoln soupire et se cale sur son tabouret. Comme ce matin, Coffin est reparti dans ses divagations et pour ne rien arranger il est ivre.

« Pourquoi me racontez-vous tout ça, monsieur Coffin ? »

Le visage de l'ancien flic s'assombrit aussitôt.

« Fermez-la, Lincoln.

— Pardon ? »

Il n'en revient pas. Depuis quand ne lui a-t-on pas intimé de la fermer ?

« Je vous explique un truc, alors faites-moi le plaisir de m'écouter. Et puis, vous m'avez entendu dire à Kevin qu'il n'y aurait pas d'histoires. Ne me faites pas mentir. »

Voilà exactement, songe Lincoln, le genre de situation que redoutait Anita : livré à lui-même, il se retrouvait assis à côté d'un type bourré et belliqueux, dans un bar, à une heure du matin. Certaines personnes voient venir les problèmes, d'autres non, et il appartient à la seconde catégorie. Les lingettes ne sont pas la seule chose qu'il est incapable de prévoir. Il envisage de descendre de son tabouret pour se diriger vers la sortie, mais il imagine Coffin posant sa paluche sur son épaule et lui ordonnant de rester assis. Kevin s'empresserait peut-être d'intervenir, mais ça ne serait pas mieux. Ce qui finit par convaincre Lincoln de rester assis, outre la menace, c'est le ton presque suppliant contenu dans ces paroles : « Ne me faites pas mentir. »

« Merci, dit l'ancien flic en constatant que Lincoln a décidé de l'écouter. Où j'en étais ?

— J'expliquais à ma femme que tout était sa faute.

— Ah oui. Ce qu'elle sait déjà puisque vous avez déjà eu cette conversation tous les deux, et c'est toujours sa faute. Elle sait aussi qu'il vaut mieux éviter de l'ouvrir car ça se termine toujours mal. Alors, elle reste là, entre vous et le frigo, sans moufter, et elle attend la suite. Un jour, Lincoln, quelqu'un mènera une étude et découvrira que le seul endroit où vous ne devez pas vous mettre, si vous êtes une femme qui vit avec un alcoolique violent, c'est entre lui et le frigo. Donc, vous écartez cette salope de votre chemin, un peu trop brutalement, et elle tombe. Elle geint sur le sol, jusqu'à ce que vous lui ordonniez de se lever. Pas folle, elle obéit. Elle est là, devant vous, elle vous regarde en pleurnichant : *Qu'est-ce que j'ai fait ?* Et vous savez ce que vous pensez à cet instant, Lincoln ? »

Ayant compris qu'il vaut mieux ne pas répondre, Lincoln secoue la tête.

« Vous pensez : *C'est pas la fille dont je suis tombé amoureux*. Elle est grosse, négligée, même pas coiffée. Vous n'avez pas oublié combien elle était mince et sexy, et ça vous donne envie de balancer un coup de poing dans ce visage gras et laid. Ce que vous finirez par faire, Lincoln. Pas ce soir, mais ça viendra, soyez-en sûr. Vous le savez, elle le sait aussi, et le jour où ça se produit, quand vous lui ordonnez de se relever, elle n'obéit pas, elle en est incapable. Elle reste couchée sur le sol, hébétée. Et même si vous saviez que c'était inévitable, vous n'en revenez pas de l'avoir frappée, de la vitesse à laquelle c'est arrivé, mais le plus surprenant, c'est que vous vous en voulez. Alors que vous ne vous souvenez pas depuis quand vous n'avez pas éprouvé de tendresse pour cette pauvre connasse. Mais la honte est là. Honte… à… vous. Alors, vous pensez : *Plus jamais*. Vous vous dites que ça ne se reproduira pas, et vous tirez un trait. Mais au fond de vous-même, Lincoln, vous savez à quoi vous en tenir. Vous savez que ça ne s'arrêtera pas là. Votre femme le sait aussi, c'est pourquoi, le jour où elle le sent venir, où elle voit cette lueur s'allumer dans votre regard et votre poing se serrer, elle n'attend pas. Elle s'enferme dans la salle de bains avec son téléphone et elle appelle la police. C'est là qu'on intervient. »

Lincoln prend le risque de poser la question qui s'impose :

« Et ensuite ? »

Car maintenant que Coffin est sur sa lancée, il doit avouer que ça l'intéresse. Et puis, tous ces « *vous* faites, *vous* dites… » ont fini par l'impliquer personnellement. Que va-t-il *lui* arriver ?

« De nos jours ? Je n'en sais rien. Je vous parle de mon époque. » Un changement discret est intervenu. Le ton menaçant de Coffin a presque disparu, laissant place à une sorte de mélancolie. « Il y a plus de femmes dans la police. Tout le monde est mieux formé. Mais dans le temps, avec votre équipier, vous sortiez le type de chez lui. »

Dieu soit loué, se dit Lincoln. Coffin lui confie le rôle d'un flic maintenant, il n'incarne plus le méchant.

« Pas devant la maison, où les voisins risquaient de vous voir. Derrière, Lincoln, là où il faisait noir, où il n'y avait personne. Et vous disiez au type : *Si tu continues comme ça, tu vas finir par l'amocher. Et on en parlera dans le journal. C'est pas ce que tu veux, hein ? Que tout le monde sache que tu tabasses ta femme ?* Mais ce jour-là, le gars a l'air d'être dans un état second, vous n'êtes même pas sûr que ça percute dans sa tête. Il vous regarde sans rien dire, comme s'il attendait que ça se termine, que vous fermiez votre gueule et que vous foutiez le camp, ce qui ne va pas tarder, il le sait. Si vous aviez l'intention de le coffrer, vous l'auriez déjà fait. Alors, vous lui dites : *La prochaine fois, tu risques de la tuer. Et dans ce cas, tu iras en taule. Tu crois que ta vie ne peut pas être pire, mais je t'assure que si.* Et là, le message passe car même ce sale connard sait ça. Dans la vie, le pire est toujours sûr. Vous voyez son conflit intérieur. Il aimerait bien expliquer comment il en est arrivé là, et en même temps, ça le rend dingue de devoir se justifier. On est entre hommes, non ? Tous les trois ? Pas besoin d'expliquer à d'autres mecs ce qui se passe avec les femmes. C'est juste que des fois… il devient fou de rage. Vous savez bien ce que c'est ? Les femmes, elles peuvent vous rendre cinglé, ces salopes. »

Coffin s'interrompt et observe Lincoln d'un air dubitatif.

« Je crains que vous ayez du mal à me suivre, Lincoln.

— Détrompez-vous.

— Dites-moi où je veux en venir, alors ?

— Qu'on ne se comporte pas bien avec les femmes ? »

Coffin penche la tête sur le côté et plisse les yeux d'un air menaçant. Lincoln lit dans ses pensées : *Vous vous foutez de moi, Lincoln ?* Alors, il s'efforce de lui faire comprendre, sans dire un mot, que ce n'est pas du tout le cas.

« Non, Lincoln. Ça, c'est… l'idée générale. Ce que j'essaie de vous expliquer, c'est qu'en emmenant ce connard dehors, c'est *lui* qu'on essaie de protéger, pas *elle*. S'il continue sur cette lancée, c'est lui qui va morfler, et ça, on ne le veut pas. On ne veut pas qu'il perde son boulot, s'il en a un. Ni ses gamins, s'il en a.

— Je comprends.

— À la bonne heure. Mais demandez-moi pourquoi on s'intéresse à ce salopard. Je suis sûr que vous aimeriez le savoir.

— Pourquoi est-ce que vous vous intéressez à lui, monsieur Coffin ? demande Lincoln, qui a, en effet, envie de savoir.

— Eh bien, peut-être qu'on l'a connu au lycée, ou un gars dans son genre. Et si on a le même âge, on a peut-être joué dans la même équipe.

— Comme Troyer et vous ? Pour remporter l'Island Cup ? »

Coffin ignore cette question.

« Ou alors, si on est plus jeune, peut-être qu'on l'a regardé jouer et qu'on a eu envie de lui ressembler plus tard. D'accord, c'est devenu un minable pathétique, mais on l'a connu avant. Et on pense que le

mieux pour lui, ce serait de se rappeler qui il était et de redevenir ce gars-là. Celui qu'on a connu, avec qui on essaie de communiquer, derrière chez lui dans le noir. On espère qu'il est encore là, quelque part. Mais on se fourre le doigt dans l'œil, Lincoln, car ce gars-là est parti pour de bon. »

*Parti pour de bon,* songe Lincoln. La formule employée par Mickey ce matin même pour parler de Jacy.

« Monsieur Coffin…

— Quel que soit celui à qui on s'adresse, on veut l'entendre dire qu'il comprend ce qu'on lui raconte. Les petits mots magiques qui nous feront disparaître sont : Je comprends. Dès qu'il les a prononcés, pouf ! on fiche le camp.

— Monsieur Coffin… »

L'ancien flic dresse l'index pour le mettre en garde.

« Vous avez été très sage, Lincoln. On a presque fini. On attaque la dernière ligne droite. »

Lincoln hoche la tête et boit une gorgée de bière fade et tiède.

« Encore une question que vous devez vous poser, Lincoln. Une fois que le type a prononcé la formule magique, est-ce qu'on retourne voir la femme avant de partir ?

— Je dirais non.

— Et vous auriez raison. On n'y retourne pas. Pourquoi ? La vérité, c'est qu'on n'a pas envie de la voir assise à la table de la cuisine, un gant de toilette rempli de glaçons appuyé sur l'œil ou la bouche. Qu'est-ce qu'on lui dirait ? *Vous savez qu'il va remettre ça, hein ?* Elle le sait déjà, plus ou moins consciemment. *Vous devriez le quitter ?* Peut-être qu'elle le ferait, peut-être pas. Le prochain serait peut-être pire. Elle ne comprend pas : on dirait qu'elle attire toujours les sales types. *Vous ne connaissez personne qui pourrait vous accueillir ?* Oui, bien sûr, on pourrait lui dire ça. Mais tôt ou tard, à moins qu'elle quitte l'île, il finira par la retrouver. C'est un fait. D'ailleurs, c'est peut-être elle qui l'appellera, pour lui dire où elle se cache. Alors, non, Lincoln, on ne retourne pas lui parler. On est deux gros balèzes, mais vous savez quoi ? On a peur d'elle. On a peur, si on retourne la voir, qu'elle nous remercie. D'être venus le calmer. Comme si ça suffisait. Assise sur un tabouret, avec sa serviette en papier imbibée de sang, c'est ce qu'elle veut nous faire comprendre : ce type a un bon fond. Si vous lui tendez la perche, c'est le mensonge qu'elle vous débitera. »

À ce stade, Coffin part d'un grand éclat de rire qui fait se retourner Kevin et les clients rassemblés à l'extrémité du comptoir.

« Voyez, Lincoln, ce foutu bouquin que ma belle-fille voudrait que j'écrive pour raconter mon expérience de flic sur l'île, *voilà* ce que j'y mettrais. »

Lincoln décide de faire une nouvelle tentative.

« Encore une fois, pourquoi vous me racontez tout ça, monsieur Coffin ? Que dois-je en déduire ? Que s'il était arrivé quelque chose à Jacy en 1971, les flics auraient su qui était le coupable et ils auraient serré les rangs ? Qu'ils auraient étouffé l'affaire ?

— Non, Lincoln, ce n'est pas ce que je dis.

— Ce type hypothétique dont on parle, qui tabasse les femmes… c'est Troyer ? »

Coffin se masse les tempes avec les pouces.

« Putain, Lincoln, c'est décourageant à force. Non. On parle des hommes en général. En tant qu'espèce. Je n'ai pas été assez clair ? Troyer est un homme, alors oui, on parle de lui, mais aussi de vous, de moi et de votre pote Mickey.

— D'accord, mais…

— Et on parle de quelqu'un d'autre aussi. »

*Nous voilà repartis Dieu sait où,* se dit Lincoln.

« Ah bon ? De qui ?

— De mon propre fils. On parle aussi de lui. »

Lincoln ne saurait dire à quoi il s'attendait, mais sûrement pas à ça. L'ancien flic paraît mal en point soudain ; son teint est encore plus gris, sa respiration hachée. Et Lincoln comprend qu'il voulait en arriver là depuis le début.

« Le mari de Beverly ?

— L'ex-mari. Dites-moi un truc, Lincoln… Vous vous voyez lever la main sur une femme comme elle ?

— Monsieur Coffin… je sais que ça ne me regarde pas, mais vous n'avez pas l'air bien. Si je vous ramenais chez vous ? Vous vous faites opérer demain, non ?

— C'est une opération programmée. Et je viens de la retirer de mon programme.

— Vous croyez que c'est une bonne idée ?

— Qu'est-ce que j'en sais ? » Il regarde Lincoln avec un intérêt grandissant, visiblement intrigué. « Vous disiez, ce matin, que votre vie s'est plutôt bien goupillée.

— Oui. »

En faisant cet aveu, Lincoln perçoit à la fois sa véracité et un sentiment proche de la honte. À l'instar de la plupart des personnes bénies des dieux, il ne dresse sans doute pas assez souvent la liste de ses aubaines ; il en est conscient néanmoins, et il sait aussi que la chance en général, et la sienne en particulier, n'a guère de rapport avec la vertu. C'est peut-être ce qui le différencie le plus de Wolfgang Amadeus. Dub-Yay est un calviniste. Où qu'il regarde, il voit des signes indiquant qu'il a été choisi, et son fils aussi. Ainsi que d'autres personnes, peu nombreuses. Il avait jeté un coup d'œil à Teddy, sans percevoir en lui la moindre distinction divine. Se trompait-il ? Un peu plus tôt, alors qu'il suivait le brancard qui emportait Teddy au bloc, Lincoln n'avait pu s'empêcher de se demander si le drame survenu au Rockers devait être considéré comme un incident isolé ou comme un élément d'un schéma établi de longue date, que l'on pouvait résumer en disant que la vie de Teddy s'était mal goupillée, pour reprendre l'expression de Coffin. Déjà à Minerva, Teddy semblait se résigner. Ce qui soulevait une question : cette résignation était-elle une cause ou un effet ? Teddy avait-il accepté docilement ce qu'il considérait comme la trajectoire de son existence, ou avait-il accepté avec courage ce qu'il ne pouvait pas changer ?

Et Mickey ? Sa vie s'était-elle bien goupillée ? Ce soir, en le regardant jouer sur scène son rock and roll chéri, à fond, il aurait répondu oui. D'ailleurs, n'était-ce pas ce qu'il avait dit à Anita ? De tous les trois, seul Mickey semblait mener la vie pour laquelle il était fait. Maintenant, quelques heures plus tard, il n'en est plus aussi sûr. À cause, en grande partie, des divagations philosophiques d'un ivrogne désabusé, des doutes concernant son vieil ami commencent à émerger, bien qu'il tente de les repousser, et de nouveau, il revoit Mickey ce matin, chevauchant sa Harley, le regard perdu dans le vide, et sur le visage un masque de… quoi donc ? de désillusion ? de tristesse ? de regrets ? La musique est-elle toute sa vie ou un moyen de s'en échapper ?

« Eh bien, je m'en réjouis, dit Coffin, sans ironie ni amertume apparentes. Peut-être que la chance continuera à vous sourire. D'après mon expérience, c'est souvent le cas avec les gens chanceux. »

Encore du calvinisme. Les élus le restent, et les damnés aussi. Ayant pris sa décision, Dieu ne changeait jamais d'avis, ce qui arrangeait Wolfgang Amadeus, convaincu qu'il avait mérité, allez savoir pourquoi, d'être choisi, alors que d'autres avaient échoué à un test crucial, *in utero* peut-être. À côté de ça, Coffin, lui, semblait épuisé après avoir essayé, durant une vie entière, de modifier une conclusion prédéfinie.

« Monsieur Coffin ?

— Oui ?

— Il faut vraiment que j'aille pisser.

— Vous n'avez pas besoin de ma permission.

— C'est curieux, j'avais l'impression que si. »

Dans les toilettes pour hommes, Lincoln sort son téléphone de sa poche et fait défiler la liste des appels récents jusqu'à ce qu'il tombe sur le numéro de Beverly qui l'a appelé ce matin. Une voix de femme, endormie, lui répond.

« Beverly ? C'est Lincoln Moser. Vous vous souvenez de moi ?

— Euh… Oui ?

— Désolé de vous déranger. C'est au sujet de votre beau-père.

— Il va bien ? Je n'ai pas réussi à le joindre.

— Il est dans un club baptisé le Rockers, à Oak Bluffs.

— Il a bu ?

— Oui, pas mal, je dirais.

— Il doit se faire opérer demain.

— Il vient de me dire qu'il y renonce. »

Beverly ne répond pas immédiatement et Lincoln met un certain temps à comprendre qu'elle pleure.

« Je serai là dans un quart d'heure. Vous pouvez continuer à le faire parler ?

— Je devrais y arriver. »

Lorsque Lincoln revient s'asseoir sur son tabouret de bar, Coffin dit :

« Voici ce qui va se passer, Lincoln. Le chef de la police d'Edgartown est un ami. Demain, j'irai le voir. Et je lui ferai part de mes soupçons.

— À savoir ?

— Cette fille n'a jamais quitté l'île.

— Vous avez changé d'avis, alors ?

— Oui.

— OK. Mais encore une fois : pourquoi vous m'en parlez ? »

Le petit rire de l'ancien flic est dénué de joie.

« Parce que je vous offre la possibilité d'intégrer le Club de ceux qui ne se comportent pas bien avec les femmes. En tant que membre fondateur, j'en ai le droit. Vous voulez prévenir votre ami Mickey ? Le laisser filer ? Libre à vous.

— Écoutez, monsieur Coffin. Je respecte votre instinct professionnel, mais Mickey n'est pour rien dans la disparition de Jacy. »

L'homme assis face à lui secoue la tête.

« Vous n'en savez rien. Vous le *croyez*. Et je vous assure que savoir et croire, ce sont deux choses bien différentes.

— Comme vous voulez.

— Non, Lincoln. Ce n'est pas comme je veux ou comme vous voulez. Il s'agit de regarder la vérité en face. Par exemple, le fait que votre ami Mickey ait un casier judiciaire dans le Connecticut, où il a été arrêté pour avoir plongé un homme dans le coma en le tabassant à mains nues. Il y a deux heures, vous l'ignoriez. Maintenant, vous le savez.

— Non, je ne le sais pas car, sauf votre respect, on

se connaît à peine. On s'est rencontrés aujourd'hui… enfin, hier… et depuis une demi-heure vous me racontez que, lorsque vous étiez flic, vous essayiez de protéger les types qui battaient leurs femmes. Troyer et vous êtes de vieux amis. Qu'est-ce qui m'empêche de croire que vous le protégez ?

— Réfléchissez. Vous êtes diplômé de Minerva, non ? Pourquoi voudriez-vous que je vous livre une information que vous pourriez aisément réfuter si je mens ?

— Je pourrais vous croire sur parole.

— Mais il n'en est rien.

— Non, parce que ça ne colle pas. Si Mickey possède un casier judiciaire… s'il a agressé le père de Jacy comme vous l'affirmez, comment expliquez-vous qu'il ne soit pas allé en prison ?

— Ah, Lincoln. Vous me faites de la peine. Sincèrement. Il est allé en prison. C'est dans son dossier. Il a passé une semaine entière à la prison du comté. Il a échappé à une peine plus lourde parce que le type qu'il a tabassé n'a pas porté plainte quand il est sorti du coma.

— Pourquoi ?

— Si Mickey était mon ami, c'est à lui que je poserais la question.

— C'est pour ça que vous êtes allé jusqu'à Chilmark aujourd'hui ? Pour demander à votre ami s'il était impliqué dans la disparition de Jacy ?

— Exact.

— Et il a nié ?

— Tout juste.

— Et vous l'avez cru ?

— Disons que je n'ai pas pensé qu'il mentait.

— Comment a-t-il fait pour vous convaincre ?

— Ce fameux jour où votre ami l'a envoyé au tapis… Mason a une version différente des faits. D'après vous, votre ami débonnaire, doux comme un agneau, les a surpris tous les deux, la fille et lui, dans la cuisine. Troyer l'avait coincée dans un coin pour la tripoter. Alors, Mickey a volé à son secours.

— C'est ce qui s'est passé.

— Ce n'est pas ce que dit Mason. D'après lui, la fille n'était pas mécontente de se faire peloter.

— Foutaises ! »

Coffin ignore cette intervention.

« D'après Mason, il s'est interposé entre la fille et votre ami pensant qu'il allait la frapper, *elle* et pas lui.

— C'est…

— Vous étiez dans la cuisine ? » Comme Lincoln ne répond pas, Coffin poursuit. « Non, j'en doute. Donc, vous ne savez pas, Lincoln. Vous croyez. Et à l'image de tous les vrais croyants, vous rejetez d'emblée tout ce qui contredit votre foi.

— Et vous, vous n'êtes pas dans la même logique ? Tous les deux, on refuse de ne pas croire un ami.

— Nos deux cas sont similaires, Lincoln, mais pas identiques. Mason et moi, on se connaît depuis longtemps. Il a eu besoin de mon aide à plusieurs reprises, c'est vrai, et pour ne rien vous cacher, j'avoue que c'est Mason qui m'a sorti du trou quand j'ai touché le fond. Alors, oui, je veux croire qu'il dit la vérité. Pourtant, je ne me fais pas d'illusions. Mason s'est toujours comporté comme un parfait abruti, surtout avec les femmes. Alors oui, j'ai pensé qu'il essayait peut-être de m'enfumer. Pouvez-vous en dire autant au sujet de votre ami Mickey ? »

Au même moment, une explosion de joie retentit à l'autre extrémité du bar.

« La vache ! s'exclame un client. Je veux revoir cette action. »

« Je comprends, Lincoln, poursuit Coffin. La loyauté. La foi. Vous imaginez que je ne voulais pas croire mon fils quand il m'expliquait pourquoi sa femme était couverte de bleus ? Alors qu'elle le soutenait ? En m'expliquant que c'était une empotée de naissance ?

— Je suis désolé…

— Vous n'avez aucune raison d'être désolé. Je vous le répète : je me réjouis que votre vie se soit bien goupillée. Je me réjouis que vous n'ayez jamais été obligé de planquer devant la maison de votre propre fils parce que vous le soupçonniez d'être un sale menteur. Parce que vous connaissiez d'autres femmes qui portaient les mêmes traces de coups. Et je me réjouis pour vous, vraiment, car vous ne regardiez pas par la fenêtre le soir où votre fils a agrippé sa femme par le cou et l'a envoyée valdinguer à l'autre bout de la pièce. Moi, j'étais là, Lincoln. Dehors, devant la fenêtre de leur maison. J'aurais pu épargner à ma belle-fille une commotion cérébrale quand l'arrière de son crâne a heurté le mur car j'avais senti ce qui allait se passer, mais il a fallu que mon fils passe à l'acte, pour que je le sache. Jusqu'à cet instant… Jusqu'à ce que je lui passe les menottes… Je pouvais encore croire. »

Si Lincoln ne l'avait pas attendue, il n'aurait pas reconnu Beverly lorsqu'elle est entrée au Rockers. Dans les locaux de la *Vineyard Gazette*, bien habillée et maquillée, elle était assez séduisante pour que Lincoln ait honte de le remarquer. Là, sans maquillage, vêtue d'un short trop large et d'un sweat-shirt usé, elle fait son âge, et même plus. Compte tenu de ce qu'il vient d'entendre, difficile de ne pas voir en elle la femme que son mari violent a projetée à travers la pièce. Lorsqu'elle pose la main sur l'épaule de Coffin, celui-ci détache les yeux du fond de son verre de bière et découvre sa belle-fille dans le miroir du bar. Il y a dans son regard une tristesse indicible, comme si en parlant d'elle, il l'avait fait apparaître, sous ce triste aspect. Soudain, son visage s'assombrit.

« Kevin ! » s'écrie-t-il.

Cette brutalité déjà entraperçue par Lincoln est réapparue, encore plus intense.

Lincoln inspire à fond. Si la situation doit dégénérer, c'est maintenant.

« C'est moi qui l'ai appelée, monsieur Coffin, dit-il. Pas lui. »

L'ancien flic semble ne pas avoir entendu. Après avoir déposé un billet de vingt dollars sur le bar, il le pousse en direction du barman qui vient vers eux. Kevin salue Beverly d'un hochement de tête et repousse le billet.

« C'est ma tournée, Joey. Mais ça serait bien que tu ne remettes plus les pieds ici. »

Coffin, laissant le billet sur le comptoir, se tourne vers Lincoln.

« Vous savez ce qui arrive aux culturistes qui bouffent des stéroïdes ? Ne dites pas que ça les rend idiots car ils le sont déjà. Sinon, ils ne seraient pas culturistes.

— Joe », l'implore Beverly. Coffin continue à faire comme si elle n'était pas là. « Viens, je te ramène chez toi.

— Ça leur donne des rougeurs le long de la colonne vertébrale. On dirait un carré de fraises.

— Monsieur Coffin… dit Lincoln.

— J'ai pas raison, Kevin ? Tu n'as pas des rougeurs dans le dos ? Ce billet de vingt dollars dit que oui.

— Tu veux vraiment que je fasse le tour du comptoir, Joey ?

— Non, je veux juste que tu montres tes rougeurs à mon nouvel ami Lincoln. Il n'a jamais vu ça, et c'est le genre de gars qui ne croit pas ce qu'on lui dit tant qu'il ne l'a pas vu de ses propres yeux.

— Si je fais le tour, je ne te ferai pas de cadeau. Je sais que tu étais un coriace, mais tu es vieux maintenant.

— S'il te plaît ? supplie Beverly. Joe ?

— Ce n'est pas la peine, monsieur Coffin, dit Lincoln. Je vous crois sur parole, d'accord ? »

Il essaie de faire retomber la tension, évidemment, mais en prononçant ces mots, il n'a pas l'impression de mentir.

« Vous n'essayez pas de m'entuber, Lincoln ? J'espère que vous ne dites pas ça pour éviter une branlée à Kevin.

— On rêve, dit le barman.

— Non, non. Je vous crois », répète Lincoln, et là encore, ça ne ressemble pas à un mensonge.

Coffin l'observe d'un œil alcoolisé. Il le jauge. Et dit :

« OK. Je crois qu'on peut tous rentrer à la maison. » De nouveau il pousse le billet de vingt sur le comptoir, vers le barman. « Mets-le dans ton bocal à pourboires. Tu achèteras de la crème pour soigner tes rougeurs. »

En descendant du tabouret, Coffin perd l'équilibre, et serait sans doute tombé si Beverly n'avait pas été là pour le retenir. Quelque chose dans la manière dont elle l'a rattrapé indique que ce n'est pas une première. Coffin, quant à lui, semble vidé, comme si cette discussion avec Lincoln avait consumé toute son énergie. Lincoln espère qu'il n'en est rien car il a encore une question à lui poser.

« Avant que vous partiez…

— Oui, Lincoln ?

— Cet incident dont vous m'avez parlé… avec mon ami Mickey ? Vous vous souvenez quand ça s'est passé ? »

Le regard de Coffin se perd dans le vide.

« Je dirais 1974, mais je vous le répète : vous pouvez vous renseigner.

— OK, merci. Vous voulez un coup de main ? »

La question s'adressait à Beverly, mais c'est Coffin qui répond :

« Non, je crois que la soirée a été suffisamment humiliante. »

*Mille neuf cent soixante-quatorze*, songe Lincoln lorsque la porte se referme sur le beau-père et la belle-fille. Si sa mémoire est bonne, c'est cette année-là, à l'automne, que Gerald Ford a amnistié les déserteurs et que Mickey, comme beaucoup d'autres, est rentré au pays. Durant son séjour au Canada, ils n'avaient pas gardé le contact, à l'exception d'une unique carte postale. Elle était arrivée chez ses parents, en octobre 1971. Mickey était alors parti depuis plusieurs mois déjà. Elle représentait le magnifique Château Frontenac, à Québec. Au dos, Mickey avait écrit : *J'ai pensé que vous aimeriez voir où je crèche.* C'était signé *Big Mick on Pots.* Enthousiaste, Lincoln avait appelé Teddy, pour apprendre que les parents de celui-ci avaient reçu la même carte, avec les mêmes mots. « Je suppose qu'il n'est pas au courant pour Jacy, avait spéculé Teddy. Sinon, il nous demanderait des nouvelles. » C'était plus tard seulement que Lincoln avait vu le défaut dans le raisonnement de son ami. Pour avoir des nouvelles de Jacy, Mickey aurait dû fournir une adresse, ce qu'il n'avait pas fait, bien entendu, de crainte que cette information ne tombe entre de mauvaises mains.

Ce n'est qu'à la fin de 1975, après l'amnistie, que Lincoln avait reçu un signe de Mickey, sous la forme d'une carte de Noël tardive, annonçant qu'il était de retour et leur ferait bientôt signe, une fois installé. Pour le moment, il vivait à West Haven, avec sa mère, le temps de trouver un boulot et un appartement. Il connaissait deux gars qui cherchaient à monter un groupe. Cette fois, il parlait d'elle : *Je suppose que personne n'a eu de nouvelles de Jacy ?* Un ou deux mois plus tard, ils s'étaient eus au téléphone, et Mickey avait expliqué que sa mère, avec qui il était resté en contact durant son séjour au Canada, lui avait dit que Jacy avait visiblement préféré s'enfuir plutôt que de se marier. Mickey voyait là l'explication la plus plausible à sa disparition. Il avait écarté d'emblée les doutes de son ami. « Tu vas voir, avait-il dit. Elle réapparaîtra un beau jour, mariée à un Européen, en se vantant d'être correspondante étrangère à Singapour ou ailleurs. » Quand Lincoln lui avait demandé de *ses* nouvelles, il avait répondu qu'il retrouvait ses marques, mais quelque chose dans sa voix laissait entendre qu'il en bavait plus qu'il ne voulait l'admettre. Maintenant qu'il était rentré, regrettait-il de s'être exilé au Canada ? Est-ce qu'on le traitait en paria ? *Tu devrais venir nous voir dans l'Arizona*, avait suggéré Lincoln, et Mickey avait promis de venir, une fois installé, mais cela ne s'était jamais fait.

Par conséquent, si les affirmations de Coffin étaient exactes, tout cela était au mieux une parade, au pire un gros mensonge. La priorité de son ami n'avait pas été de trouver un boulot, un logement ou de former un nouveau groupe. Et la disparition de Jacy n'avait pas eu l'air de le secouer. Sa priorité avait consisté à localiser le père de celle-ci. Mais pourquoi ? Pensait-il que Donald Calloway saurait où se cachait sa fille ? Celui-ci avait passé presque tout son temps en prison durant le séjour de Mickey au Canada. Si quelqu'un avait eu des nouvelles de Jacy pendant cette période, c'était sa mère. N'aurait-il pas été plus logique d'essayer de la retrouver, elle ? Lincoln essaie d'y voir clair, mais il a l'impression de redécouvrir au fond d'un placard un vieux puzzle dont il manque la moitié des pièces.

Il sort son portable et envisage de rappeler Mickey. S'il a raccompagné cette Delia en bateau-taxi, il doit maintenant être de retour sur le continent, et il aura du réseau. Mais si Mickey répond, il doit choisir entre l'appeler en tant qu'ami ou inquisiteur, en tant que membre du Club de ceux qui ne se comportent pas bien avec les femmes, pour l'inciter à fuir pendant qu'il le peut encore, ou en tant que vengeur de Jacy, décidé à connaître coûte que coûte la vérité, quel que soit le prix à payer. Ça lui fait mal de l'admettre, mais Coffin a raison : la croyance et le savoir sont deux choses différentes. C'est la seconde qu'il recherchait quand il a googlé Troyer, puis quand il s'est rendu dans les locaux de la *Vineyard Gazette.* Et quand il est allé voir Coffin, c'étaient encore des informations qu'il cherchait. Pourquoi n'a-t-il pas pensé qu'en posant des questions sur le passé, il risquait de chambouler le présent, et qu'au bout du compte, il pourrait avoir envie d'oublier ce qu'il avait découvert ?

*Fiston ?* La voix haut perchée de Wolfgang Amadeus lui parvient de Dunbar, Arizona, nullement affectée par un infarctus. *Je crains que tu aies oublié ta Genèse. Oui, c'était bien l'Arbre de la Connais-*

*sance dans le Jardin. Mais le péché d'Adam, c'est l'orgueil.*

*La ferme, papa*, répond Lincoln. *J'essaie de réfléchir.*

La vieille buse n'a pas tort, cependant. Il s'est montré orgueilleux. Voire vaniteux, encore un des mots préférés de son père. Résoudre le mystère de la disparition de Jacy était une tâche qu'il avait crue à sa portée. Toutefois, sa quête de savoir, sa volonté de comprendre n'avaient pas grand-chose à voir avec Jacy. Ni la vérité ni la justice. Mais lui-même. Ridicule, non ? À soixante-six ans, il essayait encore de prouver à une fille morte depuis plus de quarante ans que c'était *lui* qu'elle aurait dû choisir.

*Donc, tu le reconnais*, dit son père. *J'ai raison.*

*Occupe-toi de tes oignons, papa. Va discuter en spanglish avec ta nouvelle petite amie.*

*Ça, fiston*, répond Dub-Yay, *c'est ce que j'appelle un coup bas.*

Lincoln s'attend à ce que Coffin et sa belle-fille soient partis depuis longtemps quand il sort du Rockers, mais ils sont toujours là, un peu plus loin dans la rue sombre et déserte. Beverly lutte avec la lourde carcasse de son beau-père qu'elle essaie d'installer à l'avant de sa VW. Est-il tombé en traversant la rue ? Est-ce pour cette raison qu'ils n'ont parcouru que quelques mètres ? Ou bien Beverly a-t-elle dû le dissuader de rentrer à Vineyard Haven avec sa camionnette ? Comme aucun des deux ne semble faire attention à lui, Lincoln se glisse au volant de sa voiture de location et s'enfonce dans son siège pour assister à la scène. Lorsque Beverly veut boucler la ceinture de Coffin, celui-ci la repousse d'un geste brusque. Épuisée, elle appuie son front contre la portière. Finalement, elle renonce. Elle claque la portière et fait le tour de la voiture.

*Le voilà, ton serpent. Il est là, devant toi*, intervient Dub-Yay.

*Non, papa. C'est juste un vieil homme malade. Comme toi.*

Mais là encore, son père n'a pas tort. Le serpent de la Genèse était une créature rouée qui murmurait des demi-vérités et des insinuations, et son laïus adressé à Adam n'était pas très différent du soliloque de Coffin sur les hommes qui ne se comportent pas bien avec les femmes, qui – pourquoi ne pas l'avouer – avait pénétré dans le sang de Lincoln comme un venin. Les détails, innombrables, étaient précis et sonnaient vrai, mais pouvait-on en dire autant de l'ensemble ? Lincoln avait des doutes. L'idée principale semblait être que le comportement masculin couvrait un large spectre, à l'image de l'autisme. D'accord, certains hommes étaient mieux élevés que d'autres, mais en définitive, ils étaient tous complices car ils serraient les rangs, pour reprendre son expression, dès que cela devenait nécessaire. Et comme pour prouver qu'il avait raison, il lui avait proposé d'entrer dans son club. Ce qui éveillait ses soupçons, c'était le but recherché par Coffin : le convaincre que sa foi dans son ami de toujours ne reposait sur aucune connaissance réelle, authentifiée. En outre le monologue sinueux de l'ancien flic s'accompagnait d'un avertissement sans ambiguïté : la quête de savoir de Lincoln s'était peut-être retournée contre lui. Toute résistance était inutile. À terme, sa foi dans son ami s'effondrerait sous les assauts implacables des *faits*, comme chez ces gens qui avaient voulu croire mordicus que la guerre du Viêtnam était juste et nécessaire.

Mais Coffin n'en a-t-il pas trop fait ? Non content de déprécier sa foi en Mickey, il a calomnié Jacy. Même en admettant, comme il l'affirmait, que les hommes ne se comportaient pas bien avec les femmes, ses critiques visant la personnalité de Jacy n'étaient-elles pas une autre façon de rejeter la faute sur la victime ? Certes, Jacy avait été aussi déchaînée que leur époque, mais elle possédait par ailleurs une innocence que Coffin, ne l'ayant pas connue, ne pouvait pas imaginer. Elle était loyale et sincère. À Minerva, leur amitié « tous pour un, un pour tous » n'avait jamais été contaminée par l'ironie. *Je n'en ai pas la force*, avait-elle écrit, ce dernier matin, incapable de leur dire adieu. C'était cette loyauté, cette innocence, que le récit de Coffin cherchait à détruire en présentant Jacy comme une traînée, déçue quand Mickey avait joué les trouble-fête dans la cuisine, la privant d'un plaisir qu'elle ne connaîtrait jamais avec aucun d'eux car ils étaient tous les trois lâches et coincés. C'était un argument cynique et insidieux, que Lincoln aurait rejeté d'emblée s'il n'avait pas fait écho à l'analyse de sa mère, pour qui Jacy attendait en vain que l'un d'eux trouve le courage de se déclarer. Ils se comportaient en gentlemen avec elle. Et si ce n'était pas un gentleman qu'elle cherchait ?

Tout cela l'amène à désirer la seule chose qu'il n'obtiendra jamais : retrouver ses amis, tous les trois, comme au temps de Minerva, quand ils avaient la vie devant eux.

*Ce que tu veux, en réalité, fiston*, s'amuse Dub-Yay, *c'est retrouver ta jeunesse perdue.*

Non, il est certain qu'il ne s'agit pas de ça. Ses amis et lui n'ont pas droit à une seconde jeunesse, pas plus qu'ils ne méritent une seconde chance pour réussir ce qu'ils ont raté. Il ne s'agit pas non plus de la perte de l'innocence, car celle-ci, en 1971, avait déjà été ébranlée par ce qu'ils découvraient de la vie, dans les cours et à la résidence des Thêta, sans parler de la guerre et la conscription par tirage au sort, susceptibles de modifier leurs trajectoires individuelles.

*Alors quoi ?* veut savoir Dub-Yay. *Si ce n'est pas la jeunesse ou l'innocence, c'est quoi ?*

Il n'a pas la réponse, puis soudain, ça lui vient. Ce qui lui manque plus que tout, c'est cette conviction naïve de sa génération qui croyait pouvoir se retirer du jeu si elle s'apercevait que le monde s'avérait irrémédiablement corrompu. Formulé ainsi, c'est un peu ridicule, mais n'était-ce pas le pivot de leur foi ? Ils croyaient que le fait d'avoir raison à propos d'une guerre au sujet de laquelle leurs parents s'obstinaient à avoir tort faisait d'eux des êtres à part, voire exceptionnels. Ils changeraient le monde. Du moins, ils rejetteraient ses sollicitations éhontées, ses diverses formes de corruption et ses incitations malhonnêtes. Wolfgang Amadeus se trompait peut-être dans de nombreux domaines, mais ni lui ni sa mère, ni personne d'autre de leur génération, n'avait été assez idiot pour imaginer que l'on pouvait s'extraire du monde qui nous avait créés.

À quelques mètres de là, dans la rue, la VW déboîte en marche arrière et Lincoln la regarde s'éloigner dans Circuit Avenue jusqu'à ce que les feux arrière disparaissent. Beverly a appelé son beau-père *Joe*, et non *Beau Papa*, comme Anita appelait parfois Dub-Yay. Et soudain, Lincoln est convaincu qu'ils sont, ou ont été, plus qu'amis. Encore une pensée venimeuse et indésirable.

Lorsque son portable sonne dans sa poche, il envisage de laisser la boîte vocale prendre l'appel à sa place, mais Wolfgang Amadeus ne l'entend pas de cette oreille. *Dieu déteste les lâches, fiston.*

« Lincoln », dit Mickey.

Pas Beau Gosse, Lincoln.

« Mick ! Où tu es ?

— Chez toi. À Chilmark. Faut que tu ailles chercher Ted. »

Pas Teddy. Pas Tedioski, ni Teduski, ni Tedwicki, ni Tedmarek. *Ted.*

« Il est en salle de réveil.

— Non. Je viens de lui parler.

— Ils ne le laisseront pas sortir avant demain matin. Au mieux.

— Arrête-toi devant l'hosto. Il t'attendra.

— Mick…

— Fais-le, Lincoln. »

Un ordre, et sous-jacent, quelque chose qu'il n'a jamais entendu dans la voix de son ami.

*OK, papa*, pense-t-il. *Quoi encore ?*

Bien évidemment, la communication a été coupée. Le but de ces conversations imaginaires, il le sait, c'est de le préparer en vue du jour, plus très lointain, où Dub-Yay n'existera plus que dans son esprit, comme sa mère. Mauvais timing. Le monde que ses amis et lui avaient cru pouvoir réinventer, ou fuir, était enfin là. Il frappait même à la porte et exigeait d'entrer afin de leur présenter une facture déjà très en retard.

« Explique-moi pourquoi, exige Lincoln à son tour, même si, à ses propres oreilles, son ordre paraît à la fois irascible et suppliant. Donne-moi une bonne raison, une seule.

— Il faut que vous soyez là tous les deux, répond Mickey. Parce que je ne raconterai cette putain d'histoire qu'une seule fois. »

## MICKEY

La saison n'est pas la même – c'était la fin de l'été et non le début – et pourtant la lune s'élève au-dessus des vagues lointaines comme en 1971. Peut-être que ce soir aussi, la fraîcheur les obligera à se réfugier à l'intérieur. Au pied de la pente, la maison de Mason Troyer est plongée dans l'obscurité, comme à l'époque. La veille, Mickey a envisagé d'aller s'excuser, avec beaucoup de retard, de l'avoir frappé. A-t-il retrouvé le plein usage de sa mâchoire ? La main droite de Mickey, qu'il n'a jamais fait examiner, l'élance par temps de pluie et elle a tendance à enfler. Il ne peut s'en prendre qu'à lui-même. Son père, un bagarreur dans sa jeunesse, l'avait mis en garde contre la violence, ses dangers, mais surtout, ses plaisirs. Quand vous décochez un coup de poing, tout ce qui est enfermé en vous se libère, et il n'existe pas de sensation plus agréable. Commencer et conclure une bagarre par un seul uppercut comme Mickey l'avait fait avec Troyer ? C'était le summum. En vérité, Mickey avait pensé à son père cet après-midi-là devant la résidence des SAE. Bert. C'était ainsi que les gars de son équipe appelaient Michael Sr., à cause de sa ressemblance avec Lambert, le Lion Peureux du *Magi-*

*cien d'Oz*. Et que le diable l'emporte si ces satanés lions de pierre ne lui ressemblaient pas eux aussi !

Par contraste, la raclée qu'il avait infligée au père de Jacy lui avait fait l'impression d'un devoir désagréable, dénué de tout plaisir. Peut-être à cause du décor de bureau, et de la présence de toutes ces personnes, majoritairement des femmes, horrifiées. Son premier coup de poing avait transformé le nez du type en bouillie de cartilage. Et oui, d'accord, ça lui avait fait du bien. Comme de lancer : « Vous avez le bonjour de votre fille » au type qui maintenant gisait sur la moquette luxueuse. Peut-être que si le premier direct l'avait mis K-O, Mickey l'aurait mieux vécu. Au lieu de cela, Calloway s'était efforcé de se relever, pas une seule fois, mais trois fois ; à croire qu'il voulait inciter Mickey à ne pas lésiner sur cette volée, bien méritée, ils le savaient l'un et l'autre. Alors, Mickey s'était exécuté, même si chaque coup arrivait avec moins de force que le précédent. En voyant débarquer les flics pour lui passer les menottes, il avait été soulagé. Il n'était plus obligé de tabasser ce type. Et la violence de cette expérience l'avait dégoûté au point qu'il n'avait plus jamais frappé personne, sauf parfois dans ses rêves.

La lune au-dessus des vagues et la fraîcheur de l'air lui rappellent 1971, mais ce soir c'est différent, et pas seulement à cause de l'absence de Jacy. Ce soir, ils ne chanteront pas. Ils ont soixante-six ans, ils sont beaucoup trop vieux pour se convaincre que leurs chances sont bougrement bonnes, et que ce putain de monde s'intéresse un tant soit peu à leurs espoirs et à leurs rêves, en supposant qu'il leur en reste. Néanmoins, avant de sortir sur la terrasse, il met de la musique, en sourdine. Delia, qui lui en veut encore de l'avoir tenue pour responsable de la manière dont les choses ont tourné, a fini par s'assoupir, et elle dort mieux quand il y a de la musique en fond sonore. La plupart du temps, elle allait se coucher avec un casque sur les oreilles, en expliquant que la musique faisait taire ces voix dans sa tête qui lui rappelaient qu'elle était nulle. Ce soir, afin de réduire au silence ses propres idées noires, Mickey a fouillé dans tous les placards de la cuisine jusqu'à ce qu'il déniche la bouteille de bon scotch que Lincoln disait avoir achetée en ville. Il ne boit presque plus, depuis qu'en allant consulter un médecin pour un problème d'essoufflement, il a appris qu'il avait une valve cardiaque défectueuse. Tel père, tel fils, non ? Le pichet de Bloody Mary préparé ce matin-là était le premier alcool fort qu'il buvait depuis un an. Il avait promis à Delia de ne plus toucher à ça, et il avait tenu sa promesse, dans l'espoir qu'elle tiendrait la sienne. Tu parles ! Mickey déteste juger les autres, mais il aimerait bien que certaines personnes ne mentent pas en affirmant être clean, alors que c'est faux. Est-ce trop demander ?

En même temps, sa vie n'est-elle pas un tissu de mensonges, pour la plupart inutiles ? Comment expliquer qu'il ait envie que ses amis continuent à croire qu'il picole dur alors qu'il ne boit plus que de la bière (qui, d'après ses médecins, le tuera plus lentement) ? La montagne de ribs qu'il a engloutie ce soir, c'était pour la frime là aussi. Nom de Dieu, s'il y avait eu de la coke dans les parages, il en aurait pris, uniquement pour convaincre Lincoln et Teddy qu'il était toujours le gars qu'il avait été, que sa vie n'avait pas dévié de la trajectoire prévue et qu'il ne regrettait rien car il n'y avait rien à regretter. Il n'aurait même pas avoué avoir été victime d'un accident de moto s'il n'y avait eu cette preuve monstrueusement visible, cette cicatrice blanche à la naissance des cheveux. S'il n'y avait eu que Lincoln, il aurait tenté le coup. Un jour, à Minerva, Lincoln avait remarqué que son professeur de sciences politiques boitait et il lui en avait demandé la raison. Celui-ci lui avait expliqué qu'il avait une prothèse à la place de la jambe gauche. Il clopinait comme le capitaine Achab depuis le début du trimestre, mais Lincoln venait de s'en rendre compte. En un sens, l'indifférence de son ami aux détails faisait de lui l'étudiant parfait puisqu'il s'intéressait davantage au sens des choses qu'à leur existence, comme si vous pouviez déterminer la portée d'un phénomène sans l'observer réellement. Teddy, en revanche, avait un œil d'aigle, surtout pour ce qui concernait les blessures corporelles. À croire qu'il craignait d'être estropié par tout ce qui l'entourait. Aucune chance qu'il passe à côté de la cicatrice.

Si son père avait survécu, tout aurait été différent, songe Mickey. Mais peut-être est-ce encore un mensonge. Il y a quelque chose d'étrange, et d'approprié en même temps, dans le fait de se retrouver à l'endroit même où avait débuté cette vie de duperie qu'il n'avait pas prévue. Sur cette île. Dans cette maison.

Mickey s'est assoupi sur la terrasse en attendant que les gars reviennent. Le crissement des pneus sur le gravier le réveille ; il entend des portières s'ouvrir et se refermer, les voix étouffées de ses amis dans la douceur de la nuit. Il est soulagé. Il avait dit à Lincoln que Teddy l'attendrait devant l'hôpital, mais il n'en avait aucune certitude. Teddy n'avait pas été officiellement autorisé à sortir, et l'infirmière de nuit pouvait essayer de l'en empêcher. Il était possible aussi qu'en voulant se lever et s'habiller, Teddy s'en découvre incapable. Mais non, ils étaient là tous les deux. Une lumière s'allume dans la maison et, quelques secondes plus tard, Lincoln apparaît derrière la porte vitrée, l'air renfrogné. Il fait coulisser la porte et s'écarte pour laisser passer Teddy, qui s'arrête sur le seuil, chancelant, à moitié dans les vapes. Un épais bandage blanc, de la taille d'une balle de tennis, couvre son œil droit.

Mickey se lève.

« Un coup de main ?

— Je m'en occupe », répond Lincoln, qui peine à contenir sa colère.

Après avoir installé Teddy, il s'apprête à s'asseoir, mais aperçoit la bouteille de scotch et retourne dans la cuisine.

« Tu as l'air plus en forme qu'au club, commente Mickey en observant Teddy de la tête aux pieds. Comment tu te sens ?

— Faible. Mais je ne souffre pas trop pour le moment.

— Qu'est-ce qu'ils t'ont filé ?

— J'ai oublié. Des antidouleurs dernière génération. L'essentiel, c'est que ça fasse effet.

— Ce qu'il faut surtout, c'est les arrêter quand la douleur disparaît. Tu es sûr que tu te sens d'attaque ?

— Réveille-moi si je pique du nez. En fait, je crois que j'ai déjà presque tout deviné.

— Ah ouais ? »

Mickey ne voit pas comment c'est possible.

« Enfin, je n'ai pas vraiment deviné. Disons que… en me réveillant, je savais.

— Parfait, dit Mickey en ricanant. Tu vas pouvoir tout nous raconter, alors. »

En voyant le sourire grimaçant de Teddy, Mickey est submergé par un sentiment de culpabilité. Ce qu'il est en train de faire – exiger de ses amis qu'ils écoutent son histoire ce soir même – est à la fois égoïste et cruel, mais l'alternative consistait à quitter l'île en douce, avec Delia, en les laissant imaginer le pire, ce qui était sûrement le cas de Lincoln à cet instant.

La porte vitrée coulisse de nouveau et Lincoln réapparaît en tenant deux verres contenant quelques glaçons, qu'il dépose au centre de la table basse.

« Tu devrais peut-être éviter », dit-il à Teddy, qui prend un verre malgré tout.

Lincoln se verse deux doigts de whisky, en sert une goutte à Teddy, et repose la bouteille, à portée de main de Mickey. Le message est clair : il n'a qu'à se servir lui-même, ce qu'il fait.

« Bon, dit-il. Je ne sais pas trop par où commencer, mais…

— C'était un accident, lâche Lincoln. Commence par là.

— Pardon ?

— La manière dont elle est morte. Explique-nous que c'était un accident.

— Lincoln, intervient Teddy dans un murmure. Laisse-le raconter son histoire.

— Oui, vas-y, Mick, dit Lincoln. Raconte-nous comment Jacy est morte.

— Elle est morte dans mes bras. »

Il sent encore son corps contre lui, presque quarante ans après.

« C'était un accident, insiste Lincoln.

— Oui », avoue Mickey, même s'il ne comprend pas comment Lincoln a pu le deviner.

Celui-ci déglutit avec peine.

« Elle est enterrée ici ? »

Abasourdi, Mickey secoue la tête. L'idée était complètement barge, mais il aurait juré qu'en disant « ici », son ami entendait : sous cette pelouse.

« Je ne te suis pas, vieux, dit-il. Pourquoi elle serait enterrée ici ?

— Ne mens pas, répond Lincoln. Ne mens pas, bordel ! Les flics vont débarquer demain et ils vont retourner tout le terrain. Si elle est ici, ils la trouveront. »

Éclater de rire est la dernière chose à faire, mais Mickey ne peut pas s'en empêcher. Mentez comme un arracheur de dents pendant quarante ans et tout le monde vous croit, mais le jour où vous décidez de dire la vérité…

« Lincoln, je ne sais absolument pas de quoi tu… »

Il n'a pas le temps d'aller plus loin car Lincoln, qui semble ne plus avoir de problème de dos, a bondi de son fauteuil. Sa main gauche se referme autour du cou de Mickey, tandis que sa main droite forme un poing. Il ne l'aurait pas frappé, Mickey en est certain, même si la porte vitrée ne s'était pas ouverte à cet instant. En découvrant Delia dans l'encadrement, encore groggy, Lincoln lâche le cou de Mickey, se redresse et se retourne face à elle. Lorsque Mickey se lève, Teddy en fait autant.

« C'est rien, dit Mickey à Delia, d'une voix éraillée. Viens que je te présente mes amis. »

Pendant un instant de flottement, personne ne bouge. Puis Teddy marche jusqu'à Delia et la prend dans ses bras. Surprise, elle regarde Mickey par-dessus son épaule, mais se laisse étreindre. Après un autre long silence, Teddy recule en tenant Delia à bout de bras pour l'observer.

« Tu ressembles à ta mère », dit-il, avec un grand sourire.

Le sourire qu'elle lui rend est une parfaite imitation de celui de Jacy.

Ils étaient convenus de se retrouver au restaurant qui jouxte le débarcadère du ferry, à Woods Hole, mais il n'était pas certain qu'elle viendrait. Ils avaient manigancé ce plan à la hâte la veille, dans l'après-midi, pendant que Lincoln était au téléphone avec Anita, et que Teddy, victime d'un de ses coups de blues récurrents, était allé se promener.

Mais il y avait eu des bouleversements entre-temps, et Mickey ne lui en aurait pas voulu si elle avait changé d'avis. « Quand est-ce qu'on a commencé à avoir des secrets les uns pour les autres ? » lui avait-il demandé. Une question qui n'était pas de pure forme. Teddy et Jacy avaient fichu le camp en douce à Gay Head un peu plus tôt dans la journée et, à en juger par le comportement de Teddy à leur retour, il s'était passé quelque chose. Le pauvre. Ils étaient tous fous amoureux d'elle, mais lui semblait le plus mordu. Avait-il craqué, lui avait-il avoué ses sentiments, en la suppliant de ne pas épouser Vance ? Lui avait-elle coupé les ailes ? Avec délicatesse, car Mickey devinait que Teddy était son préféré. D'un autre côté, s'il avait violé leur pacte tacite, il l'avait bien cherché.

Cette pensée déclencha aussitôt en Mickey un sentiment de culpabilité. Après tout, s'il s'agissait d'un pacte tacite, qui disait qu'il *existait* ? Il avait toujours supposé que la formule *tous pour un et un pour tous* représentait une promesse codée que jamais aucun d'eux n'agirait dans le dos des autres pour séduire Jacy. Une promesse d'autant plus facile à tenir qu'elle était fiancée à un autre. Si ce pacte existait, ce n'était rien qu'une clause de non-concurrence, qui n'aurait jamais besoin d'être appliquée. Pourtant, ils étaient bien en concurrence, même quand ils étaient tous ensemble, et si Jacy devait épouser un homme qui ne s'appelait pas Mickey, il préférait que cet homme ne s'appelle pas Lincoln ni Teddy. Un aveu honteux, mais c'était comme ça, et sauf erreur, ses deux amis pensaient la même chose. Vance *était* probablement un connard de première, et Jacy méritait mieux, sans aucun doute, néanmoins Mickey s'était habitué à l'idée qu'ils allaient se marier, à l'instar d'une des nombreuses composantes de sa vie qu'il ne pouvait pas modifier : la mort de son père ou le tirage au sort de la conscription. Là où il l'aurait eue mauvaise, c'est si Jacy avait choisi Teddy ou Lincoln.

Quoi qu'il en soit, il était possible qu'après leur chorale et leur beuverie fraternelle de la veille au soir, elle se soit ravisée à propos de leur rendez-vous, et qu'elle ait sauté dans un car à destination de New York, comme elle en avait l'intention au départ. De fait, en balayant du regard la salle de restaurant, sans la voir, Mickey ressentit à la fois une terrible déception et… oui, du soulagement. Mais soudain, une jeune femme coiffée d'un grand chapeau mou et portant des lunettes noires, assise seule sur la terrasse, lui fit signe.

Il sortit et installa une chaise devant elle.

« C'est un déguisement ? »

Elle ressemblait à une version hippie d'Audrey Hepburn dans *Charade*.

Jacy eut un rictus inquiet.

« Ils se sont doutés de quelque chose ? »

Mickey secoua la tête. Lincoln et Teddy l'avaient déposé à l'entrée du parking de la compagnie de ferry, à Falmouth, où ils avaient échangé des au revoir gênés entre garçons.

« J'espère que tu vas écouter la voix de la raison, lui avait dit Teddy. Putain, j'irais au Canada avec toi, si ça pouvait t'éviter de partir au Viêtnam. »

Ému par cette proposition, Mickey l'avait déclinée avec humour, expliquant à ses deux amis qu'il s'inquiétait plus pour eux que pour lui, surtout pour Lincoln qui se faisait déjà mener par le bout du nez, alors qu'il n'était pas encore fiancé. Sans lui, Lincoln n'aurait plus aucun modèle masculin.

À quoi Teddy avait répondu : « Je te remercie. »

Finalement, Lincoln avait refusé la parodie d'adieux et la simple poignée de main. « Approche », avait-il dit et il avait serré Mickey dans ses bras, en murmurant : « Bonne chance, vieux. » Et Mickey n'avait eu d'autre choix que de l'étreindre lui aussi.

Une fois Lincoln et Teddy partis, Mickey avait récupéré sa voiture afin de retourner à Woods Hole, honteux de tromper ainsi ses deux amis.

« Explique-moi ce qu'on fait ici, dit-il à Jacy, car je ne comprends pas.

— Chaque chose en son temps. Montre-moi ta main. »

Il remua les doigts en essayant de ne pas grimacer.

« Ça va mieux aujourd'hui, dit-il. Elle est moins enflée. »

Jacy secoua la tête et lui adressa son sourire qui voulait dire : « Pourquoi les hommes sont-ils des baratineurs ? », un de ses préférés, même s'il les aimait tous.

Elle buvait un Bloody Mary, une boisson qui semblait de circonstance, et quand la serveuse se présenta, il commanda la même chose.

« Je suppose qu'on a le temps ? dit-il.

— Je ne suis attendue nulle part.

— Je croyais que tu devais passer un jour ou deux avec Kelsey à New York.

— J'ai menti. »

*Quand on découvre que la vérité*..., songea Mickey.

« Maintenant, tu vas me dire que tu ne te maries plus.

— Quelle perspicacité ! »

Mickey avait beau essayer de ne pas laisser éclater sa joie en apprenant cette nouvelle, il sentait qu'il souriait.

« Vance est au courant ?

— Pas encore, mais il ne sera pas étonné.

— Et tes parents ?

— Ça va leur faire un choc. »

C'était elle qui rayonnait maintenant.

« Qu'est-ce qui s'est passé ? »

Jacy soupira.

« On n'a pas réussi à se mettre d'accord sur l'endroit où on allait habiter. Moi, je penchais pour Haight-Ashbury. Lui préférait Greenwich, à mi-chemin entre les maisons de nos parents respectifs.

— Vous auriez pu trouver un compromis. J'ai toujours entendu dire que c'était ça, le mariage. »

Elle secoua la tête.

« Vance a dicté sa loi. Quand tu es une femme, c'est *ça*, le mariage. »

Le ferry, ayant refait le plein de passagers, activa sa sirène et quitta le quai. Sur le pont supérieur, des personnes se rendant sur l'île faisaient des signes de la main. Dès que la serveuse apporta son Bloody Mary à Mickey, il en but un tiers d'un coup et sentit aussitôt sa gueule de bois s'estomper.

« Teddy a proposé de partir au Canada avec moi si cela pouvait m'éviter d'aller à la guerre.

— Pauvre Teddy, dit-elle en détournant le regard, les yeux brillants.

— Il s'est passé un truc bizarre à Gay Head hier ?

— On s'est baignés nus.

— Ah ouais ? Une idée de qui ?

— De moi », répondit-elle en soutenant le regard de Mickey cette fois.

Il y avait du défi dans cet aveu. S'agissait-il d'une sorte de test ? Ne pose pas la question, songea Mickey qui ne put s'en empêcher.

« Il s'est passé autre chose ? »

Jacy continuait à le regarder droit dans les yeux.

« Non, c'est tout. »

Voilà qui expliquerait le coup de blues de Teddy, pensa Mickey. Il paraissait coupable quand, en réalité, il avait le cœur brisé. Pas étonnant qu'ils aient eu tant de mal à le faire chanter « Chances Are » avec eux. Ses maigres chances avaient été balayées, alors que celles de Mickey ressuscitaient par magie.

« Toi, en tout cas, ajouta Jacy, tu ne peux pas aller au Canada avec lui.

— Ah bon ?

— C'est hors de question.

— Pourquoi ?

— Parce que tu vas y aller avec moi. »

« Tu connais Bar Harbor ? » demanda-t-elle deux jours plus tard.

Elle avait sombré dans le silence une heure plus tôt, et Mickey sentait qu'elle ne souhaitait pas qu'il le comble avec son bavardage. Peut-être qu'elle commençait à prendre conscience de la gravité de leur décision – ce n'était pas rien de partir au Canada sans argent et sans la moindre idée de ce qu'ils y feraient. D'un moment à l'autre, il s'attendait à l'entendre dire : *Fais demi-tour. C'était une idée débile.*

Depuis leur départ de Woods Hole, ils avaient parcouru la moitié de la côte du Maine, en longeant l'Atlantique, parfois présent à une centaine de mètres seulement, puis disparaissant pendant une heure, ou plus. Quand Mickey avait fait remarquer qu'il existait un itinéraire plus rapide pour atteindre le Canada, Jacy avait répondu : « L'époque où tu pouvais aller n'importe où en suivant le chemin le plus direct est terminée. » Paroles derrière lesquelles il devinait une métaphore, dont le sens continuait à lui échapper. Elle avait promis de répondre à la question qu'il lui avait posée à Woods Hole (*Qu'est-ce qu'on fait ?*) et à toutes celles qui lui avaient traversé l'esprit depuis (*Tu ne devrais pas appeler tes parents pour les rassurer ? Tu ne devrais pas informer Vance que le mariage est annulé ? Et Lincoln et Teddy ? Pourquoi tous ces secrets ?*). Aucune n'avait obtenu de réponse. Quelque chose semblait tracasser Jacy, mais tout ce qu'il parvenait à lui soutirer, c'était l'assurance qu'il comprendrait le moment venu.

« Comment veux-tu que je connaisse Bar Harbor ? » grogna-t-il.

Elle haussa les épaules.

« Je ne sais pas. Tu allais où en vacances avec tes parents quand tu étais petit ?

— Au lac.

— Quel lac ?

— Justement, pauvre gosse de riche. Quand j'étais gamin, je croyais qu'il existait un seul lac. On partait une semaine en août. Parfois deux, si on était en fonds. Tous les gens du quartier allaient en vacances là-bas. »

Elle lui lança un regard oblique.

« Donc… en vacances, tu voyais les mêmes personnes que pendant le restant de l'année ? Dans ta rue ?

— "Les gens s'arrêtent et me regardent, chantonna Mickey, mais je m'en fiche… car je n'aimerais pas être ailleurs sur terre…" »

Combien de temps, se demandait-il, mettrait-elle à comprendre cette réalité qu'il tentait d'expliquer, et en vain : sa vie avant Minerva. Même Teddy et Lincoln – qui ne venaient pas d'un milieu riche, bien que la famille de Lincoln soit relativement aisée – semblaient avoir du mal à saisir pourquoi il s'accrochait autant à certains principes. Par exemple, ils n'avaient jamais compris qu'il choisisse de récurer des casseroles en cuisine alors qu'il aurait pu jouer les jolis cœurs dans la salle à manger. Comment leur expliquer l'Acropolis, un *diner* de West Haven, son premier vrai job rémunéré – à la plonge, oui – où Nestor, le patron, le payait de la main à la main ? Quelques heures après le lycée et le week-end. Chaque jour, une abondance de poêles et de casseroles sales l'attendait sur le grand égouttoir. Pendant deux heures, il s'attaquait vaillamment aux restes qui avaient eu le temps de sécher depuis le déjeuner, imaginant qu'il portait sur ses épaules cette Fender Stratocaster qu'il convoitait depuis longtemps, la sensation du manche lisse et des frettes sous ses doigts. Sachant que ses parents n'apprécieraient pas qu'il exerce un petit boulot après les cours au lieu de réviser, il leur avait raconté qu'il s'était inscrit dans un groupe d'études de jeunes catholiques. Un petit mensonge, se disait-il, qui ne l'empêcherait pas d'aller au ciel. Mais en ce temps-là, son père se méfiait de tout ce qui sortait de la bouche de Mickey, et un jour, en quittant la cuisine, son travail terminé, il avait découvert Michael Sr. installé au comptoir, devant une part de cheesecake. Il s'était assis sur le tabouret voisin que lui montrait son père. « Tu veux un soda ? Tu as eu chaud, on dirait. »

Quand son Coca était arrivé, son père avait demandé : « Alors, tu m'expliques ?

— C'est pour acheter une guitare.

— Tu en as déjà une.

— Celle-ci est mieux. »

Son père plissa les yeux. Terrain miné.

« Celle que tu as eue pour Noël n'est pas assez bien ? »

Une sous-marque au manche tordu, dont les frettes, saillantes, produisaient des bourdonnements.

« Imagine que c'est un outil », tenta Mickey, ravi de trouver une analogie susceptible de plaire à son père. *Un mauvais ouvrier a toujours de mauvais outils* était un de ses dictons préférés.

« OK, dit son père, disposé à lui concéder cet argument, mais il y a un autre problème.

— Lequel ?

— Tu as menti à ta mère. »

C'était son père tout craché. Chaque fois que Mickey était pris en faute, il décevait sa mère, jamais ses deux parents. À croire que son père le voyait depuis longtemps comme une cause perdue.

« Tu lui as raconté que tu allais en salle d'études ou une connerie dans ce genre… Excusez mon langage, dit-il à la serveuse qui venait remplir sa tasse de café.

— Tu vas parler à maman de ce cheesecake ? » demanda Mickey.

La dernière visite de son père chez le médecin avait mis en évidence une tension et une glycémie trop élevées. On lui avait conseillé de perdre du poids, et il n'avait plus droit au sucre, hormis le dimanche matin, quand ils se rendaient exprès dans Wooster Street pour acheter des pâtisseries italiennes.

Son père prit à témoin la serveuse, qui semblait être une candidate au diabète elle aussi.

« Non mais, vous entendez cet insolent ?

— Ils sont tous pareils de nos jours, répondit-elle, en adressant un clin d'œil à Mickey.

— Ça lui jouera des tours dans la vie », déclara son père en déposant un billet de vingt dollars sur le comptoir.

Dans la voiture, Mickey demanda :

« Alors, je peux garder ce boulot ?

— Pour le moment. À condition que ta mère soit d'accord. Nestor te traite bien ?

— Ça peut aller.

— Y a intérêt. J'ai dans le coffre un tuyau en PVC cassé qui rentrerait parfaitement dans son oreille. Tu aimes ce travail ? Je te demande ça parce que je ne t'ai jamais vu laver une seule assiette à la maison. »

Mickey allait dire non, qu'il faisait la plonge pour gagner de l'argent et puis il s'aperçut que ce n'était pas tout à fait exact. Certes, la vision de ces montagnes de casseroles sales était toujours déprimante quand il entrait dans la cuisine, mais il aimait bien les nettoyer une par une, à son rythme, et il aimait surtout le sentiment d'avoir accompli sa tâche, même si c'était une tâche abrutissante, et que vous ressortiez de là en puant le torchon sale mariné dans la graisse de bacon.

« J'ai pas à me plaindre.

— Tant mieux. Je ne veux pas entendre dire un jour que tu as bâclé ton travail. Ce morceau de tuyau en PVC rentrerait très bien dans ton oreille aussi, *capisce* ? »

Voilà ce que Lincoln et Teddy – et à plus forte raison Jacy – semblaient incapables de comprendre. Ils supposaient qu'il restait en cuisine parce qu'il avait une dent contre les filles riches, et n'aimait pas l'idée de se montrer aimable avec elles. En réalité, il se plaisait à l'office. Les cuistots lui rappelaient les amis de sa mère à West Haven et il aimait bien le long égouttoir en inox, le jet puissant de la douchette de l'évier et l'humidité permanente. Tout cela le ramenait à l'époque de l'Acropolis et à l'excitation de cette première Stratocaster, achetée avec l'argent qu'il avait gagné là-bas. La cuisine de la résidence des Thêta avait pour Mickey un parfum de sacré qu'il n'avait jamais ressenti dans aucune église. S'il s'était plu à Minerva, il ne s'y était jamais senti à sa place, contrairement à Lincoln et Teddy. Certes, c'était *mieux* que West Haven, mais il n'était pas obligé d'adhérer à ce mode de vie. Il commençait par ailleurs à comprendre que la grandeur de son père, ce qui faisait de lui un modèle, c'était sa capacité à aimer ce qu'on lui avait donné, ce qu'on lui avait imposé, ce qu'il était obligé d'accepter.

Il aurait voulu expliquer tout ça à Jacy ce jour-là. Les questions qu'elle lui posait sur sa jeunesse semblaient dénoter un intérêt sincère, mais il voyait bien aussi que c'était pour elle comme d'étudier une langue étrangère. Elle savait reconnaître des étymologies et construire de courtes phrases pragmatiques, mais parler couramment nécessitait une immersion complète. Et quelle jeune fille de Greenwich, Connecticut, aurait envie de s'immerger à West Haven, au milieu des ouvriers du bâtiment, des flics obèses et des bodybuilders qui roulaient des mécaniques ? S'il appréciait ses questions, les réponses qu'il y apportait semblaient n'entraîner aucune prise de conscience, uniquement d'autres questions. (*Pourquoi ses parents ne l'avaient-ils jamais emmené à Bar Harbor ? D'accord, ils n'avaient peut-être pas les moyens d'y séjourner longtemps, ni de fréquenter les meilleurs endroits, mais ils auraient au moins pu y aller ?*) Même avec Mickey comme guide, elle restait une touriste. Et il ne pouvait pas le lui reprocher. Qu'importe si elle ne parlait pas la langue couramment ? À Minerva, il avait appris à manier un dialecte plus proche de celui de Jacy que du sien, non ? Ils pouvaient communiquer. Et si un fossé demeurait, ils le combleraient avec le temps.

« Alors, vous passiez tous les étés à Bar Harbor ?

— Non, pas tous les étés. On allait aussi dans les Berkshires. Ou au Cap. Ou à Nantucket.

— Rien que vous trois ?

— Parfois, on partait avec un autre couple. Souvent, quelqu'un de la société de Donald. »

Mickey faillit demander qui était Donald, puis il se souvint que Jacy appelait ses parents par leurs prénoms. Donald et Vivian. Don et Viv.

Le mois d'août à Nantucket contre une semaine au lac. Voilà le fossé qu'ils devraient combler pour que ça marche. Pas un fossé, un gouffre. C'est sûr, il aurait pu être plus vaste encore, songeait Mickey. Lui aurait pu être plus pauvre et elle plus riche. Il aurait pu être noir. Néanmoins, le fossé était réel, et non négligeable.

L'amour aiderait peut-être si c'était bien ce qui les unissait. L'amour n'était-il pas la réponse à tout ?

Et puis, il y avait un autre fossé. Fuir au Canada au lieu d'être incorporé, après la promesse solennelle faite à son père.

« Je ne suis pas sûr de pouvoir, lui avait-il confié à Woods Hole.

— C'est la meilleure chose à faire, avait-elle insisté. Tu le sais parfaitement. Cette guerre, c'est une folie. Immorale, par-dessus le marché. »

Elle avait raison, et Mickey était sûr que son père *comprendrait*, en partie du moins. « Épouser ta mère, c'est la chose la plus intelligente que j'aie faite », aimait-il à répéter quand elle ne pouvait pas l'entendre. Il comprendrait la force de ses sentiments pour Jacy. Bien que son père soit mort, Mickey les revoyait tous les deux, perchés sur leurs tabourets à l'Acropolis, son père s'empiffrant de cheesecake interdit. *C'est quoi, cette fois ?* demanderait-il. *Pas encore une putain de guitare, j'espère ?*

*Non, une fille*, répondrait Mickey.

*Oui, d'accord*, concéderait son père. *C'est très bien, mais il y a un autre problème.*

*Quoi donc ?*

*La guerre.*

*C'est une guerre stupide, papa.*

*Elles le sont toutes. La question n'est pas là.*

*C'est quoi, alors ?*

*Si tu n'y vas pas, quelqu'un ira à ta place,* capisce ? *Regarde autour de toi, dans ce restau. Il y a une demi-douzaine de garçons de ton âge. Les deux là-bas, dans le box... Lequel devra partir à ta place ? Montre-le-moi.*

*L'idée, c'est que personne ne devrait y aller.*

*Oui, mais quelqu'un ira quand même. Un pauvre gars devra y aller.*

*Et tu penses que ça devrait être moi.*

*Non. J'irais à ta place, s'ils avaient besoin d'un vieux tuyauteur au palpitant défaillant.*

Et il l'aurait fait, Mickey en était certain. Plus que tout, il aurait voulu que son père soit toujours de ce monde pour le présenter à Jacy. Elle aurait compris alors ce qu'elle lui demandait de faire.

*Désolé, papa. J'essaierai de me racheter.*

*Ça ne se joue pas entre toi et moi, mais entre toi et toi-même.*

« Tu veux qu'on s'arrête à Bar Harbor pour la nuit ? demanda Mickey.

— Putain, non, répondit Jacy. Je hais cet endroit. »

Ils passèrent la nuit dans un motel délabré, sur une colline qui dominait l'Atlantique, non loin de la frontière canadienne. Jacy, toujours déguisée en Audrey Hepburn, attendit à l'intérieur de la voiture pendant que Mickey se rendait à la réception pour louer une chambre, comme elle l'avait fait le soir précédent. « Ils s'en foutent complètement, affirmait-il. On est en 1971. » Pourquoi une fille aussi anticonformiste se souciait-elle de ce que pensaient de parfaits inconnus ? L'avait-il mal jugée ? Il avait toujours supposé que Vance et Jacy couchaient ensemble, mais il n'en était pas certain. Était-elle secrètement chaste ? Il y avait un tas de filles de ce genre à West Haven, surtout dans le quartier italien : des baratineuses qui vous promettaient une débauche de sexe dès le lendemain, un lendemain qui ne venait jamais. Difficile d'imaginer que Jacy entrait dans cette catégorie, mais comment savoir ? Cela dit, ce n'était pas parce qu'elle rompait avec Vance qu'elle allait forcément sauter dans son lit.

En tout cas, elle ne l'avait pas fait la nuit précédente. Certes, la journée passée sur la route les avait épuisés et il n'y avait que des lits jumeaux dans la chambre. Mais Mickey devinait qu'un grand lit n'aurait rien changé. Jacy s'était rendue dans la salle de bains, il avait entendu couler l'eau de la douche, et quand elle en était ressortie, vêtue d'une longue chemise de nuit, elle s'était glissée aussitôt dans un des lits, en disant : « Elle est à toi. » De quoi parlait-elle ? De la salle de bains ? De la douche ? Avait-il *besoin* de prendre une douche ? Il en avait pris une, au cas où. Mais quand il était ressorti, une serviette nouée autour de la taille, la chambre était plongée dans le noir, à l'exception de la petite lampe de chevet à côté du lit inoccupé. Un signal que même lui pouvait interpréter. Il était déçu que Jacy ne veuille pas faire l'amour, mais ce qui le tracassait davantage, c'était qu'elle refuse toute marque d'affection. Pas de câlin. Pas même un baiser avant de dormir. Craignait-elle, en faisant démarrer le moteur de Mickey, de ne plus pouvoir l'arrêter ? Ou bien avait-elle des doutes, de sérieux doutes ? Son changement d'avis à propos du mariage avait ouvert les vannes du questionnement, avec le résultat qu'elle n'était plus sûre de rien. Épuisé, il s'était endormi avant de parvenir à une conclusion. Mais ce soir-là, il ne pouvait s'empêcher de se demander si ça se reproduirait. Idem le soir suivant.

La chambre n'était pas chère, mais au moment de payer, Mickey s'aperçut qu'il lui manquait quelques dollars. Jusqu'à présent, Jacy l'avait laissé tout payer : le logement, la nourriture, l'essence. Mickey avait prévu de s'arrêter dans une banque pour essayer d'encaisser un chèque, mais il avait oublié. Humilié, il regagna la voiture et dit :

« Désolé, je vais devoir t'emprunter cinq dollars.

— D'accord », répondit Jacy, mais quand il ouvrit le coffre pour qu'elle prenne son sac à dos, elle le tint de façon qu'il ne voie pas à l'intérieur. Elle lui tendit un billet qu'il glissa dans sa poche sans le regarder. De retour à la réception, il découvrit que c'était un billet de cent dollars. Il n'en avait pas vu depuis la mort de son père. Michael Sr., à l'image de beaucoup d'ouvriers, roulait ses billets et les mettait dans sa poche de devant, réconforté sans doute par cette présence, et un sentiment illusoire de pouvoir, que ne procurait pas une fragile carte de crédit. *Qu'est-ce que je fais ici, papa ?* se demandait-il, pendant que la caissière comptait ses billets, mais il connaissait la réponse : *Devine, fiston.*

Ils dînèrent dans un restaurant familial, un peu plus loin sur la route. Mickey commanda un steak de poulet frit et Jacy du haddock au four. Elle avait retrouvé un semblant de moral, peut-être parce que, le lendemain, ils seraient en sécurité au Canada.

« C'est quoi, *au juste*, un steak de poulet frit ? demanda-t-elle. Je me suis toujours posé la question. »

*Encore ce fossé*, pensa Mickey en lui tendant un morceau au bout de sa fourchette.

Elle le mastiqua d'un air songeur.

« On dirait de la panure au goût de viande. »

Mickey haussa les épaules.

Elle lui fit un grand sourire.

« De la cuisine de prolos, d'après Don et Viv.

— Oui, c'est ce qu'on mange chez moi.

— Oh, arrête, ta famille est italienne. »

Cette remarque le fit rire.

« À ton avis, il y a quoi dans les boulettes de viande ? demanda-t-il.

— De la viande ?

— Oui, un peu, peut-être. Mais surtout des miettes de pain. Et d'autres trucs moins chers que la viande.

— "Quand on découvre que la vérité n'est que mensoooonges" », chanta-t-elle.

Ils étaient les deux seuls clients du motel, ce qui n'avait rien d'étonnant, si haut dans le Nord, si loin du cœur de l'été. Chaque chambre possédait, sur l'arrière, un petit patio bétonné avec deux transats en plastique. Mickey avait encore une pincée d'herbe qu'il avait achetée à Troyer avant de l'envoyer au tapis et il pensait qu'ils pourraient la fumer en contemplant l'océan, pendant que la nuit tombait. Ils s'étaient arrêtés à l'épicerie pour prendre un pack de bière en rentrant du restaurant. Il avait payé le dîner avec les cent dollars de Jacy. Il restait quelques billets, mais il était obligé de s'interroger : serait-ce toujours ainsi désormais ? Lui réclamerait-il de l'argent lorsqu'il n'en aurait plus ? Alors, en buvant sa première bière, il décida d'aborder le sujet, par la bande.

« Une fois qu'on sera arrivés à destination, comment tu vois les choses ?

— C'est-à-dire ?

— On sera obligés de travailler.

— Je trouverai un boulot de serveuse. Toi, de barman. » Elle prononça ces mots comme s'il lui était pénible d'énoncer une évidence. Ils avaient, après tout, peu de chance de se faire engager comme physiciens atomistes. « Et au bout d'un moment, tu formeras un groupe.

— Dans ce cas, on aurait dû passer chez moi pour que je récupère ma guitare. » Il avait de l'argent sur son compte, en supposant qu'il trouve quelqu'un au Canada pour accepter d'encaisser un chèque, mais pas de quoi remplacer sa Stratocaster. Depuis l'obtention de son diplôme, il ne s'était guère préoccupé des questions financières, persuadé que l'Oncle Sam réglerait bientôt la note. Le problème redevenait soudain d'actualité. « C'est à se demander pourquoi on a fait des études. » Jacy but une gorgée de bière.

« Tu as un meilleur plan ?

— Non, c'était ça mon plan. Tu avais une autre idée ?

— Non.

— Et comment tu vois les choses… entre nous ? »

Jacy lui prit la main.

« Ce sera différent une fois qu'on sera au Canada.

— Ah bon ? » fit-il, agréablement surpris.

Il n'avait pas imaginé que les relations sexuelles pouvaient avoir une composante géographique. Elle aurait pu lui en parler avant. Trente kilomètres les séparaient de la frontière et il se serait fait un plaisir de rouler une demi-heure de plus sachant la récompense qui l'attendait de l'autre côté. Il aurait chanté « O Canada ! » durant tout le trajet. Ce qui, bien entendu, raviva le souvenir de cette soirée où le tirage au sort avait décidé de ce voyage si particulier.

Ayant fini sa bière, il dit :

« J'ai repéré un téléphone à pièces dans le hall. Il faut vraiment que j'appelle ma mère.

— Pourquoi ?

— J'étais censé rentrer hier. Elle va s'inquiéter.

Et puis, elle ne va pas tarder à recevoir des appels du conseil de révision, qui se demandera où je suis passé.

— Bon, d'accord, concéda-t-elle, à contrecœur. Mais ne dis pas que je suis avec toi.

— Ah bon ?

— Non. Promets-le-moi. Personne ne doit savoir.

— Qu'est-ce qui te tracasse ? C'est moi qu'ils rechercheront, pas toi.

— C'est ce que tu crois. »

Cette remarque le fit réfléchir. Parlait-elle de Vance ? De ses parents ? De ses sœurs de la sororité qui avaient si ardemment protégé sa vertu à Minerva ? De toute la population de Greenwich, Connecticut ? Il savait que sa décision de fuir aurait de graves conséquences pour lui, mais jusqu'à cet instant, il n'avait pas pris conscience que Jacy tournait le dos au monde entier, elle aussi.

« Donne-moi ta parole, Mick.

— Tu l'as. »

Quand il se leva de son transat, elle demanda :

« Ça ne peut pas attendre demain matin ?

— Si, sans doute, répondit-il en se rasseyant.

— Tant mieux. Parce que ce soir, il faut que je te parle de mon père. » Comme Mickey restait muet, elle ajouta : « Personne ne sait. Tu seras le premier.

— Je ne comprends pas. Ton père ? Donald ? Le Donald de Don et Viv ?

— Qui a parlé de lui ? »

Mickey n'aurait sans doute pas dû être surpris. Jacy ne ressemblait pas du tout à Donald Calloway, un grand blond, qui l'appelait toujours « notre petite gitane », en raison de ses cheveux noirs bouclés et de son teint olivâtre. Mais c'était une enfant, et quel enfant doute de ce que lui disent ses parents ? Puis la classe de quatrième était arrivée, avec sa cruauté décontractée et ses incessantes fluctuations de popularité. Et les garçons. Parmi lesquels, Todd, qu'elle aimait bien parce qu'il était drôle et faisait sans cesse le pitre. Jacy avait dû lui demander de s'abstenir le jour où elle l'avait présenté à ses parents, surtout devant son père, dépourvu d'humour, qui la jugeait trop jeune pour sortir avec des garçons. Todd avait réussi à se retenir à l'intérieur de la maison, mais à peine sorti, il s'était exclamé : « Ouah ? Tu avais quel âge ? » Comme Jacy lui demandait de quoi il voulait parler, il avait précisé : « Quand tu as été adoptée ? »

Encore une de ses plaisanteries, avait-elle pensé ; pourtant elle se souvenait d'avoir eu envie de vomir, incapable de prendre ça à la rigolade. Ils étaient allés jouer au minigolf, et comme Todd avait payé, il s'estimait en droit de continuer à la taquiner, bien qu'elle l'ait supplié d'arrêter. Avait-elle été adoptée par le biais d'une agence ou bien l'avait-on déposée devant la porte ? À moins qu'on l'ait trouvée flottant dans un panier sur la Connecticut River ?

Le trou le plus difficile était Le Volcan car il fallait atteindre un cratère étroit situé au sommet d'une pente raide. Si vous ne dosiez pas bien la vitesse et la direction, la balle tournait autour du trou et dévalait la montagne, vous obligeant à recommencer. Ébranlée par les sarcasmes de Todd, Jacy enchaînait les coups manqués. D'après le règlement, dix était le nombre de coups maximum pour n'importe quel trou, mais Todd refusait de passer au suivant tant que Jacy n'avait pas mis la balle dans le cratère. Lorsqu'elle y était enfin arrivée, elle avait éclaté en sanglots et exigé qu'il la ramène chez elle. Elle s'était réfugiée dans son lit, mais impossible, même sous les couvertures, de retrouver son calme. Todd avait ouvert la porte de son cerveau derrière laquelle étaient entreposées les énigmes. Des choses qui la tracassaient depuis longtemps trouvaient soudain une explication. Combien de fois, en entrant dans une pièce où étaient rassemblées des amies de sa mère, elle les avait vues se taire et la regarder d'un air coupable ? Et ces remarques mystérieuses de la part de son père lorsque sa mère et lui évoquaient une mauvaise manie de Jacy (« Une chose est sûre, Viv, elle ne tient pas ça de moi »).

Le lendemain matin, Todd l'avait appelée pour s'excuser en affirmant qu'il n'y avait aucune malice dans ses propos. Un tas d'enfants ne ressemblaient pas à leurs parents, avant un âge plus avancé. Il l'avait même invitée à sortir le week-end suivant, pour se faire pardonner, mais elle avait refusé. Son père, subodorant qu'il s'était passé quelque chose, avait insisté pour qu'elle lui raconte. Il allait le buter, ce petit salopard. Jacy avait expliqué que Todd s'était moqué d'elle au minigolf. Elle avait bien senti qu'il ne la croyait pas.

Il lui avait fallu un mois pour trouver le courage d'aborder le sujet avec sa mère. Jacy s'attendait à la voir piquer une crise mais, au lieu de cela, Viv était allée chercher dans leur chambre la boîte en fer qui contenait les documents importants. Notamment le certificat de naissance de Jacy. Et bien entendu elle était là : Justine, deux kilos sept, née de Vivian Calloway. Jacy, treize ans, se remit à sangloter, de soulagement cette fois. Elle était bien celle qu'elle avait toujours été, et non pas une inconnue venue d'un endroit rempli de personnes à la peau mate et aux cheveux bouclés. Plus tard, cependant, quand elle s'était repassé la scène, les doutes qu'elle avait chassés étaient revenus. Pourquoi sa mère, lorsqu'elle avait demandé, de but en blanc, si elle était adoptée, n'avait-elle pas semblé surprise ? À croire qu'elle attendait ce jour et s'y était préparée. Des documents, avait alors pensé Jacy, ça peut se falsifier.

Deux ans s'écoulèrent. Jacy allait encore au lycée, mais ce n'était plus la même fille. Elle était devenue méfiante et doutait de tout. Elle observait ses parents tel un oiseau de proie. Elle les étudiait. Pourquoi se disputaient-ils aussi souvent ? Pourquoi son père recevait-il tant d'appels en dehors des horaires de travail, derrière la porte close de son bureau ? Pourquoi sa mère s'agaçait-elle lorsque Jacy sortait de vieux albums de photos, qu'elle épluchait ? « Qu'est-ce que tu cherches ? » demandait-elle. *Des preuves*, aurait voulu répondre Jacy. Des preuves qu'elle était bien celle qu'elle était censée être. Il n'existait presque aucune photo de son père jeune – parce qu'il était le benjamin de huit enfants, affirmait-il –, alors que la vie de sa mère était abondamment représentée. Les photos sur lesquelles s'attardait Jacy étaient celles de sa mère encore jeune fille, car elle croyait y percevoir une certaine ressemblance. D'accord, la couleur des cheveux était différente, la peau plus claire, mais c'était la même posture, le même nez fin, les mêmes yeux ronds. Conclusion : le certificat de naissance n'était pas falsifié. Elle était bien qui elle était. Pourquoi, alors, ne parvenait-elle pas à se débarrasser de cette impression qu'on lui cachait quelque chose ? Pourquoi tout avait-il l'apparence d'un mensonge ?

Un jour, en rentrant de l'école, elle vit un taxi garé

dans leur rue ; un spectacle incongru dans leur quartier huppé de Greenwich. Elle essayait de deviner ce qu'il faisait là lorsque leur porte s'ouvrit et qu'un homme d'un certain âge, vêtu d'un costume sombre mal taillé, sortit en titubant. Jacy se cacha derrière la haie de troènes. Sa mère apparut à son tour sur le seuil et lança à l'homme : « Attends ! Attends ! Je vais t'aider ! » Il répondit quelque chose, mais sa voix ressemblait à un braiment et Jacy ne comprit pas ce qu'il disait. Aucun doute, cet homme avait un problème. Il descendit les marches du perron tel un pantin désarticulé, en agitant les coudes, comme s'il était mû par des fils invisibles. Jacy s'attendait à ce qu'il retrouve son équilibre une fois sur le sol plat, mais au lieu de cela, il pivota sur lui-même, pris d'une frénésie incontrôlable, et lorsque sa mère, l'ayant rejoint, voulut le retenir, il chavira dans l'herbe et demeura couché sur le flanc, tandis que ses jambes continuaient à s'agiter comme s'il était encore debout. « Andy ! Laisse-moi t'aider ! » Elle parvint à le relever et à le ramener sur le trottoir. C'est alors que l'un et l'autre découvrirent la présence de Jacy, qui était sortie de derrière la haie.

« Maman ? Qu'est-ce qui se passe ? »

Sa mère se raidit sous l'effet de la surprise, mais se ressaisit presque aussitôt.

« Rentre à la maison ! ordonna-t-elle. Tout de suite ! » Jacy ne demandait pas mieux, mais elle ne pouvait détacher son regard de l'homme en costume sombre. Bien qu'elle soit certaine de ne l'avoir jamais vu, il avait quelque chose de familier. Lui aussi la dévisageait. Était-ce un sourire, ou une grimace, qu'elle voyait sur son visage ? Lorsqu'il tendit vers elle sa main agitée de soubresauts, Jacy eut un mouvement de recul.

« Rentre ! tonna sa mère.

— Aaacy ! » bêla l'homme en essayant encore une fois de la toucher.

Jacy gravit en courant l'allée de briques et les marches du perron, s'arrêtant dans l'encadrement de la porte ouverte. Une voiture, masquée par la longue haie de troènes, remontait la rue en rugissant, et Jacy comprit avant même que la Mercedes de son père pile derrière le taxi.

Sa mère vint se placer devant l'inconnu, tandis que son père trottinait vers eux.

« Don ! s'exclama-t-elle, mains tendues. Tout va bien. Andy s'en allait. »

Mais Donald ne l'entendait pas de cette oreille. Écartant son épouse du coude, il plaqua ses paumes sur la poitrine de l'homme et le poussa. L'inconnu recula de quelques pas, en battant des bras, et bascula sur le dos.

« Qu'est-ce que tu fous ici, Andy ?

— Don ! » Sa mère hurlait maintenant. « Ne lui fais pas de mal ! Il s'en va !

— Et plus vite que ça même ! »

Poings serrés, il se planta devant l'homme à terre.

« Comment tu veux qu'il s'en aille si tu l'empêches de se lever ? »

Le chauffeur de taxi en avait assez vu. Il redémarra et s'en alla.

Donald lui courut après dans la rue.

« Hé ! Revenez ! Vous entendez ? Revenez ! »

Le chauffeur lui fit un doigt d'honneur par la vitre.

Le temps que son père revienne sur la pelouse, sa mère avait aidé le dénommé Andy à se relever. Immobile, docile, tête baissée, il semblait admettre que tout était sa faute.

« Et maintenant ? demanda sa mère, comme si elle s'adressait aux deux hommes.

— On va faire un tour, répondit Donald en agrippant l'homme par le coude.

— Je t'interdis de lui faire du mal ! » s'écria-t-elle alors qu'il entraînait Andy vers la Mercedes et le poussait à l'intérieur sans ménagement. Pendant qu'il contournait la voiture pour s'asseoir au volant, le visage de l'inconnu s'encadra dans la vitre du passager. D'abord, Jacy crut qu'il regardait sa mère, avant de s'apercevoir que c'était elle qu'il dévisageait.

La Mercedes ayant disparu au coin, dans un vrombissement, sa mère continua à fixer la rue. Quand elle se retourna enfin, elle contempla la maison, comme si elle la voyait pour la première fois.

Jacy, toujours figée sur le seuil, eut l'impression d'avoir face à elle une femme qui cherchait des options inexistantes.

Séance de questions-réponses. Dans la cuisine. Vingt minutes se sont écoulées depuis le drame. La mère de Jacy a fait du café et enveloppé des glaçons dans un torchon pour les appliquer sur sa lèvre enflée, conséquence de l'échauffourée. La mère et la fille sont assises de part et d'autre de l'îlot central.

Les premières paroles de sa mère sont prévisibles :

« Dieu merci, il n'y a jamais personne dans le coin en plein après-midi. Je ne pense pas qu'on nous ait vus.

— C'est qui ?

— Un ivrogne.

— C'est qui ?

— Un ivrogne. Une épave. Tu ne t'en es pas aperçue ?

— C'est qui ? »

Finalement, sa mère lève vers Jacy un regard aussi implorant que celui de sa fille.

« Quelqu'un que j'ai connu il y a longtemps.

— Raconte.

— Il n'a rien à voir avec toi. Oublie-le.

— Il a prononcé mon nom. Ou plutôt, il a essayé.

— Pas du tout.

— J'ai bien entendu.

— Tu as cru l'entendre.

— Il a essayé de me toucher.

— Jamais il ne posera la main sur toi. Jamais ! »

Jacy prononce alors ces paroles :

« C'est mon père, hein ? »

Sa mère tourne la tête.

« Pas vrai ? »

Lorsque sa mère revient sur elle, son regard est devenu dur comme de la glace. C'est un regard que Jacy a déjà vu, toujours braqué sur son père, jamais sur elle.

« Tu as un choix à faire, jeune fille, et tu vas devoir te décider avant que ton père rentre à la maison.

— Mon père ne rentrera pas à la maison. »

Sa mère éclate de rire.

« Tu as de la chance : tu peux choisir. Qui veux-tu dans ta vie ? L'homme que tu as toujours considéré comme ton père, qui te traite comme sa fille, qui te nourrit, qui t'achète des vêtements et qui t'offre un toit. Ou bien ce… cette *chose*… » Elle mime les gestes désordonnés de l'homme. « … que tu as vue devant la maison.

— Il a un nom. Andy. Je t'ai entendue le prononcer.

— Oui, il s'appelle Andy, et c'est la dernière fois que tu prononces ce nom dans cette maison.

— Andy », répète Jacy.

Rapide comme l'éclair, sa mère la gifle par-dessus l'îlot central.

« Sale petite ingrate. Sais-tu ce que je t'ai épargné ? »

Non, Jacy ne le sait pas. Elle ne sait rien du tout, sinon que tout est un mensonge, depuis toujours.

La Mercedes de son père se gare dans l'allée. Non, pas son père. Donald. À partir de maintenant. Et sa mère sera Vivian. Don et Viv. Et un jour, proche – mais encore trop lointain –, elle sera libérée d'eux.

Comme au cours de cette lointaine soirée, leur dernière sur l'île, la température n'a cessé de baisser, et malgré leurs coupe-vent et la bouteille de whisky, les trois amis grelottent. Pendant que Lincoln va chercher des couvertures à l'intérieur, Teddy dit :

« Tu sais, Mick, rien ne t'oblige à nous raconter tout ça.

— Si. J'aurais dû le faire depuis longtemps.

— Qu'est-ce qui t'en a empêché ?

— Elle m'avait fait jurer. » C'était la vérité, mais pas que la vérité, rien que la vérité, il devait l'avouer. « Et puis, j'avais honte. Quand on a quitté l'île ce matin-là, après que vous m'avez déposé sur le parking à Falmouth… J'ai réussi à me convaincre que si je vous cachais qu'on avait prévu de se retrouver à Woods Hole, Jacy et moi, ce n'était pas vraiment un mensonge, du moins pas le genre de mensonge qui vous empêche d'aller au ciel. Mais voilà le problème avec les mensonges, hein ? Pris séparément, ils ne pèsent pas lourd, sauf qu'on ne sait jamais combien il va falloir en raconter pour protéger le premier, et bien sûr, ils s'additionnent. Avec le temps, ils se mélangent, jusqu'au jour où on se rend compte qu'ils n'ont plus d'importance en tant que tels. Mentir est devenu notre seconde nature. Et la personne à qui on ment le plus, c'est soi-même. »

La porte vitrée de la terrasse glisse sur ses rails. Lincoln revient avec les couvertures et la lampe torche réclamée par Mickey. Est-ce un effet de son imagination, songe celui-ci, ou bien Lincoln a-t-il basculé dans la vieillesse en l'espace d'une heure ? Il a du mal à reconnaître l'homme qui, il y a peu, a jailli de son fauteuil, le visage rouge de colère. Ce même visage n'est plus qu'une ruine, et malgré son affreuse blessure, Teddy paraît en meilleure forme. Tout cela, c'est à cause de lui.

« Alors, qu'est-ce que j'ai loupé ? demande Lincoln en se rasseyant.

— Pas grand-chose, le rassure Mickey. Teddy me demandait, aussi gentiment que possible, comment le salopard que je suis a pu vous cacher tout ça pendant tout ce temps. Voici la réponse, une partie du moins. » Il sort la photo qu'il a apportée sur l'île au cas, peu probable, où il aurait le courage de cracher le morceau et il la fait glisser sur la table basse. « Je ne l'ai jamais montrée à personne. »

Lincoln allume la lampe. Ne voulant pas voir les réactions de ses deux amis, Mickey se retourne vers l'étendue sombre de l'Atlantique. Ce qui ne l'empêche pas d'entendre le hoquet de stupeur de Lincoln. Celui-ci étudie la photo pendant une bonne minute, avant de la passer, avec la lampe, à Teddy, qui l'examine au moins aussi longtemps, avant de lâcher : « Nom de Dieu. » Il éteint la lampe et ajoute : « Cet après-midi-là, quand Andy est venu chez elle… il n'était pas ivre, hein ? »

Elle l'a cherché partout, explique Mickey. Surtout à l'époque des fêtes et des anniversaires. Et durant les compétitions sportives (tennis, hockey sur gazon) auxquelles elle participait. Peu à peu, elle avait compris qu'Andy n'était pas venu voir sa mère ce jour-là, mais elle. Il voulait faire partie de la vie de sa fille, c'était la seule explication sensée. Ne fallait-il pas en conclure qu'il essaierait encore ? Si, la plupart du temps, Jacy redoutait cette possibilité, car elle l'imaginait marchant vers elle en titubant et en bêlant, pourquoi, à d'autres moments, brûlait-elle d'envie de le revoir ? Parce qu'il y avait de l'amour dans ses yeux quand il l'avait regardée ; elle ne l'avait pas imaginé. Et même s'il était ivre ce jour-là, ça ne voulait pas dire qu'il l'était en permanence, si ? Qu'elle puisse éprouver à la fois de la crainte et de l'envie, cela la remplissait de confusion et de peur. Était-elle en train de perdre la tête ? *Andy.* Ce simple nom occupait tout son esprit. *Andy.* Plus elle essayait de chasser cette petite voix, plus elle se faisait insistante. Au début, du moins. Car à mesure qu'elle comprenait qu'il était parti pour de bon, la voix s'éloignait, elle disparaissait durant de longues périodes, et soudain, elle revenait, un murmure désormais : Andy. Dans ces moments-là, elle n'avait qu'une envie : se glisser dans son lit, sous ses couvertures, comme le jour où ce garçon, Todd, avait tout remis en question.

Elle se demandait comment faire pour le retrouver. Elle ne connaissait que son prénom. Et elle ne pouvait pas interroger sa mère, ni cet enfoiré de Donald. En quête d'indices, elle se replongea dans les albums de photos, pour essayer de dénicher une version plus jeune de l'homme qu'elle avait vu devant la maison.

Des photos avaient été retirées sur plusieurs pages et Jacy contemplait ces espaces vides comme si, par la simple force de la pensée, elle pouvait faire réapparaître les images manquantes. Un été, entre la fin du lycée et le début de la fac, profitant de ce que ses parents passaient le week-end à Miami pour assister à une conférence, elle fouilla toute la maison. Deux minutes lui suffirent pour localiser la boîte métallique qui contenait son certificat de naissance. Hélas, les autres documents – passeports, contrats d'hypothèque, certificat de mariage, polices d'assurance… – ne présentaient aucun intérêt. Pas de lettres, pas de photos. Frustrée, mais déterminée, elle inspecta chaque pièce, chaque placard, chaque boîte à chaussures, chaque sac plastique. Les tiroirs du bureau de Donald étaient toujours fermés à clé, ce qui suggérait qu'ils abritaient peut-être le trésor qu'elle convoitait. Alors, elle força la serrure à l'aide d'un coupe-papier, et réussit à rayer les deux. Elle inspecta chaque tiroir consciencieusement, y compris le grand du bas où étaient suspendus les dossiers des clients de Donald, mais aucun ne portait le nom d'Andy ou d'Andrew. Logique. Pourquoi son véritable père engagerait-il Donald, l'homme qui lui avait volé sa fille, pour gérer ses actions ? D'ailleurs, un ivrogne possédait-il des actions ?

Sur le mur d'en face, derrière le Renoir, Jacy découvrit un petit coffre-fort dont elle ignorait l'existence. Elle essaya diverses combinaisons, liées aux anniversaires de Donald et de sa mère, à leur anniversaire de mariage, et même à sa date de naissance, sans succès. Pensant que la combinaison était peut-être notée quelque part, elle inspecta de nouveau le bureau. Chou blanc, là encore. Elle allait abandonner quand elle remarqua que le tiroir du milieu était de guingois, comme si, après l'avoir retiré, on l'avait mal remis. Elle le sortit entièrement et, à l'aide d'une lampe de poche, elle explora l'espace vide, car la combinaison était peut-être gravée à l'intérieur. Alors qu'elle s'apprêtait à remettre le tiroir en place, elle remarqua un petit morceau de ruban adhésif jaune scotché au dos. Les chiffres qui y figuraient, presque effacés, restaient lisibles malgré tout. Les deux premiers étaient précédés d'un G, les deux suivants d'un D, le troisième d'un G. Elle s'appliqua à composer la combinaison, mais le coffre refusa de s'ouvrir. Elle allait s'avouer vaincue lorsqu'elle repensa au cadenas de son casier au lycée. On ne pouvait pas passer directement du premier chiffre au second. Il fallait d'abord revenir à la position initiale. Ensuite seulement on pouvait passer au deuxième chiffre et au troisième. Elle essaya de nouveau… Bingo ! Les rouages du mécanisme s'emboîtèrent et la porte du coffre s'ouvrit dans un déclic. Il contenait des liasses de billets, de vingt et cinquante en majorité, pour au moins cent mille dollars en tout. Peut-être deux fois plus. Mais pas de documents, pas de lettres, pas de photos. Pas d'Andy.

Je perds mon temps, se dit-elle. Il a disparu. La colère volcanique de Donald l'a fait fuir, et la peur l'empêche de revenir. Franchement, s'interrogea-t-elle, en quoi est-ce si grave ? Jusqu'à présent, Andy n'existait pas. Et puis, il est apparu, pendant quelques minutes. Pourquoi se sentirait-elle plus démunie et seule qu'avant, lorsqu'elle ne soupçonnait même pas son existence ? S'il pouvait vivre sans elle, elle pouvait vivre sans lui. Dans l'ensemble, cette stratégie avait fonctionné jusque-là, non ? Minerva – loin de l'orbite de Don et de Viv neuf mois par an – avait été bénéfique. Tout comme son amitié naissante avec Mickey, Teddy et Lincoln. Peu à peu, la présence ambiante d'Andy s'était effacée, tel un Polaroid en plein soleil.

Pourquoi alors, à l'approche de la remise des diplômes – sans parler de son mariage en juin –, avait-elle rechuté, se persuadant que son père allait peut-être se matérialiser à l'occasion de ces deux événements ? Elle se le représentait au premier rang de l'auditorium, rayonnant de fierté paternelle. Le plus souvent, se rangeant à la raison (comment Andy aurait-il pu s'offrir une place au premier rang ?), elle le repérait au fond de la salle, au milieu des lointains parents, des amis de la famille et des collègues. Le problème de ce scénario (en parlant de réalisme) était le suivant : comment pourrait-elle le reconnaître à cette distance ? Elle ne l'avait vu qu'une seule fois, six ans plus tôt, brièvement. Le reconnaîtrait-elle si elle le croisait dans la rue ? S'il n'était pas ivre, s'il ne bêlait pas ? S'il était sobre, incarnation du père modèle, cela ne ressemblerait-il pas à un déguisement ? Elle le reconnaîtrait *d'une manière ou d'une autre*, se disait-elle. *D'une manière ou d'une autre*. Sa logique ? Elle devait le reconnaître, sinon sa présence ne rimerait à rien.

La partie rationnelle de son cerveau décelait les effets de la pensée magique, et elle se sermonna. Comment une étudiante diplômée peut-elle croire qu'il suffit de souhaiter une chose pour que celle-ci se produise ? Six ans sans même une carte à Noël et son père allait réapparaître maintenant ? Comment saurait-il dans quelle université elle était inscrite ? D'ailleurs, comment saurait-il qu'elle était à l'université ? Si ça se trouve, il vivait en Californie. Ou en Suisse. Ou en Australie. Pire encore, sa pensée magique s'accompagnait d'un pacte implicite, un contrat inapplicable. *Si* son père assistait à la remise des diplômes, ce serait le signe qu'elle devait rejeter le mensonge qui occupait le cœur de son existence : elle était Jacy Calloway, fille de Donald Calloway, habitant à Greenwich dans le Connecticut. *Si* Andy assistait à la remise des diplômes, elle trouverait la force, *d'une manière ou d'une autre* (là encore), de désavouer Don et Viv, mais aussi leur monde tout entier, celui-ci incluant son fiancé, qui voulait les faire vivre à Greenwich et prenait exemple sur leurs parents respectifs. (« Ce n'est pas un hasard s'ils en sont là aujourd'hui », aimait-il à répéter, et il enrageait quand Jacy lui demandait si le fait de naître riche et privilégié n'était pas une simple question de hasard.) Bref, exit Vance. Dans l'esprit de Jacy, *si* Andy assistait à la remise des diplômes, non seulement il la revendiquerait comme sa fille, mais il lui accorderait la permission de rompre ses fiançailles avec un homme qui n'avait rien à lui offrir, à part le confort matériel. *Si* son père était Andy et non pas Donald, elle se devait d'être une tout autre personne. Armée de sa nouvelle identité, elle deviendrait (*d'une manière ou d'une autre*) une fille (non, une *femme*) capable de tracer sa propre route. D'accord, elle n'avait pas vraiment besoin de la permission d'Andy pour tout ça. À vingt et un ans, elle pouvait faire ce qu'elle voulait, mais il y avait quelque chose de réconfortant dans la validation génétique, non ?

Néanmoins, elle devait reconnaître que ce pacte était nul. *Si* la présence d'Andy lors de la remise des diplômes signifiait qu'elle pouvait devenir quelqu'un d'autre, son absence, plus vraisemblable, impliquerait qu'elle était bien Jacy Calloway, et qu'elle devait faire ce qu'on attendait d'elle. Plus grave, cela signifierait qu'elle avait passé quatre ans à jouer les rebelles à Minerva, en buvant de la bière au fût, en fumant de l'herbe, en brûlant (métaphoriquement) son soutien-gorge et en manifestant contre cette guerre stupide pour finir par épouser Vance, docilement, et élever de petits républicains, parce qu'elle n'avait pas le courage de mener une vie plus authentique.

Lors de ce week-end de remise des diplômes, Jacy apprit une chose qu'elle ignorait au sujet de la solitude : sa forme la plus terrifiante et virulente ne pouvait être ressentie qu'au milieu d'une foule. Le campus ressemblait à une scène d'émeute, envahie de parents, de frères et sœurs, d'anciens élèves. Il n'y avait pas un temps mort. Outre un vaste éventail d'événements planifiés, elle devait faire ses adieux à ses sœurs de la sororité et à ses professeurs préférés, tout cela en compagnie de Don et de Viv, mais aussi de Vance et de ses parents. Si elle avait pu rester avec Mickey, Teddy et Lincoln, peut-être en serait-elle sortie indemne, elle y aurait peut-être même pris un certain plaisir, mais chacun devait gérer sa famille bizarre (quel curieux petit bonhomme, le père de Lincoln !) et ses amis ignoraient qu'elle traversait une crise. Elle ne pouvait s'en prendre qu'à elle-même. Combien de fois avait-elle envisagé d'avouer à l'un d'eux que Donald Calloway n'était pas son vrai père ? Mais auquel ? Teddy parce qu'il savait écouter avec compassion, et parce que des trois, il était visiblement le plus amoureux. D'un autre côté, elle pouvait en dire autant de Mickey. Le problème c'est qu'il avait perdu son père un an plus tôt, et qu'elle hésitait à lui avouer que son malheur, c'était d'en avoir deux. Lincoln ? Depuis quelque temps, il semblait décidé à étouffer les sentiments qu'elle lui inspirait, pour se tourner vers Anita, sa sœur des Thêta, une fille que Jacy admirait et jalousait en secret, sans savoir pourquoi. Surtout, ils étaient amis. Se confier à l'un d'eux, c'était se confier aux trois – un pour tous, tous pour un –, et elle n'était pas certaine de pouvoir partager cette terrible vérité avec autant de gens. Et puis, il y avait cette honte encore plus profonde, qu'elle avait décidé de n'avouer à personne. Supposons qu'elle commence à dire la vérité et ne puisse plus s'arrêter ? Résultat, elle avait laissé filer leur dernier semestre ensemble, et l'occasion qui lui était offerte de se décharger de son fardeau s'était envolée. Soyons clair : elle était seule.

La cérémonie de remise des diplômes se déroula dans le brouillard. Tout le week-end ressembla à un long tour de manège : ses camarades de classe, débordants de joie, étaient juchés sur des chevaux multicolores, qui montaient et descendaient, tandis qu'elle était consignée, seule, sur un banc immobile semblable à un banc d'église, embarquée pour le même tour sans toutefois partager la même expérience. Ce tourbillon, cette horrible musique d'orgue à vapeur ne cesseraient donc jamais ? Au milieu du discours du maître de cérémonie, la fille assise à côté de Jacy lui demanda si tout allait bien. Elle s'aperçut alors qu'elle pleurait. Quelle idiote elle avait été d'espérer. Quatre années de cours universitaires, dont certains dispensés par des professeures féministes, et le jour de la remise des diplômes, elle attendait qu'un homme vienne à son secours. Ridicule. Grotesque. Il était temps de se ressaisir, de voir la réalité en face. Et pas demain. Dès aujourd'hui ! Elle sécha ses larmes avec la manche de sa toge et se jura qu'en se dirigeant vers l'estrade pour recevoir son diplôme, elle ne scruterait pas l'assistance dans l'espoir d'y voir Andy, le père qui l'avait si clairement abandonnée.

Là encore, ses plans furent contrariés. Une heure plus tôt, quand ils avaient défilé à la sortie de la chapelle et traversé la cour intérieure pour pénétrer dans l'auditorium, le temps était nuageux, gris et humide, mais lorsque le maître de cérémonie se rassit enfin, les nuages se dissipaient et un vent frais entrait par les portes grandes ouvertes. Juste au moment où sa rangée venait se placer en file indienne au pied de l'estrade, le soleil fit son apparition, projetant à travers les hautes fenêtres des rayons de lumière vive qui frappèrent les personnes alignées contre le mur du fond, à l'endroit même où Jacy avait si souvent imaginé son père. Comme si Dieu lui indiquait où elle devait regarder. À cet instant, toutes ses craintes de ne pas reconnaître son père furent balayées. Évidemment qu'elle le reconnaîtrait ! Il sourirait, tout d'abord, et il la regarderait droit dans les yeux. Il lui ferait un signe de la main. Sans effusion, cependant, pour ne pas attirer l'attention du belliqueux Donald. Un petit geste discret afin de lui faire comprendre qui il était, ce qu'ils étaient l'un pour l'autre, et qu'il serait toujours là pour elle.

Une fois la cérémonie terminée, alors qu'ils regagnaient la Mercedes de Donald, Jacy cherchait toujours Andy ; elle scrutait l'assistance qui se dispersait, prise d'une peur grandissante. Était-il venu ? L'avait-elle loupé ? Jusqu'à ce que sa mère la saisisse par le coude et lui murmure : « Arrête ça. Tout de suite. Il est parti.

— Je le hais », répondit Jacy, sans trop savoir si elle parlait d'Andy ou de Donald qui, le soir de l'incident avec Andy, était entré dans sa chambre. Il était en peignoir, comme chaque fois qu'il venait la voir, et sortait de la douche, les cheveux encore mouillés.

« Tu vois, dit-il en s'asseyant au bord du lit et en lui prenant la main. C'est ce que je t'ai toujours dit. »

Il voulait lui faire comprendre que ce qu'ils avaient

fait n'était pas si grave. Ce n'était pas comme s'il était son vrai père. Ce n'était pas comme s'il était Andy.

Bien qu'elle ait tenté de s'y préparer, l'absence d'Andy lors de la remise des diplômes priva Jacy de toute envie, hormis celle de noyer Viv et Don, et oui, Vance aussi, dans un océan de sarcasmes. Elle décida de devenir une parfaite garce, un objectif qui lui paraissait à la fois raisonnable et accessible. Un seul obstacle freinait ses efforts : il se passait une chose étrange à la maison, qui lui échappait. Donald, qui affirmait travailler sur un projet spécial, n'était pas allé à New York de toute la semaine. Une nouvelle ligne téléphonique, privée, avait été installée dans son bureau à domicile et elle sonnait à toutes les heures du jour et de la nuit. Deux fois, des personnes du siège new-yorkais s'étaient déplacées pour le voir, et un peu plus tôt dans la semaine, Jacy avait surpris sa mère l'oreille collée à la porte du bureau. (« Efface ce sourire moqueur de ton visage, jeune fille. ») La veille, Viv lui avait annoncé que Don et elle devaient assister à une importante réunion à Hartford le lendemain. Jacy devrait leur souhaiter bonne chance. « Pourquoi donc ? avait-elle répondu. Vous avez toujours eu de la chance. »

À ces mots, sa mère se figea et ferma les yeux, si longuement que Jacy craignit qu'elle n'ait été victime d'une attaque. Elle espérait que non car ça l'obligerait à arrêter de la tourmenter, au moins jusqu'à ce qu'elle soit rétablie. Enfin, sans ouvrir les yeux, sa mère lâcha : « Très bien. Si tu le prends comme ça.

— Oui.

— Vance réussira peut-être à tirer quelque chose de toi. » Ils le faisaient venir de Durham en avion pour le week-end, espérant qu'elle retrouverait le sourire. « Puisque, apparemment, ton père et moi, on n'y arrive pas.

— Quand tu parles de mon père, tu veux dire Donald ? »

Sa mère ouvrit les yeux.

« Tu sais ce que j'ai très envie de faire, là ? Te coller une bonne paire de gifles. Pauvre idiote. »

Dès qu'ils furent partis pour Hartford, Jacy en profita pour s'introduire dans le bureau de Donald. Quand elle ouvrit le coffre-fort, il était tellement rempli de billets de banque que plusieurs liasses de grosses coupures dégringolèrent sur le sol. Malgré ses efforts, elle ne parvint pas à les remettre dans le coffre, même en forçant. Tant pis. Il y avait assez de place sous son matelas pour les liasses qui ne rentraient plus, et quelques autres.

Le dimanche en question, Jacy, Vance et leurs parents respectifs étaient convenus de bruncher au country club, qui fêtait son centenaire. Les murs du long couloir étaient ornés de photos du club-house et de ses membres, depuis sa création. On le surnommait *La Machine à voyager dans le temps* car les photos étaient accrochées par ordre chronologique, si bien que plus vous avanciez dans le couloir, plus vous plongiez dans le passé. Vance adorait ça. « Fascinant ! » s'enthousiasmait-il en s'arrêtant tous les mètres pour examiner un portrait ou un article de journal consacré à la rénovation de la salle à manger ou à la construction de la piscine olympique. « Tant d'histoire !

— Oh oui ! ironisa Jacy. Celui qui trouve le Négro a gagné ! »

Le brunch fut un désastre. Jacy s'exprima par monosyllabes durant tout le repas, but deux Bloody Mary, picora ses œufs florentine et insista pour partir avant le dessert, le plat préféré de Vance, au déjeuner comme au dîner. Depuis leur retour de Hartford, Don et Viv étaient de mauvaise humeur et les parents de Vance durent entretenir la conversation.

« Jace, tu veux bien m'expliquer ce qui ne va pas ? » supplia Vance, lorsque cette épreuve fut enfin terminée. Il y avait un bouchon dans le couloir : des gens poussaient des « Oh ! » et des « Ah ! » admiratifs devant les photos de *La Machine à voyager dans le temps*.

« Rien, affirma-t-elle, mais n'importe quelle autre réponse aurait été plus proche de la vérité.

— Je vois bien que tu n'es pas toi-même. »

*Au contraire*, pensa-t-elle. *C'est bien moi. La nouvelle Jacy.*

« Tu as été odieuse avec nos parents et franchement grossière avec moi. En fait, j'ai l'impression que tu ne m'aimes pas. »

*Ce n'est pas une impression, Vance. Je ne t'aime pas. Même pas un peu.*

« Si tu t'inquiètes à cause du mariage, c'est normal. L'avenir, ça fait toujours peur. Je comprends. »

*Oui, l'avenir avec toi me fait peur. Et non, tu ne comprends pas.*

« Mais on sera heureux, Jace. Je te le promets. »

*Non, on sera malheureux. Je ferai tout pour. Tu ne peux pas imaginer à quel point je vais me consacrer à notre malheur, maintenant et jusqu'à la fin des temps.*

« On sera comme eux, là. »

Il montrait une photo sur laquelle on voyait Don, Viv et les parents de Vance, tous les quatre âgés d'une vingtaine d'années, levant des flûtes de champagne. La mère de Vance était clairement enceinte. La légende indiquait : *Trinquons à l'avenir !*

Et il était là, juste derrière eux : le barman en smoking, tout sourires, brandissant la bouteille de champagne, comme s'il voulait remplir leurs verres. Jeune, le teint mat, cheveux bouclés, beau. La seule personne qui ne regardait pas l'objectif était Viv, dont la tête était tournée vers lui. Et l'expression qui se lisait sur son visage était totalement inconnue de Jacy. Les noms des personnes photographiées étaient mentionnés dessous. Le barman s'appelait Andres Demopoulos.

Andy.

Le lendemain, Jacy entendit le téléphone sonner dans le bureau de son père. Sa mère dut l'entendre aussi car quand Don en ressortit, elle l'attendait devant la porte. Jacy écouta, du haut de l'escalier, ce qu'ils disaient à voix basse.

« On vient de me prévenir, dit Donald. Ils arrivent.

— Qu'est-ce qui va se passer ?

— Rien. Ils vont à la pêche.

— Parfois, ça mord.

— Ce n'est pas moi qui les intéresse. Au pire, je risque une tape sur les doigts.

— Pourquoi tu ne leur donnes pas le poisson qui les intéresse ?

— Si tu me laissais gérer ça, hein ? »

Dix minutes plus tard, une berline noire pénétra dans l'allée et deux hommes en costumes sombres en descendirent. Donald les accueillit sur le seuil et les invita à entrer. Lorsque la porte de son bureau se referma sur eux, Jacy rejoignit sa mère dans la cuisine. Viv avait le regard plongé dans une tasse de thé, comme si elle essayait de lire l'avenir dans les feuilles tombées au fond. Jacy avait envisagé de l'attaquer de front la veille, après le brunch, mais avait décidé qu'une parfaite garce laisserait mariner sa découverte. Elle attendrait le moment propice, c'est-à-dire maintenant. Dan étant occupé derrière la porte close de son bureau, sa mère se retrouvait seule et vulnérable, un gnou malade choisi parmi les autres bêtes du troupeau. S'asseyant en face d'elle, Jacy lâcha : « Andres Demopoulos. » Comme sa mère la regardait en battant des paupières sans rien dire, elle répéta ce nom.

« Ton père est soupçonné dans une affaire de délits d'initiés et de blanchiment d'argent. » *Un appel à la compassion ? Ne comptez pas sur moi, ma petite dame.* « Il prétend que ça n'arrivera pas, mais il risque d'aller en prison.

— Ton mari risque la prison. Mon père est Andres Demopoulos. »

Sa mère alluma une cigarette et inhala profondément la fumée.

« Qu'est-ce que tu attends de moi, au juste, jeune fille ?

— Pour commencer, j'aimerais bien que tu arrêtes de m'appeler comme ça.

— Moi, j'aimerais bien que tu arrêtes de m'appeler Viv. Et que tu n'appelles pas ton père Donald.

— Mon père, je l'appelle Andy. Et j'attends de toi que tu me parles de lui. »

Sa mère semblait réfléchir à la meilleure réponse possible, ou peut-être se demandait-elle si elle devait répondre. Enfin, elle dit :

« C'est un homme que j'ai connu autrefois, voilà tout. Il était beau. Séduisant.

— Tu étais amoureuse de lui ?

— Non. »

En disant cela, elle détourna le regard.

« Il était amoureux de toi ? »

Un silence. Puis : « Oui.

— C'était avant Donald ? » Viv ne répondant pas : « Pendant ? » Comme elle ne répondait toujours pas : « OK, pendant, donc. Et combien de temps ?

— Pas très longtemps.

— Combien de temps ?

— Quelle importance ?

— Don savait ?

— Bien sûr que non. Ton père est narcissique. L'idée que je puisse m'intéresser à un autre homme ne l'effleurera jamais.

— Mon père, c'est Andy…

— Je sais. Mais tu n'es pas obligée de répéter son nom comme ça.

— J'aime bien sa sonorité. »

Au tour de sa mère de la dévisager.

« Tu plaisantes ? »

Jacy ignora cette remarque.

« Mais Don a fini par découvrir la vérité, hein ?

— Tu es née un mois avant terme, avec la peau mate et des cheveux noirs et bouclés.

— Comment a-t-il réagi ? »

Sa mère écrasa sa cigarette à moitié consumée dans le cendrier qui contenait déjà plusieurs mégots.

« On a connu quelques semaines difficiles.

— C'est tout ?

— S'il y a une chose que ton père comprend, c'est l'importance des apparences. Un divorce aurait fait mauvais effet.

— OK. Mais tu as menti tout à l'heure.

— Quand ?

— Quand tu as dit que tu n'étais pas amoureuse de lui. Il y a une photo de Don et de toi au club, à côté des parents de Vance. Et de mon père. Tout le monde fixe l'objectif, sauf toi. Tu tournes la tête vers Andy. Tu étais amoureuse de lui. »

Sa mère contemplait la cigarette à moitié fumée dans le cendrier, avec dans le regard ce qui ressemblait à un authentique regret : elle avait eu tort de l'écraser.

« Je te le répète, il était séduisant.

— Pourquoi tu refuses d'avouer que tu l'aimais ?

— À quoi bon ?

— Tu l'aimes toujours ?

— Ne sois pas ridicule.

— Qu'est-ce qui s'est passé ? Si vous vous aimiez…

— Il est parti. »

Prenant sa cuillère à café, elle s'amusa à pousser la cigarette dans le cendrier.

« Pourquoi ?

— Il a été renvoyé. Parce qu'il buvait au travail.

— Il savait que tu étais enceinte ? »

Cette question provoqua un rire amer.

« Moi-même, je ne le savais pas, jeune fille.

— Alors, il est parti ? Comme ça ? Il t'aimait, mais il est parti.

— C'est moi qui le lui ai demandé.

— Pourquoi ? »

Sa mère continuait à jouer avec la cigarette.

« Nous n'avions aucun avenir. C'était un immigré. Il n'avait même pas de papiers. Il parlait à peine l'anglais. Et j'étais fiancée à ton père. Tu veux d'autres raisons ?

— Tu lui as demandé de partir et il a obéi ? »

Sa mère leva la tête, et Jacy vit que ses joues étaient mouillées.

« J'ai dû me montrer *très* cruelle avec lui.

— Qu'est-ce que tu lui as dit ?

— La vérité.

— Que c'était un immigré ? Qu'il ne parlait pas l'anglais ?

— Que je ne pourrais jamais le présenter à mes parents. Que si on se mariait, on serait pauvres. Et que je n'avais aucune intention d'être pauvre.

— Alors, à la place, tu as épousé un homme que tu n'aimais pas. »

Sa mère se leva et emporta le cendrier vers l'évier. Elle fit couler l'eau du robinet sur sa dernière cigarette afin de s'assurer qu'elle était bien éteinte et vida le tout dans la poubelle.

Lorsqu'elle revint s'asseoir, Jacy demanda :

« Quand Andy a-t-il découvert mon existence ?

— Quand tu as remporté le tournoi de tennis junior. Ta photo est parue dans le journal.

— Tu mens, encore une fois. S'il était parti, comment il a pu voir ma photo ?

— Il s'était abonné au *Greenwich Time*.

— Pourquoi donc ?

— Réfléchis. »

Ce que fit Jacy.

« Il était toujours amoureux de toi, conclut-elle. Malgré les horreurs que tu lui avais dites.

— Il faut croire.

— Bien que tu aies épousé mon… Don.

— Apparemment.

— Il savait que tu avais un enfant ? »

En guise de réponse, sa mère haussa les épaules.

« Mais pas que j'étais sa fille ?

— Jusqu'à ce qu'il voie la photo.

— Putain, c'est vraiment dégueulasse.

— Je t'interdis d'utiliser ce langage dans cette maison.

— Oh ! Tu te tapes mon père, tu le balances à la poubelle et je n'ai pas le droit de dire des gros mots ?

— Je ne… » Viv s'interrompit. Elle sécha ses larmes avec une serviette en papier. « J'ai fait un choix.

— Et l'homme que tu as choisi va se retrouver en prison. Bravo.

— On n'en sait rien. Ce n'est qu'une possibilité.

— Ça te ferait les pieds.

— Autre possibilité. »

Sa mère se leva de nouveau, cette fois pour aller déposer sa tasse et sa soucoupe dans l'évier. Avant de regagner son siège.

« Qui sait que Donald fait l'objet d'une enquête ?

— Personne.

— Même pas les parents de Vance ?

— Non.

— On a combien de temps devant nous ? Avant que tout le monde soit au courant ?

— Les agents fédéraux ne parlent pas. Et puis, c'est son patron qu'ils veulent. Et le patron de son patron.

— Juste une chose, Viv. Tu sais au moins qu'il y a un coffre-fort derrière le Renoir ? »

Cette question fit sursauter sa mère.

« Espèce de sale petite fouineuse.

— Eh oui. Alors, comment je peux contacter mon père ?

— Il est là, au bout du couloir. Tu n'as qu'à frapper à sa porte.

— Comment je peux contacter Andy ?

— Tu ne peux pas. Il est parti. Combien de fois vais-je devoir te le répéter ? »

Cela faisait deux fois que sa mère employait le mot *parti* au sujet d'Andy. Jacy eut du mal à déglutir.

« Je veux le voir.
— Impossible.
— Pourquoi ?
— Il est mort.
— Arrête de mentir, bordel !
— Moins fort. »

La mère et la fille s'observèrent un long moment. Puis, Viv proposa :

« Si on concluait un marché ? Je te donne ce que tu veux. Tu me donnes ce que je veux. » Voyant que Jacy hésitait… « Qu'est-ce qui ne va pas, jeune fille ? Tu n'aimes pas devoir choisir ? »

Sa mère affichait un tout autre visage maintenant, et lorsque Jacy y décela une expression triomphante, elle comprit qu'elle avait mal joué. Sa mère savait ce que voulait Jacy, mais celle-ci ignorait ce que sa mère voulait en échange.

« À toi de décider, jeune fille. Marché conclu ? »

La rubrique nécrologique du *Danbury News-Times*, que lui montra sa mère dans le cadre de leur arrangement, rassemblait une demi-douzaine d'avis de décès dont certains s'étalaient sur plusieurs colonnes. Celui de son père était le plus court. On y apprenait qu'Andres Demopoulos était mort à l'âge de quarante-cinq ans, à Holloway House, un centre hospitalier de Bethel. Il était arrivé en Amérique via le Canada, avec son frère aîné Dimitri. Ils avaient grandi à New York, mais à la suite de la mort prématurée de son frère, Andres était parti vivre dans le Connecticut, où il avait travaillé dans la restauration avant de tomber malade. Il ne laissait aucune famille, lut sa fille. Ce qui voulait dire, d'une certaine manière, que le jeune homme souriant sur la photo de *La Machine à voyager dans le temps* avait disparu de nouveau. Jacy avait peu de choses de son père – le souvenir d'une scène terrifiante devant leur maison, une vieille photo entraperçue, cette poignée d'informations tirées d'une notice nécrologique – et elle n'aurait jamais rien d'autre.

Sa mère laissa Jacy relire plusieurs fois la notice, puis lui dit :

« Je suis désolée. »

Ces paroles plongèrent Jacy dans une fureur abyssale, mais elle parvint à se contrôler.

« Vraiment, Viv ? Tu es désolée ? Pour quelle raison ? Tu es désolée parce qu'il est mort ? Parce qu'il t'aimait ? Parce que tu l'aimais ? Parce qu'il m'aimait ? Parce que tu nous as éloignés l'un de l'autre ?

— Je suis désolée qu'il ait eu une vie si dure.

— C'est à cause de toi. De toi et de Donald.

— Pour ton bien.

— Ne… Je t'interdis de dire ça ! Tu as fait un choix. Tu l'as dit toi-même. Tu ne savais même pas que tu étais enceinte quand tu as fait ce choix.

— Tu ne sais pas tout.

— Je ne sais rien. Tu n'avais pas l'intention de me parler de son existence.

— C'est exact, et je regrette que tu l'aies découverte. Regarde à quoi ça t'a servi. L'ignorance est synonyme de bonheur. Tu te souviens comme tu étais heureuse avant ? »

Était-ce la vérité ? Avait-elle jamais été heureuse ? Dans ce cas, ce bonheur était si lointain qu'il semblait appartenir à quelqu'un d'autre.

« D'abord, qu'est-ce qui prouve que tout ça est vrai ? Comment un journal de Danbury peut-il savoir que mon père avait un frère prénommé Dimitri ? Il ne laisse aucune famille, écrivent-ils. Qui le leur a dit ? » Sa mère ne disait rien, attendant qu'elle comprenne toute seule. « C'est toi, hein ?

— Qui d'autre ?

— Tu as rédigé l'avis de décès de mon père.

— J'ai répondu à leurs questions. C'est eux qui l'ont rédigé.

— Tu leur as raconté qu'il était tombé malade ?

— C'est le cas.

— Les alcooliques ne "tombent pas malades".

— Ce n'était pas un alcoolique.

— Arrête de mentir, Viv. Tu t'emmêles les crayons, à force. Ce jour-là, devant la maison, tu m'as dit toi-même que c'était un alcoolique, incapable de tenir debout. Et tout à l'heure, tu m'as expliqué qu'il avait perdu son travail parce qu'il buvait.

— Oui, c'est pour cette raison qu'il a été renvoyé. »

Jacy se massa les tempes ; elle essayait d'ordonner les rares éléments dont elle disposait. À l'évidence, sa mère choisissait ses mots avec soin. Elle coupait en quatre les cheveux de la rhétorique. Dans quel but ?

« Est-il mort en buvant, oui ou non ? »

Le sourire de sa mère – étrange mélange d'étonnement et de honte – resterait gravé longtemps, très longtemps, dans sa mémoire.

« C'est curieux que tu utilises cette formule, car c'est exactement ce qui s'est passé. Il s'est étranglé en buvant un verre d'eau.

— Arrête un peu de…

— Ataxie cérébelleuse, c'est comme ça que ça s'appelle. Une maladie dégénérative du système nerveux, sorte de sclérose en plaques. Tu perds peu à peu tes fonctions motrices. Tu n'arrives plus à parler.

Tes membres s'agitent dans tous les sens. Tu as l'air ivre. Voilà ce que tu as vu devant la maison ce jour-là.

— Mais tu m'as dit…

— Je sais ce que je t'ai dit. Ça m'a paru préférable.

— Pour toi.

— Pour moi, pour tout le monde. Il ne voulait pas que tu le voies dans cet état.

— Encore un mensonge. C'est moi qu'il était venu voir, pas toi.

— Il voulait te faire savoir qu'il existait, c'est tout. Bon, d'accord, j'avoue, il voulait te voir et… t'emmener avec lui. Mais quand il a vu combien tu étais terrorisée, il a compris son erreur. Je savais où il habitait, alors je suis allée chez lui, et il m'a fait promettre de ne jamais te dire la vérité. Ce serait plus facile pour toi, disait-il, si tu le prenais pour un alcoolique. Avec le temps, tu oublierais qu'il avait existé.

— Sauf que non.

— Non, en effet.

— Tu me l'as volé.

— Pour ton bien.

— J'aurais pu l'aider.

— Non. Personne ne pouvait l'aider.

— J'aurais pu être près de lui. Le réconforter.

— Ne te mens pas, jeune fille. C'est une mauvaise habitude. Je parle en connaissance de cause. »

Jacy ne releva pas.

« Comment tu as su qu'il était mort ? Tu veux me faire croire que tu lis le *Danbury News-Times* ?

— Bien sûr que non. On avait engagé quelqu'un pour le surveiller, ton père et moi. On ne voulait pas que la même scène se reproduise.

— Sans blague. Il ne fallait surtout pas que je revoie mon père !

— Et puis, il avait des frais. Son état… s'était détérioré. Il ne pouvait plus travailler. À la fin, il avait besoin de… de presque tout.

— Et c'était toi qui payais ?

— Nous deux. Ton père… Don et moi.

— Don payait pour Andy ? Il le détestait. Je l'ai bien vu dans son regard cet après-midi-là.

— Il ne voulait pas payer. C'est moi qui l'ai obligé.

— Comment ?

— Facile. Je lui ai dit que je savais. »

Soudain, l'air se raréfia dans la cuisine.

« Que tu savais quoi ? »

Sa mère se contenta de la regarder. Jacy sentit son estomac se soulever.

« Ça fait combien de temps que tu sais ?

— Impossible à dire. J'ai compris du jour au lendemain. Cet après-midi-là, peut-être, devant la maison. J'ai vu l'espoir dans tes yeux. Tu espérais qu'il vienne te chercher, pour t'emmener. Loin de moi, je croyais, car je savais que tu me haïssais. Puis j'ai réfléchi.

— Mais tu n'as rien fait.

— Je ne savais pas vraiment.

— Tu viens de dire le contraire.

— Je me disais que ça ne pouvait pas être vrai. Je me suis persuadée que ce n'était pas vrai.

— L'ignorance est synonyme de bonheur.

— Exactement, jeune fille, et ne laisse jamais personne te dire le contraire. La vérité rend libre ? Laisse-moi rire. »

Au bout du couloir, il y eut un bruit de chaises derrière la porte du bureau.

Jacy sentit monter des larmes brûlantes, mais elle refusait de pleurer.

« Tu sais quoi, Viv ? Je ne croyais pas que je pourrais dire ça un jour, mais j'aimerais te ressembler. J'aimerais être égoïste. Me foutre des autres et ne penser qu'à moi. Faire tout ce que tu fais, sans en subir les conséquences.

— Tu crois que je ne souffre pas ?

— Pas assez. »

La porte du bureau s'ouvrit et les trois hommes sortirent dans le couloir.

« À ton tour, jeune fille. »

Sa mère souriait maintenant.

Soudain, Jacy comprit une chose qui lui avait échappé jusqu'à présent, alors qu'elle l'avait devant les yeux depuis des années.

« Oh, bon sang. Tu le hais toi aussi, hein ?

— Tu n'imagines pas à quel point.

— Tu veux un papier et un crayon ?

— Ce n'est pas nécessaire. »

La porte d'entrée s'ouvrit et se referma. Les pas de Donald se firent entendre dans le couloir, ils se dirigeaient vers elles. Jacy donna à sa mère la combinaison du coffre.

Cette nuit-là, Jacy se réveilla dans l'obscurité de sa chambre d'enfant en sachant qu'elle avait pris une décision dans son sommeil : elle allait mettre fin à ses jours. Cette idée lui paraissait à la fois capitale et d'une banalité décevante. L'armoire à pharmacie de sa mère regorgeait de somnifères et elle ne voyait aucune raison de ne pas les prendre. Le soir même, au journal télévisé, elle avait vu les jungles du Viêtnam et du Cambodge s'enflammer, en sachant que des garçons de son âge mouraient brûlés vifs là-bas. Tournant le dos à la raison, Mickey prendrait la direction de ce brasier dans quelques semaines, et Lincoln le suivrait peut-être l'année prochaine. Ils mourraient là-bas tous les deux, elle en était convaincue. La mort était une plaisanterie de mauvais goût, omniprésente, universelle. Si on pouvait mourir en buvant un verre d'eau, comme son père, à quoi bon vivre ? De fait, songeait-elle, à moitié endormie, rien ne l'empêchait de passer à l'acte. De se lever, de traverser le couloir et de prendre un flacon de comprimés. Fastoche. Puis de remplir un grand verre d'eau et d'avaler, ce que son père n'avait pas su faire, afin de parvenir à un résultat identique, symétrique. Un geste empreint de beauté et de justice, non ? Son pauvre père. Le cœur brisé, il lui avait fait don de son absence. Maintenant qu'il était à l'abri de nouvelles souffrances, elle partirait à son tour. Telle fut sa dernière pensée avant de sombrer dans un sommeil profond et sombre.

Quand elle revint à elle, le soleil se déversait par la fenêtre et le téléphone posé sur la table de chevet sonnait. N'ayant pas envie de parler à quiconque, elle attendit que Viv décroche dans la cuisine. Comme le téléphone continuait à sonner, elle répondit. Encore vaseuse, elle ne reconnut pas tout de suite la voix de Teddy. Leur amitié à tous les quatre lui semblait si lointaine. Elle crut comprendre qu'il lui proposait de passer un dernier week-end tous ensemble, avant que chacun parte de son côté. Lincoln et lui avaient déjà convaincu Mickey de les retrouver à Martha's Vineyard. Alors, qu'en pensait-elle ? Tous pour un ? Un pour tous ?

C'est seulement après avoir accepté et raccroché qu'elle repensa à sa décision, prise au cœur de la nuit, de mettre fin à ses jours. Comment avait-elle pu oublier une chose aussi grave ? Le réveil, sur la table de chevet, indiquait presque dix heures trente. Était-ce possible ? De faire la grasse matinée après avoir décidé de se suicider ? Puis d'accepter de fêter le début de l'été avec ses amis à Martha's Vineyard, comme s'il ne s'était rien passé depuis la remise des diplômes ? Était-ce une manière de remercier ce pauvre Andres Demopoulos qui, afin d'offrir à sa fille une existence normale, s'en était retiré pour s'éteindre seul ? Non. Putain, non. Vivre, cela voudrait dire que Don et Viv avaient gagné, que ce putain de monde de merde, avec ses innombrables mensonges et ses tricheries, avait gagné. Alors, non. Hors de question. Don et Viv étaient partis quelque part. Jacy avait la maison pour elle seule. C'était le moment ou jamais.

Un peu dans les vapes après avoir trop dormi, elle se rendit dans la salle de bains de sa mère et dénicha, comme elle le supposait, un flacon de somnifères, intact. Ne voulant pas mourir dans la salle de bains de Viv, elle regagna sa chambre avec les comprimés et un grand verre d'eau. Le flacon était doté d'un bouchon de sécurité et elle dut poser le verre sur l'avis de décès d'Andres Demopoulos afin d'aligner les deux petites flèches et soulever le bouchon avec ses pouces. Elle fit glisser dans sa paume une poignée de somnifères et s'assit au bord du matelas. Curieusement bosselé. En glissant la main dessous, elle retrouva les liasses de billets qu'elle avait cachées là. Que comptait-elle faire avec cet argent ? Aucune idée. Car l'argent n'était utile que si vous vouliez acheter quelque chose, et ce n'était pas le cas. Plus maintenant. Elle n'avait qu'une seule envie désormais : cesser d'exister. Lorsqu'elle goba la poignée de comprimés, elle fut prise d'un haut-le-cœur, qu'elle parvint à contrôler. Mais en portant le verre d'eau à sa bouche, elle vit que l'avis de décès était resté collé dessous. La date de la mort de son père – 2 mai 1971 – apparaissait grossie. Prise d'un nouveau haut-le-cœur, elle recracha les comprimés dans sa main cette fois.

*2 mai.* Combien de fois avait-elle lu cet avis de décès sans s'arrêter sur la date, ni comprendre ce qu'elle signifiait ? Elle avait reçu son diplôme le 9 mai. En rentrant à Greenwich avec Don et Viv, elle s'était fait la leçon : *Oublie-le.* Si son père n'avait pas daigné venir à la remise des diplômes, si cela ne l'intéressait même pas, s'il pouvait vivre sans elle, eh bien, c'était réciproque. Seulement, au moment où elle montait sur scène pour recevoir son diplôme, Andres Demopoulos était déjà mort. Maintenant, c'était comme s'il essayait de communiquer avec elle depuis l'au-delà. Il avait fait en sorte qu'elle pose le verre d'eau sur l'avis de décès pour souligner la date de sa mort. Comme s'il la suppliait de ne pas accomplir ce geste. *N'importe quoi*, se dit-elle. *Encore de la pensée magique.* Mais peut-être pas. Et si Andy essayait de lui expliquer que la meilleure façon de se venger de Don et de Viv, de ce monde de merde, c'était de vivre et non pas de mourir. Elle repensa au regard suppliant, hanté, de son père en ce terrible après-midi ; elle se souvint qu'il avait tenté désespérément de prononcer son nom, de la toucher. Comme si, des années plus tôt, il avait anticipé ce jour, ce moment exact.

De retour dans la salle de bains, Jacy jeta les comprimés dans les toilettes et tira la chasse. Avant même que le dernier disparaisse, un nouveau plan commença à germer dans son esprit.

Moins d'un mois plus tard, alors qu'elle était assise dans l'obscurité du patio de ce motel miteux, à quelques kilomètres de la frontière canadienne, ce plan était sur le point de porter ses fruits. Elle vivrait, et Mickey aussi. Ce serait l'héritage d'Andres Demopoulos. Que ce soit par ailleurs un gigantesque bras d'honneur adressé à Don et à Viv, c'était la cerise sur le gâteau. Elle sortit les liasses de billets de son sac à dos et les tendit à Mickey. Il compta l'argent à la lumière de la lune, qui venait juste d'apparaître entre les nuages qui filaient dans le ciel. Quand il eut fini – il y avait de quoi acheter vingt Stratocaster, peut-être même cent – il dit :

« Bien. Demain, on trouvera une baraque à louer du côté canadien, mais ensuite, il faut que je retourne dans le Connecticut.

— Pour quoi faire ?

— Pour retrouver ton père et lui péter la gueule.

— Don, tu veux dire ?

— Oui, Don. Après, je te rejoindrai.

— Et si tu te fais arrêter ?

— Je m'en fous.

— Pas moi, répondit Jacy en se levant. Et ta vie m'appartient désormais.

— Pourquoi ça ?

— Je t'ai sauvé.

— Ah bon ? »

Elle ôta son T-shirt et demeura immobile dans l'obscurité, pendant que Mickey, obtus, faisait semblant d'avoir encore le choix. Jacy se demanda si sa mère avait séduit Andres Demopoulos de cette façon. Le pauvre gars avait-il compris ce qui lui arrivait ? Elle s'interrogea : Viv avait-elle vidé le coffre ? Sans doute pas. Elle attendrait de voir ce qui allait se passer. S'ils emmenaient son mari, menottes aux poignets, elle le ferait. Il n'existait aucune trace de cet argent blanchi. Donald derrière les barreaux, elle vendrait la maison et partirait s'installer ailleurs, peut-être retournerait-elle en Californie. Elle aurait largement de quoi vivre jusqu'à ce qu'elle se trouve un autre Donald. On était *presque* obligé de l'admirer, songea Jacy, en attendant que Mickey, qui croyait encore avoir voix au chapitre, se décide.

« Alors ? demanda-t-elle.

— OK », dit-il en se levant, et tous les deux perçurent la capitulation dans sa voix.

## TEDDY

Teddy s'est rendu dans la salle de bains après avoir réclamé une courte pause pour prendre un autre antalgique. Face à l'épave humaine qui le regarde dans le miroir, il est surpris de constater, comme toujours après le passage d'une de ses crises, combien elles ressemblent à des orages tropicaux. À leur approche, il perçoit le changement de pression barométrique, comme sur le ferry, alors que la perturbation est encore loin, en train d'enfler et de forcir au large. Lorsqu'elle s'abat sur le rivage, il n'y a rien d'autre à faire que de l'affronter en la laissant hurler sa rage et causer le maximum de dégâts. Au bout d'un moment, son psychisme ballotté et terrorisé est envahi par un calme profond, dans l'œil bienveillant du cyclone. Une sensation pas très éloignée de celle souvent décrite par les personnes en descente d'acide : votre être se disperse, tout simplement. Pendant un instant magnifique, à couper le souffle, Teddy a l'impression de dériver, en apesanteur. Dans une seconde ou deux, le monde et ses problèmes cesseront d'exister. Remplacés par un oubli bienvenu. Puis les vents se lèveront, les éclats transperceront la chair, et il découvrira la liberté : cette évasion n'était encore qu'un mensonge. Plus tard, ensanglanté, apaisé et épuisé, il émergera dans la lumière en rampant, aveuglé, pour évaluer les dégâts. Il dressera l'inventaire des choses perdues, de celles qui ont juste besoin d'être réparées, et puis, le plus important, il rétablira le tirant d'eau idéal qui lui permet de naviguer, frileusement certes, mais sans problème. Ce qu'il appelle sa vie.

La situation est aggravée par le fait qu'il revient dans un monde qui lui a été épargné par la tempête. Après les coups qu'il a reçus, il s'attend à découvrir des arbres déracinés, des toits arrachés et des plaques de tôle ondulée dans les rues, mais le monde physique est indemne. Cette soirée semble toutefois échapper à la règle. En retournant sur la terrasse, Teddy constate que sa tempête personnelle a aussi brisé les digues et causé des ravages chez ses amis.

Accoudé à la balustrade, Lincoln regarde au loin la silhouette sombre de la maison de Troyer en contre-bas, ou peut-être, plus loin encore, la lune qui fait scintiller la mer. Avec sa couverture sur les épaules, il ressemble aux réfugiés syriens qui, depuis des mois maintenant, s'échouent sur les côtes grecques, songe Teddy. Plus tôt, face à cette même étendue d'herbe, il avait avoué sa crainte de découvrir que Jacy était enterrée dessous, et son sentiment de culpabilité, au cas où cela s'avérerait, car quel que soit le sort qu'elle ait connu, rien ne serait arrivé s'il ne l'avait pas invitée sur l'île. Maintenant, ils savent que cette invitation lui a au contraire sauvé la vie, ou a, du moins, retardé sa mort. Au lieu d'avaler cette poignée de somnifères à Greenwich, Jacy avait vécu quelques années de plus, essentiellement dans le corps de cette fille dont Mickey leur a montré la photo : clouée dans un fauteuil roulant, émaciée, incapable de contrôler les mouvements de ses membres déformés. Grâce à ses amis, elle avait pu vivre jusqu'au bout son triste destin génétique. Est-ce ce que pense Lincoln en contemplant l'obscurité : méfions-nous de nos souhaits ?

Mickey paraît anéanti lui aussi. Renversé dans son fauteuil, il fixe le ciel nocturne : coquille vide de l'homme qui s'est produit sur scène au Rockers quelques heures plus tôt, comme si, pour lui, la musique avait cessé de jouer, définitivement. Il est néanmoins décidé à aller jusqu'au bout, et lorsque Teddy se rassoit, enveloppé dans sa couverture, il dit :

« Dernière ligne droite. Tu crois que tu tiendras le coup ? »

Teddy l'assure que oui.

« Lincoln ?

— J'arrive », dit celui-ci en se redressant, non sans mal.

Une fois que chacun a repris sa place, Teddy pose la question qui le taraude :

« Les symptômes sont apparus au bout de combien de temps ? »

Mickey passe sa main dans ses cheveux.

« Pas longtemps. Un mois ou deux ? On se promenait et soudain, elle chancelait, comme si le sol avait tremblé sous ses pieds. Quand elle était fatiguée, sa démarche devenait saccadée. Ou alors, elle voulait attraper quelque chose sur la table, la salière, un verre de jus d'orange, et l'envoyait valdinguer. Il faut dire qu'en plus de fumer de l'herbe, on picolait pas mal, et elle n'était pas la seule à trébucher et renverser des trucs. N'empêche, j'étais sûr qu'il y avait un problème. Alors, un jour, je suis allé en douce me renseigner à la bibliothèque. Déjà, à l'époque, on savait que l'ataxie était une maladie génétique. Mais parfois, ça sautait une génération, et je m'accrochais à cet espoir.

— Tu crois que Jacy se doutait de quelque chose, quand on a passé ce week-end ici, sur l'île ? » demande Teddy en repensant à ce qu'elle lui avait dit à Gay Head : Pourquoi faut-il que *tout* soit aussi pourri ? Prisonnier de son propre désespoir, il ne s'était pas interrogé sur la signification de ce *tout*.

« Je me suis posé la question, moi aussi, reconnut Mickey. Mais je ne pense pas. Sinon, elle aurait évité de tomber enceinte. En revanche, elle était en mode évasion. Elle voulait échapper à son connard de fiancé. À Greenwich. À Don et à Viv. À la mort horrible de son père. Peut-être qu'elle croyait aussi pouvoir échapper à la maladie.

— Vous n'en avez jamais parlé ? »

Mickey secoue la tête.

« C'était ça, le plus terrible. Chaque fois que je me montrais inquiet, elle entrait dans une rage folle. Je n'exagère rien. On l'a tous vue en colère à Minerva, mais là, c'était pire. Elle hurlait en disant que si elle avait voulu avoir une putain de mère sur le dos, elle serait restée dans cette putain de ville de Greenwich. Et que je ferais mieux de m'occuper de mes affaires de merde. Ce qui me foutait en rogne, moi aussi. Puis les symptômes disparaissaient pendant quelques semaines, et je me disais que, peut-être, elle avait raison, j'étais parano.

« … Et il y avait le groupe. Ah, la vache, vous ne pouvez pas imaginer comme on assurait. On était dix fois meilleurs que ce que vous avez entendu ce soir. L'osmose parfaite. Chacun lisait dans les pensées des autres. »

Il sourit malgré lui. La *joie*, songe Teddy. Cette

chose que son propre tirant d'eau lui interdisait. Dans son cas, un tel bonheur débouchait sur l'euphorie, qui, à tous les coups, faisait volte-face et plongeait la tête la première dans la dépression et le désespoir. Était-ce génétique, à l'instar de l'ataxie de Jacy ? Ses parents avaient-ils jamais connu la joie ? Ou bien avaient-ils dû, eux aussi, se protéger des émotions extrêmes ? Ils semblaient se satisfaire de ce qu'ils avaient. Eux-mêmes. Le *New York Times* du dimanche. Et chaque automne, une nouvelle fournée de lycéens. Leur version à eux de son tirant d'eau idéal.

« On cartonnait à Montréal, disait Mickey. Et même dans tout le Québec. On gagnait un max de fric. Heureusement, d'ailleurs, car je n'ai jamais pu me faire à l'idée de vivre avec l'argent que Jacy avait fauché dans le coffre de son père. On en avait claqué une grosse partie pour acheter des amplis, des micros et une sono. Et un vieux corbillard qu'on a aménagé pour trimballer le matos. Je me disais que je la rembourserais jusqu'au dernier dollar dès qu'on serait célèbres, ce qui n'allait pas tarder. Le public devenait dingue quand Jacy chantait. La métamorphose était spectaculaire. Les premiers temps, elle n'interprétait qu'une seule chanson par set, puis très vite, elle est passée à une chanson sur deux et elle assurait les chœurs sur les autres. Au début, il avait fallu la convaincre de monter sur scène. À la fin, on avait du mal à l'en faire descendre. À chaque concert, elle prenait de l'assurance, elle se libérait. C'était ce qu'elle préférait dans notre vie. N'oubliez pas qu'elle était en mode évasion, et pour elle, chanter en public, c'était la meilleure façon de s'évader. »

Son visage s'assombrit.

« Sur scène, elle aimait mettre des minijupes, et son grand truc, c'était de sauter, micro à la main, sur une des tables de devant. Inutile de préciser que les spectateurs assis là avaient de quoi se rincer l'œil. Et comme elle portait une culotte noire, les salopards qui mataient sous sa jupe se demandaient, pendant une fraction de seconde, ce qu'ils voyaient. »

Lincoln s'agite sur son siège, mal à l'aise.

« Elle tolérait ça ? »

Mickey soupire.

« Je ne voulais pas en parler, mais vous ne comprendrez pas sinon. Jacy avait une relation compliquée au sexe. Elle aimait ça, mais seulement si elle fixait les conditions, et il fallait toujours, *toujours* que l'idée vienne d'elle. »

Comme à Gay Head, se souvient Teddy. Jacy s'était déshabillée joyeusement, pendant qu'il la regardait, paralysé, abasourdi et reconnaissant. « Viens, Teddy ! » s'était-elle écriée, parce qu'il tardait à la suivre dans les vagues glacées. Puis elle l'avait attiré contre elle, faisant preuve d'une force surprenante qui avait eu raison de ses scrupules. Était-ce ce pouvoir qu'elle exerçait sur lui qui l'avait excité le plus ?

« On avait toujours l'impression que le sexe en soi était secondaire. Elle semblait motivée par quelque chose de plus puissant que le désir, ou *différent* du désir. Comme ce fameux soir à la résidence des Thêta. Je ne dis pas qu'elle n'a pas pris de plaisir à nous embrasser, mais nous étions surtout un prétexte. »

Évidemment, se dit Teddy. Avec ce qui se passait chez elle, depuis si longtemps, comment ne pas avoir un rapport tordu au sexe ? Comment résister à l'envie d'en faire une arme ?

« Bref, reprend Mickey, c'était pareil avec la musique. Attention, elle adorait chanter. Mais ce n'était pas le plus important à ses yeux. Le public en redemandait. Les gens ne venaient pas nous *écouter*, ils venaient la *voir*. Elle voulait qu'on compose nos propres morceaux, pour pouvoir jouer autre chose une fois qu'on aurait percé. Elle avait hâte que la guerre se termine, non pas parce qu'elle la jugeait stupide et immorale – ça, c'était la Jacy d'avant –, mais parce qu'on pourrait rentrer au pays et montrer à Vance et à Viv, et à tous les habitants de Greenwich, ce qu'elle était devenue. Elle m'avait fait promettre qu'on changerait le nom du groupe pour s'appeler Andy's Revenge. »

Lincoln est toujours mal à l'aise.

« Tu devais être inquiet de la voir changer comme ça.

— J'aurais dû l'être, reconnaît Mickey. Ce besoin qu'elle avait de rendre les types dingues… Les gars du groupe ne parlaient que de ça. Mais n'oubliez pas qu'on était au début des années soixante-dix. Janis Joplin s'enfilait un litre de Southern Comfort à chaque concert. Les Who bousillaient leurs guitares sur scène. Jim Morrison se fouettait devant le public. Liberté, on n'avait que ce mot-là à la bouche. Vous vous rappelez Richie Havens à Woodstock ? »

Teddy ne peut s'empêcher de sourire. Cette décennie que Mickey s'efforce d'expliquer à travers des événements cultes est celle à laquelle, en gros, Lincoln avait refusé d'adhérer. Richie Havens ?

« Bref, poursuit Mickey. Un soir, elle a atterri à côté de la table et voilà.

— Qu'est-ce qui s'est passé ?

— Trop d'herbe ? Trop de mescal ? L'ataxie ? Elle s'est peut-être pris les pieds dans le fil du micro. En tout cas, l'atterrissage a été fatal… »

Il s'interrompt, il revoit la scène. Comme si c'était hier, devine Teddy.

« Le bilan ? Commotion cérébrale, coude brisé, rotule pétée et deux côtes fêlées. Ils l'ont gardée une semaine à l'hôpital, et tout l'argent qui lui restait y est passé ou presque. N'étant pas citoyens canadiens, on n'avait pas de sécu. Alors, on a réglé la note – la majeure partie du moins – et on est rentrés à la maison avec deux ordonnances, une pour des antalgiques, l'autre pour un traitement contre la dépression car il était évident, depuis le début, que les dégâts n'étaient pas seulement physiques. Du jour au lendemain, ce n'était plus la même Jacy. Amère. Morose. Pour elle, c'était terminé. Jamais elle ne ferait un retour triomphal en Amérique. Jamais on ne donnerait ce concert à Greenwich. Andy n'aurait jamais sa vengeance, et elle non plus.

« … Je faisais de mon mieux pour lui redonner le moral. Je lui disais qu'elle remonterait bientôt sur scène avec le groupe, mais elle me regardait comme quelqu'un qu'elle aurait connu il y a longtemps et qu'elle n'arrivait pas à situer. Elle avait la jambe droite plâtrée du mollet à mi-cuisse. Elle la décollait du canapé en disant : “Tu crois vraiment, Mick ? Tu crois *vraiment* que je vais recommencer à sauter sur les tables un de ces jours ?” Quand je lui ai fait remarquer qu'il était possible de chanter sans sauter sur les tables, elle m'a envoyé me faire foutre. Pour elle, c'était *ça*, chanter.

« … Tout partait à vau-l'eau. Je gardais l'espoir qu'une fois débarrassée de son plâtre, elle retrouverait le moral en même temps que sa mobilité. On donnait des concerts presque tous les soirs et j'étais obligé de la laisser seule dans l'appartement car elle refusait qu'on la voie dans un fauteuil roulant. Évidemment, on était beaucoup moins bons sans elle. On jouait dans des salles plus petites, merdiques. Il n'y avait plus de spectacle, juste la musique. Je me disais qu'on avait besoin de cet argent. En réalité, je me réjouissais de pouvoir m'évader quelques heures, me perdre dans la musique. Un soir, au lieu de rentrer aussitôt après le concert comme les autres jours, je suis sorti avec les gars. Je me suis bourré la gueule. J'ai pris de la coke. Quand je suis revenu à l'appart, le soleil se levait. Je pensais la trouver endormie. Ses médocs l'assommaient. Elle émergeait rarement avant midi. Mais ce matin-là, elle était parfaitement réveillée et regardait un vieux film. "Je sais maintenant ce que j'aurais dû faire, m'a-t-elle dit, sans détacher les yeux de la télé. J'aurais dû te laisser foutre le camp au Viêtnam." Je suis resté là, bouche bée, je m'en souviens, en pensant qu'elle allait regretter ses paroles, mais Jacy était comme ça : impossible de la faire culpabiliser. Elle s'excusait seulement quand elle en avait envie.

« … L'après-midi où on lui a retiré son plâtre, en rentrant de l'hôpital, j'ai proposé d'aller boire une bière pour fêter ça. Une réconciliation dans le genre "sans rancune". "Est-ce que tu te rends compte, m'a-t-elle répondu sur le même ton que ce matin-là, qu'il n'y a rien à bouffer dans ce putain d'appart ?" Alors, au lieu d'aller boire cette bière, je l'ai déposée et je suis allé faire des courses pour le dîner. »

Après un lourd silence, il conclut : « Quand je suis rentré, elle était partie. Il s'est passé plus d'un an avant que je la revoie. Pas même une carte postale. »

Lincoln grimace.

« Où est-elle allée ?

— Aucune idée. Après quelques semaines, j'ai supposé qu'elle était retournée aux États-Unis. Là où je ne pouvais pas la suivre. Elle avait peut-être recollé les morceaux avec Vance et elle l'avait épousé. J'essayais de ne pas y penser. En fait, toute cette année est floue dans ma mémoire. J'étais paumé, sur tous les plans. Quand le groupe a splitté, je suis parti à Vancouver et j'en ai formé un autre là-bas, mais ça n'a jamais vraiment collé, et le cœur n'y était pas. J'ai dégotté quelques concerts en tant qu'ingé son. De quoi joindre les deux bouts. Je vivais dans un minuscule appart au premier étage, au-dessus d'un charmant couple de personnes âgées. J'ignore comment Jacy m'a retrouvé, mais un soir, en rentrant, elle était devant ma porte, endormie dans son fauteuil roulant, son sac à dos sur les genoux. Quelqu'un avait dû la porter dans l'escalier puisqu'il n'y avait pas d'accès handicapé.

« … Je ne l'ai pas reconnue tout de suite. Elle n'avait plus que la peau sur les os. Et vous voulez que je vous dise ? J'avais peur de la réveiller, peur qu'elle recommence à me crier dessus. Mais elle a tressailli, elle a ouvert les yeux et elle m'a souri. À cet instant, j'ai revu la Jacy d'avant. Elle m'a demandé : "Tu as entendu la nouvelle ?" Il m'a fallu un moment pour comprendre ce qu'elle disait tellement elle avait du mal à articuler, et l'effort qu'elle produisait pour parler faisait sursauter le coude qu'elle s'était brisé. "Quelle nouvelle ?" j'ai répondu, étant donné que j'avais passé la journée dans une cabine de son. "L'amnistie. Gerald Ford a dit que tout était pardonné." "Tu es venue exprès pour m'annoncer ça ?" "Non, je suis venue te…" Je n'ai pas saisi la suite, c'était du charabia. Elle a essayé encore une fois, et j'ai fini par comprendre qu'elle était revenue me rendre ma liberté. J'avais un sac de courses dans les bras, alors j'ai dit : "Dans ce cas, reste dîner." Et je l'ai poussée à l'intérieur. »

Teddy croit entendre Lincoln émettre un petit gémissement, mais il s'interdit de le regarder.

« J'ai proposé de dormir sur le canapé à sa place car les toilettes étaient à côté de la chambre, mais elle m'a répondu que ce n'était pas la peine. Elle avait perdu le sens de l'équilibre et elle n'avait presque plus de forces dans les jambes, mais elle pouvait encore marcher sur une courte distance, si nécessaire. Et en effet, en me réveillant dans la nuit, je l'ai trouvée assise au bord du lit. Elle m'a dit : "Je voulais juste que tu saches que je ne t'ai jamais haï. Je suis partie parce que je ne voulais pas que tu me regardes comme j'ai regardé mon père ce jour-là devant la maison." Et comme je la regardais moi-même à cet instant, n'eut-elle pas besoin de préciser. Je lui ai répondu que je me foutais pas mal de l'ataxie et de tout le reste, du moment qu'elle était de retour. Elle s'est mise à pleurer, alors je lui ai fait de la place dans le lit pour qu'elle s'allonge à côté de moi. Quand elle a arrêté de pleurer, j'ai demandé : "Et le bébé ?" Longtemps après son départ, elle avait reçu une lettre de l'hôpital lui rappelant la date de son premier examen prénatal. Elle m'a répondu de ne pas m'inquiéter, elle avait fait ce qu'il fallait.

« … Le lendemain matin, je devais aller bosser, mais je lui ai dit qu'on parlerait de l'avenir quand je rentrerais. J'étais prêt à tout accepter. On se marierait si elle le souhaitait, ou pas. On pourrait retourner aux États-Unis ou trouver un plus grand appartement, ici à Vancouver. Ce qui lui convenait le mieux. D'accord, a-t-elle dit, on en parlerait à mon retour. Quelque chose dans son ton m'a incité à me demander si je ne lui forçais pas la main, mais j'étais trop heureux pour m'en soucier. Durant cette année où elle avait disparu, j'étais tellement paumé que je m'étais fourré dans le crâne qu'on était destinés à vivre ensemble, elle et moi, et le fait qu'elle soit revenue prouvait que j'avais raison.

« … Hélas, je me trompais. Je venais à peine de débarquer à la radio que le directeur est venu me voir dans la cabine d'enregistrement pour m'annoncer qu'il fallait que je retourne chez moi. Elle avait dû vouloir descendre l'escalier en se tenant à la rampe pour demander au vieux couple du rez-de-chaussée d'appeler un taxi. Ils l'ont entendue tomber – un bruit épouvantable, ont-ils dit – et ils l'ont découverte couchée au pied des marches. Naturellement, ils voulaient appeler une ambulance, mais Jacy était encore consciente et elle a réussi à les convaincre qu'elle n'était pas blessée. Elle leur a juste demandé de monter chercher son fauteuil, resté dans l'appart, et d'appeler un taxi. S'ils pouvaient lui rendre ce service, tout irait bien. Comme elle mangeait ses mots, ils ont pu croire qu'elle était ivre. Toujours est-il que la femme, pendant que son mari descendait le fauteuil – pas facile pour un homme de cet âge –, a appelé un taxi. Mais après avoir raccroché, elle a eu un doute. Elle savait où je travaillais et elle a décidé de me prévenir. Le temps que j'arrive, Jacy avait perdu connaissance et ils avaient appelé l'ambulance, ce qu'ils auraient dû faire tout de suite. Elle avait déjà cessé de respirer. Les urgentistes ont tenté de la ranimer, en vain. Elle était morte. Notre Jacy. »

Le vent a tourné au cours de la soirée et on entend maintenant les vagues s'écraser sur la plage en contrebas, proches en apparence, lointaines en réalité.

Mickey pose les mains à plat sur la table basse.

« Il serait temps d'aller vous coucher, les gars, dit-il, mais avant cela, il y a une dernière chose que vous devez comprendre. Je ne parle plus de Jacy, là, mais de moi. Il y a deux ans environ, j'ai craqué et je me suis rendu au Mémorial des anciens combattants du Viêtnam, ce que j'évitais de faire depuis longtemps. Et pendant que je lisais ces rangées de noms, section après section, je me suis aperçu que je cherchais le type qui était mort à ma place. Je me suis retrouvé à l'Acropolis, à côté de mon père, qui me montrait tous les garçons présents dans le *diner,* pour me demander lequel d'entre eux partirait à ma place si je n'y allais pas. Vous pigez ? La question n'était pas de savoir si c'était bien ou pas d'y aller. Le truc, c'est que j'avais promis à mon père d'y aller, et au lieu de tenir parole, je suis parti avec Jacy dans le Maine, et ensuite, j'ai fait une chose que le gars que vous avez connu n'aurait jamais faite. Je me suis caché dans le coffre de la bagnole pendant que Jacy passait la frontière. C'est ça que vous devez bien comprendre. Le type dont vous vous souvenez est mort, comme Jacy. »

Teddy jette un regard à Lincoln, qui secoue la tête. Et répond :

« Désolé, mais c'est des conneries tout ça. Quand tu as débarqué hier, j'ai pensé aussitôt : *Voilà Mick.* Tu as vieilli, bien sûr, tu es un peu plus cabossé, mais je t'ai reconnu. Tu es toujours le même.

— Ce soir aussi, ajoute Teddy. Quand tu as chanté sur scène. »

Il sent bien, cependant, que Mickey ne veut rien entendre.

« Qu'on se comprenne bien, les gars, dit-il en pianotant sur la table. Ça fait plaisir et vous n'avez pas entièrement tort. Parfois, sur ma Harley, j'ai l'impression d'être le gars que j'étais, et oui, je peux encore le faire réapparaître dans certaines chansons. » Il se tourne vers Teddy. « C'est pour ça que je déteste toute la musique d'aujourd'hui ou presque. Je sais qu'il y a un tas de trucs bien, mais je ne m'y retrouve pas. Je cherche, sans jamais le retrouver, le type que j'étais dans le temps, avant le Canada.

— Tu es trop dur avec toi-même, dit Lincoln.

— Merci, mais…

— C'est toi qu'elle a choisi », le coupe Teddy, se surprenant lui-même. Il découvrait combien il était facile de renoncer à ce qui vous était le plus cher. Durant toutes ces années, le fait que Jacy l'ait choisi, lui, plutôt que Mickey ou Lincoln, avait été une source de fierté. Il avait serré cette idée contre son cœur. « Moi aussi, je me serais caché dans ce coffre.

— Moi aussi », ajoute Lincoln.

Un aveu difficile à faire, devine Teddy. Pas facile de renoncer à une vie aussi bénie des dieux que celle de Lincoln, même d'une manière hypothétique, qui n'engage à rien.

« Vous êtes de vrais amis tous les deux, dit Mickey. Et *toi*, dit-il en s'adressant à Lincoln, tu es vraiment un gars bien. »

Lincoln, qui semblait nourrir des doutes à ce sujet, hausse un sourcil.

« Pourquoi ?

— J'ai attendu patiemment que tu soulignes la morale de mon histoire, mais tu es trop réglo pour ça.

— Il y a une morale ?

— Une ironie, plutôt. Moi qui t'ai si souvent reproché de te laisser mener à la baguette par une femme, j'ai fait pire, au fond. »

Il veut faire de l'humour, à l'évidence, mais si Mickey est toujours Mickey, Lincoln est toujours Lincoln, et donc, fidèle à lui-même, il prend cette remarque au sérieux.

« Pour moi, l'ironie c'est qu'on était tous les trois fous amoureux d'une fille qu'on ne connaissait pas.

— Ah, Beau Gosse ! rétorque Mickey. On ne se connaissait pas nous-mêmes ! » Il donne un petit coup de pied à Teddy sous la table. « Et toi, tu en penses quoi, Tedwicki ? »

Teddy en pense que le savoir est peut-être surestimé. Certes, après avoir écouté l'histoire de Mickey, ils connaissent mieux Jacy que du temps de la fac, mais ces informations supplémentaires ne changent pas grand-chose, pour lui du moins. Il l'avait aimée et il l'aime encore… quand même… malgré tout. Mickey et Lincoln, ses amis de jeunesse ? Il les aime eux aussi. Encore. Quand même. Malgré tout. Exactement comme il a toujours voulu être aimé. Comme chacun espère être aimé.

# LINCOLN

Vaseux après seulement quatre heures de sommeil, Lincoln est occupé à laver des verres dans l'évier lorsque Mickey sort de la salle de bains après sa douche, vêtu d'un short de sport et d'un T-shirt Bob Seger.

« Qui est Bob Seger ? » demande Lincoln.

Mickey secoue la tête.

« À force, je devrais savoir quand tu te fous de moi.

— Je connais Bob Seger », le rassure Lincoln, conscient de l'ironie contenue dans cette affirmation. Car si on ne connaît jamais vraiment ses amis, comment peut-on affirmer connaître Bob Seger ?

Mickey prend un des verres que Lincoln vient de rincer, le remplit d'eau du robinet et en boit la moitié, debout devant l'évier. De là où ils se trouvent, ils voient Teddy et Delia déambuler le long du muret qui sépare la propriété de Lincoln de celle de Troyer. Ils ont déjà fait plusieurs fois le tour du jardin depuis une demi-heure.

« Qu'est-ce qu'ils peuvent bien se raconter tous les deux ? demande Mickey.

— Des anecdotes sur sa mère ?

— C'est vrai que c'est surtout lui qui parle.

— Ça ne me regarde pas, mais est-ce que Delia présente des symptômes ? demande Lincoln.

— Non, aucun, répond Mickey. Et si elle devait avoir des symptômes, ils seraient déjà apparus. Cela étant, il n'y a pas de règles strictes. Chez Andres, les symptômes sont apparus tôt, mais se sont développés lentement. Jacy, elle, est devenue infirme en quelques mois. Toute cette herbe qu'elle a fumée n'a rien arrangé à ce qu'il paraît.

— Oui, mais personne ne pouvait le savoir à l'époque. »

Mickey hausse les épaules, indifférent à cette piètre tentative d'absolution.

« Je peux te demander comment vous vous êtes trouvés tous les deux ? Quand Jacy t'a dit qu'elle avait fait ce qu'il fallait pour le bébé, tu as dû en conclure qu'elle avait avorté, non ? »

Mickey pose le verre vide sur l'égouttoir.

« C'est Delia qui m'a retrouvé. Il n'y a pas si longtemps, en fait. Deux ans environ. Le groupe donnait un concert à Truro. Alors qu'on réglait la balance, une femme s'approche dans mon dos et me lance : "Ça va, papa ?" »

Il se masse le front en évoquant ce souvenir.

« Comment elle t'a retrouvé ?

— Comment on retrouve quelqu'un de nos jours ? Google. Quand Jacy l'a fait adopter, elle m'a déclaré comme père. Nationalité : américaine. Profession : musicien. Delia a fait un rapide calcul et supposé que j'étais rentré aux États-Unis après l'amnistie. Mon nom l'a conduite sur le site de Big Mick on Pots. Et il faut croire que je lui ressemble suffisamment pour pouvoir être son père… peut-être. L'âge concordait… »

Lincoln essaie de se représenter la situation : ignorer pendant quarante ans qu'on a un enfant.

« Et tu as reconnu ta fille ?

— Non, mais j'ai reconnu la fille de Jacy. À vrai dire, j'ai failli tomber à la renverse.

— Qu'est-ce que tu lui as dit ? »

Mickey ne peut s'empêcher de pouffer.

« J'espère que tu ne viens pas me réclamer du fric parce que je suis fauché.

— Et elle a répondu quoi ?

— Tu vas adorer. Elle m'a sorti : “Garde ton pognon de merde. Je viens passer l'audition pour chanter dans ton groupe.” Je lui ai demandé si elle chantait du Tina Turner. Et là, elle m'a répondu : “Qu'est-ce que j'irais foutre sur une putain de scène, sinon ?” Je suis sûr que tes filles ne te parlent pas comme ça, hein ?

— Elles s'expriment librement… mais non », reconnaît Lincoln.

Silencieux après cet échange, ils regardent Teddy et Delia se promener sur la pelouse en pente, sous laquelle, pas plus tard que la veille, Lincoln craignait que ne soit enterrée Jacy.

« J'ai honte, Mick », avoue-t-il et il sent sa gorge se serrer en prononçant ces mots.

Mickey agite la main, comme on chasse un insecte.

« Oublie.

— J'aimerais bien.

— Tu as vraiment pensé que j'aurais pu lui faire du mal ? »

Lincoln hoche la tête.

« J'ai commis l'erreur d'aller voir cet ancien flic à la retraite en pensant qu'il détenait peut-être des informations qui n'avaient pas été publiées à l'époque. Les noms des personnes interrogées ou suspectées, par exemple.

Je m'étais même mis en tête que Troyer pouvait être impliqué. Mais il s'avère que cet ancien flic et lui étaient de vieux potes, et qu'au lieu de soupçonner Troyer, c'est toi qu'il a soupçonné. En fouinant, il a découvert ce qui s'était passé entre toi et le père de Jacy.

— J'ai toujours eu peur qu'un jour, Ted et toi, vous l'appreniez, avoue Mickey. J'aurais été obligé de cracher le morceau.

— Ça m'a scié, reconnaît Lincoln. Et je me suis demandé… » Il doit s'arrêter pour déglutir. « … si je te connaissais vraiment.

— Sans rancune, si c'est ce qui te tracasse.

— Non, non, je sais. Je ne suis pas fier de moi, je crois. »

C'est un euphémisme. Pour des raisons qui lui échappent, il s'est laissé séduire par le récit de Coffin, sa vision du monde comme un vortex de déchets. Au lieu de regarder à travers l'objectif de sa propre expérience, il s'est agenouillé devant celui de Coffin. Ses histoires brutales et répugnantes de sales types et de mariages ratés ont réussi à saper le bien-fondé de son union heureuse. Au lieu de considérer l'idée que Jacy puisse être enterrée sous la pelouse de la maison de Chilmark comme trop horrible pour être vraie, il l'a jugée trop horrible pour ne *pas* être vraie. Pour quelle raison ? Y avait-il quelque chose qui le séduisait dans cette possibilité ? Quelque chose qui avait réveillé les vestiges dormants de cette religion impitoyable et oppressante dans laquelle il avait été élevé ? Ou bien existait-il une zone d'ombre dont il ignorait l'existence, plus primitive qu'une doctrine religieuse ? Une zone d'ombre entraperçue le soir du tirage au sort de la conscription, lorsque Mickey avait tiré un numéro inférieur au sien ? Une voix ne lui avait-elle pas murmuré, ce soir-là, que le *tous pour un, un pour tous* n'était qu'un mensonge auquel ils avaient voulu croire ? Était-ce ainsi qu'éclataient les guerres : les graines du conflit, grosses et petites, germaient dans le fossé entre ce que les gens voulaient croire et les vérités qu'ils redoutaient ?

« Si tu n'es pas fier de toi, répond Mickey, fais la queue comme tout le monde. Hier soir, je vous ai dit que j'avais gardé le secret au sujet de Jacy parce qu'elle me l'avait fait promettre. Et c'est vrai, dans une certaine mesure. Mais c'était une promesse facile à tenir puisque, au fond de moi, je ne voulais pas partager Jacy. La fille dont on était tous amoureux à la fac. Ni même celle que vous avez vue sur la photo. Surtout pas elle. » Il se masse le ventre en parlant, comme si la plâtrée qu'il avait ingurgitée la veille au Rockers se vengeait à retardement. « Delia a tout changé. Quand j'avais fait cette promesse à Jacy, j'ignorais que j'avais une fille. Et même si elle est perturbée, je voulais que vous fassiez sa connaissance, Teddy et toi. Elle avait déjà un problème de drogue avant qu'elle me retrouve, mais c'est à cause de moi qu'elle est dans ce sale état. Elle a besoin d'un traitement que je ne peux pas lui offrir.

— J'en parlerai à Anita… »

Mickey lui lance un regard menaçant.

« Non. Je te l'interdis. Je ne plaisante pas. »

Après un court silence, Lincoln dit :

« Je serai obligé de tout lui raconter.

— Non ! s'exclame Mickey avec une indignation feinte, convaincante l'espace d'un instant. Sous prétexte que tu es marié à cette femme depuis quarante ans, tu dois tout lui dire ?

— Oui, je sais. Mené à la baguette jusqu'au bout.

— Ouais, mais ça aurait été pareil avec n'importe

quelle femme. Au moins, Anita, c'est quelqu'un de bien.

— Je lui répéterai. »

Lincoln sourit. Cette conversation, bien que douloureuse, a dissipé les malentendus, et il s'en réjouit du fond du cœur. Peut-être qu'ils n'étaient pas tous pour un, un pour tous. Peut-être qu'ils ne l'avaient jamais été. Mais ils avaient été amis, de bons amis, et apparemment, l'étaient toujours.

« Un café ?

— Non. Je rassemble mes affaires et on se tire. Ça ne va pas être de la tarte de convaincre Delia de retourner en cure. Plus elle manque à l'appel, plus ce sera difficile. »

Teddy et Delia reviennent vers la maison. Ils ont fini de discuter.

« J'espère que Tedlowski n'est pas en train de lui raconter que sa mère sautait sur les tables quand elle chantait. Ça pourrait lui donner des idées. » Mickey regarde autour de lui. « Alors, tu vas vendre cette baraque ?

— Tu penses que j'ai tort ? »

Mickey hausse les épaules.

« Comment veux-tu que je sache ?

— La plupart des gens ont un avis.

— Pas moi. »

Cela a toujours été un de ses traits les plus attachants, songe Lincoln : cette capacité à dire des choses ridicules en donnant l'impression d'énoncer une vérité absolue.

« Vous avez eu une sacrée conversation, Delia et toi, ce matin », hasarde Lincoln.

Il conduit Teddy à l'hôpital où il doit faire examiner son œil et changer son pansement. La moitié de son visage est encore plus enflée que ce matin, l'hématome plus intense, mais la sieste qu'il a faite après le départ de Mickey et de sa fille semble avoir été bénéfique, et Lincoln est impressionné par son pouvoir de récupération.

« Comment tu la trouves ?

— Je ne sais pas trop, répond Teddy, comme s'il se posait la même question au même moment. Parfois, j'ai l'impression que c'est Jacy qui me regarde à travers elle, et la seconde suivante, elle a disparu et il ne reste qu'une inconnue. »

Lincoln acquiesce. Il n'a échangé que quelques mots avec Delia, mais il en a retiré la même impression.

« C'est sa mère en version brut de décoffrage, ajoute Teddy. Ce qui n'a rien de surprenant. Tu enlèves Greenwich et les écoles privées, tu les remplaces par des écoles publiques merdiques, et tu obtiens Delia. Pourtant, il y a quelque chose qui me plaît chez elle. Plus que ça, même. Elle est méfiante et entêtée, comme toute personne ballottée d'une famille d'accueil à l'autre. Elle a encore du mal à cerner Mickey, mais elle l'aime bien, on dirait.

— Elle l'aime bien ?

— J'ai lu quelque part que dans les orphelinats russes, les bébés arrêtent de pleurer dès qu'ils comprennent que ça ne sert à rien. Ce qui, évidemment, les détruit pour toujours sur le plan affectif. Je pense que c'est un peu pareil avec Delia. Si elle s'autorisait à aimer véritablement son père, elle se rendrait vulnérable. Elle préfère se blinder, même si cela signifie d'en accepter les conséquences. D'un autre côté, elle n'aurait pas essayé de le retrouver si elle n'espérait pas quelque chose. Maintenant que c'est fait, elle ne sait pas trop où ça va aller. Elle a peut-être besoin d'un ami qui ne soit pas son père.

— Ah ouais ? »

Teddy a dû percevoir le scepticisme dans la voix de Lincoln car il lui jette un regard désapprobateur, d'un seul œil.

« Tu ne te sens pas tenu d'agir ? C'est quand même la fille de Jacy. »

À vrai dire, Lincoln ne sait pas quoi penser. Il a proposé à Mickey de l'aider à offrir un meilleur traitement à Delia, mais s'il s'est senti obligé d'agir, c'est pour Mickey, par pour elle. Sans oublier le facteur Anita. Que penserait-elle s'il s'autorisait à éprouver un attachement pour la fille de celle dont, ils le savaient l'un et l'autre, il avait été amoureux jadis ? Anita ne méritait-elle pas d'être enfin débarrassée de sa rivale ? Lincoln avait espéré qu'en découvrant ce qui était arrivé à Jacy, il connaîtrait enfin la paix de l'esprit, mais voilà qu'à cause de Delia, cela demeurerait peut-être un vœu pieux. Bien qu'elle se trouve à des milliers de kilomètres et ignore encore l'existence de Delia, Anita a semblé percevoir sa présence quand elle lui a téléphoné un peu plus tôt. « Qu'est-ce qui ne va pas ? » a-t-elle demandé dès qu'elle a entendu la voix de son mari. Plutôt que de lui faire le récit complet, Lincoln s'est contenté de lui parler de l'accident de Teddy qui s'est évanoui et a failli perdre un œil en tombant sur un verre brisé. « En fait, a-t-il ajouté, ce n'est pas tout, mais je ne peux pas t'en parler maintenant. Je te raconterai dès que les gars seront repartis, promis. » Comme Anita ne réagissait pas, il en a profité pour changer de sujet. « Et de ton côté, quoi de neuf ?

— Tu as le bonjour de ton père.

— Ah bon ? Comment va le vieux dépravé ?

— Bien. Si ce n'est qu'il appelle cette nouvelle femme Trudy. Et quand elle lui dit qu'elle n'est pas ta mère, il lui répond… » Elle imite la voix nasillarde et haut perchée de Dub-Yay. « … Il suffit de te regarder pour s'en apercevoir. »

Lincoln a éclaté de rire, comme chaque fois que sa femme s'autorisait à singer son père. Elle l'avait cerné dix minutes après l'avoir rencontré, mais sa bonté naturelle lui interdisait généralement de se moquer de lui.

« Il y a un truc qui va te plaire, a-t-elle ajouté. Elle est catholique.

— Catholique romaine ?

— Elle l'a emmené à la messe dimanche dernier. »

Lincoln a senti la terre trembler.

« Wolfgang Amadeus Moser est allé à la messe ?

— Ouais.

— La fin des temps est proche.

— Pas sûr, Lincoln. » Anita paraissait épuisée, comme si ce sujet était la cause d'une dispute qu'elle n'espérait plus remporter depuis longtemps. « Les gens changent. »

Pourquoi, se demandait-il, était-il si réfractaire à cette possibilité ? Pas plus tard que le soir précédent, Mickey avait tenté de les convaincre qu'il n'était plus celui qu'ils avaient connu dans les années soixante-dix, mais ne parlait-il pas uniquement de désenchantement ? D'accord, il avait découvert une chose sur lui qui l'avait étonné et effrayé le soir où Jacy et lui étaient devenus amants. Il avait toujours cru être à l'image de son père : le genre d'homme qui sait ce qui est bien, et qui le fait. Pas le genre à se cacher dans le coffre d'une voiture pour échapper à ses obligations militaires. Après avoir suivi Jacy dans cette chambre de motel, il s'était senti *différent*, et à partir de cet instant, tout ce qu'il avait fait – qu'il s'agisse d'utiliser l'argent que Jacy avait volé à son père pour acheter des instruments et une sono, ou de boire trop d'alcool et de fumer trop d'herbe – avait renforcé sa conviction qu'il n'était plus le même. Mais justement. S'il éprouvait un sentiment de honte, c'était envers lui, et non pas envers un être nouveau, né d'un moment de faiblesse. Adam n'était pas devenu un autre homme après avoir croqué la pomme. Il était celui qu'il avait toujours été, le malheur en plus.

Et pourtant. W. A. Moser assistait à la *messe* ? Voilà qui ressemblait à un basculement. Le vieux bonhomme reconnaissait-il, sans l'avouer, qu'il avait tort sur un point ? Pas au sujet du catholicisme, évidemment. Il devrait vivre cent autres vies pour cela. Mais assister à la messe avec cette nouvelle femme, cela ne revenait-il pas à avouer qu'il avait eu tort d'obliger son épouse à se convertir ? Et tort par conséquent de s'opposer au mariage de son fils avec une catholique ? Tort de le railler pendant presque quarante ans à cause d'une trahison qui n'existait que dans son imagination ?

« Dis-lui que je viendrai le voir dès mon retour, a déclaré Lincoln.

— Tu crois vraiment ? » a répondu Anita.

Ce n'est pas la première fois qu'il fait une promesse sans la tenir. Et celle-ci relevait plus du devoir que de l'amour. À quoi bon faire des promesses à contrecœur ? Voilà ce que voulait dire sa femme. Parce que, avait-il envie de répondre, il était peut-être temps de cesser de faire croire, y compris à lui, qu'il n'aimait pas ce vieux bonhomme. Après tout, l'amour pour un père était autorisé, même si ce père pouvait se résumer en un seul mot : impossible. Même s'il s'agissait de Wolfgang Amadeus Moser.

La salle d'attente de l'hôpital est bondée. Lincoln propose à Teddy de lui tenir compagnie, mais celui-ci répond que ce n'est pas la peine de rester s'il a mieux à faire. Il lui enverra un texto lorsqu'ils en auront fini avec lui. Dix minutes plus tard, quand Lincoln frappe à la porte de Coffin, c'est Beverly qui vient ouvrir. Elle porte le même short trop large et le même sweat-shirt (appartenant sans doute à son beau-père car elle nage dedans) que la veille au soir au Rockers.

« Oh ! » font-ils en chœur. Puis : « Je ne pensais pas… »

Remise de sa surprise, Beverly invite Lincoln à entrer, mais il décline l'invitation, avec un peu trop d'emphase peut-être. La veille, dans les locaux de la *Vineyard Gazette*, il avait accepté de céder au charme de cette femme et s'était réjoui de voir que cette attirance semblait réciproque. Sur le coup, cela lui avait paru inoffensif. Mais aujourd'hui, plus rien ne l'est.

« Je venais juste prendre des nouvelles de M. Coffin. »

Ce n'est pas tout à fait exact, mais bon.

« C'est gentil. Malheureusement, il est sorti il y a environ deux heures, sans me dire où il allait. J'ai l'impression qu'il me fuit.

— Je suis désolé de…

— Faut croire que je suis une enquiquineuse. » Elle fait une grimace qui trahit un mélange de résignation et de fatigue. Lincoln devine qu'ils ont passé la matinée à se disputer au sujet de l'opération que Coffin a décidé de ne pas subir. « Il ne veut rien entendre.

— Peut-être qu'il vous écoute plus que vous ne le

pensez, dit Lincoln en ignorant si cela est vrai ou pas. Je sais qu'il tient beaucoup à vous.

— Il vous l'a dit ?

— Pas en ces termes, reconnaît Lincoln. Pourtant, il ne peut pas prononcer deux phrases sans parler de vous. Cela ne me regarde pas, mais… son fils est toujours dans les parages ?

— Il vous a parlé d'Eric ? »

Lincoln hoche la tête.

« Non, dit Beverly. Il l'a conduit au ferry le soir où il… il m'a fait du mal. Et il lui a interdit de revenir sinon… » Elle n'a pas besoin d'achever la phrase. « On ignore où il est allé. J'ai encore toutes ses affaires. Je crois que Joe regrette de l'avoir chassé, mais il ne l'avouera jamais. On ne parle jamais de lui.

— Désolé », dit Lincoln, sincère. Jamais il n'avait vu un homme à ce point en guerre contre lui-même.

« Il est dur avec les autres, ajoute Beverly comme si elle lisait dans ses pensées. Et aussi avec lui. Vous savez qu'il a étudié à Dartmouth ?

— Non, répond Lincoln, sans s'en étonner toutefois, compte tenu de l'indignation de Coffin lorsqu'il avait jugé bon de préciser où se trouvait Minerva.

— Un seul semestre. Hélas, sa mère est tombée malade et il est rentré l'aider. Il n'y est jamais retourné. L'argent de ses études a servi à payer les médecins.

— C'est rude, compatit Lincoln en essayant d'imaginer ce qu'il aurait éprouvé s'il avait dû retourner à Dunbar après un seul semestre à Minerva. Vous lui direz que je suis passé ? J'ai des informations qui pourraient l'intéresser.

— Je suis vraiment confuse, dit-elle au moment où il s'apprête à prendre congé. J'ai oublié votre nom.

— Lincoln. »

Il accuse le coup. Ça lui servira de leçon.

Obéissant à un pressentiment, il se rend à Katama et là, à deux cents mètres de la plage, il aperçoit la vieille camionnette stationnée sur la bande d'herbe entre la route et la piste cyclable. Coffin le repère dans son rétroviseur lorsque Lincoln se gare derrière lui.

« Même si je croyais aux coïncidences, j'aurais du mal à avaler celle-ci, dit-il après avoir baissé sa vitre pendant que Lincoln marchait vers lui.

— J'ai pensé que vous auriez peut-être envie de revoir votre faucon.

— Hélas, les choses que vous avez envie de voir n'ont pas toujours envie de vous voir. »

Lincoln songe que Coffin ne parle peut-être pas du rapace.

« Je ne vous embêterai pas longtemps.

— Pardon pour hier soir. Je vous ai fait peur ?

— Un peu, reconnaît Lincoln.

— Ce n'était pas mon intention. Je voulais flanquer la trouille à Kevin. Il fourgue des stéroïdes à des gamins du coin assez stupides pour croire qu'ils deviendront des athlètes professionnels en prenant du muscle. Il vous a paru effrayé ?

— Pas plus que ça.

— Mes menaces n'ont pas dû beaucoup l'impressionner. Quoi qu'il en soit, vous arrivez trop tard. J'ai parlé avec mon pote le chef de la police. Il ne va pas tarder à vous rendre visite, je pense.

— Il perdra son temps. J'ai appris hier soir que Jacy est morte dans les années soixante-dix.

— Vous le savez ? »

Lincoln ne peut s'empêcher de sourire.

« Non, mais je le *crois*. Elle se trouvait bien à bord de ce ferry. Mickey et elle s'étaient donné rendez-vous à Woods Hole, en secret. Elle l'avait convaincu de fuir au Canada avec elle au lieu de se présenter au bureau d'incorporation. »

Il s'attend à ce que Coffin prenne en défaut sa version des faits, mais l'ancien flic se contente de hocher la tête, songeur.

« Une fille aussi jolie ? Votre pote a de la chance qu'elle ne lui ait pas demandé de braquer des banques. Mais ça n'explique pas pourquoi elle n'a jamais prévenu ses parents.

— C'est une longue histoire.

— Elle est morte, vous dites ?

— De la même maladie neurologique qui a tué son père biologique. »

Lincoln voit remuer les méninges de Coffin.

« On ne parle pas du type que votre pote Mickey a tabassé ?

— Non.

— Je crois que je peux combler les trous.

— Voilà pourquoi je vous raconte tout ça, monsieur Coffin. Pour combler les trous, pour reprendre votre expression, c'est ce que vous faites, avec votre pote Troyer. Sauf que vous les remplissez n'importe comment. »

Là encore, il s'attend à des protestations qui ne viennent pas. Coffin hausse les épaules, comme si on lui avait montré une erreur de calcul dans ses comptes.

« Ce sont des choses qui arrivent, Lincoln.

— Oui, mais dans ce cas-là, n'êtes-vous pas censé revoir votre raisonnement ? Et prendre le temps de réfléchir à d'autres erreurs que vous avez pu commettre ?

— Du genre ?

— Eh bien, à votre place, je réfléchirais à ma décision de ne pas subir cette opération. En faisant le bon choix, vous vous accorderez peut-être un peu plus de temps pour repenser à tout le reste.

— Plus de temps pour songer à mes erreurs et à toutes les personnes que j'ai mal jugées ? Ce n'est pas très emballant votre truc. Alors que je pourrais mourir en paix dans mon sommeil, en continuant à penser que j'ai fait de mon mieux.

— Vous dormez paisiblement ? »

Coffin pousse un long soupir.

« Un point pour vous, Lincoln. Non, je ne dors pas paisiblement.

— Monsieur Coffin ?

— Ouais ?

— Beverly tient beaucoup à vous. »

Le visage de l'ancien flic s'assombrit.

« Je le sais. Et alors ?

— Et alors, vous dites toujours qu'on devrait mieux se comporter avec les femmes. Pourquoi ne pas commencer par elle ? Dans votre intérêt, laissez-la avoir gain de cause. »

Coffin le dévisage.

« Putain, Lincoln. Je viens de me faire piéger.

— Je crois.

— Et vous êtes fier de vous ?

— Un peu.

— J'hésite, mon vieux. Donner aux femmes ce qu'elles veulent, c'est s'engager sur une pente savonneuse. Dès que je me réveillerai de l'anesthésie, elle va me tanner jusqu'à ce que j'écrive ce foutu bouquin policier pour dames. Et je deviendrai la risée de l'île. Tout ça, ce sera votre faute, mais comme vous serez reparti, je devrai me venger sur un innocent.

— Vous voyez l'avenir avec précision. »

Coffin hoche la tête et remonte sa vitre.

« C'est un don. »

Une dernière tâche à accomplir, se dit Lincoln. Gardée pour la fin car c'est la plus désagréable.

Troyer lui ouvre vêtu en tout et pour tout d'un Speedo. Un soulagement, à vrai dire, même si Lincoln se demande (ce n'est pas la première fois) pourquoi les hommes affublés d'énormes panses de buveurs de bière sont si souvent fiers de leur physique. Quant à Troyer, en voyant qui se tient devant lui, il éclate de rire et lance par-dessus son épaule : « Roxy ! Sape-toi. On a de la visite. »

Troyer est planté dans l'encadrement de la porte, mais ça n'empêche pas Lincoln d'avoir une vue directe sur la terrasse où la prénommée Roxy se lève de sa chaise longue et s'approche de la baie vitrée pour regarder à l'intérieur en plaçant ses mains de chaque côté de ses yeux.

« Tu disais ?

— Rien ! » aboie Troyer. Et il ajoute, comme s'il se parlait à lui-même, ou à Lincoln : « Montre ta chatte au monde entier si ça t'amuse. Je m'en fous. »

Il s'écarte pour laisser entrer son visiteur, mais Lincoln secoue la tête.

« Non, non. J'en ai pour une minute.

— OK, je sors », dit Troyer en laissant claquer la porte derrière lui, comme une détonation. Lincoln réprime un sourire. Un peu plus tôt, lorsqu'il a informé Teddy de son intention de rendre visite à Troyer, son ami a proposé de l'accompagner. Inutile, lui a répondu Lincoln. Il n'avait qu'à appeler la police s'il entendait un coup de feu. Il s'imagine Teddy en train de composer le 911.

« C'est à quel sujet ? demande Troyer. Votre pote ne vous a pas transmis le message ?

— Si, si. Je voulais juste vous informer que je ne mettrai pas ma maison en vente, finalement

— Vous ne voulez pas la vendre. Je ne veux pas l'acheter. Vous vous déplacez pour ça ?

— Mon agent immobilier a découvert quelque chose en consultant le cadastre. »

Troyer se raidit de manière visible.

« Il paraîtrait que vous ne jouissez pas du droit de passage sur ma propriété. Vous le saviez ?

— Oh, ça y est, j'ai pigé. » Troyer plisse les yeux. « Vous ne voulez pas me vendre votre baraque. Vous voulez me vendre le droit de passage au prix de votre maison.

— Non. Je me suis dit qu'un dollar symbolique suffirait. Évidemment, s'il y a des frais de notaire ou autre, ce sera à votre charge. »

Troyer penche la tête sur le côté.

« Vous êtes prêt à me vendre le droit de passage pour un dollar ?

— C'est ça.

— Pourquoi ? »

Cette question possède une longue réponse qui inclut des excuses que Lincoln n'a pas envie de faire, alors il opte pour la version courte :

« Et pourquoi pas ? Nous sommes voisins, non ?

— Pas vraiment. Vous n'êtes jamais là.

— En fait, ma femme et moi envisageons de passer une quinzaine de jours ici l'été prochain, répond Lincoln, bien qu'il n'ait pas encore abordé le sujet avec Anita. Et peut-être qu'on amènera mon père, si son état le permet. »

Qui sait ? Maintenant que Dub-Yay va à la messe, il sera peut-être partant.

« Évitez le mois d'août, conseille Troyer, un peu plus détendu, mais toujours méfiant. C'est l'époque où débarque Obama. Avec tous les autres gauchistes. »

Lincoln montre la pancarte pro-Trump.

« Vous n'allez pas vraiment voter pour lui, hein ? »

Troyer ricane.

« Non. C'est juste pour faire chier les habitants de Chilmark… En même temps, s'il décroche l'investiture, pourquoi pas ? »

Lincoln est parcouru d'un frisson glacé, qu'il essaie de réprimer.

« Le prix du droit de passage vient de doubler. »

Il a gravi la moitié de la pente lorsqu'il entend Troyer crier son nom. Se retournant, il le voit courir vers lui. Sa bedaine tressaute au-dessus de son Speedo. Il arrive essoufflé, en serrant dans son poing des feuilles de papier. Quand Troyer les lui tend, il reconnaît les pages du manuscrit de Teddy.

« Roxy a trouvé ça dans le jardin. »

Lincoln parierait que ces feuilles viennent d'être récupérées dans une poubelle et défroissées en toute hâte.

« Merci. Teddy sera ravi.

— Au sujet du droit de passage ? Ça veut dire qu'on est quittes ? Sans rancune ?

— Oui, c'est ça.

— OK, dit Troyer, main tendue. Marché conclu. »

Lincoln avale sa salive et lui serre la main.

# TEDDY

« Tu es sûr qu'Anita est d'accord ? » demande Teddy.

En cette fin de jeudi après-midi, ils sont adossés à la voiture de location de Lincoln dans la queue des véhicules qui attendent d'embarquer à bord du ferry d'Oak Bluffs. Celui qui est en train d'accoster est à moitié vide, mais il sera plein au retour car, à cette époque de l'année, les gens qui quittent l'île sont plus nombreux que les arrivants. La veille, Teddy a pris le même ferry, en tant que piéton, afin de récupérer sa voiture sur le parking de Falmouth et de la rapatrier sur l'île. Demain, il appellera l'université pour donner sa démission et les informer que s'ils ne trouvent pas un nouvel éditeur, Seven Storey Books mettra la clé sous la porte. Plus tard dans la semaine, le département d'anglais chargera un étudiant d'aller chercher à son domicile tout ce dont il pourrait avoir besoin cet automne – vêtements chauds, grosses chaussures, ordinateur portable – et d'expédier le tout sur l'île. L'appartement, il le conservera jusqu'au début de l'année prochaine, au cas où les choses ne se passeraient pas comme prévu sur l'île. Ce qui peut arriver. Il le sait. Aux crises succède souvent une phase bipolaire : de tous côtés surgissent des possibilités mirobolantes, qui font long feu au bout d'une semaine ou deux. Toutefois, il sent bien ce nouveau projet, et puis, cela fait longtemps qu'il ne s'est pas enthousiasmé pour quelque chose.

« Figure-toi qu'Anita est enchantée », assure Lincoln.

Les Moser se sont téléphoné une demi-douzaine de fois la veille pour dresser la longue liste de travaux à effectuer dans la maison de Chilmark avant de la mettre en vente au printemps. Teddy pense pouvoir en assumer la plupart seul, à l'exception de l'électricité qu'il déléguera et de certaines tâches qui nécessiteront de s'y mettre à deux, mais si tout se goupille comme il l'espère, il sait qui sera la deuxième personne.

« Tu vas nous faire faire des économies. »

C'est possible, se dit Teddy. Néanmoins, il craint que Lincoln, pris au dépourvu par sa proposition, n'ait pas eu le temps de trouver un prétexte valable pour dire non à un vieil ami. D'un autre côté, il est vrai que Lincoln semblait hésiter à vendre la maison, et ça les arrangeait peut-être, Anita et lui, de reporter cette décision au printemps.

« Si vous changez d'avis, dites-le-moi. Je dégagerai.

— Ne t'en fais pas, répond Lincoln. J'espère juste… »

Il n'achève pas sa phrase.

« Je sais », dit Teddy.

Ce qui inquiète Lincoln, lui qui aime tout planifier et déteste prendre des risques, c'est que Teddy a tendance à agir de manière impulsive et à entreprendre de grands chambardements sans vraiment y avoir réfléchi.

« Tu espères que je ne vais pas au-devant d'une grosse déception. »

Teddy l'espère aussi. Malgré son immense fatigue le soir où Mickey leur a raconté son histoire, il n'a pas réussi à retrouver le sommeil, en partie à cause de son œil qui l'élançait au rythme de sa respiration. Lorsque le ciel s'était éclairci à l'est, il s'était rendu dans la cuisine, sans bruit, pour se faire un café. Il se débattait avec la Keurig quand Delia était apparue sur le seuil. Elle voulut dire quelque chose, mais Teddy posa son index sur sa bouche et montra le salon, où son père ronflait, couché dans le canapé. Elle le rejoignit devant le plan de travail et Teddy lui donna son café. Il s'en fit un autre et murmura :

« On va faire un tour ? »

Dubitative, elle le suivit malgré tout sur la terrasse, puis sur la pelouse. Dès qu'ils furent hors de portée de voix, il tendit la main.

« Je crois que nous n'avons pas été présentés officiellement. Je m'appelle Teddy. »

Lorsque Delia lui serra la main, il remarqua qu'elle se rongeait les ongles jusqu'au sang.

« Je t'ai reconnu sur la photo de l'album de la promotion de Minerva. »

Teddy s'étonna que Mickey en ait conservé un exemplaire. L'avait-il exhumé pour le montrer à sa fille ou l'avait-elle découvert par hasard dans un placard ? Sur une étagère poussiéreuse ?

« Et puis, il parle sans cesse de Lincoln et de toi. Je vous connais vachement mieux que lui, en fait. C'est vrai que vous étiez amoureux de ma mère tous les trois ?

— Oui.

— Alors, qu'est-ce qui lui est passé par la tête, bordel de merde, quand elle l'a choisi ? »

Teddy n'aurait su dire si c'était une plaisanterie ou une question sincère, formulée grossièrement.

« Les deux autres scénarios n'incluaient pas ta naissance.

— Sacrée perte pour la planète, pas vrai ?
— Laisse tomber les sarcasmes et je serai d'accord avec toi.
— C'est gentil, sauf que tu ne me connais pas.
— J'ai l'impression que si.
— Pense ce que tu veux, mec. Mais crois-moi : tu me connais pas. »
Teddy ne put retenir un petit rire.
« On croirait entendre ta mère. »
Ils demeurèrent silencieux, jusqu'à ce que Teddy tente une autre approche.
« Ton père ne parle pas souvent de lui, hein ? »
La grimace de Delia semblait dire : Sans blague ?
« Il prétend qu'il n'y a rien à dire.
— Qu'est-ce que tu aimerais savoir ? »
Elle prit une grande inspiration.
« Pourquoi il est comme ça ? Il était comment, jeune ? Comment il peut être aussi cool la plupart du temps, et se transformer en vrai connard d'un seul coup ? »
Alors, Teddy se lança. Il lui parla de la famille de Mickey à West Haven, dans le Connecticut. Lui raconta qu'enfant il avait été pourri gâté par ses sœurs, et qu'à seize ans il faisait le mur pour jouer dans des bars avec des musiciens plus âgés. Que son père appelait les guitares Fender des Fenson (anecdote qui provoqua un sourire). Que Mickey avait stupéfié tout le monde en obtenant d'excellents résultats à ses examens d'entrée à la fac. Qu'un jour, Michael Sr. et les ouvriers de son équipe avaient déjeuné dans leur cafétéria habituelle et qu'au moment de reprendre le boulot tout le monde s'était levé, sauf le père de Mickey. Son cœur l'avait lâché. Que tous les trois s'étaient connus à l'époque où ils travaillaient comme serveurs dans

la sororité de Jacy, mais que Mickey préférait récurer les casseroles en cuisine. (« C'est de là que vient le nom *Big Mick on Pots*, alors ! ») Qu'ils étaient rentrés tard, un soir, à la résidence des Thêta, accompagnés de Jacy, fiancée à l'époque. La présidente de la sororité l'avait traitée de salope, alors elle les avait embrassés à pleine bouche tous les trois, devant la présidente. Qu'un autre jour, après une de leurs fiestas du vendredi après-midi, ils s'étaient rendus avec d'autres serveurs à la résidence des SAE et son père, en colère à cause des lions de pierre placés à l'entrée, avait expédié au tapis le gars venu les accueillir. (« Là, je le reconnais. ») Mais surtout, qu'ils avaient assisté tous les trois à la première loterie d'incorporation de la guerre du Viêtnam, dans la résidence des Thêta, à l'office. La date de naissance de son père était sortie neuvième sur trois cent soixante-six. Jacy les attendait sur le parking et elle avait pleuré en apprenant la nouvelle. Leur devise alors était : Tous pour un, un pour tous. Delia ne disait plus rien, elle avait les larmes aux yeux. Très vite, toutefois, elle retrouva ce que Teddy identifiait comme son mode de fonctionnement par défaut.

« En gros, tu es en train de me dire que je suis une connasse parce que je n'ai pas compris que mon père est un mec génial.

— Non, je suis en train de te dire que s'il ne se confie pas davantage, c'est parce qu'il est le fils de son père, et les types comme eux ne se livrent pas. Ils abordent tout de manière détournée, surtout les émotions. S'il ne te dit pas qu'il t'aime, ça ne signifie pas pour autant qu'il ne t'aime pas.

— Ouais, mais ça ne veut pas dire non plus qu'il m'aime. »

Teddy remarqua de nouveau les ongles rongés jusqu'au sang.

« Je peux te poser une question personnelle ? demanda-t-il.

— Vas-y.

— Qu'est-ce qui est le plus dur pour toi en ce moment ?

— Tu sais que je suis une junkie, hein ?

— Je sais que tu as un problème avec les opioïdes.

— C'est ce que je dis : je suis une junkie. Il voudrait que je décroche. Moi aussi. Le problème, c'est qu'il y a trop d'heures dans une putain de journée.

— Oui, je comprends. »

Delia sembla sur le point de lui demander ce qu'il entendait par là, mais elle se retint.

« Quoi qu'on en dise, les junkies sont des junkies parce que la came transforme les mauvais moments en bons moments et qui n'a pas envie de s'offrir du bon temps, hein ? De toute façon, je sens qu'il va me laisser tomber bientôt, et ça n'aura plus aucune importance. »

Teddy émit un grognement.

« Si tu crois que ton père va te tourner le dos, tu ne le connais vraiment pas, en effet.

— On verra. »

Son ton était horripilant, mais au lieu de montrer qu'elle lui tapait sur le système, Teddy demanda :

« Dis-moi ce que tu sais faire.

— Je sais faire quelque chose, moi ?

— Tu chantes bien.

— Pas mal, disons.

— Tu aimerais faire ça toute ta vie ?

— Pourquoi tu me demandes ça ?

— Il me semble que tu te dévalorises. Comme beaucoup de gens.

— J'ai l'impression qu'on parle de toi, là. »

Ah, pensa Teddy. Mickey avait raison : elle est intelligente.

« Et toi, alors, demanda-t-elle, qu'est-ce que tu sais faire ? »

Il réfléchit.

« Je dirais… réparer ce qui est cassé.

— Genre ?

— Oh, un tas de trucs. Gamin, je réparais tout à la maison. Les postes de radio. Tout ce qui ne marchait plus.

— Tes parents devaient être contents.

— Pas trop. Ils étaient profs d'anglais au lycée. Ils méprisaient les gens qui avaient un savoir pratique.

— Et maintenant, qu'est-ce que tu répares ?

— Les livres des autres.

— Pourquoi tu n'en écris pas un toi-même, si tu es si doué ?

— Tu touches du doigt le cœur du problème. Mon prof préféré à la fac m'a conseillé de ne pas écrire de livre jusqu'à ce qu'il me soit impossible de ne pas l'écrire. J'ai suivi son conseil à la lettre, on dirait. »

Delia le gratifia d'un sourire en coin.

« À ta place, je n'attendrais pas trop longtemps. Tu ne m'as pas l'air en pleine forme.

— Exact. Mais je n'ai pas toujours cette sale tête.

— Je suis obligée de te croire sur parole.

— J'imagine que tu ne sais pas manier un marteau ? »

Elle le regarda comme s'il lui avait parlé en swahili.

« Genre pour planter un clou ?

— Oui, voilà.

— Non, pas vraiment.

— Ça te dirait d'apprendre ?

— Pas vraiment. » Teddy la sentait intéressée néanmoins. « Pourquoi ?

— Je repensais à ce que tu as dit tout à l'heure. Toutes ces heures que tu n'arrives pas à combler. J'ai lu quelque part que le travail physique est une bonne distraction pour les esprits perturbés.

— On parle d'un boulot payé ?

— Oui.

— Oh, je vois. Tu penses qu'en restant ici, loin de mes dealers habituels, je pourrai pas m'acheter ma dose.

— Non, répondit Teddy, bien que cette idée lui ait traversé l'esprit.

— Je pourrais me procurer ce que je veux sur cette île en moins de deux.

— Tu seras trop occupée.

— Tu veux que je te dise ? Si on bosse ensemble, c'est toi qui risques de devenir un junkie.

— Je prends le risque.

— Et puis, j'suis pas un objet qu'on peut réparer, si c'est ce que tu penses. »

Là encore, elle avait vu juste.

« Tu as raison. Mais pense à toutes ces heures à tuer. Et j'ai encore des tonnes d'histoires en réserve.

— Tu es sérieux, là ?

— Pourquoi pas ?

— Parce que c'est complètement dingue, voilà pourquoi.

— Tu n'es pas obligée de te décider tout de suite. Réfléchis. Je vais te donner mon numéro de portable et si ça t'intéresse, tu pourras m'appeler plus tard. »

Mais Teddy savait qu'il allait être fixé sur-le-champ. Si Delia était intéressée, elle lui donnerait son numéro de portable : sinon, elle répondrait : « Pas la peine, je demanderai ton numéro à mon père. »

Elle sortit son téléphone.

« Je t'écoute. »

Elle tapait à toute vitesse, avec ses deux pouces : une technique que Teddy ne maîtrisait pas encore.

« Je vais te filer le mien aussi, tant qu'à faire. » Elle récita son numéro et s'arrêta avant le dernier chiffre. « J'espère que tu n'es pas un sale pervers, hein ? » Teddy dut blêmir car elle grimaça de nouveau et dit, avec la voix de sa mère : « Putain, Teddy, je plaisante !

— Oh. D'accord.

— Il t'a parlé de son souffle au cœur ?

— Ton père ? Non.

— Alors, moi non plus. »

« Pour en revenir à l'histoire de Mickey… » dit Lincoln, alors que passagers et véhicules continuent à débarquer du ferry. « Qu'est-ce qui est vrai, à ton avis ?

— Tout, répond Teddy. Il nous a bien fait comprendre qu'il ne voulait plus mentir.

— Oh, je ne dis pas qu'il a menti. J'essaie juste de comprendre. Quand on y réfléchit… La mère de Jacy a fait son possible pour lui cacher l'existence d'Andy, et regarde ce que ça a donné. Pourquoi Jacy aurait-elle reproduit ce schéma en faisant adopter sa fille, sans rien dire à Mickey ?

— Pour les mêmes raisons que sa mère, peut-être ? hasarde Teddy, que cette question travaille aussi. Pour la protéger ? Pour lui donner l'occasion d'avoir une vie meilleure ? Elle avait sans doute compris qu'elle ne verrait pas sa fille grandir. L'alternative à l'adoption, ça voulait dire confier son bébé à un musicien éternellement fauché qui joue dans des bars miteux comme le Rockers parce que c'est la seule vie qu'il connaît, et qu'il n'en veut pas d'autre.

— Tu ne penses pas que Mickey se serait montré à la hauteur de la situation en apprenant qu'il avait un enfant ?

— En fait, si, répond Teddy. Je ne dis pas que Jacy a eu raison, ni même qu'elle avait toute sa tête. Mais elle n'était pas juste malade, elle était désespérée. Convaincue d'assister à sa propre déchéance, et à celle de Mickey aussi. Il nous a dit lui-même qu'elle était devenue une épave. »

Lincoln ne conteste pas, mais il ne semble pas convaincu.

« En outre, ajoute Teddy, c'est une histoire vieille comme le monde : on fait subir à ses enfants ce qu'on a subi soi-même.

— Oui, je comprends bien, en théorie, concède Lincoln. Mais la Jacy qu'on a connue n'était pas cruelle. J'ai beau essayer, je ne l'imagine pas disant à Mickey qu'elle aurait dû le laisser aller au Viêtnam.

— Ce qui rend la chose concevable, c'est qu'elle l'ait justement empêché de partir », suggère Teddy, bien en peine de fournir une explication capable de satisfaire un individu comme Lincoln, mal à l'aise avec le mystère. Il venait d'une famille où les questions appelaient des réponses claires et évidentes, énoncées avec une assurance époustouflante. À Minerva, il s'était senti floué quand Tom Ford avait refusé de fournir une réponse tranchée à la question sur la guerre de Sécession, dont ils avaient débattu pendant un semestre. Aujourd'hui encore, à soixante-six ans, il cherchait la transparence dans chaque chose, y compris l'âme humaine.

Le dernier véhicule est sorti du ferry et les conducteurs des voitures prêtes à embarquer font démarrer leurs moteurs.

« Il y a autre chose que j'ai du mal à imaginer, dit Lincoln en s'installant au volant. Qu'on ne se revoie plus jamais. Tu y arrives, toi ?

— Non, admet Teddy. Pas vraiment.

— N'empêche, c'est quand même bizarre, ajoute Lincoln en tournant la clé de contact. Quand tu penses aux probabilités. »

En effet. Ils auraient pu fréquenter des universités différentes et mener des vies séparées dans… Quelle était l'expression utilisée par la mère de Jacy ?… « l'ignorance heureuse » de l'existence des autres.

« Ça force à s'interroger. Supposons que les secondes chances existent. Si on disposait tous de plusieurs vies, seraient-elles différentes ? » Lorsque la voiture qui le précède avance au ralenti, Lincoln enclenche la première. « Ou bien exactement semblables ? »

Pour Teddy, qui a beaucoup réfléchi à la question, tout dépend par quel bout de la lorgnette on regarde. Plus on vieillit, plus on a tendance à regarder sa vie par le mauvais bout qui a le mérite de débarrasser l'existence de tout son fatras et d'offrir une image plus nette, ainsi qu'une impression de fatalité. Le caractère d'un homme est son destin. Si on voyait les choses de cette façon, chaque fois que Teddy sauterait en l'air pour ce rebond fatal, Nelson le déséquilibrerait, parce que c'était Nelson, et Teddy, parce que c'était Teddy, retomberait sur le plancher exactement de la même façon. Vue de loin, chaque chance ressemblait à une illusion. Mickey tirerait toujours le numéro 9 à la loterie de l'incorporation. Et Teddy le 322. Pourquoi ? Parce que… ainsi va la vie. Et comme l'avaient bien compris les Grecs, il n'était pas possible d'interrompre, ni de modifier de manière significative, l'enchaînement des événements une fois que l'histoire avait commencé. Que Teddy soit ou non l'homme que croyait Jacy quand elle avait tenté de le séduire à Gay Head n'aurait pas changé grand-chose car elle était déjà Jacy. L'ataxie, inscrite dans son ADN dès la conception, l'aurait trouvée même si elle n'avait pas mené une existence faite de sexe, de drogue et de rock'n'roll. Peut-être était-ce le but non formulé de l'éducation : inciter les gens jeunes à voir le monde à travers les yeux fatigués de la vieillesse ; la déception, l'épuisement et l'échec prenant l'apparence de la sagesse. Voilà ce qu'il avait ressenti en apprenant dans la revue des anciens de Minerva la nouvelle de la mort de Tom Ford, comme si c'était couru d'avancé, depuis le début. *Bien évidemment*, Tom prendrait sa retraite à San Francisco et là-bas, enfin libre d'être lui-même, il attraperait le sida et il en mourrait. Seul, craignait Teddy.

Mais c'est le *mauvais* bout de la lorgnette. Certes, le fait de regarder par le *bon* bout pouvait provoquer des déformations en faisant paraître plus proches des choses éloignées, mais au moins, vous regardiez dans la direction que suivait votre vie. En réalité, il n'était pas possible de débarrasser la vie de tout son fatras, pour la simple et bonne raison que la vie était ce fatras. Si le libre arbitre se révélait n'être qu'une illusion, n'était-ce pas une illusion nécessaire, pour que la vie possède un sens quelconque ? Mais si ce n'était pas le cas ? Si on vous offrait réellement des choix significatifs, dont certains, peut-être, susceptibles de modifier votre trajectoire ? OK, admettons que, parfois, vous ayez l'impression que c'est couru d'avance, sans que ça le soit totalement. Ce qui fausse le match entre le destin et le libre arbitre, c'est que les êtres humains confondent l'un et l'autre ; ils s'attaquent furieusement à tout ce qui est figé et immuable, en ignorant les choses sur lesquelles ils possèdent un certain pouvoir. Il y a quarante-quatre ans, sur cette même île, face à une montagne de preuves du contraire, Teddy et ses amis étaient tombés d'accord pour affirmer que leurs chances étaient bougrement bonnes. Bien sûr, d'après des critères objectifs, c'étaient des idiots, mais n'avaient-ils pas été courageux ce soir-là ? Qu'étaient-ils censés faire, confrontés à un monde qui se fichait pas mal qu'ils vivent ou pas ? Se terrer ? S'agenouiller ? Si un dieu existait, il devait s'étrangler de rire. Il pipait les dés à leur désavantage et, au lieu de le tenir pour responsable, ces pauvres idiots qu'il avait créés, à son image paraît-il, rejetaient la faute sur eux-mêmes.

Lorsque le ferry de Lincoln disparaît au loin, Teddy se retrouve presque seul sur le quai. C'est bientôt l'heure du déjeuner et il s'aperçoit qu'il a faim. Inutile de se dépêcher de rentrer à Chilmark, alors il marche jusqu'à la taverne où il a bu des bières avec Lincoln en arrivant sur l'île, quatre jours plus tôt. Une éternité. Assis en terrasse, il commande un bol de soupe aux palourdes. Il est trop tôt pour boire de la bière, mais n'étant pas pressé, il en commande une malgré tout. Quand il aura fini, il reprendra le chemin de la maison où l'attendent plusieurs mois de travail. Il s'aperçoit qu'il est impatient. Peut-être qu'avant de s'y mettre, il appellera Theresa. Pour lui raconter ce qui s'est passé, lui faire savoir que non content d'avoir survécu, il ne s'est jamais senti aussi bien depuis très longtemps. Peut-être qu'il lui confiera même son intention de commencer ce livre que Tom Ford lui a déconseillé d'écrire jusqu'à ce qu'il y soit contraint. Ça ne sera sans doute pas bon, mais il pourra toujours l'arranger. Il a passé la dernière décennie à réparer le travail bâclé des autres, alors pourquoi pas le sien ? Pendant des années, il a cru qu'il n'avait plus d'affaires pressantes à régler avec ce monde, et inversement. Mais il était possible qu'il se trompe.

REMERCIEMENTS

Merci à Howard et à la joyeuse bande de l'Offshore Ale, ainsi qu'à Susan Catling et Hilary Wall de la *Vineyard Gazette*. Et, comme toujours, merci à Nat et Judith, à Emily et Kate, à Gary et à tout le monde chez Knopf. Enfin, cela va sans dire, aucun de ces livres ne verrait le jour sans Barbara.

MIXTE
Papier issu de sources responsables
FSC® C003309
FSC www.fsc.org

10/18, une marque d'Univers Poche,
est un éditeur qui s'engage pour
la préservation de l'environnement
et qui utilise du papier fabriqué à partir
de bois provenant de forêts gérées
de manière responsable.

10/18 – 92 avenue de France, 75013 PARIS

*Imprimé en France par* CPI

N° d'impression : 3043650
X07907/01